| 光明社科文库 |

天趣斋随笔

孙玉文 ◎ 著

光明日报出版社

图书在版编目（CIP）数据

天趣斋随笔 / 孙玉文著 . -- 北京：光明日报出版
社，2023.5
ISBN 978 - 7 - 5194 - 7254 - 2

Ⅰ . ①天… Ⅱ . ①孙… Ⅲ . ①散文集—中国—当代
Ⅳ . ①I267

中国国家版本馆 CIP 数据核字（2023）第 103467 号

天趣斋随笔
TIANQUZHAI SUIBI

著　　者：孙玉文

责任编辑：刘兴华　　　　　　　责任校对：宋　悦　李海慧
封面设计：中联华文　　　　　　责任印制：曹　净

出版发行：光明日报出版社

地　　址：北京市西城区永安路 106 号，100050

电　　话：010 - 63169890（咨询），010 - 63131930（邮购）

传　　真：010 - 63131930

网　　址：http://book. gmw. cn

E - mail：gmrbcbs@ gmw. cn

法律顾问：北京市兰台律师事务所龚柳方律师

印　　刷：三河市华东印刷有限公司

装　　订：三河市华东印刷有限公司

本书如有破损、缺页、装订错误，请与本社联系调换，电话：010-63131930

开　　本：170mm×240mm

字　　数：296 千字　　　　　　印　　张：16. 5

版　　次：2024 年 1 月第 1 版　　印　　次：2024 年 1 月第 1 次印刷

书　　号：ISBN 978 - 7 - 5194 - 7254 - 2

定　　价：95. 00 元

自　序

　　我将收入本书的内容分为四卷，四卷中所收录的文章都是在报刊或网络上发表过的：卷一是"谈谈读古书"，探讨正确阅读古书时的一些规律和自己有关正确阅读古书的一些体会。附录"今天怎样读古书"是程悦对我的采访，2015年12月24日发表在北大《通识联播》上。卷二是"师友之间"，主要回顾我从我的部分师友那里所得切磋之乐的情况，也有几篇是我跟朋友们交流为人为学的文章，因为是在师友的感召、碰撞下写就的，所以也收入这一卷。卷三是"汉语研究拾零"，主要是探讨汉语研究中一些宏观或微观的原则问题。其中《做学问要会"搭架子"——王力先生对建构中国语言学系统的不懈追求》，是我跟刘翔宇合写，由我来执笔的。附录"汉语审音，科学性不是唯一标准"，是我接受王睿临同学专访的内容，发表在2019年3月11日的《此间INSIDEPEP-KU》上。卷四是"中国古典学"，收录了我在中国古典学和完善传统文化教育方面的几篇文章，都是我在多地进行学术演讲的讲稿。

　　我的教学和学术研究工作主要在于汉语史。本书所收文章不限于汉语史方面，涉及相关学科。书中所论反映了我近十年以来的一些思考，之所以汇编在一起，是想反映我近十年以来的若干心路历程，希望给对相关问题有兴趣的读者朋友提供一点参考。篇幅有限，难免挂一漏万。书中有不确之处，敬请读者朋友批评指正。

　　本书的编写，雷瑭洵、向筱路二位做了许多工作。由于文章散见多处，很不容易搜集齐全，唐琪不辞辛劳，将它们规整到一起。我的学生周玲娟、唐琪、何翎格、尹相沅、周子涵诸君为本书的出版做了大量工作。凡此，请允许我在此表示深深的谢意。

孙玉文

2022年10月10日于京西五道口嘉园之天趣斋

目　录
CONTENTS

卷一

01

|谈谈读古书|

理解性阅读和批判性阅读

——由王力先生谈阅读说开去

人类进入文明社会，阅读成为撷取既往知识的最重要途径。王力先生《谈谈图书馆》（1982 年）说，"人生于世，需要知识。知识就是力量。没有知识，我们将一事无成""知识是从实践中来……个人的实践经验是有限的，我们还必须借鉴于别人的实践经验和古人的实践经验……主要是靠阅读古今科学家、哲学家、文学艺术家的书籍"。

如何进行阅读，有规律可循。阅读活动中存在着理解性阅读和批判性阅读的区别。这两种阅读，根据阅读质量，还都有正误之别。正确的理解性阅读，是阅读者通过阅读活动，把握作品的内容实质，作品的内容是可以被阅读者正确领会的。正确的批判性阅读，是阅读者结合相关知识对作品内容的真假、优劣等进行评判。

正确的理解性阅读是正确的批判性阅读的基础。正确的阅读方式，必须先从理解性阅读开始，也就是"走进作品"；然后进行批判性阅读，也就是"走出作品"。当批判性阅读和理解性阅读相符合，也就是阅读者正确理解了作品时，才可能对它进行恰如其分地批判；如果批判性阅读跟理解性阅读对不上榫，也就是阅读者没有正确理解作品，那么他必然不可能对作品进行客观、正确地批判。可见正确的理解性阅读极为重要，只有理解性阅读是正确的，才有可能开展好正确的批判性阅读。

为了提高阅读质量，很有必要对理解性阅读和批判性阅读的关系进行总结。总结的途径有多种，一个比较直接的途径是从前人的认识中寻找答案。阅读是运用语言文字知识，从视觉材料中获取各种信息，认识世界，发展思维，获得审美体验与知识的活动，古今中外语言学家们对于阅读活动的认识成果最值得注意。

作为中国现代语言学奠基人之一，王力先生在长达大半个世纪的语言研究中，在阅读方面留下了不少言论，值得后人记取。我想提取王力先生著述中涉及理解性阅读和批判性阅读的部分内容，供大家参考，希望大家在阅读活动中重视理解性阅读。

一、要区分"整理"和"批评"

王力先生《老子研究》（1928年）区分了"整理"和"批评"，"整理"指理解性阅读，"批评"指批判性阅读。王力先生明确指出，研究《老子》，先要整理，然后才批评。《附记》说："整理事较易为，而批评则往往谬妄；故是篇但作整理工夫，至于批评，则有所待也。他日储识稍富，容或继今言之。"他针对既往学者研究《老子》偏重批判性阅读，忽略理解性阅读，得出老子重功利的观点进行商榷、批评，第七章《结论》部分指出："世惟以老子为主功利，往往捃摭聘书片言，傅会己意，弃全取偏，不知证之全书则扞格难通；甚至以弃智与任术同称，希言与明法并举，自相鉏铻，莫衷一是，不亦俱乎？"《做书评应有的态度》（1937年）谈做书评，先要认真阅读被评论的作品，"要做书评非把那书从头至尾细看一两遍不可""把那书从头至尾细看一两遍"是指要从事理解性阅读；"做书评"则是指批判性阅读。

因此，王力先生明确认识到，阅读中存在着理解性阅读和批判性阅读这两种过程，理解性阅读和批判性阅读都有正确与不正确之别，强调先要有正确的理解性阅读，才有可能有正确的批判性阅读。

阅读作品，存在着这两种阅读，特别是存在着正确的理解性阅读。这种认识，古人早已有了，古人非常重视正确的理解性阅读。陶渊明《五柳先生传》，假托世外高人"五柳先生"，说他"娴静少言，不慕荣利。好读书，不求甚解；每有会意，便欣然忘食"，这区分了理解性阅读和批判性阅读。"甚"应该理解为过分地，"不求甚解"是说不寻求过分地解读书的原意，含有尊重原文的意思；"甚解"则含有批判性阅读的意思。所以陶渊明后面说，五柳先生"每有会意，便欣然忘食"，"会意"指正确领会原意。可见，陶渊明重视正确的理解性阅读。朱熹比陶渊明说得更透彻。程端礼《程氏家塾读书分年日程》（卷三）（黄山书社，1992年）中《集庆路江东书院讲义》记录了朱熹的读书法，其一便是"虚心涵泳"，针对当时人阅读古圣贤作品时只是采取不正确的批判性阅读，"多是心下先有个意思了，却将圣贤言语来凑他的意思，其有不合，便穿凿之使合"，提倡读书不能先有主观成见，要"虚心""既虚了，又要随他曲折去""一字是一字，自家只平着心去称停他，都使不得一毫杜撰"，倡导"虚心涵泳"的正确的理解性阅读。胡应麟《少室山房笔丛·丹铅新录六》说，"凡读古人文字，务须平心易气，熟参上下语脉，得其立言本意乃可"，强调正确的理解性阅读的重要性及阅读方法，还批评了"毛摘片词，傅会胸臆"这种错误的批判性阅读。朱、胡二位都谈到了正确的理解性阅读的要求和途径。

王力先生针对阅读中存在的严重问题，认识到正确阅读的重要性，明确区分"整理"和"批评"，也就是区分正确的理解性阅读和正确的批判性阅读，揭示正确阅读的规律，跟朱熹等先贤看法一致，在当时有积极意义；强调先要进行客观整理，然后从事科学批评，在今天也很有现实意义。错误的理解性阅读是追新逐奇的渊薮，正确的理解性阅读是求实创新的基石。今天我们要创造新文化，必须坚持正确的理解性阅读。

二、正确的理解性阅读应遵循的原则和方法

对作品的理解性阅读必然有正误之分，也就是存在着理解和误解。这是规律。美国学者哈罗德·布鲁姆二十世纪七十年代在文学批评上提出了"误读理论"，倡导对文本进行不合乎文本实际的解读。此说法不乏追随者，也不乏反对者。哈罗德·布鲁姆宣称"一切阅读皆误读"，不免言过其实。人类之所以有语言，就是用来交流思想和完善思维，达到彼此互相理解，提高对世界的认识水平，舍此，语言没有存在的条件。哈罗德·布鲁姆没有办法不承认有"正读"，唯其有正读，所以才能断定有些理解性阅读是误读。理想的理解性阅读，必须不断矫正错误的理解性阅读，达到正确的理解性阅读，形成正读。

王力先生一生大部分时间花在古汉语研究上面，常年跟中国古书打交道，在如何做到正确的理解性阅读方面有相当多的真知灼见。字词句的正确理解正是语言学家们研究的目的之一，王力先生《训诂学上的一些问题》（1962 年）一文做了新的阐发，他结合古书注释的实践谈训诂问题，实际上也是如何正确理解比较难懂的字词句。他批判训诂时的实用主义和主观猜测，坚持实事求是，"自从胡适提出了'大胆假设，细心求证'的实用主义观点，许多人受了他的影响，抛弃了清代学者朴学的优点，而在前人主观猜测的缺点上变本加厉，以达到实用主义的目的。于是大禹变成了一条虫，墨子变成了印度人！训诂学上的实用主义，至今没有受到应得的批判。"王力先生区分求实和求新，求实是正确地理解古书，求新是对古书做出新理解，指出只有求实的求新才可取："从前常常听见说某人对某一句古书的解释是新颖可喜的。其实如果不能切合语言事实，只是追求新颖可喜的见解，那就缺乏科学性，'新颖'不但不可喜，而且是值得批评的了。"

怎样正确地理解作品的字词句？王力先生重视方法论，强调必须从语言事

实出发对作品进行科学解读："古人已经死了，我们只能通过他的书面语言去了解他的思想；我们不能反过来，先主观地认为他必然有这种思想，从而引出结论说，他既然有这种思想，他这一句话也只能做这种解释了。"从语言事实出发，就是要避免曲解，还原作品原意，"当我们读古书的时候，所应该注意的不是古人应该说什么，而是古人实际上说了什么"。

怎样从语言事实出发正确理解作品？王力先生就精读的要求，提出了一些具体的解决办法，今天仍具有针砭意义：

1. 正确的阅读理解，必须坚持"语言的社会性"原则，要求自己理解的那个词义在写书时代的语言中真正存在过，"如果某词只在一部书中具有某种意义，同时代的其他的书并不使用这种意义，那么，这种意义是可怀疑的""如果我们所作的词义解释，只在这一处讲得通，不但在别的书上再也找不到同样的意义，连在同一部书里也找不到同样的意义，那么，这种解释一定是不合语言事实的"。启示我们：对于作品中没有弄懂的词义，不能凭主观想象去定一个"意义"，要多利用工具书，遇到工具书不能解决的词义，应研究其他同时代的作品是否大量出现该词义，加以解决。

2. 词典中，一个词可以一词多义，但到了具体上下文，"一个词就只有一个独一无二的意义"，因此阅读时可以"因文定义"。上下文的这个词义是一个固定的意义，不是临时产生的，"一个词即使有很多的意义，我们也不能说，词在独立时没有某种意义，到了一定的上下文里却能生出这种意义来"，不可"望文生义"。启示我们：正确阅读作品，遇到上下文没有弄清楚的词义，一定要将这个词义弄个水落石出，得出"一个独一无二的意义"。清儒王引之提出的"揆之本文而协，验之他卷而通"的训诂原则是正确的。

3. 字有常义，有僻义，"从语言的社会性来看，语言的词汇所表达的，应该都是经常的意义，而不是偏僻的意义""我们在注释一句古书的时候，除非有了绝对可靠的证据，否则宁可依照常义，不可依照僻义。依照僻义，曲解的危险性是很大的"。启示我们：要准确理解作品的字词句，一般应按照这个时代的常义去理解它们。

4. 正确理解上下文的字词句，不能在语言文字上穿凿附会、随心所欲、主观臆断。就读古书来说，要避免滥用通假。要避免滥用通假，就需要合乎语言的社会性原则，多引证据，多举例子。"如果没有任何证据，没有其他例子，古音通假的解释仍然有穿凿附会的危险"，不能"把古音通假的范围扩大到一切的双声叠韵""单凭双声叠韵，并不能在训诂学上说明什么问题"。

5. 正确理解上下文的字词句，要重视逻辑思维，不能偷换概念。理解古书上下文的词义，经常要利用故训。古人常常用一个同义词去训释另一个同义词，但是古代的一个词可以表达好几个不同的概念，当古人用同义词为训时，训释的词只是在某一个概念上跟被训释的词所指相同，其他的概念不一定相同。因此，如果被训释的词本来取训释词的甲义，却偷换到乙义，就会出现偷换概念的现象。要避免偷换概念，就必须重视这种逻辑错误，真正弄清楚被训释词和训释词是在表达哪个概念上同义，从而正确理解古书。

6. 正确理解古书上下文的字词句，要重视故训，不要轻易否定故训，要以可靠的古注作为理解古书字词句的桥梁。

7. 对于作品中的疑难字句，如果没有办法弄懂，就要干脆承认自己不懂，采取存疑的态度，不要勉强提出一个新说。精读古今中外的作品，都要求字词句落实，但确实有些疑难字句没有办法落实下来。这在阅读中国古代作品时尤其常见，例如《吕氏春秋》《淮南子》中有几个字，直到今天，我们还不知道它们该怎么念，怎么讲。遇到这种一时解决不了的问题，当然是要承认没有弄懂，不必强作解人。

人们对于整篇文章、整部著作的理解，必须以对其中的字词句的正确理解为基础，但是不能停留于此，必须把握整篇文章、整部著作的内容和形式，这有一些规律和要求。跟理解字词句一样，理解整篇文章、整部著作，也必然存在误读现象，因此要不断矫正，形成正读。人们阅读整篇文章、整部著作，能力有强弱之分，能力由弱而强，必然有一个过程，应该循序渐进。阅读整篇文章、整部著作，可以有不同目的和侧重，如果跟循序渐进的过程结合起来，不同的阶段应采取不同的目的和侧重。整篇文章、整部著作可以有精读、泛读之别，一般人重泛读，对精读的窍门缺乏必要准备，因此应在精读上多下功夫。就读古书来说，不同时代的阅读方法不完全一样，封建时代阅读古书的办法今天不能完全采用。

王力先生认为，中学和大学阶段的阅读应有大差别，中学阶段主要培养阅读和写作能力，重在写作能力；大学阶段主要培养研究能力，因此阅读应有不同。《谈谈提高语文教学水平问题》（1980 年）说："本来小学毕业就应该能写粗浅的文章，当然中学毕业更应该学会写文章，在大学里腾出时间做些科学研究。"

中学阶段主要阅读整篇文章。一篇好文章，必然有它的内容和表达内容的起承转合、结构层次。对整篇文章正确的理解性阅读，我国历史上形成了以疏通文章字词句和分析文章做法为基础的理解传统，清代家喻户晓的《古文观止》即是如此，实践证明行之有效。20 世纪以来，逐步本末倒置，将文本本身的阅读放在其次，重点放在主题、艺术表达等比较抽象的分析上，没有达到中学语文阅读教学的目的。王力先生认为，阅读能力要和写作能力联系起来，培养阅读能力要为培养写作能力服务，他对当时中学语文阅读教学的若干做法提出批评，《谈谈提高语文教学水平问题》说："讲一篇文章，首先就用很多时间介绍作者、作者生平，然后讲时代背景，最后才讲文章本身，文章本身又大谈什么主题，什么描写的手法，我认为这是不合适的。应该从写文章的角度、从语言的角度多讲，而不是讲那些作者生平、主题、艺术手法之类的东西。最重要的就是要教会学生能写现代文，不是要把学生造就成文学家。"如何落到实处？王力先生提出，要选择典范性的文章来读，"学生要学会怎么分析表达，我们中学语文教师应当承担这个任务。文章最重要的是逻辑性问题，文章不通，叫做思路不通，思路不通，就是没有逻辑性，层次混乱，前后矛盾。所以我们在语文教学里，并不要求讲主题、结构、艺术手法，甚至也不要求大讲语法修辞，大讲语法修辞效果也不大。要紧的就是教学生怎么样运用思想。我认为语文水平的提高，有赖于逻辑思维的提高，思想有条理。"王力先生对正确的理解性阅读提出这些具体要求，旨在避免阅读者和作品之间的隔阂，能使阅读者很快进入对文章的思想内容和表达形式的把握之中。

大学阶段主要培养研究能力，因此中学学会的阅读方法要作为基础，但不能局限于读整篇文章，还要有针对性地读整部的经典书。王力先生强调，要想对作品有正确的理解性阅读，就要读序例、序文和凡例，《谈谈怎样读书》（1981 年）指出："首先应读书的序例，序文和凡例。过去我们有个坏习惯，以为看正文就行了，序例可以不看。其实序例里有很多好东西。序例常常讲到写书的纲领、目的，替别人作序的，还讲书的优点。凡例是作者认为应该注意的地方。这些都很好，而我们常常忽略。"还提出，对于书中重要的地方可以标识出来，"最好把重要的地方抄下来""读书要摘要做笔记"。

要读懂作品，是基于理解性阅读提出的要求。王力先生强调要培养阅读者的精读能力，达到举一反三、融会贯通，不能"囫囵吞枣，不求甚解"，这就认识到阅读能力是一种系统性的能力，可以通过阅读不同的作品培养出来。如何培养阅读能力？王力先生结合古文的阅读，提出了一些具体办法。《古代汉语的学习和教学》（1961 年）中说，在克服古代汉语的语言障碍方面，主张"要重视理性认识，也要重视感性认识""要重视通常的语言事实，要扎扎实实地掌握一般的东西""应该先抓词汇方面""常用词的常用意义……我们差不多在任何一部古书中都跟它们接触，如果不彻底了解它们，不但这篇文章懂不透，别的文章也懂不透，甚至完全陷于误解。为了培养阅读古书能力这一个目的，我们要有一个比较有效的方法，不能像以前那样，教员讲一篇懂一篇，不讲就不懂……如果说，寻求一种系统性的学习方法，使古书的阅读水平提高得更快，这种钥匙是有的，那就是掌握常用词的常用意义。这是一种以简驭繁的方法"。

为了培养阅读古文的能力，王力先生主张要继承传统的熟读和背诵的办法。《古代汉语的学习和教学》说，"只有熟读一二百篇古文，然后感性认识丰富了，许多书本上所未讲到的理论知识，都可以由自己领略得来""通过熟读和背诵，对古代汉语能有更多的体会，不但古代的词汇和语法掌握得更加牢固，而且对于古文的篇章结构以及各大家的风格，也能领略得更加深透……如果对自己的辞章修养提出较高的要求，古代的诗文可以供给我们更多的借鉴……就原则上说，背诵是好事，是值得鼓励的"。

三、如何开展正确的批判性阅读

王力先生认为，正确的批判性阅读比正确的理解性阅读更难。《老子研究》的《附记》说，"故是篇但作整理工夫，至于批评，则有所待也。他日储识稍富，容或继今言之"，王力先生明确指出，《老子研究》一书，只是在理解《老子》方面做了"整理工夫"，对《老子》的内容的"批评""则有所待也"，需要"储识稍富"，需要在正确的理解性阅读基础上进行，"容或继今言之"。这种治学态度甚为可取，在今天不失其积极意义。

今天有的研究生同学写论文时，似乎以为对前人的作品进行评价比理解它更容易，所以多选取前人名作进行学术评价作为学位论文，有一些没有下足深入理解的功夫，对原作的理解时有缺失，所作评价往往隔靴搔痒，不着要害；甚或颠倒正误，以错为对，以对为错。有些论文主要是受当今党同伐异或无限吹嘘之类恶劣书评，以及互联网上率尔为文的陋习的消极影响，看轻了严肃书评的难度，自以为是，对前人作品缺乏"虚心涵泳"的功夫和"储识稍富"的准备，一好百好，一坏百坏。王力先生说，对作品的"批评"难于"整理"，这是值得大家切记的。

王力先生强调必须开展批判性阅读，《谈谈怎样读书》说，"一本书，什么地方重要，什么地方不重要，你看不出来，那就劳而无功，你白念了。现在有些人念书能把有用的东西吸收进去……有些人并不死记硬背，有些地方甚至马马虎虎就看过去了，但念到重要的地方他就一点不放过，把它记下来""应考虑试着作眉批，在书的天头上加自己的评论……试试看，我觉得这本书什么地方好，什么地方不合适，都可以加上评论""要写读书报告……好的读书报告简直就是一篇好的学术论文"。

《做书评应有的态度》（1937年）阐述了用书评形式反映正确的批判性阅读成果时应有的态度和做法，强调做书评要视被评价的作品为天下公器，不能有私心杂念，要有良好的学德和学风："我认为书评是可以做的，只应该守着做书评应有的态度。态度对了，总算行吾心之所安；态度对了，纵使得罪了人，也可说罪不在我。一个人不能不读书，读了书有意见尽可以发表。又何必学那些'阅世深，趋避熟'的人们，只顾'独善其身'呢?"将做书评的态度分为对人、对事两个方面。对人方面，主张做到几点：第一，用真姓名；第二，对非名流的书也该批评；第三，对朋友的书，也该批评；第四，曾经批评过你的人，尤其是曾经以不正当态度批评过你的人，他的作品你不必批评。对事方面，主张做到几点：第一，没有价值的书有时也可批评；第二，批评的话应专对本书内容而言；第三，书评里用不着挖苦或讽刺的语气；第四，书评里应尽量避免反诘的语句；第五，评者与被评者辩论起来的时候，更该互相尊重，不可流于谩骂；第六，做书评不一定要找错处。王力先生最后总结说："书评的文字应该'质而寡文'，就是多谈是非，少说废话。要恭维时，我们只须说何处好，怎样好法；要指摘时，我们只须说何处错，何故弄错，或该怎样才不错。除此之外，什么都不必谈。这样做去，才能保全批评家的道德。"

王力先生《中国语言学史》（1981年）总结清代小学发达的原因时，引用清王筠《说文释例·跋》里一段话，肯定清儒"学风是优良的"，强调正确的批判性阅读要坚持实事求是、百家争鸣的优良学风，"且著书者每勇于驳古人，而怯于驳今人，谓今人徒党众盛，将群起而与我为难也。然使群起攻我，我由之而讲其非以趋于是，则我愈有所得矣；或以非义之词相难，则人皆见之，而我亦无所失矣。"这是说，阅读既往的作品，无论是古人的还是当代人的，都要勇于批评，"讲其非以趋于是"。

王力先生在《略论清儒的语言研究》（1965年）讲到学术批评，对被批评的作品不能"一知半解"，也就是要以正确的理解性阅读为基础；不能"偏于颂扬"，少于批评；对作品进行正确的批判性阅读要立足于学术本身，实事求是，不能纠缠于作品的政治立场；不能"空洞恭维"，缺乏"深入批判""要站在今天的思想高度"。批判既往，"不是为了昨天，而是为了明天"。

这些有关正确的批判性阅读的理念，贯穿着王力先生治学的始终。他根据自己对正确的批判性阅读的理解，写了《评 Word Families in chinese》《评〈爨文丛刻〉甲编》《评〈汉魏六朝韵谱〉》《评黄侃〈集韵声类表〉、施则敬〈集韵表〉》《评〈近代剧韵〉》等文章，后来的《中国语言学史》《清代古音学》《黄侃古音学述评》等著作都鲜明地反映了王力先生在正确的理解性阅读的基础上，进行正确的批判性阅读的成果。

由此看来，王力先生对于如何进行正确的批判性阅读具有系统性的认识成果，留下了相当多理论和实践成果，至今还仍具有浓烈的现实意义。总结这些成果，对于青年学生们如何从事阅读活动，会有很大帮助。

四、庸智效应

王力先生强调正确的批判性阅读比正确的理解性阅读难度要大很多，今天不少学生却以为写硕博论文，选一个代表性作品进行评价更容易。为什么有这么大的反差？原因很多。认为选一部代表性作品进行评价更容易，显然看轻了正确的理解性阅读的重要性，不少人有意无意忽视正确的理解性阅读的积极意义，将主要精力放在批判性阅读上，甚至只放在错误的批判性阅读上，追求语不惊人死不休，出现"躐等"现象，许多评判先入为主，断章取义；有的不到位，甚或歪曲作品原意，以对为错，以错为对；有的只是低水平重复既有的成果，没有独见。人们看轻理解性阅读，是没有明确意识到阅读中存在着这么一个阶段，没有明确认识到正确的理解性阅读是正确的批判性阅读的基础。

造成这种浮躁的阅读现象的一个原因，跟近几十年的语文教学有关。强调培养学生的理论素养、抽象思维能力，这没有错，但是所设计的具体教学方式往往是一厢情愿，难以达到这样的培养目标，甚至南辕北辙。从中学到大学的阅读教学，常常忽视了深入理解作品这一环节，学生学到的往往是一些浮泛的抽象知识和空洞的教条，没有养成沉潜作品、虚心涵泳的扎实功夫。学生们后来写的文章或著作，理论和实践两张皮，有时目空一切，自以为是，夸夸其谈，抓住一点，不及其余，议论问题表面上头头是道，实则多经不起推敲。

由于大家接受这样的阅读教育，因此，有时候，这种不到位、对错易位、重复既往的作品，在社会上得到一定追捧，形成"庸智效应"。庸智效应，指作品中一个十分错误的观点，一个尽管正确但并非新颖的观点，一个尽管新颖、正确但并非需要经过艰难求证得出的观点，在阅读者那里产生巨大的连锁反应，得到比较广泛的认同或赞赏。出现这种现象，跟阅读者忽视逻辑性训练、思维不清晰有关，也跟阅读者的偏好和惰性有关，在批判性阅读中缺乏自主性，没有反复斟酌，盲目跟风，因为适合自己的口味，就轻易相信一个在一段时间内吸引眼球的说法，这也就是《墨子》所说的"染于苍则苍，染于黄则黄"。

举两个互联网的例子来说明当今存在庸智效应。多少年来，我们一直强调要"批判继承古代优秀的文化遗产"。这话本身没有错，但有人忽略了"批判继承"是建立在正确理解的基础上，片面理解和强调"批判"，导致"批判"失真。例如有人不顾及《商君书》的全书及其产生的历史背景，"毛摘片词，傅会胸臆"，只取《商君书》中极端错误的言论，对《商君书》全盘否定，还歪曲历史，捏造事实说："数千年来，《商君书》都被统治者列为禁书，是有名的天下第一禁书"；民间流传《商君书》的，"一经抓获，死罪"。但是没有告诉人们这种说法的根据，其实是无中生有。还没有论证：《商君书》中那些没有提到的内容是否都是糟粕。因此，有理由怀疑《商君书》"祸害中国三千年"这样的说法是否读过原文，或者只是囫囵吞枣地读了一下，没有正确地理解《商君书》原文。但是这种无稽之谈在互联网上大获点赞。

再如最近在网上常常有中医和西医比较的帖子，争论中西医哪个是科学，哪个不是科学，以及中西医在我国的存废问题。观点非常对立，各有大量拥趸：有人说中医不科学，应取消中医；有人说西医不科学，应取消西医。很显然，这种争论已经不单是一个科学问题了。中西医的具体问题，比方说某中医书列的一个药方，有没有疗效，有什么毒副作用，这是可以研究清楚的，不过这种工作要由行家里手来做，一般人无力置喙其间。但我可以从阅读的角度论证这种争论是没有多大科学价值的。为什么？赵元任先生给王力先生的研究生论文《中国古文法》所做的批注有"言有易，言无难"，这是至理名言。这话是什么意思呢？这是说，比如，如果你说中医有可取之处，这样的课题就容易做：你只需要在你读懂的中医书中找出若干例子出来，证明中医有的方子能治某某病、某某病，因而有科学性，就可以。如果你说中医一无是处，这样的课题就很难做：你必须将中西医的作品一一研究过，具有正确的理解性阅读和正确的批判性阅读，得出真知灼见，然后才谈得上客观比较，在比较中见结论。中西医的书籍浩如烟海，不将所有的中西医的书籍读完，是没有办法从总体上论证中西医哪个科学、哪个不科学的问题的。世界上没有人能将中西方的医学著作全部读完、全部消化，因此谁也没有能力从整体上得出所有的中医或西医著作都是科学或都是不科学的。刚好我跟中国古书打交道比较多，对它稍微熟悉一点，大概有一点发言权吧。要否定中医，最起码要真正弄懂古代的中医书的内容，仅凭第二手材料，是不可能讨论好这样宏观的问题的。历代流传下来的中医书那么多，光《四库全书总目》子部医学类及存目，就列 196 种，内容庞杂，加上古今语言的隔阂，任何个人一辈子都不可能研究清楚。里头药方不少，要证明这些药方有疗效没有，那要经过反复实验、反复论证的。不经过这样的功夫，怎么知道古人列的药方的疗效。这些问题不研究清楚，就不可能有比较中西医优劣的知识储备。

庸智效应是一种客观存在，中外古今概莫能外。王力先生《论理学》讲到

"归纳推理的谬误"，注意到这种谬误容易在某些领域出现，也谈到归纳推理出现的谬误结论能引起社会效应。例如在"扩大作用与类比的谬误"中说："至于类比的谬误……推理到了社会问题与政治问题，就是最容易发生类比的谬误的。社会与政治的言论最美，最能诱惑人们的想象，对于民众普通的意念最易成功；然而从论理学上看来，也就是最容易发生谬误的园地。"可见推理中的谬误结论"对于民众普通的意念最易成功"。庸智效应不能真正给阅读者传达新知，还会传达错误的知识，给阅读者在知识的撷取上造成伤害，也给真正的文化建设带来负面效应。

当然，十根指头有长短，我们不必给这种庸智效应上纲上线，定性为"国民劣根性"，也不必霸气十足地按照自己的设计去改造它们，因为这是一种客观事实，今天有，今后还会有，不能强迫别人按照自己的意志行事。作为语文工作者，我们要做的事只能是：深入研究正确的理解性阅读现象，揭示其中的规律，正确运用到阅读实践中去，贯穿到语文教学中去，对症下药，引导学生把作品读透，读出其中的道理，培养学生的分析能力。从这个角度说，将王力先生对于阅读活动的真知灼见总结出来，是很有意义的。

（本文应广西壮族自治区政协刊物《文史春秋》杂志编辑部之约，为纪念王力先生120周年诞辰而作，发表于《文史春秋》2020年第7期，转载于《新华文摘》2021年第1期。）

我所喜欢的三本书

　　我们读书，是要吸取知识营养。要深入理解古人的书，真正将它读懂，必须抓住语言文字这把钥匙，不能满足于一知半解，做一个"差不多"先生。语言文字学，前人叫小学。怎么样才能真正打好小学的基础呢？你得占有一定的材料，我特别喜欢《诗经》，经验告诉我，阅读《诗经》是打小学根基的一个好选择，我要谈的第一本书是《诗经》。人立身于世，要堂堂正正，《论语》对我们有重大启迪，我接着谈素所喜欢的《论语》。古今中外的书浩如烟海，一个中国人，当然要读中国的一些书。中国的书任何个人一辈子都没有办法读完。我们有办法知道中国古书大体上讲了些什么内容，这是解题目录书带来的效用，我要谈的第三本书是《四库全书总目提要》。

一、《诗经》

　　先讲讲我为什么喜欢读《诗经》。孔子为万世师表，他用一句话概括《诗经》思想内容的特点和价值，叫"思无邪"，这句话对后人理解《诗经》很有启迪。孔子对他儿子孔鲤说，"《诗》可以兴，可以观，可以群，可以怨"，可见春秋时期，《诗经》的教化作用，已得到当时权威学者的充分理解。可能从春秋末期到战国，传承《诗经》的有很多家。经过历史积淀，《毛诗》独占鳌头，今天传的是《毛诗》。现在出土了战国到西汉《诗经》的一些断简，比对以后，更可以看出人们为什么对《毛诗》情有独钟。《毛诗》经过两千多年的持续解读，反复验证，已经解读得相当成熟了。

　　我喜欢《诗经》，不仅仅是因为它是我国第一部诗歌总集，直抒胸臆，当两千多年之后，我们还能从中听到从西周到春秋中期以前多个阶层的人们的心灵呐喊和脉搏跳动，体会到他们对当时的自然、社会独特而直观的反映视角，认识价值高；还在于它对后人研究小学具有无可替代的价值。

　　清代小学最为昌明，段玉裁和王念孙、王引之父子等，将汉字形音义互求的道理阐发、运用得登峰造极，最锐利的武器是"因声求义"。没有《诗经》，就形成不了清代小学昌明的局面。《诗经》有数量可观的押韵段落，有很多地方讲究语音技巧。《诗经》的押韵和语音技巧跟后代近体诗不同，当时的诗人只能根据那时的实际读音来安排韵脚字和语音技巧，形成"天籁"，这对了解《诗经》时代的语音太有价值了。《诗经》的诗篇，主要产生在黄河中下游和长江中游、汉水一带，地域固定，都是西周至春秋中叶以前，前后约 500 年的诗歌，语音变化小，又经过了雅言化，非常适合研究出一个雅言性质的共时的韵部系统。舍弃《诗经》，不可能将先秦的语音系统弄清楚，谈不上贯彻"因声求义"的训诂方法来解决秦汉以前古书的释读问题。

孔子曾经劝他儿子孔鲤读《诗经》，其中一条理由是，《诗经》可以使人"多识鸟兽草木之名"。《诗经》保留了很多古语词，后代的一些修辞现象，诗歌的一些特殊的句式，都能在《诗经》这里找到源头，对我们打下训诂学基础很有帮助。例如"叔"的本义指拾取，《豳风·七月》"九月叔苴"的"叔"使用了这个意义。历代研究《毛诗》的著作极多，有精有粗。就后人的释读来说，还是《毛传》和《郑笺》《孔疏》最忠实于原文，最权威。对比《毛传》《郑笺》跟其他古注的异同，仔细体会异同之所在，从中可以锻炼自己的判断能力，提高自己的训诂学素养和古书阅读的功夫。

二、《论语》

我喜欢《庄子》，不亚于《论语》。《庄子》讲出世之道，渺天地如一粟，视万类为一物，大小而小大，汪洋恣肆，立意高远；《论语》讲入世之道，讲仁爱，克己复礼，也讲如何治学，修身养性，娓娓道来，语言平实。这两本书所谈内容并不都互相排斥，可以综合起来加以运用，都值得一读。现在世界变小了，人们的社会性远远超过了《庄子》时代，我以为可以先读《论语》。

《论语》是孔子死后，他的门人感觉到应该将他以及弟子们的嘉言懿行用白纸黑字的定本形式汇集在一起，其中还有孔门再传弟子提供的相关信息，具体的汇集工作由子游、子夏、仲弓等人完成。《论语》的"论"读平声，含有"有条理地讨论"的意思。顾名思义，《论语》一定是将所收集到的反映孔门思想行为的具有借鉴意义的材料，依照一定的条理，加以编辑的。今所见《论语》二十章，不但各章有一个主旨，而且一章内部各篇之间都会有不同的联系和区别。有些相同的字面摆在不同的"篇"中，应该是为了说明上下文中不同的道理。今天读《论语》，非常应该注意这些事情，但今人不大注意章与章、篇与篇之间的脉络，将《论语》读得支离破碎，影响了对它的系统把握。我们看看南朝梁皇侃的《论语义疏》，看看《十三经注疏》中《论语》注疏，可以知道，唐宋以前的人读《论语》，很重视这一点，是将《论语》作为一个有机的整体来读的。我喜欢《论语》，一个重要的原因，是它看起来似乎零零散散，实际上有脉络贯穿其中。把握这种脉络，对阅读其他的书有隅反之效。

读了《论语》以后，我感觉到孔子身上有许多优秀的品质。至少有三点：第一，他有铁肩担道义的奋斗精神。孔子所处时代，社会各种矛盾非常尖锐，但他并不以个人利益作为思考问题的基点，而是以拯救天下苍生、推动社会文明为己任，为此而奔波、而奋斗，毫不妥协。这种境界远非"名利"当头者所能企望。第二，他对社会的黑暗有强烈的批判精神，表里如一，锋芒毕露。很多人看到孔子温良恭俭让的一面，而这绝非孔子全部。《论语》中体现出来的孔子，对社会的黑暗、不合理、不公平有浓烈的批判意识。孔子不是为批判而批判，他往往都是就事论事，针对性强，讲出令人信服的道理，直言不讳地提出批判、批评。我们今天有些学者，既要表现自己有批判意识，又怕承担责任，于是找到一个稳妥的办法，绕开具体对象，设定一个抽象性的靶子，进行抽象批判，表面上头头是道，其实没什么实际效果。第三，孔子具有为实现自己的理想而鞠躬尽瘁、死而后已的执着精神，身体力行，百折不挠。孔子这些优秀品质，后儒难以企及。他被后人尊奉为至圣先师，成为两千年来知识分子的楷模。

《论语》在当时是平白易晓的文字。时过境迁，后人觉得很难懂。要想将《论语》读得精熟，得看旧注疏，里面有很多串讲的内容，基本上都忠于原文，不做歪曲原意的发挥，有助于正确理解《论语》。可以说，《论语》是我国最具代表性的经典。同样是经典，它们在社会上起的作用不一样：道教的经典《老子》《庄子》，伊斯兰教的经典《古兰经》，基督教的经典《圣经》等，它们的影响绝非创造一点物质文化这么简单，它们在凝聚社会力量中发挥出来的作用是一般人很难想象的，《论语》的重要作用今天有些人可能看轻了，一般人认识得没那么真切。《论语》的一些内容，有人可能觉得稀松平常，但是《论语》中是首次谈到，这就注定了它的不朽。

三、《四库全书总目提要》

我喜欢《四库全书总目提要》，是因为它是一本谈书的书，一种解题目录，将清代乾隆以前的一些重要典籍分门别类，先是经、史、子、集四大类，在四大类下有小类，小类里面分子目。然后给著录的书分别写提要，讲某本书作者是谁，如果作者没有确定下来，就讲关于本书作者有什么不同意见；该书在后代的传承，何时成书，跟以前的书、以前的学术有什么渊源；这书有哪些主要内容，价值、缺陷何在；以前对这本书有什么研究，研究质量如何；有哪些版本等。提要的编者往往抓住要害问题，鞭辟入里，具有极高的学术性。

提要的编者基本上都是研究所录各书的国手，聚集在编提要的课题中，他们既分工合作，又在学问上竞争、碰撞，编写态度认真，一丝不苟，比较充分吸收旧有的研究，善于提出、解决问题，言必有据，反复修改，大多说得中肯、到位。由此可见编者的学术素养远非一般学者可及，尤其是考证方面，他们都是一等一的高手，解决了前人没有解决的不少问题。这本书也有具体缺陷，后来余嘉锡写《四库提要辨证》，补其缺漏，纠其错讹，洋洋可观，参考价值明显。

《四库全书总目提要》是大部头的工具书，大家经常从中查找自己所需要的内容。我觉得不妨泛读一遍。读下来以后，就会知道乾隆以前一些重要古书大致讲些什么内容，摸一摸我国古书的"家底"，做到心中有数。我从事的是汉语史方面的教学和研究工作，自然从《四库全书总目提要》中吸取营养，提升自己的学业。传统学问中，跟汉语史关系最密切的是小学，小学是放在经学里面的。但只看经学部分，那就不全面。经学以外的部分，也都涉及小学的内容。所以，无论你研究古代什么学问，将《四库全书总目提要》从头到尾都看一遍，还是有益的。对我来说，《四库全书总目提要》是我喜欢的古书之一。

（原载《南方周末》2020 年 10 月 12 日）

我在北大参加的三个读书会

　　北大学生撷取知识的方式，除课堂教学、学术报告、学术访问、自学，以及学校和各院系开展的各种社团活动外，还有由部分师生自发组成的各种专书读书会。

　　北大 120 周年校庆，我们期待巍巍北大立足中国文化，放眼中外，融通古今，致力于传承"兼容并包、思想自由"的治校理念，百花齐放，百家争鸣，激荡中国思想新潮，引领中国学术道路，继续创造震古烁今的新文化。要达到这样的目标，精读古今中外的著作是一项基础工作。我想就我所从事的专业的角度，略谈我参加的三个专书读书会，表达一点想法。

一

　　"读书"的概念先秦已出现，《礼记·文王世子》："秋学礼，执礼者诏之；冬读书，典书者诏之。"此"读书"指阅读、诵读书籍。"读书会"这一概念的出现，要晚于"读书"两千多年。古代可能有类似于专书读书会这样的民间组织，然尚待考证；二十世纪初，已有读书会一类的组织；今天，读书会已非新事物。五四时期，北大有同仁组建了读书会，对中国新文化的发展起推波助澜的作用，是由几个至一二十个大学师生，根据自己的兴趣爱好，自发组成专书读书会，将一部专书读下来，以前不多见。

　　21 世纪初至今，北大中文系不少师生自发组建了一些专书读书会，就一些共同感兴趣的话题，在一起阅读相关著作。我参加过几个读书会，起先读《左传》《韩非子》等，后来读《毛诗古音考》《音学五书》等著作。这些阅读活动，借鉴了中文系二十世纪六七十年代以来所开《说文解字研读》《古音学》《马氏文通研读》等课程的读书经验，效果明显。

　　原来我们上这些课时，郭锡良、唐作藩等先生很少采取今天一些专书研读课程中只概括分析专书若干问题的讲法，这些讲法往往只是交代一下相关背景，提纲挈领地分析一些专书，重在讲一些理论问题，这是必要的，但较少阅读原典，对学生的帮助有限。郭、唐等先生则是带着我们将段玉裁《说文解字注》，顾炎武、江永、段玉裁、钱大昕、江有诰等人的古音学著作，马建忠的《马氏文通》等，依课时要求，或从头到尾，或选取部分内容，由一人主读、主讲，其他人质疑、辩难，然后由老师点评的方式进行学习。这是注重从治学的基本功做起，涉及断句、标点资料核对版本、目录、校勘，文字、音韵、训诂，以及如何划分段落，归纳一部专书各部分的大意，如何正确理解著作的言外之意和基本内容，对著作进行科学评判以作出正确取舍，等等。

这种训练方式科学管用，我们至今都深感它对自己业务能力的培养是多方面的，对后来的研究工作帮助极大。很多人常常在读书活动中培养了自己的胆识，增加了阅读专书的兴趣，长了见识，从微观和宏观方面都提升了自己的思考能力；还确立了自己的研究课题，甚至是一辈子的研究方向。读书会借鉴了这种授课方式，所得甚多。大家在一起，各人从不同的角度谈心得，不同的观点相碰撞，加深了对作品的理解，常有意想不到的收获。阅读专书，最重要的，是学会了怎样精读一部书，这是更大的收获，不限于一部专书的专业领域。一个人学术成就的大小，跟专书阅读能力的高下成正比。专书精读能力的培养，对成就一个优秀的学者，其重要性不言而喻。

精读专书有规律可循，但目前对这些规律的认识还很不足。坊间有一些谈如何精读的作品，有些堪称名作。对专书阅读者来说，只能是一种参考，不一定都是真知灼见。即使字字珠玑，但不经读者自己的亲身实践，自己的消化，则终究有隔，读来不会亲切有味。只有亲身体验，精读的技巧才会水到渠成地得到培养，淋漓尽致地展现出来。

二

一篇文章，一部著作，它的内容是有机的整体。不从头到尾读完，就不能全面、深刻领会其内容，造成对作品做割裂、肤浅的理解，造成理解的失真。不会正确把握、撷取既往知识的学者，不能算一个好学者，一个真正有创造力的学者，真正有创造力的学者，不可能白手起家。学会正确理解一篇文章、一部书的内容，这是一个合格学者的基本功。

古代从小学起就强调学生从一本本书读起，学生入学后，开始读整部《论语》《孟子》，而不仅仅读选本、选篇。这个传统今天没有很好地延续下来，学生在中小学阶段的语文训练，往往局限于单篇文章。相较而言，学生单篇文章阅读能力强于整部著作的阅读能力。

一部专著显然比一篇文章更能容纳复杂的内容。一种血肉丰满的原创性理论，或者一种颇具影响的理论体系，一种全景式的叙事著作，常常不是单篇文章容纳得下的，得以专书的形式记录下来。单篇文章的精读不能取代专书的精读。专书也是写给人看的，其作者为了使读者了解他的思想，都会使用一些用来沟通他和读者的方式，不精读，就难以了解作者心灵的律动和创建系统的艰辛，一部著作的成败得失，容易被人牵着鼻子走，流于人云亦云，因此精读专书很重要。

研读专著，方能写出专著；精读经典，方能创造经典。互联网出现后，写短平快文章的人更多，写有真知灼见的专著的人少；写取悦大众口味的作品的人更多，写引领时代新潮著作的人少；写感想式专著的人更多，写真正成科学系统的专著的人少；方法上搞跳跃式论证的多，作严密推导的少；内容上陈陈相因的多，振聋发聩的少。专著愈出，学问愈拙。造成这种尴尬局面的一个重要原因，就是对专著缺乏精读。学校教育忽视学生对专书阅读理解的训练，强调阅读单篇文章，对整部著作，片面追求理论灌输，不大注重引导学生将一部专书阅读下来，以便从源头上帮助学生分析一部著作是怎么构思的，从系统的高度去认识专书的内容。

专著的实际内容远大于教师讲授的部分，教师讲授的内容有限，需要学生通过阅读来弥补。特别是一些理论著作，初学者没有阅读原著，因而对教师的讲授无法作出正确评判，也无法详细了解构建重大理论必需的素材、所需要的知识储备，难以深切体会如何真正构建理论系统。有的老师的讲授甚至使初学者感到理论深不可测。这种教学方式有躐等之嫌，很大程度上暴露出教育工作者自己对原始著作精读不够的弊病，导致不能指导学生精读理论著作，真正以金针度人，使学生似懂非懂，眼高手低。

中小学阶段的语文教学，主要围绕高考的指挥棒转，学生在课堂上只能阅读一些单篇文章，即便如此，很多学生单篇文章阅读的技能也不一定过关。至于遇到一部书，中小学语文教材只能选取其中的一部分来读，整部著作的阅读能力的培养没有提到日程上来。目前阶段，专书阅读的任务要靠大学来培养，读书会是一种好形式。

三

先说说《史记》读书会。这个读书会每周一次，多集中在星期五下午 3 点至 5 点。《史记》很长，《史记》读书会持续的时间也很长，已开展了好多年，从老化学楼读到今天人文学苑，读书的人换了一拨又一拨，寒来暑往，到现在才刚刚将《史记》的各种《表》读完。

起先是邵永海教授组织他的学生一起阅读《左传》《韩非子》，效果较好。后来他加以推广，让感兴趣的同学组成《史记》读书会，我和宋亚云先生参加进来。有时候，外系的老师和外校的同学、本校的留学生同学也参加这个读书会，文理科背景的同学都有。即使是中文系的学生，也是语言、文学、文献专业的都有，这对阅读内容博大的《史记》极为有利，对扩展同学们知识面甚为有益。

参加读书会的师生，从刚入学的新生，一直到面临毕业的博士生；从《史记》的业余爱好者，到多年研究《史记》的专家。多年参加读书会的师生起到了传帮带的作用，使大家很快能深层次地进入《史记》研究殿堂。

多人在一起精读《史记》，和一人独自精读相比，效果要好得多。大家使用的《史记》的本子有不同。一个同学读，另外的师生对照自己的本子听，于是版本、标点断句、分章分节、原本理解的异同等，立刻呈现出来。大家交流这些异同情况，研究的课题就出来了。

通过一起精读，不同知识背景、知识结构的人提问的角度可以完全不一样，有相当多的问题提得很深，出人意表，但都是真问题，令读书会的师生都感到很有收获。

有相当多的同学，由于待在北大的时间长，参加读书会的年头多，进步很明显，发现、提出问题，寻求解决问题的途径，直至解决问题的能力大幅提升。有些原来大家都不经意的问题，在读书会中提出来了。

有问题就要解决，不少同学就大家发现的问题写成颇有见地的论文。2016年12月9日至11日，北大中文系和陕西师大文学院破天荒地在西安联合举办首届"北京大学—陕西师范大学《史记》研究双边论坛"，由两校学生唱主角。我和邵永海教授带着北大《史记》读书会的部分同学，代表中文系，前往我国《史记》研究的重镇陕西师范大学文学院，出席这次盛会。雷瑭洵、程悦、许典琳、李举创、金琪然、张亿、涂琬洋、杨思思八位同学宣读他们《史记》研究的论文，得到两校老师的高度评价。

看来，《史记》读书会的活动还得要在相当长的一段时间中深入下去。

四

上古音讨论会历时一年，从 2015 年 9 月开始，到 2016 年 9 至 10 月结束。美国白一平教授（William H. Baxter）和法国沙加尔教授（Laurent Sagart）合写了一部书，2014 年由牛津大学出版社出版，书名叫 *Old Chinese: A New Reconstruction*，翻译成中文，可以叫《上古汉语构拟新论》。

2015 年春夏之交，有几位从事中国文学研究的美国学者来北大参加中国古代文学的中西对话会议，他们向我的朋友隆重推荐该书，指出：北大太过保守，对这部著作没有给予足够的重视。我的朋友傅刚教授在一次聚会时将这个意见转告给我。我当即表明我对白一平既往研究的不同意见，郑重承诺：我们会重视白一平和沙加尔的新作，对他们的新作做出认真反映，以对得起学术界。

早在 1995 年或 1996 年的时候，我的朋友，来自伦敦大学的魏克彬兄，来自莫斯科大学的易福成兄，都告诉我，白一平先生 1992 年出版了 *A Handbook of Old Chinese Phonology*（《汉语上古音手册》），在欧美影响极大，希望我作出反映。我拜读了这部著作以后，感到它的再分部过于草率、随意，结论站不住脚。但当时忙着写博士论文，没有作答。白、沙 2014 年出版这部书，是 21 世纪初我们发起的国际音韵学方法论大讨论的延续，我们必须研究这部书，这对摆正目前汉语上古音研究的学术方向意义重大。

我跟郭锡良、宋绍年、张猛、邵永海等先生商量，希望对白、沙的新构拟有所回复，"来而不往非礼也"。郭先生建议，让我的学生分头翻译白、沙的《上古汉语构拟新论》，一人一章，每周由翻译者主讲，大家一起讨论，是其是，非其非。

我们从 9 月份开始讨论。白、沙的书经过多人的捧场，在海内外产生极大反响。我看了白、沙原文和译文，经过参与讨论，深感该书从材料到理论都有严重欠缺，硬伤累累，不是成功之作。我们的这场读书会，吸引了北大校内外的人士参加，例如中国人民大学的郑林啸、高永安、赵彤、李建强，北京语言大学的梁慧靖，北京大学出版社的王铁军等老师都来参与讨论。在读书会开展不久，传来这部专书获得 2016 年美国布龙菲尔德图书奖的消息，更使我感觉到，我们必须正本清源，不能让谬种流传，给国际学术研究带来消极影响，首先要把读书会搞好，将学术问题搞个清澈见底。

这个读书会跟一般的读书会不同，它不是精读历史上经久流传而成为经典的名著，而是研读刚刚出版的学术著作，具有及时性。参与读书会的师生对书中几乎每个例句、每种方法、每个结论，结合传世和出土文献、汉语历代方言和汉藏诸语言的研究，追本溯源，深入清理，挖掘该作品的是非功过，绝不留死角。大家从不同角度、不同侧面分析该作品，不同的观点互相交锋，逐步认清了这部作品的诸多方面。一致认为，这部著作从材料到方法，到论证步骤、结论、学术方向、学风建设，都存在着严重问题。

读书会的不少同学由此碰撞出很多火花，写出多篇很有价值的学术论文。

例如程悦针对白、沙书中大量而轻易地推倒清代迄今的成说，新分出多种韵部的做法，解剖麻雀，详细搜集、整理先秦到两汉的资料，论证白、沙书中宵药二部分部缺乏起码的事实根据，方法运用具有随意性；王志浩利用自己的数学优势，重点解析白、沙著作中运用数理统计方法的基本失误，从方法论的角度确定本书的再分部不能成立，运用数理统计法帮助自己进行古音再分部，这是白、沙书中最为得意的地方；赵团员、雷瑭洵、汪春涛、向筱路等同学则从材料分析的角度，多方面论证本书材料分析的粗疏。这些论文，得到不少刊物的青睐，将要发表出来。

大家还及时找来 2015 年 10 月刚刚在欧洲召开的对白、沙著作展开讨论的学术研讨会的相关论文，拜读了何大安、何莫邪两位教授的大作，备受鼓舞。两位何先生的文章都看出了白、沙著作的问题所在，对它进行了有理有据地批评。同学们很快走向学术前沿，增强了胆识，拓宽、加深了基础，自觉地展开中西学者之间真正的平等对话，扩大了北大汉语史学科的国际学术影响，赢得学术声誉。

上古音讨论会过后，白一平教授曾到北大中文系举行座谈会，跟参加读书会的雷瑭洵、赵团员、王志浩、刘翔宇等同学就其上古音构拟的一些重要问题，展开讨论，互相交锋，堪称学林佳话。这次座谈会的内容，已经有人发布到了互联网上，在《语言学微刊》上登载了，读者可以参看。许多行家对上述几位同学的表现表示极大赞赏，热烈的学术讨论对推动上古音研究健康、稳定发展，起到积极作用。

五

上古音讨论会后，同学们热情高涨，体会到精读清代古音学著作的重要性，希望我搞一个上古音读书会。我自然很乐意：汉语音韵学向称"绝学"，近二三十年来，从事上古音研究的学者极少，有的学者对上古音研究处于"看热闹"的状态；某些汉藏诸语言比较和古文字考释中，出现乱用、滥用古音学成果的逆流，与此难脱干系；一些有关上古音的不科学的构拟大行其道，跟这一领域的人才断档有绝大关系。组织上古音读书会，显然对培养这方面的人才极有好处。于是我们从 2015 年 9 月份开始，每周二的晚上从 7 点到 9 点，自发组成一个上古音读书会。听课的主要是我的研究生和访问学者，也有本科生同学，除了中国大陆的，还有来自中国台湾和欧洲的学生。

上个学期，我们选读了陈第的《毛诗古音考》和顾炎武的《音学五书·唐韵正》。《毛诗古音考》只精读了《自序》。古代语言学著作，很少专门谈理论的，而《序》《跋》里面有较多谈理论的内容，值得重视。我们重点读《唐韵正》。

通过对《毛诗古音考·自序》的四个小时的精读，同学们深切地体会到陈第破除"叶音说"时论证的独特视角，敏锐的洞察力，以及严密而细致、深入的逻辑推导力量，还潜移默化地体会到了陈第的批评精神，他的理论眼光，从而深刻认识到"叶音说"是错误的，深切领会古音是一个系统的观念。这种精读，对比仅看学术史著作中的相关言论，自然要真切、细密。回过头去看该书的正文，必定豁然开朗。

接下来对《唐韵正》的精读更是别有一番天地。《唐韵正》按照《唐韵》的顺序排列材料，先分四声，再分韵。精读也按这个顺序进行，但注意四声相承。参加读书会的同学轮流主讲，大家一起互相辩难。主讲的同学仔细阅读整个相承的各韵，选出他自己认为需要讨论的内容，进行讲解分析。例如讲东韵，连带要看相承的董送诸韵。顾氏考证的词条太多，不能一一讨论，需要作出取舍，这需要训练主讲者的识断，该选什么，不选什么，必须仔细调查，说出自己的取舍理由。

古音研究上蔚成大家的学者，跟今天有成就的学者一样，都重视理论。今人更重视以探求理论作为自己的目标，古人则往往不把理论明白说出，将它蕴含在材料的分析当中，以解决具体问题为依归。最好的做法是两者兼顾。《唐韵正》是解决具体问题的典型作品，考证了许多字的古音，注明某字今读某，古读某，然后摆出一大堆材料。不认真研读，就会以为顾炎武"正《唐韵》之失"时，似乎没有什么理论。其实完全不是这样。顾炎武写《唐韵正》，考证每个字的古音，看了大量的材料，在理论上煞费苦心：所用的材料能否证明自己的结论，为什么这些材料能证实自己的结论，这背后都有他的理论做支撑。他还对一些反例作出解释。

我国古代重要的语言学著作有一个很鲜明的特色，就是它们较少谈理论问题，理论常隐藏在具体问题的分析背后，《尔雅》《方言》《说文解字》《切韵》《说文解字注》《广雅疏证》等，莫不如此。这是我们阅读时要深切关注的现象，绝不能以为古人没有理论。不挖掘其背后的理论因素，就不可能将这些古书读懂。读者要弄清楚顾氏考证的利弊得失，就必须体会支撑顾氏具体考证背后的理论。不然的话，面对自己的阅读对象，就看不出它的门道，看不出它的有机联系。这就需要读者精读相关内容，包括《音学五书》的《音论》部分，还得仔细思索，《唐韵正》的具体考证运用了《音论》中的哪些理论，还有哪些理论是《音论》部分没有谈过的。

　　仅仅这样还不够，还得核对引文，所引材料是否准确，《唐韵正》涉及的材料是海量的，有些材料的引用有误，有误的地方还不少，需要一一核实清楚，边核对，边理解，将材料理解透彻。读书会这方面的工作开始做得不够，后来得到加强，发现不少顾氏引证上的舛讹。这些发现相当多的部分很重要。

　　核实、理解清楚材料后，还得给材料分分类，研究这些材料是否能证明顾氏的观点；顾氏哪些地方讲得精彩，哪些地方讲错了。这需要了解顾氏到底持什么观点。要知道顾氏的观点究竟是什么，必须先读进去，首先就要顺着他的思路走一遍，切忌用别人的思路代替顾氏的思路。例如顾氏举了很多《诗经》的韵脚字证明某字古音读作某。我们知道，有些字是否是韵脚字，诸家看法不一。我们不能把后起诸家所定的韵脚字，当作顾氏所认定的韵脚字。要知道顾氏对具体字是否入韵持什么观点，就要参考《诗本音》。读书会的同学开始还对此有所忽视，经提醒，大家自觉地前翻后查。

　　通过这个例子，我们可以知道，第一点，读古人书，首先应该读进去，顺着古人的思路走；然后才是读出来，利用后来成为已知知识的成果，进行科学评价、科学吸收，发展我们的学术。第二点，古人的著作往往自成系统，读其中任何一个部分，都牵涉到另外的部分，因此断章取义的读书法是片面的。

　　经过一个学期的阅读，大家基本能读出《唐韵正》背后的东西，形成了一些正确认识，也学会了如何精读它，收益明显。我相信，到了下个学期以后，我们对清代古音学著作的精读会登上更高的台阶。

　　我们的专书读书会还处于摸索阶段，需要完善。我要强调我在上面所说的一句话：研读专著，方能写出专著；精读经典，方能创造经典。

　　　　（原载《精神的魅力2018》，北京大学出版社2018年5月第1版）

变调构词研究和诗歌的鉴赏与研究

文学是语言的艺术。一方面，没有语言，就不可能有文学。另一方面，我们欣赏文学作品，把握其思想内容和它的其他艺术形式，必须从语言入手。有时候，人们强调：在解决文学作品中某一个疑难字词的时候，要注意上下文的语境，包括作品的思想内容。这并不能证明理解文学作品，先理解内容，后理解语言。道理很简单：人们说通过作品的思想内容理解疑难字词时，这个业已存在的"思想内容"是从作品的语言获得的，只是上下文中某一个或某一些疑难字词人们还不懂得，需要结合已从语言形式中获取的思想内容中进一步解决这些疑难问题。归根结底，还是通过语言形式把握其形式特点及其思想内容。在诗歌的理解、欣赏方面也是如此。下面讨论变调构词在诗律的学习和研究中的作用。

一、何谓变调构词

变调构词隶属于音变构词。音变构词，通过基础词音节中音素的变化构造意义有联系的新词。依汉语音节声、韵、调三要素，音变构词可以分为变声构词、变韵构词、变调构词三种简单的类型。有的音变构词涉及声、韵、调中两种以上音素的变化，这是更复杂的类型。

变声构词。通过基础词音节中声母的变化构造意义有联系的新词。例如"臭"，尺救切（上古昌母幽部长入），气味；许救切（上古晓母幽部长入），用鼻子嗅气味。"畜"，丑六切（上古透母觉部短入），积蓄财物；许竹切（上古晓母觉部短入），用聚积的财物畜养人。"朝"，陟遥切（上古端母宵部平声），早晨；"潮"，直遥切（上古定母宵部平声），早上涨的潮水。这些配对词刚产生时，其韵母和声调都相同，只是声母有别。

变韵构词。通过基础词音节中韵母的变化构造意义有联系的新词。例如"行"，户庚切（二等字，上古阳部平声），道路；胡郎切（一等字，上古阳部平声），行列。"获"，胡麦切（二等字，上古铎部短入），猎获；"获"，胡郭切（一等字，上古铎部短入），收割谷物。"谋"，莫浮切（三等字，上古之部平声），谋划，商量办法；"媒"，莫杯切（一等字，上古之部平声），说合婚姻的人。这些配对词刚产生时，其声母和声调都相同，只是韵母有别。

变调构词。通过基础词音节中声调的变化构造意义有联系的新词。例如"文"，平声，花纹；去声，文饰。"研"，平声，研磨；"砚"，去声，研磨的文具，砚台。"好"，上声，善，美好；去声，爱好。"秉"，上声，握，拿；"柄"，去声，器物的手握处。"率"，入声（上古短入），率领，统率；去声（上古长入），统领的人，即统帅，元帅。这些配对词刚产生时，其声母和韵母都相同，只是声调有别。

复杂的类型。通过音节中声韵调三要素的两种或三种要素的变化构造意义有联系的新词。例如"长"，直良切（上古定母阳部平声），两端之间距离大；知丈切（上古端母阳部上声），生长，长长了。这组配对词韵母相同，但声母和声调有别。"食"，乘力切（上古船母职部短入），食物；详吏切（上古邪母之部去声），意思是饭。这组配对词声韵调都有差别。

变调构词是汉语口语的反映。例如"烧"，平声，"燃烧"；去声有两个意思"彩霞"和"野火"。不但平声一读来自口语，去声一读也来自口语。例如唐代元稹《竹部（石首县界）》："科首霜断蓬，枯形烧余木。"其中"烧"下原注："去声。"这是"野火"义。许棠《青山晚望》："风移残烧远，帆带夕阳遥。"这是五言律诗，其中"风移残烧远"平仄类型是"平平平仄仄"，第四个字"烧"必须是仄声。司空曙《送李嘉佑正字括图书兼往扬州觐省》："晚烧平芜外，朝阳叠浪东。"这也是五言律诗，其中"晚烧平芜外"平仄类型是"仄仄平平仄"，第二个字"烧"必须是仄声。这是"彩霞"义。温端政《忻州方言志》（47页）第三章《同音字表》所列忻州谚语："早烧雨，晚烧晴"，晋语有谚语："早烧不出门，夜烧一场空。"唐诗的用例和现代方言都证明"烧"的去声音义有口语基础。

上古汉语已有变调构词。请参看拙著《汉语变调构词研究》（增订本）。这里只举一个例子。例如"思"。《楚辞》"思"入韵5次，作"思考，思念"讲4次，叶平声（或平上通押），《湘君》叶"来，斯（'吹参差兮谁思'）"，《山鬼》叶"狸，旗，思（'折芳馨兮遗所思'），来"，《抽思》叶"思（'灵遥思兮'），媒"，《惜往日》叶"时，疑，娭，治，之，否，期，思（'远迁臣而弗思'），之，尤，之"；作"愁思"讲1次，叶去声，《九辩》叶"思（'蓄怨兮积思'），事"。两汉"思"叶平声的例很多，不备举；作"愁思"讲9次，皆叶去声，《汉书·叙传》"试，吏，异，思（'民有余思'）"，刘向《远逝》叶"识，思（'少须臾而释思'）"，李尤《围棋铭》叶"忆，思（'诗人幽忆，感物则思'）"，马融《琴赋》叶"志，置，思（'怀闵抱思'）"，东方朔《七谏·怨世》叶"久，色，侍，菜，志，识，代，志，置，侍，思（'心悼怵而茫思'），事"，阙名《王纯碑》叶"胄，茂，究，谋，备，（原阙），使，异，（原阙），（原阙），寿，思（'缙绅凡百，孰不哀思'）"，阙名《北海相景君碑阴》叶"吏，思（'慎终追远，谅闇沈思'），备，就，究，既，志，意，佑"，《易林·夬之无妄》叶"代，思（'长劳悲思'）"，《屯之涣》叶"去，思（'独居愁思'）"。古书用例表明"思"在先秦两汉是平去别义的。

变调构词按字形上的反映来看，可分两种。第一，写成不同汉字的配对词，例如"研：砚"。第二，写成同一个汉字的配对词，例如"好"，上声，善，美；去声，爱好，喜欢。前一种，因为写成不同的汉字，人们在面对诗律时，一般不会引起混淆。跟诗律有直接关系的是第二种。

二、学习和研究诗律为什么要关注变调构词

诗律是诗的格律，具体指诗、赋、词、曲等关于字数、句数、对偶、平仄、押韵等方面的格式和规定。诗律中，平仄、押韵都和字的声调密切相关。

变调构词从上古到中古汉语中大量存在，很多变调构词的配对词今天都消失了，这在滋生词中表现尤甚。声调作为一种音位，用来区分字义。平仄也好，押韵也好，都按照字义来遣词造句。不同的字义有时跟不同声调的字音相配合。不关注它，就会影响对古体诗歌的理解、欣赏和写作。

诗、赋常常是同一声调的字在一起押韵，很多词都是同声调的字互押。这必然会涉及音变构词的问题。此外，关于词：（1）有些是平仄互押。所谓平仄互押，绝非随意相押，而是规定某处用平，某处用仄。与此直接相关的是平声跟非平声转换构词的配对词，例如"烧"。（2）上去通押。有些字除了上去声之外，还有平声读音，这也需要了解变调构词。

近体诗、词、曲是讲平仄的。讲平仄，必然涉及变调构词问题。因为有的变调构词属于平声和非平声的语音转换。

常常可以看到，在研究诗律时，有人没有注意变调构词，结果出现两种问题：第一，本来是同调相押，结果处理成异调相押；第二，本来某字在上下文中是符合平仄的，结果以为不合平仄。如果联系上下文的词义来看，由于没有注意到变调构词，有时会造成上下文词义理解失误，影响或严重影响了对古诗

的正确理解。为了使问题的讨论更集中，本文只讨论诗和词的格律。

三、举例说明变调构词研究在诗律学习和研究中的作用

郭芹纳先生曾撰《诗律与校勘》一文，谈到了借助平仄格律和诗韵知识对古代诗歌进行校勘、整理的作用，很有意义。这里从押韵和平仄两个方面，继续举例探讨变调构词研究在诗律学习和研究中的作用。

（一）押韵方面

1. 帮助判断韵脚字的正误

例如：《全唐诗》卷一六二李白《天马歌》："伯乐翦拂中道遗，少尽其力老弃之。愿逢田子方，恻然为我悲。虽有玉山禾，不能疗苦饥。严霜五月凋桂枝，伏枥衔冤摧两眉。请君赎献穆天子，犹堪弄影舞瑶池。"其中，"悲"下原注："一作思。"李白诗的原文到底是作"悲"还是"思"？这就要注意"思"和"悲"的读音了。"悲"自古至今都是平声。上文已说，"思"读平声，意思是"思考，思念"，读去声，有名词用法，义为"思绪，心绪，情怀"，也有动词用法，义为"伤感，悲愁"。李白这首诗，无论做"思"还是"悲"，都是"伤感，悲愁"的意思，但是全诗押平声，不押去声，因此原文应该是"悲"。

2. 帮助确定韵脚字的字义

例如：《文选》卷二九《古诗十九首》之一"行行重行行"："行行重行行，与君生别离。相去万余里，各在天一涯。道路阻且长，会面安可知。胡马依北风，越鸟巢南枝。相去日已远，衣带日已缓。浮云蔽白日，游子不顾反。思君令人老，岁月忽已晚。弃捐勿复道，努力加餐饭。""餐饭"是何意？这就要考虑"饭"的音义了。"饭"有上去二读。读上声，意思是"吃饭"；读去声，意思是"煮熟的谷类食物"。古人"餐饭"连用，大都是"吃饭"的意思，动词。《后汉书·循吏列传》："（任延）每时行县，辄使慰勉孝子，就餐饭之。"这里"餐饭"显然为动词。李贤注："饭音符晚反。"宋本《玉篇》食部："饭，扶晚切，餐饭也。又符万切，食也。"《广韵》上声扶晚切"饭"下注："饭，餐饭。"都拿"餐饭"去解释动词用法，表明"餐饭"原来就是动词。"行行重行行"中"餐饭"也没有逸出这一用法，"饭"跟"远、缓、反、晚"等上声字相押，正说明它是动词用法。"加"是副词，"更"。加餐饭，字面意思是多吃饭，寓意人多保重身体。《汉语大词典》"餐饭"条释义："饭食。"并且举"行行重行行"为例，未安。另举《魏书·崔光传》崔光上表谏灵太后频幸王公第宅中"致时饥渴，餐饭不赡"为例。这一例可作"饭食"讲，如果是这样的话，这两个"餐饭"应该分开，一为动词，"行行重行行"可为例；一为名词，

《魏书·崔光传》可为例。

3. 帮助确定近体诗中末字为非韵脚字的字义

近体诗押韵的规律是：每一诗句的末一字，入韵的必须是平声字，不入韵的必须是仄声字。偶数句必须入韵，除第一句可入韵可不入韵，其他的奇数句一定不入韵。因此，一个有平仄两种声调的字，当它处在韵脚字的位置上时，一定取平声读音；当它是非韵脚字的末一字时，一定取仄声读音。例如"论"有平去二读，平声，"议论，评论，研究"，是动词用法；去声，"对人和事所作的评论"，是名词用法。我们举两个对比的例子来看变调构词能帮助确定末字为非韵脚字的字义。杜甫的七律《咏怀古迹》五首之一："群山万壑赴荆门，生长明妃尚有村。一去紫台连朔漠，独留青冢向黄昏。画图省识春风面，环佩空归月夜魂。千载琵琶作胡语，分明怨恨曲中论。"其中"论"处在韵脚字的位置上，必为平声，意思是"议论"，动词，"曲中论"等于说在曲中表达出来。而柳宗元的七律《同刘二十八哭吕衡州（指吕温，衡州刺史），兼寄江陵李、元二侍御》："衡岳新摧天柱峰，士林憔悴泣相逢。只令文字传青简，不使功名上景钟。三亩空留悬磬室，九原犹寄若堂封。遥想荆州人物论，几回中夜惜元龙。"这里"论"不入韵，因此是仄声，义当为"对人和事所作的评论"，是名词。

4. 帮助确定押韵的格式

例如：《诗·周颂·闵予小子》："念兹皇祖，陟降庭止。维予小子，夙夜敬止。"这里"庭、敬"相押。它们到底是平去相押，还是去声自押？这里的"庭"通"廷"，意思是"朝廷"。《汉书·匡衡传》引此诗作"念我皇祖，陟降廷止"，颜师古注："鬼神上下，临其朝廷。"从变调构词的角度看，"庭"是原始词，"堂前之地，院子，厅堂"，平声；"廷"是滋生词，"朝廷，君王布施政令、接受朝见的地方"，去声，后来才读平声。因此"庭、敬"是去声自押。再如唐张籍《征西将》："黄沙北风起，半夜又翻营。战马雪中宿，探人冰上行。深山旗未展，阴碛鼓无声。几道征西将，同收碎叶城。"这里"一三五"句仄声，非韵脚字。"二四六"句平声，韵脚字。"将"只能是仄声。因此，这是一首律诗，"几道征西将"一句不入韵。这是比较容易理解的例子。

5. 帮助确定韵脚字和非韵脚字正确的读音

先看一个简单的例子。杜牧《沈下贤》："斯人清唱何人和，草径苔芜不可寻。一夕小敷山下梦，水如环佩月如襟。"这里"和"去声，"跟着唱"，今天要读 hè。

再谈一个读音有分歧意见的例子。"睡觉"古代是"睡醒"的意思。白居易《长恨歌》："云鬓半偏新睡觉，花冠不整下堂来。"有人说这个"觉"要读

jué，有人说要读 jiào。这里只说中古时代"睡觉"的"觉"读什么。显然读去声。觉，"觉醒，觉悟"，古岳切，入声；"睡醒"，古孝切，去声。睡觉的"觉"字既是"睡醒"的意思，从词义上讲，应是去声。事实也如此，《花间集》张泌《柳枝》"腻粉琼妆"下片叶"觉（'倚着云屏新睡觉'），笑"，《全宋词》中"睡觉"的"觉"都叶萧豪部，不叶铎觉部，也就是说，"睡觉"的"觉"读去声，不读入声。柳永《西江月》"凤额绣帘高卷"上片叶"摇，梢，觉（'春睡厌厌难觉'）"，下片叶"醪，朝，了"，欧阳修《渔家傲》"四月芳林何悄悄"上片叶"悄，小，窈，笑，老"，下片叶"觉（'宿酒半醒新睡觉'），晓，抱，眺，草"，《定风波》"把酒花前欲问伊"下片叶"觉（'何事碧窗新睡觉'），照"，毛滂《踏莎行·正月五日定空寺观梅》上片叶"草，到，笑"，下片叶"觉（'云房睡觉'），小，少"，《蝶恋花·戊寅秋寒秀亭观梅》上片叶"少，耗，到，小"，下片叶"了，好，觉（'唤起玉儿娇睡觉'），晓"。因此，上述韵脚字中的"觉"应读去声。当然，《长恨歌》的"睡觉"的"觉"不是韵脚字，也读去声。

（二）平仄方面

1. 帮助判断诗中字的正误

陆龟蒙《奉和袭美题达上人药圃二首之一》："从今直到清秋日，又有香苗几番齐。"根据平仄要求，这里"番"必为仄声。"番"有仄声读法吗？有，下面几例可证。杜甫《三绝句》之三："无数春笋满林生，柴门密掩断人行。会须上番看成竹，客至从嗔不出迎。"这是绝句，"上番"意思是"初番，头回"。"会须上番看成竹"的平仄是：平平仄仄平平仄。"番"必须是仄声。仇兆鳌注，"《杜臆》：'种竹家初番出者壮大，养以成竹，后出渐小，则取食之。'……赵注：'上番，乃川语。'"《九家集注杜诗》，"赵云：蜀人于竹言上番则成竹。又曰：上筸笋下番则不成竹。"《全唐诗》卷二二七原注："番，去声。"元稹《赋得春雪映早梅》："飞舞先春雪，因依上番梅。"原诗是排律，这里引的是开头两句。"因依上番梅"的平仄是：平平仄仄平。"番"必须是仄声。苏辙《栾城集》卷十一《次韵毛君烧松花》六绝之三："松老香多气自严，余烟勃郁透疏帘。须臾过尽惟灰在，借问谁收一番炎。"这是一首绝句，"借问谁收一番炎"的平仄是：仄仄平平仄仄平。这里"番"也只能是仄声。结合杜甫《三绝句》的古注可知，"番"作"回，次"讲读去声，是"川语"。上面陆龟蒙的诗，《全唐诗》卷六二五原注："番，一作畚，筐也。"当为后人不明"番"有去声读法而改。

2. 帮助确定平仄格式中具体字的字义

例如王勃《送杜少府之任蜀川》："城阙辅三秦，风烟望五津。与君离别意，同是宦游人。海内存知己，天涯若比邻。无为在歧路，儿女共沾巾。"这里"无为"的"为"只能是平声。"无为在歧路"的平仄是：平平平仄仄。"为"只能是平声，所以不能作"因为"讲，只能作"作为"讲。"无为"即不要作出（某种样子），后面的"在歧路，儿女共沾巾"是它的宾语。李白《塞下曲》六首之一："五月天山雪，无花只有寒。笛中闻折柳，春色未曾看。晓战随金鼓，宵眠抱玉鞍。愿将腰下剑，直为斩楼兰。"这里"直为斩楼兰"的平仄是：仄仄仄平平。李商隐《览古》："莫恃金汤忽太平，草间霜露古今情。空糊赪壤真何益，欲举黄旗竟未成。长乐瓦飞随水逝，景阳钟堕失天明。回头一吊箕山客，始信逃尧不为名。"这里"始信逃尧不为名"的平仄是：仄仄平平仄仄平。这两处的"为"只能是去声，"为了"。

再如王建《赠李愬仆射》二首之一："和雪翻营一夜行，神旗冻定马无声。遥看火号连营赤，知是先锋已上城。"这里"遥看火号连营赤"的平仄是：平平仄仄平平仄。"号"只能是仄声，"火号"，作为信号的火把。

再如杜牧《边上闻笳》三首之一："何处吹笳薄暮天，塞垣高鸟没狼烟。游人一听头堪白，苏武争禁十九年。"这里"听"去声。"苏武争禁十九年"的平仄是：仄仄平平仄仄平。"禁"只能是平声。"禁"，"禁受，忍受，经得起"，平声；"禁止，拘禁"，去声。"禁"作"禁止，拘禁"讲原来读平声，读去声的意思是"禁令"。南北朝时期，作"禁止，拘禁"的"禁"也读成了去声。但是做"禁受，忍受，经得起"的"禁"一直保持平声读法。"争禁"的"禁"既然读平声，就不可能是"拘禁"的意思，只能是"禁受，忍受，经得起"的意思。"争禁"，怎么禁受得了。

再如唐李商隐《无题》："相见时难别亦难，东风无力百花残。春蚕到死丝方尽，蜡炬成灰泪始干。晓镜但愁云鬓改，夜吟应觉月光寒。蓬山此去无多路，青鸟殷勤为探看。"这里"探"是仄声。"青鸟殷勤为探看"的平仄是：仄仄平平仄仄平。"探"，"摸取，探寻"，平声；"探察，探望，刺探"，去声。因此，"探看"的意思只能是探望。

3. 帮助判别既有释义的是非

例如唐李商隐《锦瑟》诗："锦瑟无端五十弦，一弦一柱思华年。庄生晓梦迷蝴蝶，望帝春心托杜鹃。沧海月明珠有泪，蓝田日暖玉生烟。此情可待成追忆，只是当时已惘然。"这是一首首句为仄起平收的七言律诗。有人曾指出，此诗格律谨严。的确如此。首联对句"一弦一柱思华年"的平仄是：平平仄仄仄平平。"思华年"的"思"只能是仄声。有人将"思华年"理解为追忆美好年华，未安，因为"思"作"思念"讲是平声。这种类型的诗句中，句末连用三个平声，就成了"三平调"。这是近体诗的大忌。因此"思"不能理解为读平声作"思念"讲的"思"。这个"思"既然读仄声，又带有宾语"华年"，则只能作"伤感"讲，"思华年"意思是为美好年华逝去而伤感。郭在贻《古代汉语词义札记（一）》"哀思"条，已指出"思"有"悲、哀、忧、伤"的意思，甚是，惜未指出此义读去声。

再如杜甫《春望》："国破山河在，城春草木深。感时花溅泪，恨别鸟惊心。烽火连三月，家书抵万金。白头搔更短，浑欲不胜簪。"这里"胜"只能是平声，"能禁受"。这个例子好理解。比较难理解的是下面的例子。韩愈《早春呈水部张十八员外二首》之一："天街小雨润如酥，草色遥看近却无。最是一年春好处，绝胜烟柳满皇都。"有人将这个"胜"理解为"胜过，超过"。但是"胜过，超过"的"胜"是去声。这里"绝胜烟柳满皇都"的平仄是：平平仄仄仄平平。"胜"字只能是平声。这个"胜"读平声，明代袁子让已注意到了，他在《字学元元》卷七《古人押用之例》中说："后唐宋人祖此，皆有押用，或平押仄，或仄押平……'胜'读如升，如'见人忘却道胜常''绝胜烟柳满皇都'是也。"因此，这里"胜"当理解为能"禁受，相称，相当"；上下文中指"比得上，配得上"。"绝胜烟柳满皇都"意思是早春的景色完全比得上烟柳满皇都时的景色。

再如杜牧《寄扬州韩绰判官》："青山隐隐水迢迢，秋尽江南草未凋。二十四桥明月夜，玉人何处教吹箫。"这是一首七言绝句，也是千古传颂的名篇。其中的"教"有人理解为"让，使"。但是"教"作"让，使"讲唐宋时代读平声。例证如，王昌龄《出塞》二首之一："秦时明月汉时关，万里长征人未还。但使龙城飞将在，不教胡马度阴山。"其中"不教胡马度阴山"的平仄是：平平仄仄仄平平。"教"是动词，只能是平声。罗隐《金钱花》："占得佳名绕树芳，依依相伴向秋光。若教此物堪收贮，应被豪门尽劚将。"其中"若教此物堪收贮"的平仄是：平平仄仄平平仄。"教"只能是平声。韩偓《草书屏风》："何处一屏风，分明怀素踪。虽多尘色染，犹见墨痕浓。怪石奔秋涧，寒藤挂古松。若教临水畔，字字恐成龙。"其中"若教临水畔"的平仄是：平平平仄仄。"教"只能是平声。"玉人何处教吹箫"的平仄是：平平仄仄仄平平。如果"教"作"让，使"讲，那么读平声，句末就成了"三平调"。因此，根据变调构词的规律，这个"教"应当理解为"教化，指教"。"玉人何处教吹箫"意思是你在哪里指教美人吹箫呢。这样一理解，杜牧的原意就清楚地表达出来了：

"教"的去声读法是个庄重的词儿，作者在想象韩绰狎妓的场合用这个词，带有戏谑的口吻，表明他跟韩绰彼此熟稔，关系亲密，也意在宽慰老友放松悲秋的情绪，对老友的关爱之情也就洋溢在这轻松的口吻中了。

4. 帮助确定平仄的格式

例如卫象《古词》："鹊血琱弓湿未干，鹭鹚新淬剑光寒。辽东老将鬓成雪，犹向旄头夜夜看。"这里"辽东老将鬓成雪"的平仄是：平平仄仄平平仄。"将"只能是仄声（名词）。卢纶《和张仆射塞下曲》六首之一："月黑雁飞高，单于夜遁逃。欲将轻骑逐，大雪满弓刀。"这里"欲将轻骑逐"的平仄是：平平平仄仄。"将"只能是平声，"骑"只能是仄声（名词）。杜甫《恨别》："洛城一别四千里，胡骑长驱五六年。草木变衰行剑外，兵戈阻绝老江边。思家步月清宵立，忆弟看云白日眠。闻道河阳近乘胜，司徒急为破幽燕。"这里"胡骑长驱五六年"的平仄是：仄仄平平仄仄平。"骑"只能是仄声。这都容易理解。杜甫《散愁》二首之二："闻道并州镇，尚书训士齐。几时通蓟北，当日报关西。恋阙丹心破，沾衣皓首啼。老魂招不得，归路恐长迷。"这里"尚书训士齐"的平仄是：平平仄仄平。"尚"只能是平声，读 cháng（今读 shàng）。《广韵》市羊切："尚，尚书，官名。"

某些平仄类型中，有的字可平可仄。但是具体诗句或词句的用字中，那些可平可仄的地方字调必然是平，或是仄，不可能是既平又仄。从求真的要求来说，我们该刨根问底。只有按照具体诗词中平仄的具体情况进行分析，我们才能知道唐宋时代的诗人词人对可平可仄的类型的具体选择趋向。例如李白《菩萨蛮》："平林漠漠烟如织，寒山一带伤心碧。暝色入高楼，有人楼上愁。玉阶空伫立，宿鸟归飞急。何处是归程，长亭连短亭。"这里"暝色入高楼"的平仄是：仄仄仄平平。"暝"可平可仄。但是它是"冥"的滋生词，在词中是"夜"的意思，只能读去声。《广韵》"暝"读莫经切，意思是"晦暝也"；作"夕也"讲才读莫定切。因此，"暝色入高楼"真正的平仄是：仄仄仄平平。

5. 帮助确定平仄格式中正确的读音

例如杜荀鹤《题所居村舍》："家随兵尽屋空存，税额宁容减一分。衣食旋营犹可过，赋输长急不堪闻。蚕无夏织桑充寨，田废春耕犊劳军。如此数州谁会得，杀民将尽更邀勋。"这里"田废春耕犊劳军"的平仄是：仄仄平平仄仄平。"劳"只能是仄声，因此当读 lào。

6. 帮助确定上下文中是否有对仗及对仗的具体方式

例如杜甫《题张氏隐居》二首之一："春山无伴独相求，伐木丁丁山更幽。涧道余寒历冰雪，石门斜日到林丘。不贪夜识金银气，远害朝看麋鹿游。乘兴

杳然迷出处，对君疑是泛虚舟。"仇兆鳌《杜诗详注》"冰"下注："去声。"又
曰："冰雪，犹言冻雪，冰读去声。"这是一首七律，"涧道余寒历冰雪"的平
仄是：仄仄平平仄仄仄。第五个字本来是可平可仄的，可是仇氏却注成仄声，
可见不是平仄的需要。这里之所以注成去声，是因为"涧道余寒历冰雪，石门
斜日到林丘"形成对仗。"林丘"是定中结构，意思是有树林的山丘，"冰雪"
也必须是定中结构。"冰"属变调构词，"水在零度或零度以下结的固体"，名
词，平声；"结冰，凝结"，动词，去声。如果"冰雪"的"冰"读平声，"冰
雪"就是名词性的并列结构；如果读去声，"冰雪"就是一个定中结构，意思是
冻雪。因此了解到"冰"的滋生词词义为"凝结"，就能帮助判定诗中的"冰
雪"跟"林丘"是定中结构跟定中结构形成对仗。

四、关于"读从平声，义从去声"

古代的诗歌押韵有这样一种规律："读从平声，义从去声"，或者"读从去
声，义从平声"。例如杜甫《陪李金吾花下饮》："细草偏称坐，香醪懒再沽。"
仇兆鳌注"称"："义从去声，读用平声。"其中"细草偏称坐"的平仄是：仄
仄平平仄。"称"只能是平声。但是"称"作"相称"讲，"称坐"即宜坐。而
"相称"的"称"是去声。这句诗采用去声的词义，而采用平声的读音，所以
说是"义从去声，读用平声"。（孙玉文按：程悦同志将"细草偏称坐"校勘为
"细草称偏坐"，见告："细草偏称坐"的"偏"仇兆鳌没有注音，应该是平声。
那么"细草偏称坐"平仄是"仄仄平仄仄"，这种句式一般下文要第三字变平
声相救，但是下文没有救【"懒"上声】，因此仇兆鳌要解释成"读从平声，义
从去声"。根据异文"称偏坐"【仇氏以异文为非】，一方面平仄变为"仄仄仄
平仄"，可以救，也存在少量不救的情况，格式上过得去；另一方面对仗符合。）

可见所谓"读从平声，义从去声"，是指上下文中用 A 声调，却按 B 调的
字义来理解；或者用 B 声调，却按 A 调的字义来理解。

我们要注意，有些本来不是"读从平声，义从去声"，有人却注上"读从平
声，义从去声"，这是后人对具体字的古代音义之别了解不够所致。例如"重"
字。杜甫《奉济驿重送严公四韵》："远送从此别，青山空复情。几时杯重把，
昨夜月同行。"仇兆鳌给诗题"重"注音："平声。"给"杯重把"的"重"注
音："义从平声，读从去声。"又《怀锦水居止》二首之一："天险终难立，柴
门岂重过。"仇兆鳌给"重"注音："义从平声，读从去声。"《课小竖鉏斫舍北
果林，枝蔓荒秽，净讫移床》三首之二："吟诗重回首，随意葛巾低。"仇兆鳌
给"重"注音："义从平声，读用去声。"上面的"重"都是用作副词，意思是

"重新，再"。这个用法原来读去声，不读平声。"重"平去二读的发展线索是：原始词，平声，"重叠"。滋生词，去声，"增加，加上"；虚化为副词，"重新，再"。近代以后，"重"作"重新，再"讲又读成了平声。仇兆鳌是清代人，那时候，作"重新，再"讲的"重"已经读成了平声。他不知道这个"重"本读去声，拿后代的音义配合习惯去范围古代，结果有"义从平声，读从去声"之语。

学术界对某些变调构词的字样还没有完全研究清楚，但是有些具体问题已经提出来了。这是可喜的进步。例如"思"字，原始词读平声，意思是"思考，想问题"和"想念"。滋生词读去声，原来大家都知道它的名词义"心绪，情怀"，不知道去声读法还有一个动词的意思"伤感，悲愁"。但是郭芹纳先生《"思"字异读之例外的时代补说》敏锐地观察到唐诗中有一些"思""是动词却作仄声"。这是重要的发现。他举出"思"作动词读去声的用例有以下13例。结合"思"读去声有"伤感，悲愁"的意思，我认为这13例的"思"大都应作"伤感，悲愁"讲，以为郭先生论文之补充。这里对"思"处在非仄不可的位置上的8例重新做一番分析：（1）张九龄《同綦毋学士月夜闻雁》："月思关山笛，风号流水琴。"结合上下文可知，这里的意思是月亮使笛声伤感，晚风使琴声悲号。（2）杜甫《哭韦大夫之晋》："南过骇苍卒，北思悄联绵。"这里"北思"可以理解为因想起了以前在北方的聚首而伤感。（3）杜甫《释闷》："天子亦应厌奔走，群公固合思升平。"这里"思升平"意思是为升平之日的逝去而伤感。（4）杜甫《暮登四安寺钟楼寄裴十迪》："知君苦思缘诗瘦，太向交游万事慵。"这里"苦思"即愁苦。李白《戏赠杜甫诗》："借问年来何瘦生？只为从前作诗苦。"这里"苦"相当于苦思。（5）刘禹锡《酬令狐相公亲仁郭家花下即事见寄》："一吟相思曲，惆怅江南春。"这里"一吟相思曲"按一般的平仄格式是"平平平仄仄"，其中第一字、第三字可平可仄。"相思"作平平居多，这里是平仄，"思"只能理解为思念。这一例才算"义从平声，读从去声"。（6）刘禹锡《秋夕不寐寄乐天》："萤飞过池影，蛩思绕阶声。"这里"蛩思"可以理解为蟋蟀伤感，是拟人手法。（7）刘庭琦《铜雀台》："即今西望犹堪思，况复当时歌舞人。"这里"堪思"就是可悲。（8）冷朝阳试帖诗《立春》："梅花将柳色，偏思越乡人。"这里"思越乡人"可以理解为使越乡人伤感。

郭先生还注意到，"当'思'字处在句中一、三、五的位置时，其平仄本可以不论，然而旧时的诗家却往往予以强调"。郭先生举的5例是：（1）杜甫《雨晴》："天路看殊俗，秋江思杀人。"仇兆鳌《杜诗详注》"思"注成去声，其实这里"思杀人"就是"愁杀人"。(2) 杜甫《江月》:"江月光于水,高楼思杀人。"仇兆鳌也注成去声。这里"思杀人"仍然是"愁杀人"的意思。我认为诗家之所以把这些"思"注成去声,正说明他们懂得"思"在上下文中应该理解为"伤感,悲愁"。(3) 孟浩然《凉州词》二首之二:"坐看今夜关山月,思杀边城游侠儿。"这里"思杀"就是十分悲愁的意思。(4) 独孤及《答李滁州题庭前石竹花见寄》:"游蜂怜色好,思妇感年催。"这里"思妇"意思是伤感的妇人。(5) 宋鼎《酬故人还山》:"思鸟吟高树,游鱼戏浅沙。"这里"思鸟"即悲鸟。通过对郭芹纳先生举出的"思"读去声作动词讲的用例的分析,更可以说明,唐代诗人仍然把"思"的"伤感,悲愁"义读成去声。

古诗押韵和平仄格式中,绝大多数都是"音义契合"的,只有极少的部分是所谓的"读从平声,义从去声"。王力先生《汉语诗律学》谈到"声调的辨别",花很大篇幅讲四声别义(也即"变调构词"),如果音义一般不契合,在研究诗律学的著作中辨别四声别义就没有价值。可见王力先生注意到了近体诗中一般是音义契合的。为什么古人创作诗词时能音义契合?理由很简单:无论是押韵还是平仄,都必须建立在语言事实的基础上,作家不可能创造语言。不同的音和不同的义结合在一起,这是一个语言事实。古人创作诗词当然不能离开这样的语言事实。

后人所谓"读从平声,义从去声",这除了对变调构词有误解,还有几种情况,也是导致人们作出"读从平声,义从去声"之论的原因:(1) 语音的变化。顾况《李供奉弹箜篌歌》"重('实可重')"作"重视"讲,本读上声,却跟"弄,送"等去声字相押;权德舆《送陆太祝赴湖南幕同用送字》叶"重('定缘宾礼重'),送,梦";韩愈《人日城南登高》叶"弄,冻,用,从,共,送,葑,纵,偬,重('幽寻宁止重')";孟郊《送从弟郢东归》叶"梦,重('贫别愁更重'),动,共";李贺《春怀引》叶"洞,重('柳结浓烟花带重'),凤,冻,送";"重"都是作"重量大"讲,本读上声,却读成了去声。这是因为唐代中晚期全浊上声变成了去声。(2) 表达的需要。王维《鹿柴》:"空山不见人,但闻人语响。返景入深林,复照青苔上。"这里"上"作"上面"讲,本读去声,却跟上声"响"相押。(3) 破读的消失。例如"廷",杜甫《登楼》:"花近高楼伤客心,万方多难此登临。锦江春色来天地,玉垒浮云变古今。北极朝廷终不改,西山盗寇莫相侵。可怜后主还祠庙,日暮聊为梁甫吟。"这里"北极朝廷终不改"的平仄是:仄仄平平平仄仄。"廷"处在非平不可的位置上。"廷"作"朝廷"讲,本读去声,南北朝时期开始读成了平声,杜诗也用作平声。(4) 方音问题。例如"栖"。王驾《社日》:"鹅湖山下稻粱肥，豚栅鸡栖对掩扉。桑柘影斜春社散，家家扶得醉人归。"这里"豚栅鸡栖半掩扉"的平仄是：仄仄平平仄仄平。"栖"只能是平声。但是根据《笺注本切韵》（伯 3696）、王仁昫《刊谬补缺切韵二》裴务齐正字本《刊谬补缺切韵》《唐韵残卷》（蒋斧印本）、《广韵》《集韵》，"栖"作"鸟类栖息于林木；栖息，止息"讲读平声，作"鸡窝，鸡栖息的地方"讲读去声，王驾的"栖"作"鸡窝"讲，却读平声，这可以考虑用方音来解释。其实，这里真正的"读从平声，义从去声"，只有第二种才算，其他都不能算"读从平声，义从去声"。

无论如何，古代诗歌的押韵确实存在着"读从平声，义从去声"或者"读从去声，义从平声"这样一种现象，但是这是例外现象，不是主流，更主要的押韵规律是：当一个字"两声各义"时，常常是读 A 调时取 A 调的字义，读 B 调时取 B 调的字义。这里有一个原则：理解上下文中某字的字义，应该音义结合。只有碰到上下文中押 A 调，而按照 A 调的字义讲不通时，才可以按 B 调的字义来理解；或者押 B 调，而按照 B 调的字义讲不通时，才可以按 A 调的字义来理解。也就是说，"读从平声，义从去声"或"读从去声，义从平声"这一种解释只有在"读从平声，义从平声"或"读从去声，义从去声"的规律不起作用时，才发挥效能。我们在解释古代诗歌的用韵或平仄格式时，应该将变调构词的音义结合关系真正弄清楚，根据音义契合的原则去理解古书。当一个具有变调构词的字，根据音义契合的原则在上下文中真正讲不通并且讲得不对时，才可以考虑作出"读从平声，义从去声"这样的解释。

这里提到了"讲不通并且讲得不对"的问题。之所以提出这个问题，是考虑到有人可能会想：对于有些变调构词的字，不一定要按它的本来读音去解释，上下文中似乎也能讲得通。这就牵涉到"讲得通"和"讲得对"的问题。讲得通不一定讲得对。我们理解古人作品的用字，不能满足于"讲得通"，只满足于讲得通，而不管讲得对不对，这就不符合求真务实的科学精神。把上下文的字义讲对了，也就必然把字义讲通了，所以科学的做法是，既要把上下文的字义讲通，又要把它讲对。

参考文献

1. 郭芹纳. 诗律 [M]. 北京：商务印书馆，2004.

2. 郭芹纳. 诗律与校勘 [M] //《中国语言学》工作委员会. 中国语言学（第一辑）. 济南：山东教育出版社，2008.

3. 郭在贻. 古代汉语词义札记：一 [M] //郭在贻. 郭在贻文集（第一

卷）. 北京：中华书局，2002.

4. 鲁国尧. 论宋词韵及其与金元词韵的比较 [M] //鲁国尧. 鲁国尧语言学论文集. 南京：江苏教育出版社，2003.

5. 孙玉文. 语词札记十则 [M] //北京大学中文系《语言学论丛》编委员. 语言学论丛（第二十一辑）. 北京：商务印书馆，1998.

6. 孙玉文. 从音义结合的角度训释唐诗几个语句中的词义 [M] //北京师范大学民俗典籍文字研究中心. 民俗典籍文字研究（第四辑）. 北京：商务印书馆，2007.

7. 孙玉文. 汉语变调构词研究（增订本）　[M] . 北京：商务印书馆，2007.

8. 王力. 汉语诗律学 [M] . 上海：上海教育出版社，1958.

9. 郭芹纳. "思" 字异读之例外的时代补说 [J] . 古汉语研究，2007（03）.

10. 孙玉文. 谈李商隐《锦瑟》诗中 "思华年" 的思 [J] . 书品，2006（06）.

附记：本文初稿写成后，蒙郭芹纳、邵永海先生提出宝贵的修改意见，谨致谢忱。

（原载《中国训诂学报》第 2 辑，商务印书馆，2013 年）

附录：今天怎样读古书

古人虽然已经离我们远去，但留下了价值丰富的古书。我们怎样读古书，怎样读懂古书，怎样从古书中汲取有益的力量，在今天这个时代仍然是非常值得思考的问题。

2015 年 12 月 18 日下午，围绕怎样读古书和如何利用古书解决问题的话题，中文系的孙玉文老师与数名同学在法学院的大树咖啡举行了沙龙活动。沙龙的气氛十分活跃，同学们积极提问，从读古书的价值、读古书的方法、如何看相关研究论文以及实际生活中的一些语音问题等方面和孙老师进行了交流。对同学们的提问，孙老师表示非常欢迎，并且就同学们的各个问题结合具体的例证进行了深入浅出的分析。

同学们关注点之一是如何阅读古书。有同学提出，在没有相关课程的情况下，古书与古代汉语和自己的距离变得遥远，不知道有什么样的方法可以保持对古书与古代汉语的熟悉程度。孙老师表示要保持阅读古书的习惯，他建议同学们先选择几部先秦两汉的经典，不论难易，坚持读完，读完之后不仅可以了解其内容，还会帮助熟悉古人的语言。如《诗经》包含丰富的韵文，读《诗经》有利于了解上古汉语的韵部关系，同时上古汉语有些词的本义仅见于《诗经》，因此读《诗经》还有利于加深对词汇的了解。

孙老师还提出，阅读古书时，最好的方法是把几种经典的注本放在一起对读，尤其要重视汉唐人的注释，在比较的过程中容易发现问题，引起思考，在思考和寻找答案的过程中，锻炼自己的识别能力，一定会有所进益，增强对古代汉语和古书的熟悉。例如《论语·里仁篇》，"子曰：'富与贵，是人之所欲也，不以其道得之，不处也。贫与贱，是人之所恶也，不以其道得之，不去也。君子去仁，恶乎成名？君子无终食之间违仁，造次必于是，颠沛必于是。'"其中"得之"就引起了古今不少学者的讨论。看看古今人们的讨论，从而对看似简单的文本有更深刻的理解。

　　孙老师指出,上面这段话的释读,何晏的《论语集解》就说得很好。第一句"富与贵,是人之所欲也,不以其道得之,不处也",《集解》引孔安国说,"不以其道得富贵,则仁者不处"。第二句"贫与贱,是人之所恶也,不以其道得之,不去也",《集解》说,"时有否泰,故君子履道而反贫贱。此则不以其道得之,虽是人之所恶,不可违而去之"。第三句"君子去仁,恶乎成名",《集解》引孔安国说,"'恶乎成名'者,不得成名为君子"。第四句"君子无终食之间违仁,造次必于是,颠沛必于是",《集解》引马融说,"造次,急遽。颠沛,偃仆。虽急遽、偃仆,不违仁"。

　　第二句话中,孔安国是将"得"理解为"得到"。尽管"得到"的是人们不愿得到的"贫与贱",但是"得"作为及物动词,它后面的宾语是指施事者所得到的东西,不强调是否愿意得到。像《吕氏春秋·察传》"丁氏穿井得一人",其中的"一人"是"丁氏"愿意得到的;《诗·邶风·新台》"燕婉之求,得此戚施",其中的"戚施"则是诗中女主人公"齐女"所不愿得到的。因此,在语言上,"不以其道得之,不去也"尽管得到的是"贫与贱",但完全可以这样表达。

　　孙老师说,孔子这一段话显然是针对士人以上说的,强调的是"仁"在成就"君子"之名中的重要性,"君子去仁,恶乎成名"。"富与贵,是人之所欲也,不以其道得之,不处也",是说:富裕和尊贵,这是人们希望得到的东西,但是如果不是用仁爱之道得到的,仁者是不居有它们的。"贫与贱,是人之所恶也,不以其道得之,不去也",是说:贫穷和卑贱,这是人们厌恶得到的东西,不以仁爱之道得到的贫贱,尽管贫贱,但由于不仁爱,因此不可以远离这贫贱,这样的人应该继续贫贱。"君子去仁,恶乎成名",是说:君子如果离开了仁爱,怎么能成就君子的名声呢?"君子无终食之间违仁,造次必於是,颠沛必於是",是说:君子不要在哪怕是吃一顿饭的短暂时间内违背仁爱,仓促之间一定要处在仁爱之上,受到挫折的时候也一定要处在仁爱之上。

　　在此基础上,有同学进一步提出如何阅读前人论著的问题。孙老师以清人钱大昕《古无轻唇音》为例,做出了详细的解答。他指出,要理解这篇文章,当然要了解古今的人们对这个问题的不同研究情况,还要核实钱氏材料的来源,用来作证据的字的中古、上古音韵地位,比如可以用郭锡良先生《汉字古音手册》(增订本)的中古、上古音韵地位进行比对,还应该将钱氏用到的材料分门别类,看他用到了哪些材料,这些材料能否论证他的观点,是如何论证的。

　　孙老师说,据他所知,关于上古有无轻唇音的问题,主要有两种相反的说法:一个是钱大昕等人的观点,即古无轻唇音;一个是符定一等人的看法,他们看出钱氏之说有一定缺陷，就说古无重唇音。孙老师还提到了一件事，曾经有一位先生，想和他讨论上古有无轻唇音的问题。这位先生批评说，古无轻唇音和古无重唇音的两种说法都有不妥，他要用辩证的观点解决这个问题。他认为上古既有重唇音，也有轻唇音，只是具体的字古属重唇，后来属轻唇，或者相反，古属轻唇，后来属重唇，因此古代材料中有轻重唇相通的情形。孙老师指出，在研究工作中，贯彻辩证的观点是值得肯定的，但是不能拘泥地运用它。从《切韵》音系的研究情况看，直到中古，轻重唇还只有一类，没有两类，因此不能说上古就有轻重唇两类声母。如果按这位先生的说法去制定一个声韵调配合表，就会出现他所定的重唇音下面没有轻唇音，轻唇音下面没有重唇音的奇怪的相配格局。这显然是不妥当的一种意见。

　　孙老师指出，汉字材料反映的情况只能证明轻重唇为一类，还不能必然证明轻唇归重唇。这当然会给"古无重唇音"说留下话题。其实，钱大昕说古无轻唇音，除了汉字材料，还有梵汉对音材料、现代方言材料。我们还应该想到，古人在研究这个问题时，可能还有其他考虑，只是他们不说出来而已。今天我们有更好的方法和材料去解决这样的问题，例如福建有些地方还反映出古无轻唇音；说古无轻唇音，比较好讲后来为什么有的音变成了轻唇；如果古无重唇音，就不能解释，为什么有些轻唇音后来变成了重唇。

　　孙老师说，如果我们承认了古无轻唇音，那么剩下来还会有很多研究课题。例如轻重唇音的分化是何时出现的，哪一些古代方言先分化，哪一些后分化；在帮滂并明诸声母中哪一些声母先变轻唇，哪一些后变，跟韵母等有什么关系，具体程序如何，有什么语音上面的说头；重唇变轻唇的条件如何，等等。这也是接着前人做学问，是今后应该努力的地方。

　　因此，我们读古书，首先应该钻研进去，要"虚心涵泳，切己省察"，但也不能被人牵着鼻子走，要吸收新知，批判继承，但是批判必须尽量做到恰如其分，方方面面都要想清楚。

　　要想读懂古书，工具书是必不可少的。孙老师还与大家就如何使用工具书来辅助阅读进行了交流。孙老师指出，古书中的词义问题，根据目前的研究水平，有两种类型，一种是我们现在可以解决的，如《庄子·逍遥游》中的"背负青天而莫之夭阏者"，其中的"背"似乎既可以理解成名词，也可以理解成动词，但是在《庄子》中只能理解为名词，因为表示"背负"义的"背"在唐朝才出现。像这种词义问题，就是能够解决的。另一种是，有些词义问题我们现在还解决不了，如柳宗元《捕蛇者说》中"而吾以捕蛇独存"，其中的"以"究竟是引入原因的"因为"义，还是引入凭借的"凭借"义，现在还是没有很好的办法确定下来。但柳宗元不可能有两可的表达，这就需要以后做进一步研究。这样的研究对推动学术的进步是很有意义的，同学们应该知难而上。

同学们还很关注学习汉语音韵学对今天的意义。孙老师表示，具有悠久历史、现在还在发挥重要影响的语言的历史，包括它的语音演变的历史都应该被了解，因此今天我们必须研究汉语音韵学，研究音韵学是题中应有之义。语言符号是音义结合体，因此研究古代语言，研究汉语史，既要懂古代的语音、古代的语义，还要懂古代字的音义配合。

了解古音还是读懂古书的重要条件，可以说，有些古书阅读问题，如果没有音韵学作为工具，就不可能得到解决。清代学者已经阐明了在传统小学中字的形、音、义互相求的方法，解决古书中的许多问题，包括校勘问题，字词句的落实问题，都必须要用到古音知识。没有音韵学知识，大量的古书阅读问题就没有办法得到解决。例如《琵琶行》头两句，"浔阳江头夜送客，枫叶荻花秋瑟瑟"，在宋代的版本中，"瑟瑟"也作"索索"，这两种版本哪一种正确呢？这就需要对当时的语音有所了解，"客""索"和"瑟"都是古代入声字，在唐代"客"和"索"的韵尾相同，主元音相近；与"瑟"的韵尾不同，主元音也有相当大的差别。宋代入声逐渐相混，"客"和"瑟"也可以押韵了。《琵琶行》是唐诗，根据这种变化，可以知道"秋瑟瑟"当作"秋索索"才能在唐代押上韵。已经有丁声树、鲍明炜等学者指出或论证"秋瑟瑟"当作"秋索索"，他们的意见是对的。

编写和修订汉语工具书，特别是大型历史字词典，都必须具有音韵学的知识。因为无论是主编还是其他编者，他们都必须面对跟音韵学密切相关的大量的具体问题，有些甚至只是音韵问题。因此，今天学习和研究音韵学意义重大。

另外，大家还讨论了现代姓氏读音中的存古问题、当下将多音节词合用一个字来记录等有趣的用字现象，以及同语音的关系问题。

在沙龙的最后，孙老师还和大家分享了自己走上古代汉语教学与研究道路的经历，鼓励同学们保持阅读古书的习惯，发现问题，探索问题。在古书中包含了天文、地理、算术、工业、医药等丰富的信息，注重从古书中获取有益的帮助，无论在哪个专业，都能够有所成就。沙龙在和谐的氛围中结束。

（程悦采访稿，2015 年 12 月 24 日发表于北大《通识联播》网络平台）

卷二 02

| 师友之间 |

忆武师中文系兼职教授郭锡良先生在武师的几件事

　　我经常追问自己：一个学校，一个院系，为什么一定要邀请外校教授来本校、本院系讲学、兼职呢？我关注的不是搞面子工程，邀请几位著名教授讲学、兼职，给本单位领导的政绩带来什么利益。这不是我的兴奋点，在我看来，这是官本位的副产品，我关注的是治学和教学本身。

　　我的体会：一个学校，一个院系，由于形成一个小社会，互相影响的动力要强大一些。因此教师群体的治学和教学的共同点相对要多。这就带来治学和教学的学校特色、院系特色。这些特色，既会带来地域优势，也会带来局限性。这种局限性常常会限制师生的视野。尤其是本单位的名儒，他们的人格魅力、学术魅力、教学魅力，往往会使学生潜移默化，获得多方面的营养。但是这也会在无形中给学生带来依赖情结，一种崇拜心理，"除却巫山不是云"，阻碍治学和教学工作向纵深发展。一些有识之士，他们懂得这个辩证法，懂得转益多师的好处。可是更多的学生，则需要学校、院系采取措施，提供客观条件，加以引导，让他们知道学无止境，加深加宽自己的知识体系和结构。

　　克服这种局限性的一个举措，就是邀请外校优秀教授来本校、本院系讲学、兼职。从而从多方面形成互补，形成良性循环，使本单位的师生受益。因为他们会将他们原单位的治学和教学特色带过来，将他们前沿性的成果带过来，弥补邀请方的不足。铁的事实证明，邀请校外学养深厚、德高望重的优秀教授讲学、兼职，其效益是巨大的。

　　我们武师七七至七九级的同学很幸运，除了听中文系老师们的课程，还有许多聆听外校教授讲学的机会。就语言学科来说，我们当时真是因缘际会。1980年之后，中国语言学会、中国音韵学会、中国训诂学会相继在武汉成立，武师中文系搭了顺风车，邀请到王力、周祖谟、张志公、张寿康、黄伯荣、郭锡良等名儒来讲学。文学方面呢，我们那时也邀请到姚雪垠、王季思、郭预衡、季镇淮、羊春秋、陈贻焮、王燎荧、杜书瀛等名儒，甚至还有报告文学作家黄宗英等来讲学。我至今还记得当时的讲座多是在平房 101 举行。王力先生讲学，谈怎样学习古代汉语。他名动海内外，听讲座的，人山人海，一票难求，我还是彭成林学长想了点招儿弄进去听讲座的。陈贻焮先生讲王维，乐呵呵地说"我还是个电影演员呢"。然后就讲他曾经被选去在某部电影中客串一次演员的经历，引起一片笑声，如此等等，那些热闹的场面犹在眼前。

时间过去了三十多年，快四十年了，现在回过头去想想这些讲座，感觉到它们对我们的成长，帮助是巨大的。邹贤敏老师感觉到应该讲讲校外专家对七七至七九三个年级的影响，电邀我写一下郭锡良先生对我的学术影响。受邹贤敏老师之托，我现在想重点谈谈业师郭锡良先生在武师的讲学，以及后来在湖北大学做兼职教授时，在武汉给我的学术影响，以为后学借鉴、参考。至于后来他在北京对我的学术影响，我准备以后另文来谈。

一

我们初识郭锡良先生，是在 1980 下半年，时郭先生五十岁。在此之前，业师刘宋川先生在北大王力先生门下进修多年，深得王力先生赏识，跟郭先生过从甚密，曾听过郭先生讲课，参加过郭先生主持编写的《古代汉语》教材编写，回到武师以后，马上就给中文系七八、七九级的同学讲《古代汉语》。由于这层关系，武师中文系很荣幸地于 1980 下半年邀请到了郭先生给我们讲了十天左右的古代汉语专题。那时候，宋川师刚刚接手我们七九级的《古代汉语》课程。

郭先生讲课的地点也是在平房 101，具体时间是 1980 年 11 月 17 日到 1980年 11 月 27 日。我清楚地记得，17 日讲座的题目是《古汉语中的系词问题》，18至 19 日讲《说文解字简介》，20 至 21 日上午讲《词义分析举隅》，下午讲《同义词辨析问题》，27 日下午讲《第三人称代词的起源和发展》。讲座由宋川师主持，板书大多也是宋川师写的，郭先生偶尔也写板书。每次讲课，都是半天，课间还休息一次。那时候，郭先生还没有戒烟。这些讲座，我都做了详细的笔记，所以一些细节都记得比较清楚。

郭先生一进讲堂，就吸引了大家的目光。那时候，他身高大约一米七左右，在同龄人中属于身材较高的类型，身体笔挺，走路虎虎生风，两眼炯炯有神。他讲课声如洪钟，慷慨激昂，思路清晰，但满口都是湖南话。这对于我们"湖北佬"居多的武师同学来说，听起来不像一些北方同学那样吃力。后来我知道，王力先生曾经在一篇叫作《推广普通话的三个问题》的文章中，谈到推广普通话的重要性，举例说，"有一位大学讲师，他是湖南人，在堂上大讲'头发'，学生纳闷了：这一堂课又和'头发'有什么关系呢？后来才明白了：老师讲的不是'头发'，而是'图画'。"2000年在广州的暨南大学开全国古汉语的会议，我向郭先生求证，王力先生讲的这位讲师是谁，郭先生马上告诉我："当然说的是我。"

郭先生的讲座给我留下最深刻的印象是，由于是系列讲座，因此他没有采取一般讲座的常见做法，只讲一些比较宏观的题目，泛论教学或科研领域的一些大题目。他主要都是讲微观的题目，讲他多年的专题研究心得，讲对学习古代汉语的同学极有帮助的具体问题。在我看来，邀请校外专家，应该既有宏观性的，也有微观性的讲座。只讲一些宏观的道理，不讲微观的探索，常常让学生听起来过瘾，但印象并不深刻，对知识的取舍容易流于眼高手低；只讲微观的题目，如果遇到刚刚接触一门学问的学生，就显得门槛太高，难以消化。所以，我认为，邀请校外专家讲座，应该针对学生的具体情况，既讲宏观的题目，也讲微观的题目；既讲学术界积淀已久的共识，也讲最新的前沿性成果，让二者相得益彰，怎么有利于学生的成长，就怎么来。

郭先生所讲，以微观内容为主，很多讲座都是一个字一个字地分析。例如，他讲《词义分析举隅》，分古今不同例、本义探求例、词义引申例三个方面谈。每个方面，除了开头讲几句理论问题，其他的都是具体例证的分析，将理论问题融汇到具体的材料分析之中。古今不同例中分析了"粪、币、怜、赂、塘、毙"，本义探求例中分析了"构、集、更、监、来、天、田、阳"，词义引申例分析了"文、信、以"，都令人大长见识。

郭先生所谈的，都是学习古代汉语这门课程必须掌握的部分，但讲出了新意。他从怎么选题，怎么搜集、分析、甄别材料，怎么运用语言理论等方面入手，有理有据，逻辑性很强，娓娓道来，不枝不蔓，一下子把我们带进研究的殿堂。他不一味迁就学生能否接受，而是考虑学生的接受能力，适当提高门槛，但也在学生经过认真思考，可以接受的范围之内。

郭先生1980年所做的这几场系列讲座，极大地增进了我们的古汉语知识。我们课后回到宿舍，纷纷交流听讲座的体会，都感觉讲座对自己的业务提升的作用是巨大的，不仅是古代汉语，而且在培养学风、学养和学术方法方面都有助益。时间过去三十多年，有时候我们同学聚会，不时有人谈起那时的情景，喜悦之情溢于言表。我是这几场讲座的受益者。比如郭先生讲《说文解字》，宋川师课堂上对《说文解字》的重视，促使我认真阅读这本书，至今受益。

现在，国内个别大学，个别院系，邀请学者讲学时有私心，违背学术交流的这些优良传统，没有以治学和教学为本位，只注重邀请一些名大于实、有这个头衔那个头衔而没有多少真才实学的学者。这样的讲座对本校、本院系的治学和教学促进不大，或者没有什么促进，有时候还会有负面作用。这跟当下浮躁的学术背景不无关系。我真诚希望，今后母校文学院多举办确有助益的讲座，广邀对自己专业有真知灼见的先生去讲学，真正让广大师生受益。

二

我1983年留校，1986年在职考上湖北大学研究生，是湖北大学语言学方向最先招收的硕士研究生。郭先生和唐作藩先生是湖北大学的兼职教授，导师组由郭锡良、唐作藩、祝敏彻、刘宋川四位老师担任。郭先生于1986年下半年先后给我们讲《说文解字研读》和《马氏文通研读》两门课，集中授课，时间好像是一个月。我跟郭先生有了单独接触的机会。

20世纪80年代的初、中期是读书治学的黄金时期。自由探讨的学术风气很盛，西方的各种学术思潮纷至沓来，但有些缺乏必要的检验。当时的我无疑是这些思潮的追随者。这是改革开放之后的必然现象。凡事都既有利，也有弊。当时的那种学术氛围，也有利有弊。那时我主要考虑利的一面，考虑到要多吸取知识营养，如饥似渴地阅读这方面的书。没有意识到，宇宙无穷，知识如海，人生有涯，任何人都不可能样样精通，炼成火眼金睛，做出科学检验，分出良莠。也没有意识到，按照这种办法去治学，必然会没有根基，浅尝辄止，泛滥无归。

我隔三岔五往书店跑，了解出版信息，买了不少专业之外的西方学术思潮的书。即使到外面出差，也要到各地的书店去看看，生怕漏掉大家经常提起的我感兴趣的著作，也生怕我的学术赶不上趟。说到底，还是学术研究的自信心不足，自主性不强。这时候除了宋川师，郭先生也是对我当头棒喝的最重要的导师。

我那时还是将学习重点放在语言学，特别是古汉语上面，以为这样就有点有面，不至落伍。其实，这个认识还是粗浅的，更多的是个托词。我没有想明白：点和面在学中的比例各占多少？人们说，学术研究应是金字塔形的，底座的基础要宽厚，越到顶部越尖；治学越到后面，越要做窄而深的研究。从事汉语史研究，总有一天要使自己的研究领域变窄。这个时间的分界线在哪里？我这个粗浅的认识回避了不该回避的问题，因为这将决定我未来的学术走向。我现在想，分界线一般应在硕士论文写作阶段：从硕士毕业论文选题开始，就要求学生做窄而深的研究，如果还泛滥无归，就不可能达到硕士学位论文的基本要求。博士研究生阶段，必须有侧重。有的学校，课程开设不太完备。学生经过自身的努力，考上博士生，但是一般来说，这些博士同学还得继续加固学习得来的知识。他或她还必须在入学伊始，赶快去弥补自己的缺陷，以免将来写论文时捉襟见肘。

郭先生和刘宋川先生都发现我那时将阅读的面铺得太开。郭先生给湖北大学研究生授课，认真地跟我谈起今后的学术主攻方向。他说，他开始读研究生时，一直喜欢文学创作和古代文学研究，甚至还写过小说，是王力先生将他吸引到汉语史上来。王先生治学领域很宽，但一段时间有一个侧重点，不面面俱到，值得我们学习。由于王先生有侧重点，因此很多问题研究得很细致，善于小题大做，挖掘很深。这都跟王先生有明确的主攻方向有关。郭先生告诫我：研究的面不能铺得太开，一定要将看书的重点缩小到汉语史上来。汉语史领域本身范围也很宽，还得有侧重。现在搞语法史的年轻人很多，语音史的很少，武汉地区尤其是这样。你就侧重搞语音史吧。

郭先生要我侧重语音史，还跟我的一项学习经历有关。1985年春季的这个学期，中国音韵学会在华中工学院（今华中科技大学）办了第三期讲习班。我由湖北大学委派，自始至终参加这个班的学习，收获颇丰。李新魁教授讲《等韵学》，发了一个叫作《广韵韵谱》的表格，让学员填写，首先得系联《广韵》反切上下字。为了学习"广韵"和"等韵"，我利用大半年业余时间，认认真真填写了两遍。这种学习程序，对学习和研究中古音、等韵学很管用。我曾将第二遍系联的表格送呈郭先生斧正，得到充分肯定。我自己也深知，填写表格，使我的音韵学水平上了高高的一层台阶。郭先生让我将侧重点集中在语音史上，是考虑到我在这方面有一定积累。

郭先生的一席话，明确了我的主攻方向，后来我就将学习和研究重点集中在汉语语音史上了。现在看来，先生的这一次谈话对我确定治学方向有极大的推力。

三

郭先生给研究生讲课，起先是在他老下榻的湖北大学招待所。主要由他讲，边讲边问我们一些问题。我记得他的《说文解字研读》的讲义是手写在一个很小的笔记本上，可能16开都不到，正文写满了，天头地脚也加注了不少内容。授课内容跟外面讲《说文解字》的书有不少不同的地方，主要是他加进去了一些现代语言学的元素，别有天地。

湖北大学部分师生和进修教师听说郭先生给我们研究生授课，联系中文系，咨询能否让他们也旁听一下。系里征求郭先生意见，他答应了。于是，郭先生开设的研究生课程决定改在大教室。

这是一个周六的上午，《说文解字研读》快讲完，接着要讲《马氏文通研读》。讲完《说文解字研读》最后一节课，郭先生说："下个星期讲《马氏文通研读》，地点不在这里，在教室，有一些旁听的师生和进修教师。我讲完开场白，就读《马氏文通》的两篇《序》，分两次读。这两次课，由孙玉文主讲，我和旁听的人提问，我再来补充。"

当时的治学条件远赶不上今天，我手头没有其他关于《马氏文通》第一篇《序》阅读的参考资料。回宿舍后，我不敢怠慢，抓紧时间备课，连做带查，仿照平时讲解《古代汉语》文选的惯例，先将第一篇《序》做了认真的串讲，自以为这下可能没有什么问题了。

轮到我讲解《序》，郭先生的提问大出我意料。《序》中有，"欧阳永叔曰：'《尔雅》出于汉世，正名物讲说资之，于是有训诂之学；许慎作《说文》，于是有偏旁之学；篆隶古文，为体各异，于是有字书之学；五声异律，清浊相生，而孙炎始作字音，于是有音韵之学。'"我当时只是疏通文义，对文意经过仔细斟酌，想来可能没有什么问题。这时候，郭先生却打断了我，提了这么几个问题：第一，"欧阳永叔"是谁？第二，《马氏文通》引"欧阳永叔"的这些话出自何处？第三，《马氏文通》引用时有没有改动？

第一个问题容易解决，第二三两个问题我始料未及，郭先生等于我出了一个洋相。面对上百号旁听的学者，我只好硬着头皮说没有查，不知道。郭先生接着问旁听的学者有谁知道。结果也没有一个人能回答上。

郭先生然后说：我们读已有的学术著作，这样的基本问题必须搞清楚，不能囫囵吞枣。光疏通原文，还不能说真正读懂人家。欧阳修的这些话见于他的《文忠集》卷一二四《崇文总目叙释·小学类》，原文作："《尔雅》出于汉世，正名命物，讲说者资之，于是有训诂之学；文字之兴，随世转易，务趋便省，久后乃或亡其本，《三苍》之说始志字法，而许慎作《说文》，于是有偏旁之学；五声异律，清浊相生，而孙炎始作字音，于是有音韵之学；篆隶古文，为体各异，秦汉以来，学者务极其能，于是有字书之学。"《马氏文通》引欧阳修的话，有调整，有删改，大致意思没有改变。

这样的问题，今天有互联网的优势，比较容易解决，但当时却没有今天的查考条件。郭先生说，为了解决这些问题，他曾经在北大图书馆泡了大半天，才查到出处。看来郭先生读书十分细致。他语重心长地说，要想精读一部作品，对于它所引的每一条材料都必须加以核对，切实理解，不能马虎过去。

这件事对我触动很大，影响到我今后的精读，那次授课的情景至今还历历在目。这以后，我才真正知道什么叫精读，也经常思考精读的意义。只有这样读书，大到一本书的切实贡献，小到它的字词句、言外之意、起承转合，甚至对人家所引用的每一则材料都不放过，才能深入体会人家，真正读进去，做到虚心涵泳。我曾经在几次演讲中明确表示：阅读著作，方能写出著作；精读经典，方能创造经典。这有我的经验教训。我们今天创造的经典不多，一个重要原因，就是缺乏对一本书精读的功夫。

一个学人，在求学的一些关键时刻，要想登上一层新的台阶，不是一件易事。如果没有新的启发点，学人们往往会原地踏步，做一个马马虎虎先生；只有尽早跨过这一步进入新境界，才能看到一片新天地。光靠自己的体悟，不容易收到这种精读的成效。任何个人，都有惰性、惯性，要想登上新台阶，除了要灵感，还要吃苦，要磨死一层皮。这时候，需要有过来人及时提醒，当头棒喝。这种提醒，可以通过阅读的方式，因为有的学问大家偶尔会在他们的著作中提出这种精读要求，或者在他们的研究实际中体现出来。光这个还不够，还要求求学者碰巧能看到，愿意真正实行。最亲切、最严厉的提醒和忠告，是你的导师，针对你的软肋，抓住你精读中必须越过的关键障碍，就最具体的问题，毫不客气地对你当面提出如何精读的要求，让你露出怯来，让你刻骨铭心，让你一辈子受用。

清代江永和他的弟子戴震都主张为学要做到淹博难、识断难、精审难，要做到后面这两难，需要精读经典；精读经典，最有效率的做法，就是郭先生在讲授《马氏文通研读》课程时，要我们怎样弄懂马建忠引用欧阳修那些话时的那种做法。这种做法很朴素，但最行之有效。郭先生通过具体阅读进程提出的问题、提出的阅读程序和解决问题的途径，等等，都是很微观的。但是这些具体要求，却是精读经典的最具穿透力的要求。

这种精读经典，我后来都努力贯彻执行，并向我的学生传授。在目前这个学风浮躁的时代，这种稳扎稳打的精读法，最值得吸取。郭先生所谈这种精读要求，既是对前辈学者精读方法的继承，也是他读书经验的实践性总结。我想，我将这件事写出来，对后辈读书可能会提供一点切实的帮助。

四

我在工作和学习过程中，一直没有放弃动笔将学习心得写下来的习惯。考上研究生后，写了《黄冈话的形尾"子"》和《说文解字阐释学研究》两篇文章。前一篇，只几千字，探讨家乡话黄冈话"看了子""说了子"这种表达中"子"的用法和来源。为了写好这篇文章，我调查了除了我的家乡话以外的其他黄冈方言点，比如跟我同宿舍的靖国平先生，他是湖北大学教育系的老师，是团风镇（今为团风县）人，他告诉我，团风也有这个说法。后一篇，写了几万字，想借鉴海德格尔的阐释学理论，分析《说文解字》的学术成就。郭先生1986年来授课后，我跟他谈起这两篇习作。郭先生说，你拿来给我看看吧。我工工整整地将两篇习作誊写一遍，呈给他老审阅。

过一星期，我们去招待所上课。郭先生说："孙玉文，你的两篇文章我都看了，讲黄冈话的这篇还不错；至于另一篇，我的意见批在文章上了，你自己去看吧。"我一看，郭先生在题目下面批了六个字："穿西服，唱京戏！"这等于完全否定了此文，应该是否定我生搬硬套。

郭先生接着说："你的《说文解字》研读课的作业，要重新做。"以前王力先生带郭先生几位研究生，要求将段玉裁《说文解字注》从头到尾读一遍，但是郭先生当时没有完全按照王力先生的要求去做，《说文解字注》还有两卷没读完。这对他后来的研究有一些负面影响，基础打得还不是太牢靠，因此后来他有些后悔。

郭先生建议我，先将段玉裁《说文解字注》所有的术语都摘下来，然后一一做出初步解释。这项工作，量太大，我加班加点，结果还是晚了半年交给他。郭先生说，这次作业还可以，可以给90分。但是晚交了半年，扣除5分，总分为85分。

从这件事情可以看出，郭先生走的是实学的路子。先前我写《说文解字阐释学研究》，重点没有放在精读《说文解字》和段玉裁的《说文解字注》上，这就对研究本体缺乏深入了解，写出的东西不到位。他要我精读《说文解字注》，是希望我不要急于求成，打好文字、音韵、训诂等方面的基础。这有他的经验教训在里面。人生苦短，年轻时不将各方面的基础打牢，未来的学术道路不会走得太远。因为后劲不足，不能从不同角度提出新问题，融会多方面的知识解决问题，难以真正有大作为。很多先生，当他们在学术之路上辛勤走一遭，最终成绩平平时，常常后悔自己年轻时没有打好全面的基础。有一些学问大家，尽管成绩卓著，但他们也会后悔年轻时基础没有打好，否则他们自己的成就会更大。

郭先生指导我写论文这件事，还从一个侧面说明：论文写作应该建立在精研既有的重要成果、对研究对象掌握大量第一手的可靠材料的基础上。对既有的重要成果蜻蜓点水地过一遍，缺乏精研的功夫，对研究材料没有踏踏实实地调查研究，去伪存真，去粗取精，就难有真知灼见，对中国文化事业的发展也就很难真正有贡献。

《诗经》说："他山之石，可以攻玉。"我国历代的人口数量，由于天灾人祸，明代以前从来没有过一亿大关。到清代道光年间，突破四亿。一个重要原因是，明朝万历以后，原产美洲的红薯、土豆、玉米相继传入我国，并且逐步在全国各地推广、种植，从而解决了成千上万人的吃饭问题。我们武师七七至七九级同学的进步，除了本校老师的传帮带，还离不开外校优秀教师的讲学活动和兼职教学活动，这些讲授丰富了我们的学术营养，扩宽了我们的视野，增强了我们的学术自信心。我本人深切地感受到这一点。我只是举出业师郭锡良先生在武师的讲学活动和兼职活动，希望以小见大，让我们永远记住这一点，也想为今后湖北大学文学院的发展，为后来有志做学问的学者提供一点参考。

（原载《时代之子：湖北大学中文系新三届文集》卷四《回忆录》，长江文艺出版社，2019 年）

我所接触的何乐士先生

一

我在读书求学的过程中，有幸得到许多名师的指教。他们的美德懿行、言传身教，深深地浸染着我的心灵，使我能在学术的殿堂蹒跚学步。每当我在歧路彷徨时，先生们及时棒喝，指点迷津，使我踏踏实实地走在学术正道上。尽管资质驽钝，难以体味先生们的精髓，但是我黾勉从事，时刻不忘先生们的教诲，不敢稍有懈怠。敬爱的何乐士先生就是这样的一位名师。

从 2001 年查出病症直至 2007 年 11 月 16 日逝世，何先生一直病魔缠身。她以顽强的毅力、乐观的精神，勇敢地和病魔做斗争，拖着病躯，一如既往地取得了一份又一份扎实的学术成果，留下了多部传世之作供后学研习。可惜天不假年，何先生带着重写《汉语语法发展史》等许多未了的学术研究计划，永远地离开了我们。这是学术界难以弥补的重大损失。

我最早知道何先生的大名，是在 1980 年。那时候，我在武汉师范学院（今湖北大学的前身）中文系读本科，恩师刘宋川先生刚刚从北京大学回到湖北大学，给我们讲授王力先生主编的《古代汉语》。在讲授古汉语的常用工具书时，刘老师谈到，阅读文言文，碰到古汉语的虚词问题需要解决，可以利用中国社科院语言研究所古汉语研究室的何乐士等先生联合编写的《文言虚词浅释》。从此，何先生以及其他几位先生的大名一直铭刻在我的脑海中，后来从报纸杂志上发表的论文中，也不断地读到何先生的大作，获益匪浅。

我得见何先生本人，是在 1996 年。那一年，我正在北京大学中文系师从郭锡良先生攻读博士学位，第二届国际古汉语学术研讨会在北大胜利召开。何先生是第一届会议的发起人之一，又是国内外卓有建树的汉语语法史研究的大家，自然与会。何先生个子不高，面容清瘦，戴着近视眼镜，望之蔼然可亲。跟她一接触，就能感觉到她的爽直开朗以及对学问的执着追求。她老关切地问起了我的博士论文的选题及准备情况，并且提出建议，还热情地邀请我上她家做客。当时我就有一见如故的感觉。从此以后，我跟何先生有了更多的接触，有了更多的向她老人家问学的机会。

任何人都不可能脱离他们所生活的时代。何先生既经历了风雨如磐的旧时代，也沐浴了新中国的阳光雨露，尤其是经历了改革开放年代。在何先生身上，不可避免地体现出中国传统和世界其他文化的碰撞、融合。跟何先生十多年的接触，我感觉到，她老作为一位优秀的语言学家，在为人和为学方面留下了许许多多有益的东西。在中国史无前例地走向世界、中国学者跟其他各国学者密切接触的时代，何先生留下的这些东西对后起一辈学者面临中国学术剧变如何奋发图强有积极的启迪作用。

二

何先生尊师重道，这也体现了她尊重我国学者研究成果的科学精神。她在北大完成学业之后，被分配到中国科学院语言研究所（后改称中国社会科学院语言研究所）从事古代汉语的研究工作，师从丁声树、陆志韦、吕叔湘等先生。二十世纪六十年代开始，何先生就着手《左传》的语法研究。她做了大量的基础性工作，曾经编写过供自己研究用的《左传词典》。对前辈的研究论著，何先生做了比较深入细致的阅读。例如她曾把丁声树先生的研究论文汇集成册，自取名《丁声树语言学论文集》，供自己阅读和查考。1996 年，何先生还把这本《丁声树语言学论文集》借给我，供我复印学习。去年上学期跟宋绍年、张猛、邵永海等先生到何先生府上去拜访她和她的老伴张秦扬先生，此时她老已是身患重疾了，连说话都很困难。何先生对我们说，她在北大求学时的任课老师杨伯峻先生的文集要出版，她负责部分整理工作。整理杨先生文集，这是她义不容辞的任务，必须把自己手头的研究计划放下来，认真负责地完成自己的整理任务。我们可以想象，何先生是在身体状况极为恶劣的情况下从事整理工作的。这种尊师重道的精神怎么不令人感动呢！在北大求学时，郭锡良先生曾经给何先生上过课。郭先生和何先生都出生于 1930 年，何先生还要大月份。但是何先生经常跟我说，她是郭先生的学生，我们是同门。

何先生在学术上决不唯自己老师的意见是从。对前人或时贤的意见阿谀奉承，或者党同伐异，这都是对科学的背叛；是其当是，非其当非，坚持实践是检验真理的唯一标准，这是对科学和真理、对前人和时贤意见的最大尊重。何先生深知这一点。她经常告诉我，对于前人和时贤的研究成果不能盲从，都应该经过检验，批判继承。丁声树先生是她的老师，丁先生的《释"弗""不"》

是现代语言学的经典论文。何先生并没有盲从，而是充分占有材料，进行详细的统计分析，撰写出《〈左传〉否定副词"不""弗"的比较研究》等有分量的论文，在充分肯定丁先生所取得的学术成就的同时，补充修正丁先生的学术见解。

三

何先生对后辈关爱有加。这一点我有切身的体会。我的博士论文《汉语变调构词研究》于 1997 年 6 月 13 日上午通过答辩。何先生是答辩委员。先生和其他诸位答辩委员一样，本着对学术高度负责和对晚辈关爱的精神，对论文作了充分肯定，但是又提出了非常具体的修改意见。由于时间有限，先生们的宝贵意见在答辩会上未能完全充分地表达出来。有鉴于此，业师郭锡良先生亲自给答辩委员们打招呼，指示我拿着博士论文自存本挨家挨户向先生们讨取详尽的意见供我修改论文。何先生准备得很充足，把很多意见写在稿纸上送给我，还有一些具体的意见供我过录到博士论文自存本上。

博士毕业以后，我回到了原单位湖北大学工作。每次进京，几乎都要到何先生府上去拜访她，聆听她老的教诲。何先生常常问起我最近的研究情况，特别问起《汉语变调构词考辨》一书的撰写进度，提出具体的指导意见；有时拿出她的新著，工工整整地题上"敬请玉文学友指正"的字样，送给我研习。为了照顾湖北人的饮食习惯，她老和老伴张秦扬先生有时特地在住所附近的"九头鸟酒家"订好餐席，宴请我。每年新年将至，何先生都给我寄来贺年卡，密密麻麻地写下了新春寄语，热情洋溢地勉励我攀登科学高峰，并寄予厚望，极大地激发了我的求知欲，鼓舞了我探索的热情。调回北京大学工作以后，向何先生请益的机会多了，我们师兄弟或到西三环府上去拜望她，或到延庆的府第去探望她，谈学论道，其乐融融。有时候，何先生主动打来电话，说要跟我们聊一聊，交流一下研究心得，也想了解一下学术界的近况。常常叮嘱：希望我们尽早去她府上，她盼着早一点跟我们见面。何先生是把治学作为人生最大乐趣来对待的！为了学术，即使是晚辈的不成熟意见，她都是极为重视的。

湖北大学学报编辑部负责语言文学部分的熊显长先生常常委托我向何先生约稿。何先生绝不爽约，如期拿出她的精心之作，支持了《湖北大学学报》。何先生晚年有几篇重要的论文，就有两篇是在《湖北大学学报》上发表的。后来何先生病重开刀，直到逝世，我每次见到她老人家，就不好再开口向她约稿。只有一次，我去她家拜访，看见何先生开刀以后身体恢复得较好，才提出：如果身体状况允许，希望何先生继续给《湖北大学学报》赐稿。何先生答应了。

可惜她老的身体状况越来越差，直至永远地离开了我们，我们再也不能在《湖北大学学报》上读到她的新作了。

去年暑期，何先生已经处于弥留之际。她委托张秦扬先生打电话给我在北京的寓所，告诉我她的病情。当时我在武汉，张先生给邵永海先生打电话，请他转告何先生病重的情况。一种不祥之感笼罩在我心头。不久，她的病情有所缓和，但还躺在 309 医院的病榻上，不能开口说话。我默默地祈祷何先生彻底战胜病魔，继续给我们请益的机会。现在想来，那不过是回光返照。去年教师节，也正是何先生病情有所缓和的时候，我给张先生打电话祝贺二老教师节快乐，并祝何先生早日康复。何先生本人大概已经有了不祥的预感，9 月 10 日示意张先生拿来纸和笔，艰难地写下："放在书房里的书桌上有一盒关于《史记》的资料，是我病中花了三年时间最后一次通读时写的，目的只是为了了解司马迁写书时的感情，包括对'主之谓'的使用目的，最后来不及写这一篇'简稿'。如果玉文有用，就送给他，也供他的学生参考。拙文简陋，并未打算发表。谢谢玉文、邵永海、张猛、绍年等好友对我的关爱。还有一盒是关于《左传》的资料，如果玉文有用，就送给他。以后老张再清理出什么，也如此办。因为他也研究《左传》和《史记》。上面的事，千万不要给外人说，以免对孙玉文带来麻烦。至于他要不要说，怎么说，都由他自主了。"张先生按照何先生提供的线索没有找到关于《史记》的那盒资料，何先生 11 日又写下："今晨到现在我一直在想，忽想到给玉文的稿子可能在书房正中的那个大书柜里，（何先生还画了书柜位置示意图，标出 1、2、3、4，标明'在最下格'）大约用了两个大礼盒。（何先生先标出①，然后写下：）《史记》主之谓一篇手稿，《国语》主之谓一篇手稿……其他有关资料。（何先生标出②，继续写道：）《史记》全书主之谓的详细统计笔记本，全书例句的逐例抄写资料本共约 4—5 本。以上说到的几篇手稿，若玉文看后认为可以考虑，能否抽空为我加点工（或找研究生帮忙）？谢谢。交出稿前可请老张看看，留下一个复印稿，给我寄到天国去。"每当张先生跟我读着她老的这些言语时，我深深地感觉到她对学术事业的执着和无私，更感觉到她对晚辈的关爱。

去年在八宝山举行的何乐士先生遗体告别仪式上，我对张洁先生说：何先生对我们晚辈，就像慈母对待她的孩子一样。这句话是我跟何先生十几年交往后得出的最深刻的感受之一。

四

何先生对国内外的相关研究成果非常重视。她真正做到了不崇洋、不排外、不盲从，只要是经过研究而认定是科学有用的，她就奉行"拿来"主义。这种做法，对后起的中国语言学者如何对待国外研究成果很有启迪作用。

1989 年至 1994 年，何先生先后应邀赴意大利拿坡里东方大学、瑞士苏黎世大学从事教学和科研工作。在国外工作期间，曾先后应邀至数十所大学讲学或访问，并且曾于 1994 年 2 月与苏黎世大学东亚研究所所长高斯曼教授共同发起并举办了第一届国际先秦汉语语法研讨会，编辑出版了《第一届国际先秦汉语语法研讨会论文集》，为促进东西方同行学者的友谊和交流做出了实实在在的贡献。

何先生很早就开始译介国外语言学的论著，1964 年，她与人合译了美国弗里斯的《英语结构》，由商务印书馆出版；1979 年她翻译发表了加拿大杜百胜先生的《〈古代汉语虚词词典〉绪论》；1993 年翻译发表了德国何莫邪先生的《马王堆汉墓〈老子〉手抄本和〈秦律〉残卷中的"弗"》；1994 年翻译发表了瑞士高斯曼先生的《否定词"弗"的句法》；1995 年翻译发表了加拿大蒲立本先生的《古代汉语体态的各方面》；1998 年翻译发表了俄罗斯佐格拉夫先生的《汉语的语法和词汇：一种动态的探讨》和德国何莫邪先生的《上古汉语"哭""泣"辨》，对于了解国外的语言研究特别是汉语研究很有帮助。

五四时期，有少数学者主张"全盘西化"。到了后来，以王力先生为代表的一代学者总结五四时期的经验教训，实现了向吸收"古今中外"学术精华的学术战略转移，迄今已经成为一种优良传统。何先生继承了这种优良传统，她的研究实践鲜明地反映出吸收"古今中外"学术精华的特点，这种做法对新起的一代中国语言学人很有垂范作用。科学地吸收国外科学有用的研究成果，这是我们不变的研究方针，今天如此，将来也如此。

五四运动迄今快九十年了，如果还有学者以国界来作为判定学术成果是否优劣、是否属于"前沿"的标准，那就太不符合科学精神、太过保守、太不知变通了。我们同时应该看到，以国界来作为判定学术成果是否优劣、是否属于"前沿"的标准的做法只是少数几个人的极端做法，只是五四时期"全盘西化"的主张在当今的"回光返照"，这是在吸收"古今中外"学术精华过程中必然会出现的偏差，只是任何时候我们都要对此保持清醒的头脑。语言学界已经开始反思并且矫正这种极端做法了，中国的语言学跟其他科学一样，已经进入了"自主创新"的新的历史主页。

五

何先生治学是超功利的，完全出于求真求实的兴趣和愿望，深合科学精神。

这在物欲横行的当今时代，非常难能可贵。段玉裁家里有个祖训："不种砚田无乐事，不撑铁骨莫支贫。"段玉裁也说："能一日读书，则是一日清福。"这些话安在何先生身上，也是很恰当的。

何先生对于她所从事的汉语语法史事业，达到了酷爱的程度。她很早就从语言所副研究员退休，把职称置之度外，一心扑在学术事业上了。退休以后，她老人家仍然硕果累累，这是学术界有目共睹的。按理，退休以后就可以放弃这种用脑过度的研究工作，安心颐养天年。但是何先生毫不懈怠，继续在汉语语法史领域辛勤耕耘，留下珍贵遗产。何先生告诉我：为了研究《左传》的范围副词，她在瑞士苏黎世大学研究期间，曾经累得晕倒了，但是这是值得的。直到生命的最后一刻，她还念念不忘学术事业。去年九月份，她在世时的最后一部专著《汉语语法史断代专书比较研究》由她家乡的河南大学出版社出版。何先生立马在病榻上嘱咐张先生给我打电话，代她向北大的众位师友送书，望着她老在生命垂危时刻用颤颤巍巍的手写出的"请不客气地提出批评指正，并留作永久的纪念。友谊与天地长青。何乐士 2007.9.26 于病床上"的字样时，令人一阵心酸，也让人感受到何先生为了学术事业鞠躬尽瘁、死而后已。

何先生能心无旁骛，以平静的心态对待研究的对象，细致分析古书材料。她曾经对我说："理论观点必须从事实中来。"从事汉语史研究，应该有历史使命感。一篇科研论文，首先必须要把事实分析清楚，文中的理论探索或许有这样那样的不足，但是材料的分析必须尽可能搞精确，数据不能离事实太远。连基本事实都分析错了，理论探索就完全站不住，对学术的危害更甚，贻误后学更甚。研读何先生的论著，大家都有一个强烈的感觉，那就是她非常重视定量统计。许国璋先生敏锐地看出了这一点，特地撰文《中国计量语言学的尝试》加以介绍。许先生撰文时尚不知何先生是一位女性学者，称何先生为"他"，后来得知何先生是一位女性学者，评价文章收入《许国璋论语言》一书时，把"他"改为"她"，留下一段佳话。她老搞统计时，电脑尚未普及，许多统计是手工进行的，即使有纸本索引，她也只是作为参考，跟自己的手工统计核对。后来电脑普及了，何先生借助电脑进行统计，还对原来的手工统计进行检验，发现原来的某些手工统计没有电脑统计精确。何先生多次对我说，看古书，有时被内容吸引住了，会把需要统计的那个字或结构遗漏掉，带来统计分析的不确。她老对此深以为憾，后来论文结集出版，何先生常常在附记里写上：统计数据跟事实略有出入，仅供参考。

何先生很重视对研究结论的科学检验。1996 年，何莫邪先生在第二届国际古汉语学术研讨会上发表《"哭""泣"辨》一文，他谈到自己得出"哭"

"泣"词义分别的初步结论以后，从电脑上把古书相关典籍中的"哭""泣"二字删去涂黑，看上下文中这一空白的地方是填"哭"还是"泣"，抑或"哭""泣"二字均可时上下文的理解是否有不同，再跟古书原文对照，以此检验自己的结论是否科学可靠。有一次我跟何先生谈起此事，认为何莫邪先生的这种做法值得借鉴。何先生对我的浅薄意见深表赞同，对我说，任何科学结论都需要检验，即使是任何一篇论文的作者本人，都应该先对自己的初步结论作出检验。她本人以前所写的汉语语法史论文也常常涂去古书原文中的某些字，检验自己的初步结论。

六

何先生在为学上不打无准备之仗，不随波逐流，不蔽于成见，而是强调自主意识，强调独立思考，抓住发展科学的关键性角度生发开去，以发展科学。一旦选准角度，就以满腔的热情、超常的毅力、严肃认真的态度，把研究工作推向前进，因而创获良多。

跟许多老前辈一样，何先生在汉语语法史研究中，既重视汉语语法史专题的研究，又重视专书语法的研究，都留下了重要的学术论文。在对专题和专书研究都辛勤走一遭之后，何先生在晚年非常强调专书语法研究的价值，并且身体力行，做出了大量的研究实践，在此基础上作出理论概括。

她自六十年代承担《左传》语法研究的任务以来，就为《左传》语法研究做了许多前期准备。她告诉我说：丁声树先生曾经跟她谈起过研究工作的前期准备的重要性。丁先生说，研究问题应该像"狮子搏兔"，有了大量的前期准备，研究一个一个的问题才得心应手。何先生将丁先生的金玉良言作为自己研究的动力，努力加以贯彻执行。

有个别人挖苦、嘲弄何先生重视文献材料和专书语法研究的做法，何先生不以为意。她曾对我说，不但国内，就是她所接触的外国学者中，也有许多人不随波逐流。一旦经过深入地研究而认准的东西，如果没有科学地论证其讹误，而是因为无知偏见而排斥之，就决不能轻易地放弃自己的追求。这种做法是值得重视的。因此何先生仍然沉醉于她的专书语法研究，并且不断地做出成绩来。

2000年，在广东暨南大学召开了全国第六届古代汉语学术讨论会，会议的主题是讨论古汉语专书语法研究问题。在会议上，何先生和郭锡良先生一样，反复强调专书语法研究的重要性。在大会发言中，何先生从理论和事实上阐述专书语法研究的重要性，专书语法研究的特点，以及如何从事专书语法研究等。2006年，她在《古汉语研究》第1期发表她在世时的最后一篇论文《观十三经辞典有感》一文，鼓励专书语言研究，指出："专书语言研究一再为语言学界前辈所倡导。王力、陆志韦、丁声树、吕叔湘、杨伯峻及郭锡良等先生曾多次强调过这个问题的重要性，指出许多重大的学术工程都必须以专书研究为基础。"其中包括了专书语法研究。去年上半年，我们前去何先生府上，请她老在北大做一次演讲，谈谈专书语法研究的问题，她高兴地答应了，等她身体状况允许以后，一定前往北大，跟大家交流研究心得。何先生极为赞同再次专门召开古汉语专书语法研究的国际性的学术研究会，促进专书语法研究，表示如果身体状况允许，她一定与会。2007年9月，她在世时的最后一部专著《汉语语法史断代专书比较研究》就是她对古汉语专书语法研究身体力行的结晶之一，是她逝世前两个月才问世的。

王力、陆志韦、丁声树、吕叔湘、杨伯峻、郭锡良、何乐士等先生都从事过汉语语法学研究，留下了经典性论著。其中有的先生在汉语语法史方面做过断代的专题研究，有的做过历史的专题研究，王力先生还开创性地写出了我国第一本汉语语法史论著。后来，先生们都与时俱进，总结汉语语法史研究的成败得失，不约而同地提倡专书语法研究。这种研究取向的变化，很值得人们思索。他们深刻地认识到，离开了专书语法研究，这样的汉语语法史研究必然有着严重的缺陷。先生们贯彻了科学的历史观和系统观，找到了汉语语法史研究的一个重要的突破口。汉语语法史必须研究汉语语法系统的演变，研究新的语法系统是怎样取代旧有的系统的，因此必须清楚了解各个时期的语法系统。专书语法研究正是清楚了解各个时期语法系统的极为重要的途径。何先生深知此道，更是身体力行，一辈子花大精力从事这项研究，取得丰硕成果。何乐士的大名跟古汉语专书语法研究紧紧地联系在一起！

敬爱的何乐士先生离开我们快满两个月了，她的音容笑貌时时浮现在我眼前，她的谆谆教诲时时在我耳边回荡。

敬爱的何先生，您安息吧！去年冬末，飘飘洒洒地下了多大的一场雪啊，漫天的大雪在为您老饯行，把您老深深地埋葬在您热爱的这一方沃土中，让您老的灵魂永远地得到安宁。但是您老为人为学所留下珍贵遗产，将会使面临时代剧变的一代又一代学者受益无穷。我深信：您老对中国语言学尽了自己最大的努力，新一代的学者不会忘记；您老对新一代学者希望殷殷，大家不会辜负。

（原载《励耘语言学刊》2008年第1期）

曹先擢先生传递给我的

我最早接触到曹先擢先生的大名，是在 20 世纪 80 年代初期。2000 年 8 月在北大西门外的邮电疗养院，召开了纪念王力先生诞辰 100 周年语言学国际学术研讨会，我第一次目睹了曹先生的风采。那时候，他已经离开北大中文系讲坛，任国家语言文字工作委员会副主任。2003 年，我由湖北大学调入北大工作，才有机缘跟曹先生面对面接触，亲炙先生教诲。有时候是我们一行数人前往他的寓所，有时候是利用他来北大讲学或短期工作的间歇。随着接触的深入，曹先生的形象在我心目中逐步立体化了。他闲聊时冷峻幽默，讲起北大的逸闻趣事、对王力等先生的深挚感情、主持汉语词典编写和修订工作的掌故、担任北大中文系总支书记时对学生的爱护，等等，都很有吸引力，于细节中见真情，于冷幽默中寓教化，拳拳爱国之心溢于言表，既能让人如沐春风，又能让人获得教益。

几次见面，曹先生谈得最多的，还是学问。他谈学问，常常随口举出一些典型的例子，娓娓道来，口若悬河，毫不板滞。我特别注意的是，他非常重视汉语音义关系研究，对我的一些浅见多所奖掖，令我很感动。我本人也很留心汉语音义关系问题，曹先生的几番言语更加深了我的看法，也坚定了我研究音义关系的信心。后来，他于 2010 年 5 月 5 日送给我他在商务印书馆出版的论文集《辞书论稿与辞书札记》，文集中仍然可以看出他重视汉语音义关系的特点，注意到了很多别的先生没有谈到的问题，不断让我汲取灵感。

曹先生特别注意打语言文字的基本功，他翻来覆去阅读《说文解字》，将《说文解字》读得滚瓜烂熟，由此从汉字形音义的角度生发开去，研究语言文字问题。他谈汉字，往往结合他在辞书编纂、修订工作，以及他在语文规范化方面遇到的具体问题来谈，都是他在辞书编纂实践中遇到的、迫切需要解决的棘手问题；或者是他担任语委领导工作时，语文生活中经常出错而需要纠正的各种具体问题，这些问题反映到了当时的语委。这些问题都很琐碎，要解决它们，需要深厚的语言文字学的基本功、比较全面的知识储备和敏锐的洞察力，所得出的结论，需要经得起成千上万的学人的各种检验，这绝非花拳绣腿者所能为。曹先生没有推诿，他身体力行，抓住问题关键，深入材料，弄清问题的来龙去脉，从学理上加以解决，直接服务于辞书编纂、修订和语文规范化。他所谈的，都不是无的放矢，人云亦云，而是密切联系实际，根据研究实践和社会需要来选题，很有针对性，选题能以小见大，结论新颖而平实，有普遍意义。这些研究，视具体情况，常常各有侧重，或重字形分析，或重字音、字义分析，都解决了相当多一般人处理不了的具体问题。例如"陈寅恪"的"恪"，贞观的"观"，"文曲星"的"曲"，"冠心病"的"冠"，"大乘佛教"的"乘"，这些字到底应该怎么读；今天"扎、礼"的右边都写作"乚"，这些"乚"是怎么来的；为什么可以说"一年半、一天半"，却不可以说"一月半"；汉字中"一〇八"的"〇"是从哪里来的；"守株待兔"的"株"是什么意思，等等，曹先生都做出了新的探讨，既有理论价值，又有实践价值。读曹先生《辞书论稿与辞书札记》等著作，令人如沐春风，感到他真正为社会上的语文事业和汉语言文字学做了大量好事、实事，其学术境界远非沽名钓誉之徒所能至。

20 世纪 80 年代初，董琨先生在中山大学研究生毕业以后，被分配到中央电大工作。董先生当时聘请郭锡良、何九盈、曹先擢、蒋绍愚四位先生担任中央电大《古代汉语》课程的主讲老师，为在全国范围内普及古代汉语知识、传承中华文化起到十分积极的作用。不久，四位主讲老师的讲授内容编成了《古代汉语讲授纲要》，分上下两册，由中央电大出版社于 1983 年正式出版。那时候，我刚刚本科毕业，留校担任业师刘宋川先生《古代汉语》课程的助教，所用教材是郭锡良、唐作藩、何九盈、蒋绍愚、田瑞娟等先生编写的《古代汉语》，1981 年由北京出版社出版。中央电大也采用了这套教材。我得到《古代汉语讲授纲要》以后，发现其中有部分内容跟《古代汉语》教材不一样，对我从事《古代汉语》课程的辅导颇有助益，因此很吸引我。

《古代汉语讲授纲要》每一讲的后面都署上主讲老师的姓名，我从中知道了曹先擢先生的大名。其中第九讲《汉字的结构和发展》是曹先生写的。在此之前，我囫囵吞枣地读过《说文解字》及段注，唐兰的《中国文字学》、梁东汉的《汉字的结构及其流变》等著作，它们都对形声字做过分析。但我当时由于刚接触这门学问，很多内容还没有完全消化。等到我走上讲台，从事古汉语辅导以后，刚好《古代汉语讲授纲要》出来了，因此印象极为深刻。在《汉字的结构和发展》中，曹先擢先生注意到了谐声系列和谐声层级问题，他将谐声系列看作是一个充当声旁的主谐字，在一个平面上横向地扩展，并以"莫"字为例，举出由“莫”作声旁造成的“谟、模”等一系列的字；他又将谐声层级看作是“一代一代”地向纵向发展的，以“之、寸”为第一代，造出第二代的“寺”，第三代的“時”，第四代的“蒔”。曹先生还特地举出“父”字，详细分析了由它向纵向发展造出的六代形声字，以及各代横向发展造出的一些谐声系列。曹先生用“代”的概念讲谐声层级的形成，蕴含了历史观念。他的这种分析，在我大脑中形成了极深的记忆，可以说，是直接下启了我后来发表的《谐声系列与上古音》和《谐声层级与上古音》两文的写作。

在谐声系列和谐声层级中，人们最先观察到的是谐声系列。先秦以来的声训，被释词和训释词中，就有一些同声旁的字，例如“政者，正也”“午，忤”“纪，记也”等。《说文解字》是探讨字的本义的著作，许慎是“据形系联”，遇到形声字，他往往是以形旁为纲，去分析汉字。即使看起来是以声旁为主，其实仍然是“据形系联”，例如句部依次有“句、拘、笱、钩”是“句”的谐声系列，但是许慎看重的是后三字都有“句曲”的意思。这些还不是有意识地系联声旁，但足以给后人将同一个声旁的字归纳在一起的启发。

西晋杨泉《物理论》有“在金曰鋻，在草木曰緊，在人曰賢”之语，“鋻、緊、賢”都是从“臤”声，杨泉显然是有意识地将从“臤”声的字归纳在一起，这就有谐声系列的观念在里面。南唐徐锴（920—974）《说文解字系传》中，将从某字得声的一些字聚集在一块儿。明袁子让《字学元元》卷七《四曰谐声之概》举出了相当多同一谐声系列的字，例如“‘撓饒磽’从‘堯’声，‘瀌镳’从‘麃’声”等。从谐声系列的角度观察音韵现象，远的不说，宋代徐蒧《韵补序》：“‘有’为云九切，而‘贿痏洧鲔’皆以‘有’得声，则当为羽轨切矣；‘皮’为蒲糜切，而‘波坡颇跛’皆以‘皮’得声，则当为蒲禾切矣。”清顾炎武（1613—1682）《音学五书》就见及与此，例如他说“凡从支、从氏、从是、从兒、从此、从卑、从虒、从爾、从知、从危之属”都归他的第二部，“凡从多、从爲、从麻、从垂、从皮……从奇、从義、从罷、从离、从也、从差、从麗之属”都归他的第六部。段玉裁（1735—1815）《古谐声说》所云“一声可谐万字，万字而必同部，同声必同部”，都注意到了谐声系列在研究古韵中的作用。但是古人还没有认识到谐声系列在研究整个上古语音中的重要作用。

稍后，人们认识到谐声层级，这是继认识到谐声系列之后，对形声字认识的又一个巨大进步。例如，明赵撝谦（1351—1395）《六书本义·纲领·谐声论》：“谐声之道，既有无不谐之妙，又有累加之要。”注意到谐声层级，赵氏叫“累加”。袁子让《字学元元》卷七《四曰谐声之概》：“‘朝’从‘舟’音，

'潮'又从'朝'声；'昭'从'召'音，而'超'又从'昭'声……'柳'从'卯'声，而'留窈'又从'柳'音。"这实际上也涉及谐声层级问题。清代，段玉裁《古十七部谐声表》，碰到要在谐声表中排列不同层级的主谐字，他往往将第一级的谐声排在前面，依次排二级、三级，例如第五部，顺次排列"父、甫、尃、蒲"，尽管他没有明确提到谐声层级，但看来他心目中是有这种观念的。后来一些制订谐声表的学者也多采用这种方式，戚学标（1742—1824）《汉学谐声》、李元（？—1816）《声韵谱》、姚文田（1758—1827）《说文声系》、严可均（1762—1843）《说文声类》、江沅（1767—1838）《说文释例》、朱骏声（1788—1858）《说文通训定声》、庞大堃（1790—?）《形声辑略》、陈立（1809—1869）《说文谐声孳生述》、傅寿彤（1818—1887）《古音类表》等，都莫不如此。例如《声韵谱》卷三《谐声一》"公部"先排直接从"公"声的字，再排从"翁"声的字，再排从"松"声的字，从"容"声的字。

后来，沈兼士主编《广韵声系》，将《广韵》中的形声字提取出来，按照谐声层级编排，其《编辑旨趣》明确指出："其被谐字复为他字之主谐字者，则依其相生之次序，顺递记之。如是则同一主谐字所孳衍之谐声字，其脉络相承之迹，一目了然矣。"《广韵声系》的编辑旨趣之一，就是"比较主谐字与被谐字读音分合之现象"。可见，沈兼士所写的"编辑旨趣"，明确提出谐声层级的概念，并且将谐声层级跟文字"相生之次序"联系起来，指出能从中找出"读音分合之现象"，所言很有启发性。曹先生研究谐声层级，也明确地跟造字的先后联系在一起，这都是对于谐声层级认识上的一个进步。从以上简单地叙述中可以看出，人们对于谐声层级的认识之深化，是一个渐进的过程，这也充分印证了"学如积薪，后来居上"的道理。

是曹先生关于谐声系列、谐声层级的论述，直接启发我最初的灵感。受曹先生等先贤的影响，我从上古出现的谐声系列、谐声层级这两个角度观察到，它们都能让我们看出上古的某些重要的语音信息。

我以为，我们还可以从曹先生的著作中吸取不少养分，能丰富、升华我们对于汉语、汉字的认识。

（原载《博览群书》2020 年第 11 期，又以《曹先擢先生谈汉字对我的启示》为题收录于商务印书馆《君子襟怀，长者风范—曹先擢先生纪念文集》，2022 年 7 月）

我学术活动的领路人刘宋川先生

    我于 1979 年由黄冈县（今为黄冈市黄州区）考入沙湖之滨的武汉师范学院（后改为湖北大学）中文系，1983 年毕业留校，一直到 2007 年正式调到北京大学中文系，在武汉学习、工作了近 30 个年头，因此武汉是我的第二故乡。《武汉文史资料》向我约稿，该写的人和事太多了，我特别想写写恩师、曾经担任过武汉市政协委员的刘宋川先生。他是我本科阶段古代汉语课的任课老师，毕业时是他竭力推荐我在湖北大学中文系古代汉语教研室任教，他还是我的硕士导师之一，我学术活动的领路人。

一

    我从小就偏爱中文写作，喜欢跟文字打交道，利用业余时间，想方设法看了不少中外的文学著作，包括那时的禁书。刚上初一时，我的作品还在黄冈县广播站的有线广播中播出过，这在当时很能提升我的自豪感，也在不断地催生着我的文学梦：如果能像李白、苏轼那样乘一叶扁舟，遨游长江之上，吟诗作赋，该是多么惬意的事！刚上高中时，我的语文老师邹天斌先生借给我《唐诗三百首》，背了不少名篇；后来（可能是 1977 年或 1978 年）辗转弄到一本武汉大学中文系古典文学教研室在"文革"中编写、由蕲春县文教局教研室翻印的《唐诗选注》，喜不自禁，不但懵懵懂懂地读下来，而且通过其中的格律诗和所附《古典诗歌形式简介》，揣摩近体诗的格律，小有收获。这本《唐诗选注》我至今还保存着。

    1979 年高考分数线公布以后，我父亲建议我报考财经学院的财会专业。但那时我一直做着文学的梦，一心想当个文学家，做个李白、苏轼那样的诗人，于是我毅然报考了武师中文系，得偿所愿。当时心想：这下就离当文学家的路近了。临离开黄州前往武汉上学的头两天，我和父亲从王家店来到黄州，寄居于在黄冈地区水厂工作的堂哥家里，准备过两天搭乘水厂到武汉办事的便车前去上大学，我得便在黄冈地区新华书店、黄冈县新华书店转悠了两天，买了不少文学书。第三天一大早就乘车来到武汉，圆我的文学梦。

20世纪70年代后期和20世纪80年代初期的大学生活是十分充实的，自由探讨学术的气氛极为浓厚，沙湖的水不断地飘荡着我的文学之梦。为了今后能写出满意的文学作品，我一方面注重写作课和文学理论等课程，观察社会生活，一方面注重阅读文学作品，对其中的遣词造句格外用心，但不知不觉间慢慢地爱上了语言学。我总记得周勃老师用略带湖南口音的普通话在文学理论课堂上反复申述的那句话：文学是语言的艺术。

我们的古代汉语课是1980年开始上的，宋川师是我本科古代汉语课程的主讲老师。当时他刚从北京大学中文系进修归来，只有30多岁，对学术充满热情，雄心勃勃。在北大，他在王力先生门下进修，颇得王力先生青睐。我们用的古代汉语教材就是王力先生主编的《古代汉语》。宋先生讲课字正腔圆，慢条斯理，严谨扎实，精细好懂，既授人以鱼，又授人以渔，有时候还告诉学生，这个问题值得研究，应该如何如何去研究它。武师中文系77、78、79三届，每一届的同学年龄都参差不齐，相差可以有十多岁，这三届的同学都知道，79级的同学，特别是那几个老大哥同学，对授课老师很挑剔，希望79级能够得到中文系最好的老师的真传，有的老师甚至被79级的同学炒了鱿鱼。但是宋川师的讲授始终能抓住大家的心，成为79级同学们最喜欢的老师之一，心目中的"男神"。由于宋川师的影响，我于1981年特地寄钱到中华书局邮购部，邮购他们头一年刚刚影印的《十三经注疏》，不时啃一啃。古代汉语课一共开了两个学期，宋川师在下学期讲《诗经》时，选讲了《卫风·木瓜》，其中就有"匪报也，永以为好也"，也讲了上古声调问题，提到了王力先生的古无去声说，我当时想：这里的"报、好"好像是去声自押，为什么古无去声呢？我记得我在课后提出这个想法，宋川师的回答是，上古有无去声，要从系统出发进行研究。后来我花了近三十年的时间研究汉语的变调构词，应该就跟当时有这个疑团有关。

宋川师不但在规定的上课时间毫不懈怠，还多次应79级同学要求，给大家额外补课，有些内容是王力《古代汉语》教材所没有的。例如，宋川师参加过郭锡良先生主持的《古代汉语》教材的编写，郭先生的这套《古代汉语》教材特地安排了同源词分析的部分，宋川师讲授时加进了同源词的内容。他擅长语法史研究，因此讲授中对词类活用等内容讲得非常仔细。受同源词研究的启发，1982年，我业余写出"并"的同源词系列的考证文章，正好古代汉语教研室的另一位老师章季涛先生对同源词很有研究，他是武汉大学刘博平先生20世纪50

年代培养的研究生。我曾将考证"并"的同源词的文章送给章老师看，得到充分肯定。章老师还曾建议我投给杂志发表，但出于学习的目的，我始终没有投给杂志。后来原稿弄丢了，甚可惋惜。

宋川师在同学的课外阅读和作业安排上煞费苦心，规定人人都要读《说文解字》，要求经常查阅期刊，古代汉语课程的作业平均 1 学期有 7 次之多，而且每次作业都有针对性地做出讲解，特别注重方法论，使人获益。我外祖母家有一本《康熙字典》，我在小学、中学时经常翻一翻，对小篆本有兴趣，小学时就自己动手刻过带有小篆字体的图章，至中学不辍。现在在宋川师的要求和指导下，我们 79 级从图书馆集体借来《说文解字》，争取每个学生宿舍一到两本，我拜读之下，兴趣更浓。刚好中华书局 1981 年在粉碎"林彪.汇青集团"之后重印了大徐本，立即买来，在上面圈圈点点，有了一点体会。当年北师大陆宗达先生在北京出版社出版了他的《说文解字通论》，我也很快买来拜读，对《说文解字》的体会更多。1982 年，我将拜读《说文解字》的部分体会写下来，寄给陆宗达先生，希望陆先生给我提出书面指导，以便自己的学习更有效果。这时候，王宁先生刚从青海师范学院借调到北师大给陆先生做助手，她代表陆先生，很快给我回了信，对拙文既作出肯定，又提出了我今后的努力方向。我感到倍受鼓舞，从此更坚定了我从事古代汉语学习和研究的信心。宋川师不计报酬，教学兢兢业业，做了超长投入。尽管同学们比较累一点，但这样一下来，我们真真切切地感到这跟中学阶段的文言文教学完全不同，由中学的"满堂灌"到了大学的"入门径"，学到了初步的治学方法，培养了独立思考的能力。

1980 年开始，中文系请来不少语言学界的先生们来做演讲或授课，授课的地点主要在平房 101 或文史楼的 206。特别是宋川师邀请到王力、周祖谟等先生做演讲，让我们一睹名家风采，聆听他们的谆谆教诲，倍感亲切。1980 年开始，宋川师多次请郭锡良先生来讲专题课，郭先生讲了很多他近期的研究成果，以及他指导的研究生的成果。我们耳濡目染，获益良多。当然，我在那时除了看一些有关中文方面的书，特别是语言学方面的书，还看了一点其他相关学科的书。这主要是因为我经常上图书馆阅览室，期刊摆在那里，琳琅满目，从而引起了我的求知欲；另一个原因是，图书馆每年都要处理一些旧书，旧书当中有一些是中文学科之外的著作，价格比较便宜，对于穷学生的我来说，还能承担，买下来看看也无妨。现在想来，看看中文学科之外的书对自己有益。在阅览室阅读报刊时，我阅读了每一期的《辞书研究》，唐作藩先生在该刊 1979 年第 2 辑上发表了《破音字的处理问题》引起了我的兴趣，后来我花了近三十年的时间研究汉语的变调构词，深受此文启发。

　　由于兴趣所在，在徐耀明学长的建议下，我们79级的几位同学组成了一个语言兴趣小组，有喜欢现代汉语的杨绪松，现为政协深圳市第六届委员会副主席、深圳坪山新区党工委书记。喜欢古代汉语的多一些，我记得除了我，还有田绍文，曾在湖北省民政厅工作，主编《民风》杂志，现已退休；有胡真，一直从事医古文的教学与研究，现为湖北中医药大学人文学院院长；有吴辛丑，一直从事古代汉语的教学与科研，现为华南师大文学院副院长。宋川师经常跟我们语言兴趣小组的几位同学沟通，让我们到他家里去，给予指导。有时候，他将一些问题写在一张小卡片上，有文字的，词义的，也有语法分析的，都是一些具体问题。他就这些具体问题设问，希望既能增加我们的知识储备，也能培养我们分析问题的能力。比如文字学方面，他写出一些字让我们分析字形结构，我记得最清楚的是两个字："等"和"珊"。"等"字是从"寺"得声；分析"等"，是要使我们知道，分析古文字要有古音学的知识，"等"和"寺"古音相近，所以"等"可以以"寺"为声旁；"珊"是从玉，"删"省声，这是要我们知道，分析古文字不能就事论事，要注意有"省声"的情况。

　　因此，我在本科阶段对古代汉语的兴趣，是宋川师引起的。

二

　　我正式登堂入室，和宋川师单独相处，是在写本科论文的时候。我的本科论文是写否定性无定代词"莫"的起源和发展，确定选题应该是在1982年夏天。我先在地处武昌的武汉市33中（今改为文华中学）实习，带队的是国内有名的中学语文教学法专家罗大同老师。实习完成以后，开始投入毕业论文的写作。"莫"是"暮"的古字，本义是指"日暮"，先秦开始，就又用作代词。这个代词"莫"已经有人做过研究，要出点新意，着实不易。起先，我看到研究语法史的著作谈到这个代词"莫"的时候，没有人谈它是怎么来的，而段玉裁在《说文解字注》中说，"莫"作"有无"讲，是"日暮"义的引申义，因此我想到否定性的无定代词"莫"是"日暮"义的引申义，日暮了，什么都看不见，因此发展出"没有谁，没有什么"的意思。我对此颇为自得。当我将这个想法汇报给宋川师时，他给我当头棒喝：这是猜测，还没有科学论证。他的这番话对我影响极大，我感到他这是在训练我的科学思维能力。论文写作过程中，我几乎每周去宋川师家中一趟，就写作中的一些疑难问题向他请益，也反馈我的一些读书心得。本科论文写下来了，我的古汉语水平跃上了一个新的台阶，宋川师对我的悟性和已有的古汉语基础留下了很深刻的印象。

　　1982年年底到1983年年初，也就是春节之前，他就开始向我表达想让我留校任教的想法。能够留校搞专业，当时几乎是所有酷爱学术的同学的梦想，这是决定一个学子学术道路的关键一步；而且当时是粉碎"林彪、江青集团"不久，国家百废待兴，高校教师奇缺，在高校任教，就给年轻人成才提供了一个平台。因此，我大喜过望。

当然，留校任教的事也经过了一些波折。我本科期间各门成绩并不是最突出的，古代汉语的研究水平也是在这门课程结束以后得到大幅跃升的。如果按考试成绩，将我留下来任教是有一定困难的，但是宋川师反复跟中文系申明，孙玉文年龄只有20岁，古代汉语各方面的基础都很扎实，悟性好，兴趣浓，最具有培养前途。他力排众议，坚持让我留在中文系古代汉语教研室当教员。

由于宋川师的力荐，我终于如愿以偿。从此我的生涯就跟古代汉语这门学科的教学、科研紧密相连。我想，如果没有宋川师力主让我留校任教，我也许就跟汉语史这门学科无缘。毕业留校任教，这是我人生的一个巨大拐点。

三

我的离校和留校手续都是同一天办理的，时间是在1983年6月30日，我在这边的窗口办理离校手续，马上在另一个窗口办理报到手续。之所以定在6月的最后一天30日，是因为国家有一个规定：15日之前报到的，拿一个月的工资；30日以前报到的，拿半个月工资。校方很体谅我们这些刚毕业的大学生，有意让我们多拿半个月的工资。留校任教以后，我被指定为做宋川师的助教。他反复告诫我：除了专业学习，一定要重视外语，学校每周的青年教师外语培训一定要参加，为考研究生做准备。不然的话，最终会被淘汰。我在高中时，学过大半个学期的英语，后来英语课的任课老师遭到隔离审查，于是我们的外语学习由于没有专业老师而停课了。1979年参加高考时，我放弃了外语考试。读大学以后，对外语也没有太重视，给自己定的目标是能及格就行。宋川师的一席话，犹如醍醐灌顶，我这才重视起外语来，花了不少精力和时间攻外语关。现在想来，他的这一督促既有实际效果，又极有意义：学好外语，不仅仅能过必要的考试关卡，对于我自己的业务提高也帮助极大。

我从读大学至今，都喜欢看看中文学科以外的著作，包括20世纪80年代中后期一些介绍国外新方法的书。当然，留校之前看得多一些，也花了相当多的时间，有时候超过了看古代汉语方面的书。就是古代汉语方面的书，看的时候也常常泛览无归，全面有余，深度不够。留校以后不久，宋川师看出了这些苗头，及时告诫我：读书要有侧重，要沉潜下去。如果东一榔头西一棒子，一辈子就会成绩平平。大家公认王力先生的语言研究领域很宽，但王先生一段时间有一个侧重点，专注于某一个方面的问题，这样就能深入，真正弄懂、解决问题，我们应该向王先生学习。他的这些话，所谈的这些道理，我都听进去了，也让我一辈子受益。因此，我无论看什么书，都注意从语言文字入手，争取做到不被人牵着鼻子走。我记得 20 世纪 80 年代后期，有不少人捧抬一本叫《诸神的起源》的著作，因此有朋友郑重建议我看一看，朋友说这本书也是注重从训诂学的角度解释文化现象的，外面的评价也是如此。我看了以后，发现此书常识性错误不少，甚至将《说文解字》看串了行。于是写了一篇文章投给当时一家曾大肆吹捧该书的杂志，但最终泥牛入海。

我是 1983 年 9 月开始走上讲台，起先是从事古代汉语课的辅导。那一年，宋川师主讲中文系 82 级的古代汉语，我做助教，随堂听课。这时候，教材开始改为郭锡良先生主持编写的《古代汉语》，这套教材宋川师是编者之一。此后，大约是中文系 85 级，还是宋川师主讲古代汉语，我仍给他做了一次古汉语的助教，也随堂听课。那时候，宋川师应湖北教育出版社之约，正在写作《古代诗文详解（初中部分）》，对一些初中古诗文字词句的解释有新的看法，因此在课堂上不时在相关诗文的讲解中，摆出别人的见解，阐述自己的想法，让我很受启发。例如韩愈的《马说》中的"其真无马邪，其真不知马也"，有人理解为选择问句，意思是"是真的没有马呢，还是不了解马呢"，宋川师不同意，他认为没有"……邪，……也"这种格式的选择问句，正确的理解是"是真的没有马吗？（不是的，而）是真的不了解马啊"，前面是疑问句，后面是陈述句。当时他还对唐诗格律下过苦功，早在"文革"当中，"阶级斗争"之余，背过 800首杜甫的诗。因此，在古代汉语课堂上，宋川师很用心地讲诗词格律问题，我印象深刻。后来，我在北大指导了三名硕士生写诗词格律的毕业论文，这跟我多年从事音韵学和音义关系研究有关，也与宋川师对我的影响有关。

做古汉语助教的过程，也是我进一步得到学术锻炼、教学锻炼的过程，主要体现在平时给学生答疑和课外作业上。为了让学生在古汉语学习上有长进，让我尽早在教学上站稳脚跟，宋川师让我平时多跟学生接触，了解他们古汉语方面有些什么疑问。可以经常下学生宿舍，跟学生互动，推动学生提问，并尽量做出准确的解答。有些问题拿不准，就不要急于回答，可以写在笔记本上，回去研究后再回答。有些无法解决的疑难问题，可以跟他本人商量解决。大学生的思维是很活跃的，就是古汉语方面的问题也是五花八门，很多没有现成答案。要做出科学解答，就要求我打好基础，做一番系统的调查研究，独立思考，尽量做出科学解答。我至今还保留着那时的笔记本，偶尔翻翻，还真有不少新收获。

整个 80 年代，宋川师布置的课外作业都很多。我给他当助教时，最开始几次都是他亲自出练习题，我拿到湖北大学印刷厂去找一位姓唐的刻字工人刻字、油印，再由我分发给学生。宋川师让我自己先将练习做一遍，由他审定，我再根据审定的结果来改学生的练习，在我的笔记上作出详尽记录。遇到学生有不同的答案，而我本人又拿不准时，就去和宋川师商议，分析不同的答案，做出取舍。每次练习，我都要做综合分析，也写在笔记本上，跟他商量后，改正其中的错误，由我给学生讲解，由他补充。后来，宋川师逐步放手，由我在他的指导下，独自出练习题，我刻写后再拿到印刷厂去油印。这样一来，我不但在教学上逐步站稳了脚跟，科研业务在无形中有了很大的飞跃，甚至可以说是质的飞跃。

宋川师对我的培养是倾注了极大心力的。我 1983 年留校后不久，他就带我去华中工学院（今改为华中科技大学）和武汉大学听李方桂先生的讲座。还经常推荐我买一些语言学的书籍，也曾带我到汉口江汉路的武汉新华书店、交通路的武汉古籍书店去买语言学和相关专业的图书。大约是 1985 年，我在湖北电视台工作的本科同学楚宏（已故）想向社会推出一个栏目《中国的字》，聘请宋川师担任主讲人，整个录像过程我都参与了，该节目可能是当年的下半年开始连续向全社会播出的，我记得很清楚：因为下一个年头是农历虎年，所以宋川师特地讲了一个"虎"字。1985 年春季，中国音韵学会秘书处所在地华中工学院要举办一个学期的第三期中国音韵学讲习班，授课者都是汉语研究、民族语文研究的一时之彦。宋川师看出这是一个锻炼年轻学者的好机会，力主我去听课，并且跟中文系做疏通工作，给了我业务拓展的一个好平台。讲课的老师中有唐作藩先生，其间唐先生还到湖北大学去演讲过一次，由我具体接送。接送过程中，我跟作藩师汇报了想研究四声别义的想法，作藩师当即表示肯定，语重心长地跟我说，他摸过这个问题，发表了《破读音的处理问题》一文，感到这个选题很有价值，值得花一辈子的功夫去做。

四

我读硕士研究生时，湖北大学还没有汉语史研究生的硕士学位授予权。1985 年，祝敏彻先生在宋川师的鼎力推荐下，由兰州大学调回武汉，到湖北大学中文系任教。1986 年，全国硕士研究生的培养作了改革，一些具有研究生培养实力的学校可以招收硕士研究生，由外校授予硕士学位。这给了多次主动错过发展机会的湖北大学弥补缺失的机会，确定汉语史专业可以招收研究生。为了发展这个专业，宋川师联系上了王力先生和郭锡良、唐作藩先生，又跟湖北大学暨中文系的领导协调好，聘请郭先生、唐先生担任湖北大学的研究生兼职导师，由郭、唐、祝、刘等四位导师组成联合培养小组，招收第一届汉语史专业的硕士研究生。这是湖北大学语言专业发展的一个里程碑。

1986年共招收两名汉语史研究生，一个是我，另一个是黄孔葵。我归唐先生、祝先生名下，黄孔葵归郭先生和宋川师名下。当时规定：我们两人由四位导师共管，论文写作时才由划归的导师具体指导。这时候，我一边工作，一边读研究生。开始我是给历史系的学生讲过几轮古代汉语，用的教材是王力先生主编的那一套。中文系的古代汉语课程，主要是教研室的老先生讲授。当时，湖北大学的函授、电大、自考的任务很繁重，教研室只有我是小字辈，因此我经常出差参与这些教学活动。函授、电大用的是郭先生主持编写的《古代汉语》，自考开头也用这一套，后来郭先生和李玲璞先生合作主编了专供自考的《古代汉语》，我们又用这一套自考教材。这套自考教材宋川师也参加了编写。通过对几套《古代汉语》教材的独立使用，我得到了进一步的锻炼，掌握了不少古代汉语的知识，也体会到不少的研究方法，业务能力大幅度提高。

读研究生期间，我除了在专业领域得到加深加固，最大的收益就是知道做学问要沉潜，不能浮泛。起先是由锡良师和作藩师来湖北大学集中讲课，敏彻师和宋川师两位校内的老师则按一般讲课进度授课。锡良师讲了《说文解字研读》和《马氏文通研读》，那时候，他授课之余，还利用一些业余时间校对他的名作《汉字古音手册》的清样，斑斓满纸。我递交的课程作业是《黄冈话的形尾"子"》，得到首肯。另一篇是《说文解字阐释学研究》，希望借鉴海德格尔的阐释学理论分析《说文解字》的成就，洋洋洒洒写了几万字，颇为自得。一个星期后，锡良师将作业退还给我，批了六个字："穿西服，唱京戏！"要我重做，将段注所用的所有术语都提取出来，作出解释。后来我按吩咐做了，锡良师给了我90分，但由于作业晚交，又扣了5分，最终是85分。我当时对语法史和语音史的兴趣都很浓，锡良师对我说：现在搞语法史的青年人很多，搞语音史的很少，你就侧重搞语音史吧。锡良师那时的一席话，促使我将主攻方向集中在语音史上。作藩师给我们讲了《音韵学》，另一门课程《古音学》是1988年春季到北大听课半年时听的。在北大，我还旁听了其他老师的课，大开眼界。敏彻师讲了《朱子语类语法研究》《音韵训诂语法专题讲座》，宋川师讲授《上古汉语语法史》，这些课都带有研究性质，给我的学术震撼可想而知。敏彻师那时带着我标点王先谦的《释名疏证补》，训练我的古文阅读能力，我先用铅笔标点，再由他在此基础上作正式标点，同时我还作了一个索引。这个点校本后来由中华书局于2008年出版了。

　　我读研究生后不久，宋川师担任《湖北大学学报》常务副主编，主持学报的日常工作，主编由副校长兼任。《湖北大学学报》在学术质量上的大幅提升，是从宋川师主掌学报时开始的，他不徇私情，一切以学术质量取胜，严把论文评审关，制定严格的奖励制度，使《湖北大学学报》在海内外产生积极影响。这时候，宋川师鼓励我给学报投稿，他说：鉴于目前青年学者发文章不容易，学报需要将学校的青年教师推到学术前台来。我倍受鼓舞，将自己平时积攒下来的文章投给学报。我学术起步的多篇论文就是宋川师主掌学报时发表的。《顾炎武〈古音表〉中"并入"和"收入"解析》是作潘师《古音学》课的作业，发表在《湖北大学学报》1988 年第 6 期，《音有正变：音之敛侈必适中——读段玉裁〈六书音均表〉札记之一》登在该刊 1990 年第 5 期，《略论清儒关于上古汉语四声别义的研究》登在 1992 年第 4 期，《从上古同源词看上古汉语四声别义》登在 1994 年第 6 期，都蒙当时的人大复印资料《语言文字学》全文复印。此外，《李贤后汉书音注的音系研究》连载于该刊 1993 年第 5、6 期，还有几篇文章，都是宋川师主掌《湖北大学学报》时发表的。

　　我从读本科到读硕士研究生，到读博士研究生，一直到今天，一直都得到宋川师的关怀和呵护。宋川师，生于 1938 年，湖北广济（今武穴）人。再过两年，他就要进入八十高龄了，但是他身板十分硬朗，在学问上仍然没有丝毫懈怠，不断有新作出来。当然，沙湖的水也不时地荡漾起宋川师的诗情，使他留下优美诗篇。这是我们做学生的感到振奋的事情。

（原载《武汉文史资料》2016 年第 3 期）

回忆我本科阶段的几位任课老师

我于 1979 年上大学，本科上的是湖北大学，当时叫武汉师范学院，学的是中国语言文学。我们除了听语言、文学两个专业的课，还听了哲学、逻辑学、政治经济学、教育学、心理学等课程。我拜读过不少学生回忆老师的文章，这些文章往往强调授业老师对自己品德和专业知识方面的影响，很少细谈专业之外的老师对自己治学本身的影响。我现在想弥补这个缺憾，用我的亲身经历和感受，说明我本科阶段的几位非语言专业的老师，他们的授课对我后来治学有些什么帮助。这种帮助，有的是直接的，有的是间接的。我本科毕业后，在湖北大学留校执教，2003 年引进到北京大学，从本科到离开湖大这一段时间，我跟湖大的老师们有很多接触。我细细品味他们当时的授课，有了更多的体会。至今，老师们讲课时激情澎湃、热情洋溢的情景还历历在目，使我受益终身。

张国光老师

张国光老师是湖北大冶人，生于 1923 年，我的古代文学老师之一，2008 年仙逝，享年 85 岁。在我的记忆中，他也许是给我们授课最多的老师。围绕着古代文学的不同分支和专题，他给我们开设了多门课程，而且常常有新意。

张老师治学，我有两点极深的印象：一是对自己从事的文史研究，几乎达到了酷爱的程度。二是他喜欢考证，但不盲从成说，自出新意。他的一些言行举止，特别是酷爱文史研究和关于文史研究推陈出新方面的故事，在湖北大学校内外，给人们留下了不少谈资。有些是我亲眼所见的，有些是我听来的。他讲古代文学，从不按教材的套路讲，大都跟成说不同。他对《水浒传》下的功夫最深，提出"两个《水浒》，两个宋江"的"双两说"。很多有关张老师的话题，都是围绕他的《水浒》研究展开的。

我只讲三件小事。第一件事，反映出张老师对他从事的专业和传播自己新见解的痴迷，只要谁愿意聆听，他可以不择对象讲述他的所得。有同学告诉我，有一天上午，张老师路过教工食堂，食堂的一群师傅正在择菜，师傅们看见湖北大学的名教授路过，就亲切地跟张老师打招呼，搬来板凳，请他稍事休息再赶路。结果张老师滔滔不绝讲他的新见解，竟跟食堂的师傅讲了两个多小时的《水浒》，师傅们一边择菜，一边点头称是。

还有一件事，是我的亲身经历。这件事反映他在任何场合、任何时间都可以跟同学们谈他的所得。有一天，我和几个同学在汉阳门码头那里坐16路公交车回湖北大学，正好张老师也在车上。他看见我们，很高兴，主动谈起了他的《水浒》研究。当时车上人很多，没有空座。张老师一边扶着把手，一边讲下去，我们围在他四周听他畅谈。讲到了学术界关于《水浒》研究的一些交锋，摆出对方和自己的观点分歧所在，绘声绘色。售票员不忍心打断话头，也不忍心将我们分开，去挨个儿讨票，只好让逃票客蒙混过关。我们本来是要到武昌车辆厂这一站下车的，结果多走了两站地，到杨园站下车，另外乘回头的公交，回到车辆厂站。直到大家要分手了，张老师还意犹未尽，但只好留待以后再谈了。

我们当时上课是在文史楼的206室，这间教室可以容纳一百多人听课。中文系办公室也在这层楼，相距只有二三十步。武师中文系79级的同学也许都记得，有一天上午上三四节课，是张老师给我们讲课，他口若悬河，目不斜视，侃侃而谈，大多是自己的独见。中途不休息，一直讲到下课铃响过，张老师还没有停下来的意思。三四节课按规定是12点结束，下午一二节还有别的课程。同学们很着急，但急也没用。这时候，系办公室的熊春凤老师急急赶来，说有人打来电话，想向张老师请教问题，希望张老师接电话。张老师正讲到兴头上，马上说，让打电话的先生略等一会儿，不要挂机，他还有一会儿就讲完，讲完以后再接人家的电话。结果又是一刻钟过去了，熊老师又来催促，张老师还是那句老话。这一次拖堂，一共拖了四十多分钟。等到张老师讲完课，食堂已经关门了，大家只好胡乱地填一下肚子，有的干脆饿着肚子，赶去上下午的课。

除了学到一些古代文史知识，知道一些学林掌故，我从张国光老师这里得到的最重要的体会是：对于自己喜欢干的事情要执着，任凭风浪起，稳坐钓鱼船。还有一点，就是做学问不能盲从，要有自己的主见。

王陆才老师

王陆才老师，笔名王毅，是湖南人，于2012年仙逝，享年84岁。我读本科时，他给我们讲授元明清戏剧部分，这是王老师最拿手的研究领域。

他授课，沉重冷静，目光炯炯，不苟言笑，声音洪亮，不枝不蔓，直入正题。尽管说的是湖南话，但同学们听起来并不费力。我印象最深的有两点：一是他研究文学，特别强调语言文字学的基本功的训练。二是做学问非常较真儿。他讲文学史的元明清戏曲，也不唯《中国文学史》的教材是从，而是带着我们读当时武师中文系古典文学教研室编的白皮书《中国古代文学作品选》中所选的部分戏曲，强调字字落实，读懂原文，从中抽象出文学发展史的一些线索，有理有据。他还注重作品中一些掌故的来源的分析，详详细细讲它的出处。在一般老师那里，是很少这样讲的。

我毕业留校后有一次写了一篇习作，探讨古诗中一句话的训释问题，请他提意见。他很认真地审阅了拙文，利用一次政治学习的空当，非常严肃地跟我说，你的文章其他地方的论证都可以，但关键地方你没有展开论证，没有回答读者肯定会提出的问题，因此结论恐怕站不住。并且口头询问我，对某个问题怎么看。我当时认真地回答了王老师的质疑，他表示首肯，要求我把这种质疑和对质疑的回答写到拙文中去，指出：只有这样，文章的结论才能站得住脚。后来在文章的修改稿中，我完全采纳了王老师的意见。

我在王陆才老师这里，深切体会到：做学问一定不能粗枝大叶，不能马虎大意，遇到问题要追根溯源，弄个水落石出。

李悔吾老师

李悔吾老师是湖北新洲人，好像是 20 世纪 90 年代后期过世的，过世时还不到 70 岁。我们的古代文学课，元明清小说是李老师讲的。他对《三国演义》用功尤深，对其中的故事如数家珍，娓娓道来，让很多人听得入迷，有人叫他"李夸板儿"，这是湖北方言，意思是能说会道的人。

李老师对湖北大学中文系的历史非常熟悉。我读本科时，有一年，系里指派我调查中文系的系史，为湖北大学的校庆提供素材，主要是向朱祖延教授咨询。我向朱先生咨询过后，朱先生特地提到：有一段时间，他去埃及讲学，不在中文系，对这段历史了解有限，希望我再向李老师咨询一下，以免有误差。李老师很高兴地给我谈起他所了解的中文系的若干历史，还兴致勃勃地谈起了他参加王季思先生主编的《中国十大古典喜剧集》《中国十大古典悲剧集》的编辑，并担任副主编的事。这两套书 1982 年由上海文艺出版社出版了。

李老师讲课，给我留下最深的印象是：他对小说的故事情节烂熟于心，信手拈来。他认真地比较过《三国演义》和《三国志》，讲起小说作者对史书的改造，所作的艺术加工，令人解颐；讲到小说的精彩处，绘声绘色，常常令人捧腹不已。他讲课，满口都是新洲话，有时稍做变通，这也活跃了课堂气氛。

当然，任凭学生哈哈大笑，李老师还是一板一眼地讲他的课，自己基本不笑。直到今天，同学们聚会，酒酣耳热之时，还有同学模仿李老师讲《三国演义》时的神态和那乡音颇浓的新洲话。前些年，中央电视台《百家讲坛》栏目，也是使用李老师讲三国的方式来讲座，听说很叫座。这种讲授方法，李老师可谓先行者。

我在李悔吾老师这里得到最深的体会是：对于古代有些作品，应该熟读、消化，熟读、消化了，才能前后融汇，左右逢源，将古人的言外之意给补出来，而且补得恰如其分。

周勃老师

周勃老师是湖南人，生于1932年，是我的文艺理论课的任课老师之一，现在已经八十多岁了。他在20世纪50年代曾发表《略谈形象思维》《论现实主义及其在社会主义时代的发展》两篇文章，产生重要影响，1957年被打成"右派"，直到20世纪70年代后期才改正。改正后，周老师到湖北大学中文系文艺理论教研室任教。20世纪80年代初，一家几代人挤在离武师的教工宿舍鸳鸯楼不远的几间平房里，日子过得紧巴巴的，但也自得其乐。

周老师讲课，操着湖南普通话，声情并茂，声音高亢，不时在课堂来回走动。关于周老师的授课，我最深的印象是，他往往以当时接受的理论为前提，结合具体文学作品的分析，导出文艺理论的规律。由于他对一些文学规律有自己的看法，因此有不少跟我们所学的教材内容不一样，两者可以互相补充。当时我们的教材有两种，一种是蔡仪主编的《文学概论》，一种是以群主编的《文学的理论原理》。授课的有陈少岚、王启和、朱华芳等好几位老师，周老师是其中最年长的，是这三位老师的师辈，也是学养最深厚的。

20世纪80年代中后期，周老师担任中文系副主任，对我一直很关爱。他旧学功底比较深厚，对古代文体很熟悉。大概因为这个因素，所以他对当代文艺思潮的思考比较深沉，是将其放到历史长河中去考量的，比一般的研究者多了一扇思维的窗口。后来，周老师担任新成立的行政管理系系主任，编写了《历代应用文概说及选读》《历代文书选读》教材，都跟他的国学修养有关。这在当今文学理论界是难得的。

20世纪80年代的一个春天，南京大学中文系程千帆教授来武汉，住在湖北大学招待所。程先生是周老师在武汉大学中文系读书时的老师。这时候，周老师安排程先生给我们汉语史专业的研究生集中讲了一个月的课，讲授《目录学》和《版本学》。当时我面临硕士毕业，对学习这两门课程的重要性认识还不足。

后来，经过进一步的历练，感到周老师安排程先生讲这两门课，对我的学术研究帮助极大。周勃老师对我业务的培养倾注了心血，我至今很感念。他讲授的课程使我明白：做学问，无论重点是古代，还是现代，都应该古今兼通，必须打好各方面的基础，注重理论修养。他的经历也给我很多启发：在任何情况下，都要抗得住压力，有自己独立的思考。

李先焜老师

李先焜老师，湖南人，今年已经 90 岁了，是我的逻辑学老师。我读书的时候，他还在中文系任教。大概是刚给我们讲完逻辑课以后，就调到政治系去任教了。李老师是国内很有名的逻辑学家，给我们讲课的前几年，他于 1979 年出版过《逻辑学基础》。

他给我们讲逻辑学，很注意分析文学作品中的逻辑规律，也常常举出日常生活中的逻辑问题，讲得很吸引人。有人告诉我一个有关李老师的段子："文革"中，有一次工宣队在武师电影场开全校教工大会，点名看哪些教工没有来，点到李老师时，将"先焜"两个字读成了"光棍"。李老师很生气，回到家中，拿出全家的户口本儿，到会场上指给工宣队看，我不是光棍，早已经结婚了。弄得工宣队很尴尬。

李老师的逻辑学课程很吸引我，我不但听课不走神，而且课后也常常抱着逻辑学教材看，反复揣摩每章后面的习题，特别是其中的案例分析，结果期终考试拿了 96 分的高分。后来，李老师给他的研究生讲符号学，讲西方的符号学理论，我也去旁听。他跟我说，搞语言学的应该懂逻辑，王力先生还写了逻辑学方面的著作和论文。

李先焜老师的逻辑学课程，给我打下了很好的逻辑学基础。我后来在写学术论文时，很注重从逻辑上去揣摩学术界已有研究成果是否能站住脚，也从逻辑上严格要求自己的研究，分析自己的结论是否可靠。

卢守身老师

卢守身老师是湖南人，是我的现代文学老师之一。后来的接触使我感到卢老师性格倔强，不会轻易改变自己的想法。他一辈子命运坎坷，早先可能是个文学青年，很早就在武汉地区成为文学讲师。20 世纪 50 年代后期被打成了"右派"，直到粉碎"林彪. 汇青集团"以后，重新站上讲台。由于多年的耽搁，他直到退休还是讲师职称。他很早就作古了，可能是在 20 世纪 80 年代后期，令人唏嘘不已。

卢老师给我们讲课，颇有旧时学者的特点。他并不擅长理论分析，给我印象最深的是他声情并茂的朗读，而不是他的讲解。这折射出他对所讲授的作品有深刻的把握，他的心是随着他要讲解的作品的作者一起跳动的。

卢老师很喜欢那些抒情的散文，例如朱自清的散文，他朗读的时候，常常沉浸到散文的意境中去，好像是他亲历过似的。遇到不同的语境，卢老师时而高亢，时而低沉，时而直抒胸臆，时而若有所思。随着他浓重湖南口音的抑扬顿挫，我们的心脏也跟着跳动起来。这大概是吸收了旧时诗文吟诵的经验。

我在卢守身老师这里体会到了什么叫对作品的"虚心涵泳"，先得放下己念，心神合一，心灵跟随着作品内容起伏跌宕。不这样读书，往往容易误解作者，或者不能跟作者的心灵息息相通。读现代文学作品是这样，读古代作品、外国作品也应该这样。

郁沅老师

郁沅老师是上海人，本科和研究生都毕业于北京大学中文系。他的研究生指导教师是多年担任北大中文系主任的杨晦先生。可惜天不假年，郁老师于2011年逝世，享年70多岁。

我们的古代文论课是郁老师开设的。这是一门选修课，但全年级所有的同学都选了这门课。他让我们每人购置一套郭绍虞、王文生主编的《中国历代文论选》（四卷本）作为教材，推荐的参考书是郭绍虞先生编写的《中国文学批评史》。期末考试，是每人提交一篇读书报告。

郁老师讲课，我有三点很深的印象：一是尽管这门课叫古代文论，课程中有一个"论"字，但他讲课并不作空洞的说教，而是先将《毛诗序》《文赋》等一篇一篇地读下来，让人读懂了以后，再作一些理论提升。显然，郁老师是非常重视打语言文字基础的。二是他讲课，绝不轻易地说张长李短，轻易臧否人物，而是在深入细致地研读其著述的基础上，分析其优劣，结论比较平实，有理有据。三是治学严谨，不放空炮。他曾经讲到，他读研究生时，给杨晦先生提交了一篇作业，是研究《礼记·乐记》的美学思想的，得到杨晦先生的充分肯定，但杨先生当时不赞成他拿去发表，要他继续打好基础。郁老师说，杨晦先生的这种做法，对他有很大的震撼，使他受益良多。

我从郁沅老师的讲课中，体会到得出结论要言必有据，治学必须严谨求实，从事文史研究必须认认真真地精读原典。

邹贤敏老师

邹贤敏老师祖籍是湖北汉阳，出生于1938年，今年已经快80岁了。他喜欢跟学生聊天，直到今天，还加入武师中文系79级同学的微信群，不时跟大家一起共享一些微信内容和他的研究心得。他给我们开了一门选修课：马列文论。当时我们已经是高年级了，为了增进理论修养，我们全年级的同学也都选了这门课。马列文论是一门理论性很强的课程，但是邹老师没有单纯讲理论，而是带着我们阅读武师中文系编的一本未公开发行的著作，题目好像叫《马克思主义文艺思想论著选读》。我记得这本书除了选了马克思、恩格斯、列宁、斯大林、毛泽东有关文艺思想方面的文章，还附上了这些文章中涉及的文艺作品，因此书很厚。我很喜欢看里头附上的文艺作品，因为当时还做着作家的梦。

邹老师带着我们读马克思、恩格斯、毛泽东等人有关文艺思想的论文，也分析论文中涉及的文艺作品，没有流于空洞的说教，跟以前中文系开设的其他一些真正让人受益的课一样，还是让我们在精读上下功夫。这就带有研究的性质，跟我们在中学时代有的语文老师照本宣科的课文讲解不同。邹老师讲课，是基于自己对作品内容的认真理解，因此不让人感觉自己的理解和马恩原著之间有隔阂，把这些革命导师的著作当成《圣经》。

邹老师带着我们读马恩的文章，给我最大的启发在于：对于西方人写的理论文章，我们应该怎么去精读。看来精读外国人写的文章，跟精读中国人写的文章，是有很多共性的。后来我的研究尽管是语言学领域，但阅读外国学者写的语言学著作时，邹老师传给我们的精读方法，对我帮助是不小的。

冯天瑜老师

冯天瑜老师祖籍是湖北红安，出生于武汉。他是1942年出生的。我们读大学的时候，他是武师历史系的老师。他父亲本是清华国学研究院毕业的，他本人本科阶段就读于武师生物系。大概是家学渊源的关系，近水楼台先得月，他最终还是选择了跟古书打交道的中国历史专业作为自己的主攻方向，注重研究中国文化的变迁，做出了贡献。

大约是1982年左右，武师的综合大楼盖起来了，冯老师就在这新落成的大楼里给全校文科的同学开设了一门中国文化概论，历时一个学期。他讲课主要用武汉话，有时用的是武汉普通话，很平实，就像跟你道家常，慢条斯理的。我印象最深的是，他讲课的内容注重学术源流，特别是将明清以来的学术渊源一一梳理出来，使我们深切体会到，研究学术问题要考镜源流。他提到明清以来有哪些书讲到了学术问题，讲到了什么学术问题，比如他常提到黄宗羲的《宋元学案》《明儒学案》等。对于梁启超在清华大学讲授学术史的讲义，他引用得尤其多，梁先生原来是清华国学研究院的四大导师之首。他提到的这些研究，颇开人眼界。

我们进大学以前，中学的老师根本就不怎么讲学术史；大学本科阶段开的课程，绝大多数是讲五四以来的学术研究，这以前的学术源流，尤其是学术思想史的源流，老师们很少谈到，所以我们对清代以前的学术史印象不深。听了冯老师的课，加深了我对学术史，特别是学术思想史的重要性的直观认识。

冯天瑜老师的课程，给我打开了学术史角度。后来，我研究汉语史问题注重从学术史的角度思考各种见解，很大程度上得益于冯老师给我的这一视角，是很受用的。没有这一视角，我们写的文章就没有历史纵深感和历史穿透力。

洪威雷老师

洪威雷老师是湖北新洲人，生于1949年，他是中文系7903班的班主任，正是我所在的班级。洪老师给我们上的是写作学。当时上写作课的老师还有张永堂、孙昌前（笔名江柳）、黄家雄几位老师，张、孙两位老师都是从长江日报社调过来的，有丰富的写作和编辑经验。他们两位老师讲写作课时，正值女作家张洁发表了小说《爱是不能忘记的》，于是我们展开课堂讨论。讨论到老年人是否有爱情的问题，我记得孙老师说过这样的话："老年人的感情并不是一潭死水！"黄老师和洪老师都是本校留下来教写作的老师，也都是有丰富写作经验的研究好手。当时，武师中文系写作教研室编写了一本写作学白皮书《写作基础教程》，这是我们的教材。稍晚一些时候，坊间也出版了类似的教材，还有散文写作、小说写作之类的书，我都买来看看。

洪老师讲写作课，操着满口的新洲东部土话，跟黄冈话比较接近，因为我是黄冈人，所以在我听来不仅不难懂，而且还有乡音乡言的味道，感到比较亲切。他重视一些个案的分析，从多方面讲写作技巧、布置了不少写作的作业，小说、散文方面的训练都有。因为是我们三班的班主任，所以跟学生接触较多，利用业余时间给79级同学开小灶，就同学们写的文学作品做有针对性的讲解，使大家获益。洪老师等讲写作课的老师，他们的课程讲解对提高我的写作能力非常有好处。

我这里回忆了我大学本科阶段的十位非语言专业的老师。其实还有不少老师，都给了我学术营养。只是限于篇幅，也怕记忆失准，不能一一缕列。

（原载《武汉文史资料》2018年第3期）

我在北大指导的博士论文

1978 年，我国恢复了中断 12 年的研究生制度，迄今整整四十周年。四十年来，我国研究生工作不断前行，成就斐然，培养的研究生成为我国高等教育和科研工作最主要的力量，也成为其他各行业的骨干人才。一批批学子接受研究生教育，在文化建设的大潮中成为弄潮儿，做出重要贡献，谱写历史新篇章。可以预期，四十年前恢复研究生制度的举措必将永垂青史。我本人是这一制度的见证人和受益者。

我原来工作的单位是湖北大学，湖大当时还不是博士学位授权单位。2003 年我由湖北大学引进到北大中文系，同年开始招收博士研究生，迄今已整整 15 年，为国内外培养了 14 位博士，还有多名博士生在读。已毕业的博士及博士论文依次是：李建强《来母字及相关声母字的上古音研究》（2006 年，已出版）；崔彦《〈全金诗〉韵部研究》（2008 年，已出版）；孙洪伟《上古至中古主之谓结构研究》（2008 年）；张忠堂《汉语变声构词研究》（2010 年，已出版）；廉载雄《汉语"浊上变去"研究》（2010 年，韩国留学生）；张冰《〈经典释文〉〈博雅音〉的音系研究及与〈切韵〉的比较》（2010 年，即将出版）；刘莉《汉魏音读异读字研究》（与耿振生教授合带，2012 年）；郑妞《上古牙喉音特殊谐声关系研究》（2012 年，已获社科基金后期资助，即将出版）；齐晓燕《上古歌月元三部及其他韵部的通转关系研究》（2015 年）；万群《〈国语〉名动关系研究》（2015 年，已获社科基金后期资助，即将出版）；赵团员《上古汉语变韵构词研究》（2016 年）；陈秀然《同义词词义发展中的平行现象研究——根据平行例证区分词义引申和用字假借》（2017 年）；王先云《上古汉语动作结果动词研究》（2017 年）；丁姝《上古幽觉部开合口研究》（2017 年）。这些博士论文取得了实绩，引起学界关注。

这些博士论文贯彻的宗旨鲜明：以中国语言学的优良传统为根，取世界语言学的精华而融通之，坚定不移地走自主创新之路，为繁荣中国语言学而奋斗。

我和我的博士生们具有大致相同的学术理念，对发展中国语言学凝成高度共识，为之奋斗。2002 年起，我自始至终参加国际汉语学界开展的一场汉语音韵学方法论的大论战，站在前列，展开中西学者平等对话，不俯视，不仰视，一切以求真务实为依归，力图真正服务于文化建设。这场论战，参加的人数多，国际化程度高，讨论激烈壮观，研究问题深入，波及范围广，影响深远，在中国语言学史上前所未有。我们逐渐凝成上述宗旨，这也是中国语言学界绝大多数同仁的共识。我在多篇文章中有针对性地论述这一理念。指导研究生，贯穿了这一宗旨，得到充分认可。我与我的博士生们教学相长，彼此互相影响，令人欣慰。

在汉语史领域，这些博士论文涉及的具体领域比较宽，音义关系、语音、词汇、语法等方面都有。从研究对象的起止时间说，对上古到金元时期的语言史均有涉及，以先秦两汉为主。汉语史这门学科，一个重要的本土来源，是我国传统的小学。传统小学迄今有两千多年历史，著述如林。既往有很多研究成果可资吸取。理论上，人们对汉语史的认识，无论从宏观还是微观的角度说，都没有穷尽，也不可能穷尽，但要出新颇不容易。在我看来，我所指导的这些博士生，基本上都能涵咏古书，读书得间，其博士论文，都是真正从实践、从阅读古书中提出问题，研究的是真问题，有的题目是我帮助选定的，有的是博士生自己选题。他们不汲汲于"接轨""换轨""转轨"，脚踏实地，真正将汉语史问题弄清楚。我认为，这是其博士论文没有流于浮泛而真正出新的一条重要经验。

音义关系研究是语言研究的基础工作。语言符号是音义结合体，一般来说，音义结合体是语言符号区别于世界其他事物的本质属性。一种语言中，一个符号区别于另外一个符号的本质属性也在于它们的音义结合关系不同。研究汉语，首先就要确定你所研究的是不是汉语符号，并将不同的汉语符号区分开，这样才能真正科学地研究汉语语音史、词汇史、语法史、汉字史。这些分支学科的研究，其实都离不开音义关系。汉语史各领域的研究，重视整体性考察，是汉语史研究的重要方向，也是我指导的论文具有统摄性的一个特点。我指导的研究生，无论喜欢文字学、音韵学、词汇学，还是语法学，都能够自觉地、有意识地关注到汉语各层面之间的有机联系，在研究方法上对汉语史研究有重要推进。例如万群《〈国语〉名动关系研究》充分吸收音变构词研究成果，将名动关系研究导向一个新高度。只有充分研究好音义关系，才能为相关学科提供基础服务。我国历代学者留下了极其丰富的反映汉语音义关系的材料，有不少研究成果，但多缺乏规整、提炼的功夫，留下深深遗憾。

专题研究音义关系的有张忠堂《汉语变声构词研究》和赵团员《上古汉语变韵构词研究》，分别是第一篇专门研究汉语变声构词、变韵构词的论著；刘莉《汉魏音读异读字研究》也在这方面做出成绩。他们较为充分占有相关材料，十分注重个案分析，绝大多数变声构词、变韵构词的考辨能自出新意，完全能站住脚；在此基础上的理论分析，多持之有据，言之成理，很有参考价值，推进了汉语音义关系研究。

汉语上古音研究，不仅语言研究需要它，而且先秦古书的正确释读离不开它，因此该领域的研究成果有重要的作用。我国学术史上一些重要的学术推进，上古音研究都起先导作用。近几十年来，该领域人才断档现象严重，可信的成果寥寥，我发愿多指导这方面的博士论文。李建强《来母字及相关声母字的上古音研究》、郑妞《上古牙喉音特殊谐声关系研究》、齐晓燕《上古歌月元三部及其他韵部的通转关系研究》、丁妹《上古幽觉部开合口研究》都是该领域的力作。他们的选题都较小，角度新颖，针对性强。关注近几十年上古音研究的重大关切，从微观角度切入。这些都是以前没有注意到的选题，论文作者都能深入挖掘。非常注重全面收集材料，做细密分析，将微观研究和宏观分析有机结合起来，澄清了既往的不少误解，将人们对于上古音的认识推进到新高度，对摆正上古音研究方向起到明显的作用。李建强《来母字及相关声母字的上古音研究》出版后获得高度评价，产生很大反响；郑妞《上古牙喉音特殊谐声关系研究》当年被评为北京大学优秀博士论文，后获得国家社科基金的后期资助。

崔彦《〈全金诗〉韵部研究》，廉载雄《汉语"浊上变去"研究》，张冰《〈经典释文〉〈博雅音〉的音系研究及与〈切韵〉的比较》是研究南北朝至金元时期语音演变的博士论文，关注学术界已有一定成果而研究得很不够的选题，或在材料的占有上达到新高度，或在研究方法上有新拓展，或采取新的论证角度，或兼而有之，都解决了语音史上的实际问题，推进了相关研究，获得好评。《〈全金诗〉韵部研究》2009 年获得大连市政府出版资助，2014 年获得大连市优秀著作奖一等奖。

词汇史研究方面，陈秀然《同义词词义发展中的平行现象研究——根据平行例证区分词义引申和用字假借》，借助我提出的区别古代文献语言中词义引申和用字假借的具体办法，较为详细占有语料，细致、绵密地解决了一些字到底是词义引申还是用字假借问题，对相关理论问题的探讨有推进。

语法史的研究，这些年来对既往生搬硬套西方理论的既有成果没有多少矫正，避难趋易的现象很严重，研究对象详于今而略于古，对传世最早文献的语法研究没有引起足够重视，多集中在近现代，而近现代文献的释读理解相对来说要容易一些。孙洪伟《上古至中古主之谓结构研究》，万群《〈国语〉名动关系研究》，王先云《上古汉语动作结果动词研究》力图弥补此缺憾，致力于研究上古语法。这三篇论文选题难度不小，是很尖端的选题，但都能做到材料翔实，角度新颖，分析较透彻，做得很出色，获得高度评价。他们论文的部分内容都发表在刊物上，得到嘉评。万群《〈国语〉名动关系研究》当年被评为北京大学优秀博士论文，后获得国家社科基金的后期资助。

回顾这些博士生的博士论文写作情况，我有一个很深的感触：学术研究离不开学术碰撞。各位博士在北大学习、研究，认真阅读导师所列的必读书，继承了实事求是的学风，博士论文从选题到每一个重要结论的得出，往往由我组织，或他们自发组织论文报告会，跟邵永海等老师，以及同门师兄弟、同专业甚至相关专业的同学互相切磋、互相碰撞，绽放出奇妙的智慧花朵。这种求学的风气，对后来的同学有良好的传帮带作用，值得进一步发扬光大。

（原载《博览群书》2018 年第 12 期）

"杰出科研人才"断想

一

在当今学术界，有的人被认定为杰出人才，带来轰动效应，于是他（或她）的授课很有人气。可是有时候，几轮课下来，你腹中仍"空空如也"，深感这些"杰出人才"除了讲授大家司空见惯的一些知识，举几个令人振奋的例子印证一下从报章杂志和互联网上"移植"过来的观点，传播一些小道消息之外，就是吹嘘自己跟国内外的某些政要如何熟稔，以及传授如何采取手段跟政界接触以求得他们赏识之伎俩。我不由得思索：这些授课者是科研方面的杰出人才吗？

在学术界有三种人：杰出人才，才能、成就出众者也；平庸之辈，寻常而不突出者也；学术混混儿，学术界之流氓、无赖者也。一个人属杰出人才、平庸之辈或是混混儿，最终得靠社会根据他自己的所作所为即实践来认定。而今问题是，这种社会认定正日益变成一种鉴定，一种由官方主导的行政行为，并且跟职称、职务、工资、奖金，尤其是仕途等挂钩了。按理，人们希望看到公平竞争下对真理的共识，希望看到科学检验下事业的繁荣。可是偏偏事与愿违，在学术界，一再出现被某些部门认定为"杰出人才"者却名不副实，甚至有的学术混混儿也闹个"杰出"之名。无论是报章杂志还是互联网，常常揭露出某些被认定为"杰出科研人才"者却并非真正杰出，他们粗制滥造、剽窃抄袭、说情请托、拉裙结带、收受贿赂、欺世盗名。这种人有的混得一官半职，为维护个人利益，拉大旗作虎皮，党同伐异，为非作歹，用甘言媚辞替自己粉饰，肆意打压不同学术观点，企图独占学术阵地，垄断学术话语权，给学术研究造成极大伤害。更有甚者，有的"杰出人才"因为评不上院士而雇凶杀人，有的"杰出人才"联手为学术腐败和学术不端行为充当保护伞。一个是个案，再来一个还是个案，再三再四的话，还能说是个案吗？是可忍孰不可忍！赤县神州，岂能容这种行为肆意猖獗！

孔子说："名不正，则言不顺。言不顺，则事不成。"怎样的学者才算杰出人才？怎样的学者不算杰出的人才？当今社会需要有一个明确的认识。我感到有必要申述一下杰出科研人才的判别标准，通过一些奇奇怪怪的现象，剖析一下所谓"杰出科研人才"的林林总总。至于形成虚假的"杰出科研人才"的深刻社会原因，当然应该分析讨论，然恕我在本文略而不提。

二

既然是要判别科研领域的杰出人才，根据唯物主义实事求是的原则，只能是从科学求真方面来确定判别标准，别无他途。

从理论上说，凡是在科学领域比一般人追求到了更多的真理，提出、分析、解决了更多的科学难题，攀登了更高的科学峰头的学者，就是具有自主创新能力的杰出的科研人才。要检验这些学者是否追求了更多的真理，唯一的标准只能是实践。这是再明白不过的道理：拿求真与否与求真的多寡、求真的难易作为认定科学研究杰出人才的根本尺度，这是由科学的本质属性和社会对科学研究人才的要求、科学研究人员的社会和历史责任决定的。科学的本质在于求真，科学研究人员的责任在于探求自然界和人类社会的形形色色的规律。科学是一种社会现象，社会认可、设定科学这种事业，其目的就是要求科学研究人员从事求真的工作，服务于人类。

照此标准衡量，可以看出，目前阶段我们对于怎样才算是杰出人才缺乏正确的认识，对杰出科研人才的认定有偏颇之处。应该回归到科学求真的根本标准上来，正确判别谁是杰出科研人才，真正对发展我国的科学事业推波助澜。

三

在一些人的骨子眼里，对于高官有一种奴性的崇拜。有一位高官，毕业于名牌大学，讲了几句得体的话，也运用了原来在大学里学过的科学知识，马上就有捧场者唏嘘感慨：该高官要是大学一毕业就从事科研工作，他一定是一位杰出的科学家。

这是一个伪命题，因为无法证明他说的是否符合事实。原因在于那位高官再也没有机会从大学一毕业就从事科研工作。伪命题得以通行无碍，折射出的是"官本位"和"达官崇拜"。

捧场者们之所以将有一定学术素养的高官和科研的"杰出人才"画上等号，除了"官本位"和"达官崇拜"的心理在起作用，还源于对历史的一种误判。历史上，有的学者身居要职，但他们同时在其研究领域做出了重要贡献，人们当然会判定他们为科研上的杰出人才，而且是根据或主要根据后者。须知，他们之所以被判定为杰出人才，并非根据科学上求真以外的标准，仍然是根据科学求真作为根本标准而衡量出来的；根据科学以外的标准来衡量，那是对科学的一种亵渎。由于一般人心理上有这样一种误判，因此给身居要职的逐利之徒带来了可乘之机，他们可以利用人们的这种心理弄个"杰出人才"的称号，以获取更多、更大的利益。

有了官位就有了理，就有了一切，这种"官本位"的劣质传统和严酷现实严重影响着当今杰出科研人才的认定和使用，将一些逐利之徒推上了学术高位。他们无能成为学术先锋，却很容易成为学术官僚。这严重影响了我国学术的健康发展。人有多大官，学术就有多杰出，似乎天经地义，有愈演愈烈之趋势。应该大喝一声：一个科学领域的学者，即使他们官居高位，或者趋炎附势，获得了一些实际利益，但如果在该领域没有作出特殊的贡献，没有取得令人信服的成绩，就算不上杰出人才。不仅此也，这种学者有时反而会成为害群之马。教训还少吗？

清代毛奇龄，在某些领域是有贡献的。他在康熙时授翰林院检讨，充明史纂修官，会试统考官，可谓官运亨通，炙手可热。他写了一本《康熙甲子史馆新刊古今通韵》，于康熙二十三年（1694）呈康熙皇帝以邀赏，康熙皇帝诏付史馆刊印，命重臣冯溥、金鋐、李天馥、徐乾学、高士奇等为之作序。这本书没有多少学术含量，毛企图借助学术之外的因素抬高这本书的地位。可以说毛奇龄的这本书在当时是被推崇备至的，在有些人那里毛氏当然算是音韵学界的"杰出人才"了。然而历史最无情，尽管这本书在当时造成了恶劣影响，成为打压科学的古音学的工具，但如今，人们是作为反面教材来反衬顾炎武等人的卓识的。三百多年以后的今天，我们有什么理由让这样的滑稽剧重演呢？

应该坚决唾弃将有一定学术素养的高官和科研的"杰出人才"画上等号的做法，在求真的道路上展开学术竞争，凭借自己在科学领域的卓越见解以服务于科学事业，从而获得"杰出人才"的称号。只有如此，才能真正提高民族的创新能力，才能真正发展民族的科学事业。

四

既然真理是可知的，科学的目的在于求真，那么任何一项科学研究的成果都是可以检验的。说某项科研成果无法判定其优劣，这在理论上站不住。不是不能评价，关键是要尊重内行的意见。应该反思：我们是否真正尊重过内行的意见？有一种怪现象：内行的意见，如果是违心地说好话的，或者基本说好话，指出一些鸡毛蒜皮的缺陷的，人们就尊重；不客气地指出研究成果的根本问题出在哪里，或者有理有据指出成果存在严重不足的，人们就不尊重。一般人由于对学术成果的优劣和学术是非缺乏科学的评判能力，又想干预学术评价，只好采取我姑且称之为"面子评判"的办法，以判定谁是杰出的科研人才。所谓面子评判，是指不直接从求真的角度检验学者的论著的学术水平，而是根据论著数量的多寡，刊发其论著的刊物级别，获得奖项和研究基金的多寡和级别，以及跟国外相关的学术机构交往的次数和级别等来判定该学者是否是杰出人才。

不问学术质量，仅以论著数量之多取胜，甚至以高产垃圾取胜，这在于今的学术界渐趋司空见惯。当然这种做法可以找到借口，我们有时会听到古今的人们有这样的议论：历史上某一位真正配得上杰出称号的科学研究人才，"著述满家""著作等身"。但是我们须知，这里，人们之所以说某学者是杰出的科研人才，那仍然是说他们追求到不少一般人不易获得的真理。至于所谓"著述满家""著作等身"，无非是说他们写了不少揭示出相当多真理的、有价值的论著，并不能说明下此断语的人都只是简单地拿数量多寡来评判学者是否杰出，更不能以此为借口，替单纯以论著的多寡判定学者是否杰出找托词。钱钟书先生在《七缀集》的《读〈拉奥孔〉》中说得好："眼里只有长篇大论，瞧不起片言只语，甚至陶醉于数量，重视废话一吨，轻视微言一克，那是浅薄庸俗的看法——假使不是懒惰粗浮的借口。"

对某学者的学术成就，如果单纯从论著数量多寡出发，不从追求真理的角度去考虑，是不能说明他们是否是科学研究的杰出人才。滥竽充数，无代无之，今有过之。况且单纯从论著的数量上判定某学者是否是杰出人才，这样的认定办法不是没有发生过。曾经听说某位先生，带领一批人，采取剪刀加糨糊的办法，拼拼凑凑，编写了不少工具书，达到了"著作等身"的标准，这位先生曾经也被认定为学术领域的"杰出人才"，是"超人""奇人"。但是经过实践检验，该先生的著作被人称为"欺世之作"，他本人当然也就由"超人""奇人"（杰出人才的换一种说法）跌价为"庸人"了。

为了避免单纯从论著数量认定某学者是否是杰出人才带来的问题，有人另外想出了其他办法，作为一种补充。其中之一：先定下刊物的级别，有权威，有核心，有一般刊物，也有"不入法眼"的刊物；再根据在哪一级别发表过文章及在"权威"或"核心"刊物发表文章的数量的多寡，来判定该学者是否是杰出科研人才。这办法实行了一二十年，还没有取得成功。不可能有成功的例子的，因为道理明显地摆在那里了：追求真理的多寡和难易并不直接跟刊物的级别挂钩。刊物是人办的，有的刊物被人们尊为"权威"或"核心"，那只代表该刊物的过去，是过去的办刊者有高尚的德操和高明的见识，刊发了相当多具有真知灼见的论著，从而赢得了声誉。如果办刊者"改朝换代"了，没有了他们前辈的那种德操和见识，该刊物先前创来的品牌，就会"百年累之，一朝毁之"。事实证明：在没有定刊物级别的时代，科学事业照样在发展，出了不少杰出的科研人才；在权威或核心刊物制度实行的这一二十年，学术腐败日甚一日。当年曾经是一份期期耐看、篇篇俱佳的刊物，同人瞩目，海内景仰；如今虽稿积如山，却日益苍白浅显，几乎沦为鸡肋。有的学术刊物干脆卖版面、卖情面，成了学术腐败的温床，成了打压不同学术观点的阵地，成了唯我独尊、老子天下第一的夜郎国，顺我者昌，逆我者亡。国家的刊号、纳税人的税款养肥的某些刊物，沦为个人或小山头牟利的工具、暗箱交易的市场、打压坚持真理者的堡垒！人们一再提醒：今天的学术道德水平在整体下滑，年轻人学术独创的才智正遭到扼杀；也一再提问：为什么今天产生不了学术大师？我曾经见到了不少本来奋发有为的青年博士，工作几年下来，他们都在为自己学术前途担忧，但是他们担忧的不是能否以及怎样去发现真理，而是如何写出能投"权威"或"核心"刊物主编之所好的、连他们自己都称为"狗屁"的文章。可悲啊！可叹啊！

五

科学研究者，往往只有在精神和意志自由的条件下，才能尽可能地发挥自己的聪明才智，不断地发现、提出、解决科学问题，得出具有客观真理性的知识体系。

本来，科学奖励是对杰出科研人才在增进科学知识方面所做贡献给予的肯定和荣誉，研究基金是用于资助学者更好地解决科学问题。可是多少年来，某些重要奖项的授予和基金的评定，有太多的猫腻。为了得到某奖项，获取能带来个人益处的研究基金，有的学者只好劳顿于旅途，跑部钱进，废万卷书而行万里路，备千金礼而叩权儿门，动心思于请托，冀成功于将来。削尖了脑袋，跑断了大腿；喝坏了胃，磨破了嘴。独立的人格没有了，社会上的坏习气沾染上了，从事科研的时间没有了，活泼的创造才华抑制住了，科学的良知丧失殆尽了，良家女变成了烟花女，还有多少心智用在求真上？还有多少研究成果经得住检验？

一旦得到了评委的宝座，拿到了重要的奖项或基金，则可堂而皇之跻身于"杰出人才"之列。等他们醒悟过来，准备好好在科学求真的道路上走得远一些，真正去做出一些堪称杰出的工作时，大好光阴已经错过了，于是只能平庸复平庸。试问：这样的学者还能成为杰出人才吗？

有的学者处心积虑，跟国外个别同行礼尚往来，互相邀请，"共同提高"，形成利益攸关方，那是因为他们瞅准了某些部门这么一条判定杰出人才的标准：依据跟国外相关学术机构交往的次数和级别来认定杰出人才。这条标准在今天这个崇洋媚外之风刮得日甚一日时，是有一定的诱惑力的，有时候还很难违抗。常常看见有的学者简介自己的履历，国内的学术交往可以不提，或者只提几所名牌大学及研究机构，至于国外的交往，可谓原原本本，巨细无遗。说穿了，这无非是想告诉人们：我已经在国际上是个人物，国内更不在话下了，所以我当然是个杰出科研人才！

但是，某一个学者跟国外相关的学术机构交往的次数多，交往的级别高，决不能跟他（或她）是杰出人才画上等号，因为这跟判别杰出科研人才的根本标准不可能重合，有时甚至是相左的。事实上，跟国外相关的学术机构交往次数多、级别高的学者中，不乏学术混混儿，当然更不乏平庸之辈。因为在国外严肃的学术机构眼中，科学面前人人平等，并不要求来者必须是杰出的，也不歧视乃至排斥一个平庸之辈。

六

有的学者本来在科研上只放出了极其微弱的光芒，但是由于他们是"好好先生"，而人们常常追捧学者人缘好、无原则、少得罪人。因此这种学者会因为他是"好好先生"而被有些人放大、增强他们的学术光芒，成为"杰出人才"。

我们看到，历史上杰出的科研人才，他们一般都是德才兼备，有很高的道德境界和追求。因为有很高的道德境界和追求，所以能够不断激励他们奋发有为，做出震古烁今的大贡献。但是我们应该考虑到：高尚的道德境界和追求，只能是杰出人才的必要条件，不是杰出科研人才的充要条件。有人却偷换了概念，居然将人缘好、无原则、少得罪人也当作高尚的道德境界和追求，又当作是杰出科研人才的充要条件，于是不加具体分析，将具有这样特点的学者视为自己的楷模，用褒义的词儿加以包装，作为判别学者是否杰出的标准。这样的判别标准如今已经影响到了年轻一代的学者，某种程度上对我们正确判别学者是否杰出、对发展科学事业有误导作用。

一个科学领域的学者，即使他们人缘好，他们的研究成果有更多的人捧场，如果在该领域没有真正追求真理，做出令人信服的贡献，这些学者算不上杰出的人才。人缘好，那是就人际关系来说的，人缘好的人，不一定是科学工作者。杰出的科学家，未必人缘就好。某人既是科学工作者，又人缘好，他们可能科研成绩平平。有的人科研上很有成就，又人缘好。但这人缘好仍然是不能作为判定他们为杰出人才的根本标准的，最终还是要从他们的科研成果出发加以判别，不能根据其人缘好坏来评判他们的研究成果之分量轻重。

这是不是在鼓吹杰出的科研人才不要人缘呢？不是的。无数的事实说明，好的人缘与为学应该有机地统一起来，良好的人际关系运用得当，会有助于他们的科学研究的。我们应该清醒地认识到：人缘好、无原则、少得罪人的学者，较容易得到廉价的捧场。但是"信言不美，美言不信"，说到底，还是要从科学求真的角度去看该学者在该领域是否杰出。老话说："三人成虎。"事实上，再多的人说有老虎，并不代表某地真有老虎。有没有老虎，得事实说了算。

凡正直者就可能得罪人。一个杰出的学者，必须正直耿直，为了求真，不能怕得罪人。孔子和孟子都对那种貌似谨慎、忠厚，而实与流俗同流合污的伪善者深恶痛绝。孔子说："乡原，德之贼也。"孟子界定了"乡原"："阉然媚于世也者，是乡原也。"指斥那种"同乎流俗，合乎污世；居之似忠信，行之似廉洁；众皆悦之，自以为是"的"乡原"之人为"德之贼也"。孔孟的分析多么发人深省！一个学者如果做了学术上的"乡原"，怎么能称为杰出的学者呢！

七

一个科学领域的学者，如果他害怕学术争鸣，害怕对他科研成果的检验，这样的学者也算不上杰出的人才。

一门学科，不是某一个学者的单打独斗，而是一项集体的事业，必然会存在学术竞争。竞争的结果，最有可能带来学术的进步和繁荣。学术竞争的一个重要方面，就是学术争鸣。请注意：学术争鸣和假借"学术争鸣"之名而达到追求真理以外目的的学术操弄性质完全不一样。学术争鸣是指在学术问题上进行争辩、争论，以达到科学求真的目的。

学术争鸣意味着科学研究上的怀疑，也意味着某项成果正在接受实践的检验，意味着科学上的兼容与扬弃，无疑是科学创新的重要手段。真理愈辩愈明。清代大学者戴震和段玉裁的学术争鸣是一个很好的例子。对段氏古音研究，戴震曾对某些观点提出疑问，这是争鸣；段玉裁《寄戴东原先生书》跟他的老师戴震展开讨论，这无疑也是争鸣，他还说："以上三者皆不敢为苟同之论，惟求研音韵之真而已。"段玉裁《经韵楼集》卷十一《答顾千里书（己巳）》中还谈到应该指名道姓展开争鸣，实事求是地具体分析其是非，指出错在哪里，不应该乱扣帽子，笼统下结论："颐谷（按：即孙志祖，《清史稿·儒林二》有传）果谬也，足下当举其姓名而正其说，不当隐其姓名，斥其模糊乱道。凡隐其姓名者，必其人品有玷，为之深讳；又或其人有权力，恐或取祸……凡今人及古人所说之是非，皆当平心易气，分析其孰是孰非，不当用诟詈之言曰'模糊乱道'。"

王力先生《中国语言学史》谈到清代小学发达的原因时，指出，"王筠作《说文释例·跋》，其中有云：'且著述者每勇于驳古人，而怯于驳今人，畏今人徒党众盛，将群起而与我为难也。然是群起难我，我由之而讲其非以趋于是，则我愈有所得矣；或以非义之词相难，则人皆见之，而我亦无所失矣。'这种实事求是、百家争鸣的精神，也是非常可贵的。这种勇于辩论、勇于吸取别人优点，以学术为天下公器的优良学风，也是推动清代语言学向前发展的因素之一，是不容忽略的。"可见，王力先生非常赞赏勇于驳今人的科学争鸣的优良学风，认为是推动学术向前发展的因素之一，不容忽略。王力先生正是这样的实践者，面对中国语言学的若干重大现实问题，他都是勇于跟今人展开学术争鸣的。

真理是不害怕检验的，此所谓"真金不怕烈火炼"。如果一项研究成果没有接受真正的实践检验，那就谈不上科学创新。相应地，一个学者，如果害怕学术争鸣，害怕对他（或她）的科研成果的检验，这个学者也算不上杰出的人才。如果一个成名的学者将别人对自己的争鸣视为对自己威信的挑战，而主观拒斥之，那么他们也就失去了攀登科学高峰的一项重要途径，当然也就离杰出人才的称号渐行渐远了。

有的研究成果被检验证明是不合格产品。如果是一个真正的学者，当然会勇敢面对自己科研上的失误，总结经验，吸取教训，在求真的道路上奋发有为。然而，有的平庸之辈，或学术混混儿，为了维护个人利益，采取一些非学术手段：或者王顾左右而言他，甘言媚词文过饰非，避重就轻将错就错；或者拉起小集团，自封"著名""杰出"；甚至干脆就将自己粉饰为评判"著名""杰出"学者之"法官"。为了掩人耳目，也拉来几个真正杰出的学者替自己的学术不端行为寻找保护伞。白道黑道，双管齐下。企图蒙混过关，耸动大众之视听，干扰学界之评判。应该坚决唾弃这种不道德的行为。

八

当前比较受一般人推崇的做法是：解决某个小问题，甚且不问是非曲直，只给旧成果一个新包装（尤其是只拿外国的最新"理论"来做包装），不管追求到真理没有，该学者就"杰出"了。谁做到了这一些，谁就可以在学术上呼风唤雨，受益无穷。但是，科学求真的过程是无限的，要使我们的认识不断逼近真理，必然经过一个漫长而艰难的过程。如果在该领域不敢挑战科学难题，知难而退，没有经过多少有相当难度的研究活动追求到真理，达到一般学者难以达到的科学高峰，这些学者算不上杰出的学者。

一般来说，从事科学研究的学者，只要是潜心自己的事业，多多少少都会追求到一些真理。但是追求到一些真理的学者并不能都被判定为杰出的人才。说某人在科研领域杰出，意味着他们体现出来的科学创造才华，取得的研究成果超出侪辈。科学史的事实告诉我们，历史上有很多学者默默耕耘，大多取得了成绩，我们当然应该表示极大的敬意；但是，人们谈论学术史，并非将取得成绩的学人视为杰出人才。这种做法是对的：如果你不敢挑战科学难题，没有解决一般同行学者冥思苦想都难以解决的问题，怎么能配得上杰出的称号呢？

清代江永和他的弟子戴震都强调学问上要达到迎难而上的境界。江永在《古韵标准·例言》中说，"余谓凡著述有三难：淹博难，识断难，精审难。"戴震《与是仲明论学书》中也以"仆闻事于经学，盖有三难"引出这一句话。江、戴都将治学之难分析为"淹博、识断、精审"三种，强调治学要达到迎难而上的要求，并以此为尺度评价了宋元以来的一些研究。阮元在给钱大昕《十驾斋养新录》写的序中，仍然非常强调学者要"务于难"："元初学者，不能学唐宋儒者之难，惟以空言高论，易立名者为事。其流至于明初《五经大全》易极矣。中叶以后，学者渐务于难，然能者尚少。我朝开国，鸿儒硕学接踵而出，乃远过乎千百年以前。乾嘉中，学者更习而精之，可谓难矣，可谓盛矣。"王念孙给段玉裁《说文解字注》写序称赞段书，"盖千七百年来无此作"，反问"知有文字而不知有声音训诂"之徒：对比"若膺之学，浅深相去何如邪"；段玉裁给王念孙《广雅疏证》写序云："怀祖氏能以三者互求，以六者互求，尤能以古音得经义，盖天下一人而已矣。"所谓"千七百年来无此作""天下一人而已矣"等，这都是分别从段玉裁和王念孙的治学达到了最难的境界方面肯定了段、王的学术成就。

不是所有的问题都是科学问题，也不是所有的科学问题都是科学难题。只有在当时的知识背景下提出的关于科学认识和科学实践中迫切需要解决而一般人无法解决的问题，才能成为科学难题。谁能解决这样的科学难题，谁才能成为杰出的科研人才。至于不问是非曲直，只给旧成果一个新包装（尤其是只拿外国的最新成果来做包装），不管追求到真理没有，那更是等而下之了。段玉裁在《娱亲雅言序》引用他的老师戴震的话说："知十而皆非真知，不若知一之为真知也。"我们可以借此强调："知十而皆非新知，不若知一之为新知也。"给旧成果以新包装者，可不警醒乎！

九

社会和时代需要大批勤奋努力的科学研究人才，而杰出科学研究人才的判定只能是根据某人是否在科学领域中孜孜以求，比一般人追求了更多的真理，提出、分析、解决了更多的科学难题，攀登了更高的科学峰头。达到了这个要求的，就是具有自主创新能力的杰出科学人才。如果你想成为科学研究的杰出人才，那么你就得比别人付出更多的艰辛，解决更多的学术难题，在求真的道路上走得更远，任何歪门邪道都是无法达成这一目标的。

（原载《中国语言学》第 6 辑，北京大学出版社，2012 年）

士人的道义和担当

亲爱的各位同学，尊敬的各位校友、各位家长、各位来宾：

大家上午好！

老话说，人逢喜事精神爽。今天是北大中文系 2017 届毕业生的毕业典礼。在此，我首先要向同学们道贺，向为同学们辛勤付出的老师们道贺，向各位在座和不在座的学生家长道贺！

在临近毕业之际，我对同学们充满了期盼，充满了祝福。我真诚地希望同学们，在未来的工作中，清清白白地剖事析理，坦坦荡荡地为人处事；敬业乐群，知行合一；忠诚善良，待人宽，律己严；不骄不躁，奋发向上；将理想和现实有机地结合起来，宠辱不惊，勇于担当。当今正是沧海横流之际，也是弄潮儿大显身手之时。我愿与诸位共勉。

我今天演讲的题目叫《士人的道义和担当》，这也是我演讲的主旨。主要是想结合当今的现实，就人们经常谈起的两个热门话题：一个是大学生如何融入社会的问题，一个是所谓的事业是否成功的问题，谈谈个人的一点不成熟意见。这两个问题，归结到一点，就是作为一个北大中文人，如何以自己的角色走向社会。

先说融入社会问题。我经常听到有人说，现在的大学生光学书本知识，不能融入社会，跟社会生活脱节。我愿意相信，绝大多数人说这句话是出自善意。但我认为，对这种说法应该一分为二，不能盲从。这句话的含义相当模糊，它达到的效果不一定都是积极的。

古人认为，读书人天然地承担了引领社会进步的义务。《论语·泰伯》，"曾子曰：'士不可以不弘毅，任重而道远。仁以为己任，不亦重乎？死而后已，不亦远乎？'"我以为，北大中文人更应该对自己有这样的期许。如果你们将来选择了无条件地适应社会，也就意味着放弃了曾经的理想和对美好的追求。无论对你们自己，还是对这个社会，都是悲剧性的。

社会生活是形形色色的，其中有好的、有用的、合理的一面，也有不合理的、阴暗的、肮脏的一面。它是一个大杂烩，任何时代，任何国度，都没有例外。一旦妥协，转眼就能消融成汤汁。只有铮铮铁骨，才能永不变形。假如一个北大毕业生走向社会后，私欲横行，个人至上，权力至上，名利至上，随波逐流，"淈其泥而扬其波，餔其糟而歠其醨"，那是多么不幸的事情啊！《老子》七十七章说："天之道，损有余而补不足。人之道则不然，损不足以奉有余。孰能有余以奉天下，唯有道者。"我们为什么不去做那个有道者呢？

放弃自己对社会中不合理的、阴暗的、肮脏的一面的揭露、改造的义务，要当今的大学生一味地顺应社会的一切，这是很不健康的思想认识。对此我们应该保持高度警惕，坚决抵制，坚决摒弃。我真诚地希望同学们在融入社会时，不要放弃对社会进步的追求，不要放弃自己的责任和义务，将个人利益和社会利益有机地结合起来。改造社会，无疑是要承担一些个人风险的，对此我们应该有充足的思想准备，要敢字当头；同时也要循序渐进，稳扎稳打，团结各方面的力量，协调好各种关系。

再说追求成功的问题。追求成功，追求卓越，都没有什么不对，而且应该得到鼓励。问题是，到底应该赋予成功什么样的内涵，当今的社会上，存在认识的误区。"成功"是个褒义的词儿，指达到某种预期的效果，获得某种令人满意的结果。跟它相对的，则是"失败"。判断一个人是否成功，无疑是有尺度的。现在，人们将"成功"一词用在某些个人身上，有"成功人士"等说法。有人以为有了权势，有了金钱，就是成功人士。这是以是否有权力和金钱作为判断成功的尺度。如果有了权势和金钱，哪怕是通过坑蒙拐骗，巧取豪夺，弄虚作假，甚至是杀人越货得到的，也是大大的成功人士；如果没有这两样，你即使再有担当，对社会给予了再多的付出，做出了再多的贡献，人们往往也会将你打入另册，不少人对你翻白眼，视你为"失败者"。为了彰显其说，有人还列出一些"成功人士"的清单，里头除了官员和老板，也有文艺界、文学界、科学界的一些先生和女士，其实也是跟权力和金钱挂钩的。甚至还有人极尽宣扬各种攫取权力和金钱之法，根本不提及权力和金钱是否要用合理合法的手段获取。

在不久之前，权威的机构，权威的媒体，权威的人士，甚至有几个大学教授，都在宣传这个。据说，路透社曾经对包括中国在内的二十几个国家做过一项民意调查，国人认同"金钱是个人成功的最佳象征"者占百分之六十九，居全球之冠。环球网随后调查发现，超过百分之九十五的人认为中国人严重拜金。在这样的时代背景下面，社会不可能有真正的公正，不可能有真正的仁爱。这样的社会，只能是一种畸形社会，会产生大量的劣质文化。我们注意到，这种价值观念，不仅侵蚀了一些官员和老板、知识分子，他们说一套，做一套，将资产和家属悄悄弄到国外，权色交易、钱色交易，自己却夸夸其谈，大谈爱国，大谈服务社会，而且逐步扩散到整个社会，危害甚广，影响至巨。这些人，很多都是从大学里走出来的。这是社会之耻，也是大学教育之耻。

这种导向，对社会的进步极其有害，它反映了人们理想的缺失，对社会缺乏终极关怀，普遍追求现实利益和享乐，以至于正义遭到抑制，邪恶大行其道，实际上成为社会稳定发展的巨大障碍。这样判断一个人是否成功，不是太浅薄了吗？为了捞取这些，有不少人变得恬不知耻，不但对社会的不公正表现冷漠，而且还丧失起码的人性；有的读书人甚至鼓吹社会的非公正，非正义，"黄钟毁弃，瓦釜雷鸣"。这种丑陋现象，令有识之士侧目。说它为中国历史上丑陋现象之最，恐怕都不过分。在这样的现实面前，诸位应该如何自处？这的确是需要在步入社会之前好好思考一下的。我真诚地希望同学们步入社会时，自觉地摒弃这些丑陋现象，树立正气，移风易俗。这里我不由得又想起孔子。

孔夫子将富贵和仁爱结合起来，对不仁爱得来的富贵深恶痛绝，主张一个人要成为君子，就必须有仁爱，君子在任何环境下都不能离开它，他甚至希望有仁爱之心的人才能享受富贵。《论语·里仁》："富与贵，是人之所欲也；不以其道得之，不处也。贫与贱，是人之所恶也；不以其道得之，不去也。君子去仁，恶乎成名？君子无终食之间违仁，造次必于是，颠沛必于是。"这里的意思是说，富裕和显贵，这是人们想得到的东西；但是，如果不实行仁爱之道而得到了这些实惠，就不应该占有它们。贫穷和卑贱，这是人们讨厌得到的东西；但是，如果不是实行仁爱之道而得到了这些，这样的人就该贫穷和卑贱。君子如果离开了仁爱，他凭什么能成就君子的名声呢？君子连吃一顿饭的工夫也不要违背仁爱，仓促之间也不要违背仁爱，遇到挫折时也不要违背仁爱。孔夫子的话对我们有警示作用。

面对上面所说的这些社会弊端，回过头来思考一下以上的两种话题，我深感咱们的毕业生肩上的担子很重很重，也深感咱们的毕业生正赶上了创造新文化的好时代。亲爱的同学们，无论你将来从事什么工作，我都郑重地提醒你们：请别忘了士人的道义和担当。我期待着大家为传承中华文明、传承我们钟爱的母语文化取得自己的实绩。到时候，你们回来喝庆功酒，别忘了也招呼我一声，我要跟大家同乐。

谢谢大家！

（本文是 2017 年北京大学中文系毕业典礼上的演讲，后以《改造社会，要准备承担风险》发表于《博览群书》2017 年第 10 期）

我的读书、写书和商务印书馆

记得曾在《读书》杂志 1988 年第 7 期上拜读过吕叔湘先生的一篇文章《书太多了》，这篇文章介绍了英国两篇谈书多为患的小品文，很受教益。我国各地出版社出版了大量的著作，也让人感到"书太多了"，而且越来越多，让人目不暇接。在出版凤毛麟角的优秀著作的同时，不免泥沙俱下，连带也出版了不少学术次品。因为书太多了，任何个人都读不过来，所以就要借助人们开的书单子，读精品。可是即使开单子的人既有见识，也很公正，书单子所开的都是精品，但对具体读者来说，未必都能"开卷有益"。更何况，受不正之风的影响，有人在开精品书的书单子时，不免夹带私货，误导、坑害读者。因此，一个出版社尽管不可能保证所出的书本本都是精品，但是精品意识是很需要的，在当下更需要加强这种意识，精品意识是打造学术精品的必要前提。

我觉得商务印书馆就是有精品意识的出版社。它创立于 1897 年，早已是百年老字号。百年来，它出版了不少好书，最明显的证据就是，有的著作出版了上百年、几十年，至今都在产生重要影响，例如马建忠的《马氏文通》（1898年），王力的《同源字典》（1982 年），等等。回顾我个人的成长，从读者到作者，都深感离不开商务印书馆所出精品的帮助。

一、读书

我步入学堂，始于满足贪玩的习性；跟商务印书馆结缘，始于《新华字典》。起因是这样的：湖北黄冈市黄州区是我的家乡，在我家附近，有一所岳王庙小学，我父亲在这所小学当校长。我于 1969 年春季步入学堂，当时新生是春季入学。入学之前，我非常贪玩，根本不想进学堂读书。我儿时有一位很要好的小伙伴，大我两岁，这时候他已经在岳王庙小学读书，为了让我入学堂，我父亲、母亲跟我这位小伙伴商量好，让他绘声绘色地给我编了一个谎话，说岳王庙小学天天都玩猴把戏（普通话叫"耍猴儿"），去了学校，就可以天天看猴把戏。就这样，我开始了读书生涯，尽管猴把戏没有看成，但天天可以看到岳飞的塑像，学习成绩还不错，语文更突出，又结识了很多新朋友，于是慢慢体会到读书的乐趣。

大约是小学三年级，我父亲就要我帮我大伯父给远在昆明的堂兄写信，我堂兄当时已经参军了，在昆明军区招待所工作。大伯父思子心切，隔三岔五就要我帮他写信。在写信的过程中，感到好多字写不出来，有一些我大伯也不会写；我堂兄的回信，好多字都不知道怎么念。那时候，在父亲的引导下，我开始接触到不少文学作品，外国文学作品主要是苏联的，还能阅读湖北、黄冈出版的几乎每一期文学杂志。要想读懂它们，需要有一部字典。阅读的作品多了，自己也萌发了写作的兴趣，但深切感受到自己词汇贫乏。当时我从外祖母家借来一本祖传的《康熙字典》，可是太深了，于是买下一本《新华字典》，这是我第一次用到商务印书馆出版的书，是 20 世纪 70 年代初期出版的。后来我看到金欣欣博士写的《〈新华字典〉从人民教育出版社转到商务印书馆出版的缘由》等几篇文章，知道"文革"时由商务印书馆出版的《新华字典》有种种曲折，商务版的这本《新华字典》存在种种缺陷，但在那时，它却是我攫取知识的至宝，一似大旱之中遇到甘霖。这本字典，一直从小学伴随我读到初中、高中。除了背在书包中带到学校，还常常揣在口袋里，在上学、放学的路上，当我一个人踽踽独行时，经常掏出来看看；为了获取一些字词知识，我曾经摘抄过其中的部分内容。可以说，我从小学到高中学到的许多语文知识都离不开商务版《新华字典》的滋养，它是我跟商务印书馆缔结书缘的开始。

回过头想想，我当时还是十岁左右的小孩子，尽管求知欲很旺盛，但处于被动接受知识的阶段，根本没有能力判断一部辞书是不是精品。如果当时购买的是一部满目疮痍、问题百出的字典，那就不知要给我获取知识营养造成多少年的危害。我暗暗庆幸自己撞上了一部精品，而这部精品除了编纂者具有极强的才学，也跟商务印书馆的精品意识和极高的编校质量密不可分。应该想到，在人生的这个阶段，我们是多么需要注重打造精品的出版社，多么需要一批有精品意识的编辑们。

我读大学中文系，第一动机是想当作家。进入大学学习以后，阅读了商务印书馆出版的更多的图书。我记得进大学的 1979 年，商务印书馆出版《辞源》修订本第一册，直到 1983 年出齐，正好是我大学毕业的那一年。当时我大学同学刘勉订购了一套《辞源》的修订本，大家都羡慕不已；还有一位楚宏同学，他则从家里携来一套商务印书馆20世纪30年代出版的《辞源》，将两种《辞源》一对照，就可以看出它们有非常大的不同。由于语文工具书看多了，因此后来我的兴趣逐步转到了汉语研究。参加工作以后，我反复精读了商务印书馆出版的瑞士费尔迪南·德·索绪尔《普通语言学教程》、美国爱德华·萨丕尔《语言论》、布龙菲尔德《语言论》、法国约瑟夫·房德里耶斯《语言》、瑞典高本汉《中国音韵学研究》的中译本，还有马建忠的《马氏文通》、王力的《同源字典》等国人的优秀著作，很受启发。可以说，商务印书馆出版的这些著作对我走向汉语史研究的道路、从事汉语史研究，都产生了重大影响。现在看来，这些书都经得起历史检验，都是精品。

二、写书

后来我当了商务印书馆的作者，更加亲切地感受到编辑先生的负责精神。我在商务印书馆出版的第一部学术著作是《汉语变调构词研究》（增订本）。《汉语变调构词研究》是我的博士学位论文，由业师郭锡良先生指导。我当时想到，汉语变调构词研究是认识汉语特点、推进汉语史和汉语音义关系研究的核心课题，也是阅读中国古书的一项基础工作，所以20世纪80年代开始就搜集这方面的各种材料，进行理论思考。郭先生毫不含糊，精心修改、指导。论文答辩以后，特别是被评为首届全国优秀博士学位论文以后，迅速在海内外产生重要影响，多家出版社向我约稿，希望在他们那里出版。我接受了郭先生的建议，于2000年在北大出版社出版了这篇论文，责任编辑是郭力、徐刚两位编辑。

后来我跟北大出版社签的合同快要到期了，乔永博士是商务印书馆的编审，负责古代汉语书稿的出版工作，他建议我在商务印书馆出版《汉语变调构词研究》的增订本。在杜若明编辑的帮助下，征得北大出版社同意，加上何宛屏、谢仁友、乔永等编辑的鼎力相助，增订本纳入商务印书馆的出版计划。责任编辑金欣欣博士认真把关，悉心校对，书稿的质量又有提高，《汉语变调构词研究》（增订本）很快于2007年由商务印书馆出版。从此，我跟商务印书馆的联系更加密切，耳闻目睹编辑们的兢兢业业和一丝不苟。在《汉语变调构词研究》刚出版时，金博士跟我说，《汉语变调构词研究》写得比较深，普通读者不太容易看懂，并希望我就此内容写一本普及性的小册子，能更好地服务社会。由于一直腾不出手，至今都没有实现这个愿望。

《汉语变调构词研究》只是我庞大研究计划的一小部分，我原本计划将先秦到明清时期汉语的变调构词配对词一网打尽，有1000多对。但《汉语变调构词研究》只收了100对词，探讨了研究变调构词一些必要的理论问题。于是我笔耕不辍，寒来暑往，终于完成了《汉语变调构词考辨》的写作，将所收1000多对配对词的音义匹配源流一一考证下来，这项研究花费了我近三十年的学术光阴。书稿既有考证的性质，也有工具书的一些作用，交到商务印书馆后，徐从权博士担任责编。书稿实打实有270万字，引用的原始材料数不胜数；交稿后，我又发现了一些新材料，能解决一些原来没有解决的难题，需要中途加进书稿当中。因此，书稿的编校难度可想而知。

我的稿子原来准备出简体字，后来考虑到书中多引用古书材料，干脆改为繁体字，涉及繁简转换的诸多问题。为了保证编校质量，从权博士帮我核对原始材料，改错字，有疑问的地方常常找我商讨，以求其是。这样的反反复复，不知有多少次了。书稿的出版，既要保证质量，又要赶进度，所以他经常拿回家去审读、校对，挑灯夜战，这花了他好几年的心血，直到出版。最后轮到要出版时，我提出，《汉语变调构词考辨》的读者对象包括许多青年学生，希望不要将价码定高了，商务印书馆完全采纳了我的这个意见。值得欣慰的是，《汉语变调构词考辨》出版以后，不仅在国内外语言学界产生了它应有的影响，而且也成为不少文史哲工作者经常用到的著作。我在将初稿交给商务印书馆后，又负责《辞源》第三版的语音通审，《汉语变调构词考辨》的不少成果我都吸收进了《辞源》第三版中，这是令人高兴的事。

《汉语变调构词考辨》的问世，凝聚了商务印书馆巨大的劳动，他们的奉献精神极大地鼓舞着我。现在，汉语音义关系研究逐步成为显学，实现了我的夙愿。

三、参与《辞源》修订

《辞源》作为我国第一部现代辞书，是1915年出版的。到2015年，《辞源》问世正好一百年。为了使精品焕发青春，商务印书馆提前几年就制订好规划，力争赶在《辞源》百年之前出版第三版，我主持午集的修订工作。

午集修订完工后，承何九盈、王宁、董琨三位主编先生抬爱，希望我对《辞源》的注音进行通审。我在使用《辞源》以及担任午集主编的过程中，看出《辞源》注音存在不少问题，而且一般人对辞书注音跟字义的关系没有清晰的了解，以为字义的确定可以不考虑语音，音义匹配只表现在给已经确定的字义匹配相应的读音，没有意识到字义在确定的过程中必须跟语音联系起来，因此导致大量的字义确定不符合音义匹配，不能反映古人的音义规定，审音时必须高度重视音义匹配。换句话说，"若要审好音，功夫在音外"。我想，担任这项工作，不仅能服务于社会，能立竿见影地在审音中吸收《汉语变调构词考辨》的成果，而且还可以增进自己的音义关系研究的功力和学养，于是欣然接受这项工作，跟商务印书馆订下了一年的审订合同，具体时间是从 2014 年 3 月到 11 月，审音地点在和平里中街的一栋公寓里，在那里设有《辞源》项目组办公室，占据两层空间。

商务印书馆特地为我们成立了《辞源》注音专项组，由孙玉文、乔永、黄御虎、董媛媛、郭威五人组成。担任《辞源》（第三版）注音审订时，我跟乔永、徐从权以及《辞源》项目组的各位编辑结下的不是一般的友谊，简直可以称得上"战斗友谊"了，跟 1979 年版《辞源》的审音错讹做斗争，跟修订中出现的新错讹做斗争，跟时间做斗争，因为 2015 年《辞源》第三版必须出书，还得排除各种杂音。我们的工作流程是：（一）先由从子至亥十二集的修订人员独立作出本组的审音，由审音组独立作出审音组的审音，我本人对从子至亥十二集独立作出我的审音，三种审音互不相谋。（二）由黄御虎、董媛媛、郭威三位编辑比较前两种审音的异同，如果两种审音结果相同，那就不必通审了。遇到不一致，就会出现两种情况，一是至少有一种审音的稿子出现了明显的错误，由黄御虎、董媛媛、郭威三位直接改过来；二是他们三人拿不准，就一一贴上纸条，交给乔博士，由乔博士裁断，作出修改，然后揭走纸条。如果乔博士拿不准，就提取出来，保留纸条，留给我来最终拍板，再将纸条揭去，我也将自己原来独自作出的修改反映进去。这项工作极细致，乔博士和从权博士催我审稿的水平绝对是一流的，每周至少要去和平里一次，每次都是整整一天。常常是三班倒，早上八点到达，有时到深夜才返回家中；审音不一定选在工作日，有时是在周末，这得牺牲大家不少公休的时间，但是没有一位编辑有怨言；有时候我需要核查古书的原始材料，项目组的成员马上给我调出来，极为愉快，这是精品意识在左右着大家的工作。为了减轻我们的压力，周洪波总编有时会从王府井赶过来，陪我们吃吃饭，喝喝酒，聊聊天，也表示商务印书馆领导的大力支持。修订的稿子还保存在和平里中街，几乎每一页上面都是斑斓满目，那是我们精诚合作的见证。审音的间歇，乔博士和我聊起刘叶秋等先生从事《辞源》第二版修订工作时动人的场景，令人感佩不已。

浮躁的社会里，需要不浮躁的人。只有这样，我们才能消弭浮躁，走向平和，打造学术精品，而不是装扮"学术精品"。打造学术精品，是作者的事，也是编辑的事。我以为，在这方面，百年老字号商务印书馆兢兢业业的编辑们给我们提供了宝贵的经验。

（原载《商务印书馆一百二十五年》，商务印书馆，2022 年）

卷三 **03**

汉语研究拾零

当前研究中国语言学必须坚持的四个原则

摘 要：文章针对当前中国语言学研究中存在的若干问题，选取学风建设、继承传统、注意研究的系统性、努力做好材料工作四个方面展开讨论，指出了目前研究工作中的若干缺陷，批评了研究中的不良倾向，提出了今后努力的方向，希望对中国语言学健康稳定地发展起到积极作用。

关键词：中国语言学；原则；学风；传统；系统；材料

这些年的中国语言学研究，取得了很大成绩，但由于种种主客观原因，也出现了若干隐忧，严重阻滞了中国语言学的发展。我想针对当前中国语言学的研究现状，谈四个方面的问题。这四个问题，可谓老生常谈。但是，只要看看研究现状，似乎还有一吐衷肠之必要。我所谈四点，可以叫作"四个必须"，现在写出来，跟大家一起分享，也想借此机会跟大家共勉，请大家批评指教。

一、必须高度重视学风建设

我这里说的学风是学术界在治学方面的风气，包括治学理路、治学精神、治学方法、治学目标、治学态度等方面。优良的学风是为追求真理而建立起来的，是推动学术事业真正向前发展的基本保障。任何人都会犯学术错误，先贤云"过而能改，善莫大焉""不贰过"。作为一个语言研究者，如果有了优良的学风，就会勇于承认错误，纠正错误，就会不断地开拓进取，为中国语言学的宝库增光添彩。在中国学术史上，经过先贤的不懈努力，形成了"百家争鸣、百花齐放""实事求是、无征不信""一分材料说一分话""板凳要坐十年冷，文章不写半句空"等优良学风，实践证明，这些优良学风对发展中国语言学行之有效，我们必须很好地继承下来。

现在学术界弥漫着一股浮躁之风，给当今中国学术的发展造成了十分恶劣的影响。我们应该自觉地抵制这种浮躁之风，淡泊名利，求真务实。有的人为了一点学术之外的利益，损人利己，削尖脑袋往浮躁学风上钻，表面上是利用学术平台，实际上是利用官场，追求他在学术水平和贡献上得不到的东西。这对个人修为来说不值得，对于语言学事业来说会造成损失。我们不要追求那些德不配位、学不配实、华而不实的东西，那样会害人害己，会给你的求真带来迷障，一个真正有良知的学人应该为这种追求感到羞耻。

借助学术之外的因素来"促学"，造成"名动一时"。这是一个劣质传统，古已有之。《宋史·王安石传》："初，安石训释《诗》《书》《周礼》，既成，颁之学官，天下号曰'新义'。晚居金陵，又作《字说》，多穿凿傅会。一时学者，无敢不传习，主司纯用以取士，士莫得自名一说。先儒传注，一切废不用。"《字说》后来因其内容多荒诞不经等原因而失传。应该说，王安石的学问和道德修养远超当今那些借助官场来"促学"的人，但也不能免俗。对此，宋代已有学者批评，《邵氏闻见后录》卷二十："王荆公晚喜说字。客曰：'羁'字何以从西？荆公以西在方域主杀伐，累言数百不休。或曰：霸从雨，不从西也。荆公随辄曰：如时雨化之耳。其学务凿，无定论类此。如《三经义》颁于学官数年之后，又自列其非是者，奏请易去，视古人悬诸日月不刊之说，岂不误学者乎？"

我们看到，今天弃王氏学问根柢而仿效其借助学术之外因素来攫取利益者不乏其人，他们是学术研究的寄生虫。有的没有什么学术积累，学问没有上路子，信口开河，多为无根之谈；有的似乎"吸取教训"，表面上独著或合著一本又一本，在报章杂志上频频发文，洋洋洒洒，动辄以权威自居，"墙上芦苇，头重脚轻根底浅；山间竹笋，嘴尖皮厚腹中空"，陈词滥调、拾人牙慧而改头换面的内容居多，没有多少真正让人信服的新成果。我有时候想：这种学者，你要说他在哪个研究上真正有突破，还真说不上来。他们的目的只有一个，就是一切"贵己""为我""拔一毛而利天下，不为也"。这种人生境界，怎么能在学术上有真正的突破呢？这样的学者在短期内似乎很吸引眼球，很风光：头衔一大堆，佳会必到场；劝人多进取，自己不作为；言必大而空，语不涉新意。他们眼里盯的是如何能取悦施与自己名利的机构和人士，如何以官促学，欺上瞒下；心里想的是如何最大限度地攫取个人利益。唐代舒元舆的《养狸述》，对于"鼠"寄生于其家而造成严重危害的现象深恶痛绝，呼唤"狸猫"灭绝之："鼠本统乎阴虫，其用合昼伏夕动，常怯怕人者也。向之暴耗，非有大胆壮力，能凌侮于人，以其人无御之之术，故得恣横若此。今人之家苟无狸之用，则红墡皓壁，固为鼠室宅矣；甘醲鲜肥，又资鼠口腹矣。虽乏人智，其奈之何？呜呼！覆帱之间，首圆足方，窃盗圣人之教，甚于鼠者有之矣。若时不容端人，则白日之下，故得骋于阴私。"这种寄生中国语言学领域而攫取私利的老套路，于今为烈，殆有过之。我们应该认识到这种现象，坚决摒弃之。

有一种情况令人深思和深忧：有的学者为了达到其见不得人的目的，钻学术空子，鱼目混珠，自欺欺人，愚弄天下。他们知道，学界共识是，研究历史现象要从语言学角度入手。于是弃常识于不顾，抛逻辑于九霄，胡乱解语析词，大谈文化起源和民族迁徙，语不惊人死不休；不顾中外语言学界公论，不讲科学方法，牵强附会地摘取合乎自己主观需要的所谓"材料"，提出种种毫无科学根据的奇谈怪论。然后，一方面，拉帮结派，成立研究会，找几个赞助者替自己站台；利用互联网，互相吹捧，通过媒体吸引眼球。另一方面，全面忽视学术界有理有据的批评，倒打一耙，指摘整个学术界无力对其谬说进行反驳，批评学术界水平不高，不能接受正确结论。他们明明是媚俗，却自欺欺人，大谈自己这项研究的美好愿景，妄图将自己打扮成学术新范式的"弄潮儿"，自吹得无以复加。面对着学术界的批评，他们拉来"科学无禁区"的大旗替自己遮羞、粉饰。是的，科学无禁区，但是学风有好坏、方法有当否、结论有真假、学界有公论，非任何个人或机构所能左右。

其实，学术界对他们这些论证给予的批评，大多是根据几十年、几百年业已取得的共识而展开的，并不是难度很大的研究成果。这是一种科学评价，不是政治、道德和法律评价。只是有人激于义愤，对他们的胡言乱语展开批评时带着某些火药味，于是胡言乱语者似乎找到了"突破口"，不管批评者的科学论证，只就那些带有火药味的言辞大做文章，往政治、道德、法律上扯，大谈自己研究的善良动机，以求获取善良的人们，特别是官场的同情。在他们心目中，往这上面扯，也许希望能找到他们的"研究成果"所谓的"贡献"，找到一点可怜的心理安慰，做一个学术上的可怜虫。必须严正指出，这种学者的做法不属于"百家争鸣"的范畴，它是学风恶劣的一种超常表现形式，会严重毒化学术空气。这种恶劣学风能大行其道，是近几十年来学风浮躁的合理延伸，说明学术底线已经突破了，也说明我们的学风建设任重道远，值得学术界乃至全社会警醒，千万不能掉以轻心。对这种恶劣学风听之任之，掉以轻心，这不是对学术研究负责任的态度。大家都听之任之，将来不久就会让英国来自上古文献所说的"英山、英国"、英语的"Johnson（约翰逊）"来自汉语"孙"姓之类的无根之谈大行其道。

孔夫子说，名不正则言不顺。为了发展中国语言学，我们必须自觉维护、认真实践那些行之有效的优良学风，防止以次充好、以假乱真，要区分好这五对概念：知识性错误和学者的不同见解；求新和追求新奇；科学假说和谬说、胡说；怀疑精神和无端揣测；学派和帮派。这五对概念的每一对之间，都有着本质的区别，差之毫厘，失之千里。我们千万不能鱼目混珠，将其间的本质区别加以混淆。混淆这五对概念的每一对，都会给学风浮躁者带来可乘之机，从而败坏一代学风。例如，有些学术次品，或者假冒伪劣学术作品，明明是一大堆无可辩驳的知识性错误，却有人抽象地辩解说，这是学术见解的不同，令人生厌。因此，坚持好的学风，这是中国语言学向前迈进的基石之一，马虎不得。

二、必须理解传统、尊重传统、批判继承传统

语言的规律是无穷的，无论哪个个人、哪个民族、哪个国家，都不可能穷尽语言的规律。有的个人、有的民族、有的国家在一个方面成就大一些，有的在另一个方面成就大一些。当然，国外的语言研究，最好要懂一点中国语言学的成果，前提是要懂一点汉语，能看懂《说文解字注》《广雅疏证》这些书。我国有个别学者，看到国外语言学，特别是国外的理论语言学研究很少引用中国语言学的成果，就得出结论说，中国语言学的成果根本不入外国语言学家的法眼。这是犯了"推不出"的逻辑错误。

为了发展中国语言学，我们必须既要取长补短，也要扬长避短，利用我们的有利条件，利用中国的语言研究优势发展语言学。中国语言学有两千多年的历史，有很多优秀成果，这是有目共睹的，值得我们继承和发展。要继承发展，就得好好地读几本中国语言学的名著。必须谨记：一书未解而昌言创新，深以为耻；一理不通而虚生闳议，岂能心安？

两千多年的中国语言学，著述如林，人才辈出，它有许多原创性的成果，诸如对汉字的特性，汉语和汉字的关系，对语音、词义的变迁，求本义的方法，形音义的关系和互求方法的探讨，言外之意的把握，语言和文字的应用，等等，都有极其卓越的贡献，足资吸取，这不是你想抹杀就能抹杀得了的。例如中国语言学很早就重视汉字和汉语的关系、汉语音义关系，抓住语言符号的本质特点，认识到音义匹配是研究语言符号的基础，因而加强形音义关系的研究，从微观到宏观都有很多卓越的见解。这些见解，我们至今还没有完全继承下来。当一个字有多音多义时，哪个音和哪个义匹配，它们的历史变迁如何，我们并没有都真正弄清楚，问题比比皆是，需要我们继续努力解决这些问题。

有人将中国传统语言学贬低为"初等数学"，将追求纯理论的研究抬高为"高等数学"。这是没有科学根据的。事实上是，没有人去科学论证：将中国传统语言学和现代语言学的关系，比作初等数学和高等数学的关系，这种类比是否科学。在我看来，这种类比不伦不类：人们是学了初等数学，再去学高等数学。而人们学习现代语言学，并不一定先学习中国传统语言学；同理，人们学习中国传统语言学，并不一定先学习现代语言学。二者之间谈不上谁高谁低的问题，很难说谁难谁易。

按照这些人的观点继续推阐，就可以看出其理论和实践的脱节：你既然有初等数学、高等数学之分，将中国传统语言学视为"初等数学"，现代语言学视为"高等数学"，你就应该知道，高等数学是以初等数学为基础的，因此，你当然应该先补一补这个"初等数学"的课，打好中国传统语言学的基础。如果没有这个基础，还侈谈什么"初等数学""高等数学"之分呢？应该扪心自问：在语言研究方面，你过了这个"初等数学"的关没有？按照你的类比，如果你连"初等数学"的关都没有过，怎么去研究"高等数学"？

中国传统语言学和现代语言学在许多具体研究目标和研究方法上是相通的，将二者对立起来，画地为牢，作茧自缚，没有多大出息。我们应该以中国语言学的优良传统为根，利用中国的语言优势，以开放的胸怀，满怀热情地拥抱人类一切有利于语言学学科建设的科学、有用的研究成果，发展中国语言学。

有人希望中国语言学应该多多吸收国外语言学，主要是美欧语言学的研究成果。这个愿望是好的，有学理依据，我希望其提倡和响应者真正做出表率。桃李不言，下自成蹊。美欧学者在普通语言学理论上有很多是中国语言学不及的，因而有值得我们借鉴的地方，他们对中国语言研究也有一些独到之处。美欧学者在研究语言学时，往往更多地比较世界上不同类型的语言，也注意吸收自然科学的一些研究成果，得出很多值得重视的结论。这些结论当然会瑕瑜互见，对于其中属于"瑜"的部分，我们应该有所了解，有所吸收。但是，我们不能将跟美欧语言学接轨作为中国语言学追求的目标，中国语言学的终极目标只能是利用自己的语言优势，去揭示语言的各种规律。

多少年来，有的学者蔑弃传统，对发展中国语言学带来极为严重的负面影响。这种现象必须得到纠正。我们千万不要有懒汉懦夫思想，不去弥补自己知识结构的缺陷，只抱着"看客"心态，站在旁观者的角度看待中国语言学既有成果。有人说，你说中国语言学有很多优秀成果，往往是等到国外语言学的一些成果传到中国后，再在古书中去寻找，原来中国古已有之。于是讥讽这些从古书中找"古已有之"证据的学者，无法找出中国原创性的成果来。我不赞赏这种作壁上观的做法，要告诉这种作壁上观的学者，你自己为什么不去辛勤走一遭呢？与其坐而论道，何如起而行之？作茧自缚，将自己的学问裹束在一个狭小的范围之内，这对学术发展是没有好处的。

我们读中国语言学的著述，首先一定要读进去，然后是读出来。为了真正理解古人，我建议大家多搞一些读书会的活动，大家互相碰撞，互相吸纳，一定会大有所得。我们不要轻易地否定前人，必须虚心涵泳，深入领会前人的思想，然后才能真正地批判继承。我们批判继承前人的成果，一定要批判继承那些我们真正弄懂的成果。

三、必须高度重视语言的系统性

我们研究语言学，目的是探讨语言规律。有系统的东西才有规律，所以我们必须高度重视语言的系统性。建立系统，并不意味着具体字、词的研究就没有系统。有人对此有误解，以为系统研究只是构建一门学科的框架，具体字、词的研究只是零星的考证，里面没有系统。这种认识是不对的，需要得到澄清。哪怕是考证一个字的字形、字音、字义，都必须要有系统作为支撑，必须符合系统。只有符合系统的语言研究，才是真正科学的语言研究。

语言的系统不是凭空臆造来的，它就存在于语言材料当中。臆造得来的不是真系统，而是一种假框架。因此，我们要区分真系统和假框架。如果你没有相当的基础，你连建立科学框架的最基本的材料都没有弄懂，不能科学解释它们，甚且大量地、违背常识地去解释它们，你也想建立起一个框架，这样的框架能叫真系统吗？我们说，任何真正的系统都具有假设性，但必须强调：这种具有假设性的真系统，它必须建立在以已知求未知的基础之上；违背公理和常识，违背基本的前提，所得出的一些看法，不能构成科学假说，而是谬说和胡说。将这种谬说和胡说当作假说，去胡乱推阐，这不是检验假说，而是"沙丘上建大厦"。要做到能建立真系统，就必须打下多方面的基础，亲自去实践，不能"矮子观灯，人云亦云"，不能不懂装懂，轻易评价自己不懂的领域的成果；更不能违心捧场，丧失学术良心和良知。

语言研究，特别要重视共时系统。宋代学者吴棫的《韵补》，他研究上古音，忽视了上古的共时系统，所收集的材料没有断限，古书中凡是跟中古韵书不合的，都看作是古音，他甚至将宋代学者押韵跟韵书不合的，都算古音。现在大家都知道，他所走的路子是不正确的。科学的历史观和系统观哪一天不建立，哪一天就不可能构建出上古音的恢宏大厦。因此，科学的古音研究，是从顾炎武开始的。吴棫的覆辙，今天还有人重蹈着。有人研究上古音，还在将现代汉语方言，甚至是民族语言的所谓的"同源词"不加鉴别、不加论证地杂糅在一起，这怎么能建立起科学的上古音系统呢。我们对此必须保持足够的警觉。这种眉毛胡子一把抓的研究，表面上面面俱到，似乎很全面，但缺乏识断，谈不上精审。老话说，读史使人明智，如果我们善于从中国语言学史中吸取经验教训，就不会重蹈这种不重视共时系统的覆辙。

不同语言的系统是不一样的，所以要想将汉语的语言系统研究好，就不能盲目照搬根据别的一些语言总结出来的理论，必须批判地借鉴；要想将历代汉语的语法系统研究好，就不能盲目照搬现代汉语的语法框架，必须注意历代汉语共时的语法系统。我们不能将研究汉语的语言系统和借鉴西方语言学理论对立起来，有人引用苏东坡的《题西林壁》："横看成岭侧成峰，远近高低各不同。不识庐山真面目，只缘身在此山中。"作为应该进行不同语言比较的证据，这是不错的。但是如果拿这首诗作为否定对一种语言内部系统做深入研究的那种研究取向的借口，则是偏颇的。苏东坡的意思是说，要了解庐山真面目，必须深入庐山，但是不能只深入庐山，还要跳出庐山之外去认识它。同理，要了解汉语语言系统，必须深入汉语，但是不能局限于汉语，还可以比较不同的语言，更应该比较不同的符号系统。在这里，系统内部的研究是最基础的。比较汉语和其他语言，不等于照搬其他语言研究者得出的某些还没有经过科学检验的材料、理论。我们不赞成将解决汉语棘手问题的办法都寄托在套用国外几个现成的理论上面，那样做很多时候会削足适履；即使套用得较好，也难以真正发展中国语言学，因为原始创新不够。你要将汉语和其他语言进行比较，必须得对汉语和其他语言有深入的了解。因此这是难度很大的一项工作，仅仅利用人家归纳出来的材料或理论，那是远远不够的，你得有检验这些材料或理论真伪的能力。

研究好语言的系统性，能更好地促进对例外的研究。我们之所以说某些语言现象是例外，是因为我们以系统性为基础了。没有系统性，就看不出例外。因此，追求系统性是发现例外的条件，系统性的研究太重要了。常常看到，有些研究者，并没有在上古音领域辛勤走一遭，没有系统地钻研上古音材料，去系统地了解上古音，就采取躐等的程序，看到某一个或几个令他振奋的所谓"新材料"，就仓促得出结论：既有的上古音系统左右皆是毛病。没有扪心自问：我自己是否从系统上去摸过那些结论的由来？是否认真读过人家的著作，真正了解人家的系统？如果没有做过这些工作，就抓住一点，不及其余，凭借一点少得可怜的材料，甚至只是一点例外，轻易否定先贤辛勤建立的系统，那无疑是不可取的。人家在建立系统时，可能早已注意到了这种材料，只不过他们不以例外否定通例，不凭个别材料下大结论罢了。

对于例外，我们目前研究得很不够。就拿汉语读音的例外来说，很多例外不是用现成的理论能解决问题的。其中有些是语音演变以外的规律造成的，有些是语音演变规律造成的。即使是语音演变规律造成的，我们用既有的例外演变规律去解释它，相当多的材料没有办法解释得清楚。这就需要我们寻找多种角度加以解决了。但是要强调：要想研究好例外，必须先研究好系统，研究好例内。

前辈学者提倡小题大做，这是经验之谈。对于刚刚步入中国语言学研究领域的学者来说，尤其应该提倡小题大做，这样做学问，容易把握研究对象，容易深入开掘，将研究工作推向前进。小题大做不等于小题小做。要想真正做到小题大做，你必须积累系统的知识。从这个角度说，系统性仍然是非常重要的。没有系统做基础，只能是"小题小做"，常常就事论事，在理论上无法深入拓展。我们应该深入学习、领会王力先生《中国文法中的系词》和丁声树先生《释否定词"弗""不"》这样的小题大做的文章，它们都是贯彻科学的历史观和系统观研究汉语语法的经典之作。《中国文法中的系词》就汉语的系词这样一个具体问题展开高屋建瓴而又深入细致的考察，成为中国语言学史上第一篇汉语历时语法研究论文；《释否定词"弗""不"》将先秦汉语语法作为一个共时系统，全面提取先秦文献用例，从语法功能上比较"弗、不"之别，具有对虚词做对比分析和断代语法研究的性质，极具创新性，从极为有效的途径解决了千百年来无法解释清楚的"弗、不"之别，影响深远。如果今后这种小题大做的文章多了起来，中国语言学一定会有更多的新境界。

四、必须深入研究材料

发展中国语言学，我们有太多的语言材料的优势。比方说，我们有行用了几千年的非表音系统的汉字，有三千年从不间断的文献，有丰富而复杂的汉语方言，有错综复杂的各民族语言，有两千多年的语言研究成果，等等，这在世界上都是宝贵资源。这些材料深有利于发展中国语言学，必须好好利用它们。

为了研究好语言规律，人们将语言学分为很多分支学科；为了研究好汉语规律，汉语研究者将汉语研究分为很多分支学科。这是很对的。但是我们应该懂得：不同的分支学科，就学科的成熟度来说，是不一样的。有的分支学科历史悠久，研究得相对成熟一些；有的刚刚起步，研究得不太成熟。研究得成熟一些的学科，可资借鉴的成果相对要多一些。学科分类本身是一种传统，它受历史环境和科研现状制约，具有一定的相对性和稳定性。纵观古今中外学科发展史，随着时代的变迁，不同的学科可以整合成新的学科，各分支学科内部还可以继续裂化为新的分支学科。这反映了人们认识的深化，因此学科的整合和分化是学科发展的趋势。我们看到，学科的整合和分化，完全离不开材料的搜集和整理；人们对于材料认识的深化往往带来学科的整合和分化。从这个角度说，材料工作太重要了。

坚持实事求是的学风，就必须真正弄懂语言材料。因此，学风建设跟基本材料的把握紧密地联系在一起。当今有一种不好的学风，有人为了显示自己的博学，抱着侥幸心理，采取机会主义的研究策略，没有任何检验、不加甄别地在他的研究论著中大量使用自己不懂的各种语言材料，以此来证明自己的猜测。这是不符合科研程序和科学精神的。我们应该给自己立一个治学原则：绝不使用自己没有弄懂的材料，绝不使用没有验证过的材料。

这些年来，有不少人有意无意忽视了材料的重要性。在理论和材料的关系问题上，有人指出：中国传统语言研究注重实用，注重材料的搜集、整理和分析，对于语言理论研究重视得不够。这话可能有几分道理。但是严格说来，在科学研究中，分为理论研究和材料研究，并不是很科学的说法。更为合理的表述是：科学研究必须以已知求未知。无论是重在探求理论也好，重在材料分析也罢，都必须以已知求未知，根据已知的科学理论或材料分析去做进一步推理。离开事实的、劣等的理论研究，是没有什么科学价值的；优秀的材料分析论著，必然蕴含着科学理论，有系统的知识作为支撑。

无论是从时间还是从空间看，中国境内的具体语言材料多而复杂，因此搜集、整理工作必然是很复杂的，需要齐心协力，加以解决。有一个值得批评的偏向，就是：忽视材料，片面追求理论。这就走向极端了。事实上，将材料和理论对立起来，已经对学生造成了不好的影响。有不少学生谈起既有的一些理论，头头是道，碰到材料分析抓耳挠腮，凭印象下结论，常常出差错。长此以往，我们怎么能够真正发展中国的语言事业呢。我们说，我们应该加强理论研究，中国境内的语言现象这么复杂，我们应该在理论方面有建树，不能只使用人家的现成理论，或者将使用、印证人家现成理论当作自己的最高追求目标；但是不能忽视材料。你要研究语言学，你就必须要鱼和熊掌兼得。材料是你迈不过去的坎儿，而且理论研究的根本目的是更好地解释材料，解决实际问题，主次关系不能颠倒。

重视研究材料的全面搜集、整理，千万不要忽略对材料做精微的科学分析，正确理解它。我在上面已经强调了掌握研究材料对于系统的语言研究的重要性。在研究工作中，材料永远是第一位的，理论必须服从材料。我注意到，当今有的研究论著，或者是硕博论文，在材料方面的失误比比皆是。这种失误，往往不是偶然性的，而是反映了对于语言材料的陌生。缺乏这个基础，说严重一点，就是不具备起码的语言研究能力。因此这种现象令人十分担忧，必须弥补好这种研究缺陷。

现在，互联网技术突飞猛进，极大地改变着人们的阅读习惯。这是好事，但是也带来一些弊病。有不少青年学者只利用互联网去找自己需要的资料，忽视阅读能力的培养和必要的知识储备，只想"寻章摘句"，不管出现自己所找材料的上下文，更不去对上下文做必要的阅读、理解。他们不去训练阅读一整篇文章、一整本书；即使是阅读了，也只是蜻蜓点水，只满足于其中的字、词、句的疏通，没有将阅读对象当作一个整体来理解，不去关注阅读对象的内容，只见树木，不见森林。实际上是绕过了阅读对象这一关，将一篇文章、一本书只当作一个检索对象了。这样做，不仅不能深入研究材料，支离破碎，而且还会导致理解的误差，出错是难以避免的。这是舍本逐末的做法，离开了对材料的整体把握，因此对其中个体的把握就很难做到准确、深入，从论文选题到具体结论得出的各个研究环节，难免流于肤浅，难于避免出硬伤。

我们研究语言，一个很重要的目的，就是要帮助人们正确地理解话语。话语往往是存在于一个又一个的材料片段中的。你不去关注一篇文章、一本书的篇章结构，你的研究怎么能够更好地揭示规律，帮助人们理解话语？又怎么能够使你的研究比前人更有崭新的气象？因此，全面、系统、深入地阅读、理解整篇文章、整部书，这是任何研究中国语言学的学者必须具有的基本功。作为语言研究者，首先必须打好阅读的基础，总得熟读、精读一些文章、基本书，学会理解原文，然后才能进入语言研究。为了达到这样的目的，我想，我们可以组织一些专书读书会，大家互相碰撞、互相促进，这对培养自己的阅读能力一定大有帮助。

重视材料工作，离不开读书、读文章。书和文章既有传世的，也有出土的。打基础时，必须从阅读传世文章和书籍入手。就读古书而言，中国文化的精华主要集中在传世古书当中，既往的研究也比较充分；出土文献有若干印证、补充、订正作用，自然不能忽视。我们发展新文化，应该着重放在传世古书上面。目前，像我国研究自然科学的学者利用古书取得的标志性成果，全部都是利用传世古书取得的。中国语言学的精华，像《尔雅》《说文解字》等，主要是传世古书承担的。没有传世文献做基础，不可能真正建立起汉语史，例如单纯利用出土文献，不可能建立起科学的上古韵部系统。王国维等研究出土文献取得重大成就的学者，他们利用出土文献所取得的重要成果，无一不是先打好传世文献的基础的。我们看到，有的学者致力于研究出土文献，但是由于传世文献的功底不足，轻易否定故训，追求新奇，结果胡乱解读出土文献，乱用、滥用通假的现象层出不穷，还有的将这种无根游谈作为推翻经过一两千年检验的故训的"大突破"而炫耀于世，令人咋舌。

因此，要打好阅读的基本功，首先应该钻研传世古书，认真、透彻地理解它们，不要轻易否定它们的价值。当前有一种不好的研究取向，舍传世而侫出土，轻易地根据出土材料否定传世文献。这种风习必须得到改变。例如，根据《史记·陈涉世家》记载，陈胜、吴广等人在秦二世元年被征发戍守渔阳，"会天大雨，道不通，度已失期。失期，法皆斩"，这是导致陈胜、吴广起义的一个极为重要的原因。请注意其中的"失期，法皆斩"一句话，最近有朋友发来一个帖子，根据湖北云梦县睡虎地十一号墓出土秦律中的《徭律》中有"御中发徵，乏弗行，赀二甲。失期三日到五日，谇；六日到旬，赀一盾；过旬，赀一甲""水雨，除兴"，推论说：秦朝法律没有"失期，法皆斩"的规定，陈胜、吴广利用"失期，法皆斩"这句话来推进起义是一场精心策划的惊天骗局，后人被蒙了两千多年。像这样读古书是很粗糙的。我们知道，法律必须不断地根据实际需要加以修改、完善，《徭律》中的规定是什么时候出台的？到了秦二世元年有没有修改？不顾及种种复杂的情况，随意推论：《史记》记载的"失期，法皆斩"不合秦律，后人被蒙骗了两千多年。这样的结论太过草率。

为了弥补这一个必须弥补的缺憾，我们应该多设计一些办法，加强研究生同学的材料分析训练。我认为可以探索、采取多种做法。这里介绍一下我们的一个做法：对于我们的研究生同学，除了要他们加强理论修养，可以让他们对一个研究起来有点难度的字，在全面掌握相关材料的基础上，做形音义的深入分析。我觉得这样做是有成效的，今后还将坚持。

五、结语

上面所谈四点，只是结合一些实际现象生发开去，感觉有些意犹未尽，但是我希望这些认识对于深化我们中国语言学研究有点帮助，更希望就中国语言学未来发展方向问题，包括上述问题，有更多的学者能够参与讨论。我们坚信：越是浮躁的社会里，越要让自己冷静下来，越要懂得坚守的价值和意义。学术乃公器，历史最无情。对损害中国语言学健康稳定向前发展的各类做法，当今真正的学人心目中自会有一杆秤；有的学术操弄，未来更将成为学术史上的笑料。我希望我们的青年学子不要向那种"奋不顾身"追求名利的学者看齐，应该追求语言学的真理。试想：如果大家都去追求这些蝇头小利，弃真理于一边，或者以求真为次一等的追求，能很好地去发展中国语言学吗？三国蜀诸葛亮《戒外生》说："若志不强毅，意不慷慨，徒碌碌滞于俗，默默束于情，永窜伏于凡庸，不免于下流矣。"东晋习凿齿《晋承汉统论》说得好："夫成业者系于所为，不系所藉；立功者言其所济，不言所起。"我们应该从中吸取营养。

（原载《民俗典籍文字研究》第二十五辑，商务印书馆，2021 年）

做学问要会"搭架子"

——王力先生对建构中国语言学系统的不懈追求

去年是中国现代语言学奠基人之一、"王力学派"的开山宗师王力先生120周年诞辰。王力先生从法国留学回国，一直奋战在他所深爱的这片热土上，在中国语言学领域做出震古烁今的贡献，是中国语言学的一面大旗。我们着重谈谈王力先生治学对于创建中国语言学系统始终不懈的追求，鉴往知来。

一、王力先生"会搭架子"

人们经常评论王力先生"会搭架子"，从一个侧面道出了他研究中国语言学极为重视系统建构的鲜明特色。系统是一个具有某种特定功能的有机总体，由相互独立又相互依存、联系、作用的不同部分构成，语言符号是由不同层级构成的复杂社会系统。语言研究中，给一门学科"搭架子"和对其中个别字词句的微观考察都可以是系统研究。人们说王力先生"会搭架子"，一般指他在对汉语进行精细的微观研究基础上成功构建了多种宏观性系统。郭锡良先生《王力先生的学术道路》比较详细地总结了王力先生所创建的中国语言学多种学术体系："王力先生……在汉语音韵学、汉语语法学、汉语史、汉语词汇学、中国语言学史、汉语诗律学等许多方面都作出了创立学科体系的贡献。"王力先生创建了这么多学术体系，在世界语言学史上都是罕见的，其中有的是原创性的，有的是集大成性质的，都能做到血肉丰满、体系完备，沾溉后人于无穷。除了中国语言学史，创造性最大的当数1957年—1958年出版的《汉语史稿》，这是中华人民共和国成立以后中国语言学的一项前无古人的杰出成就，中国语言学史的一项标志性成果。

语言是一个系统，也就意味着语言中存在着干扰系统的对立面——非系统，系统和非系统是相对的。非系统不能离开系统独立存在，它是对系统的否定，非系统的绝大部分是语言系统演化的重要根据。不但语言本身有系统和非系统的对立，语言研究，无论是微观还是宏观研究，都存在着系统和非系统的对立，只有系统的研究才是科学研究，只有最大可能揭示中国语言学形形色色规律的研究才是中国语言学的系统研究。为求取中国语言学之真，科学的中国语言学研究必须不断排除非系统研究的各种干扰，从事系统研究，构建血肉丰满的研究体系。人们说王力先生"会搭架子"，还指他对于理论创新有自觉追求，通过成功构建的研究汉语的多种宏观性系统，率先揭示了大大小小的中国语言学规律，达到原创或集成。王力先生做到了，从而照亮了语言学星空，他的系统构建是中国现代学术的一种巨大存在，王力先生由此成为中国语言学一代宗师。

王力先生反复强调系统研究的重要性，总结系统研究给他治学带来的深刻影响。《汉语史稿》说："每一门科学都不是孤立的，都是和其他科学部门有联系的"，强调不能孤立、片面地研究汉语史，将自己的研究视野局限在汉语史内部；谈到汉语史的研究方法，指出要"重视语言各方面的联系""在语言的构成部分中，语音、词汇和语法是有机地互相联系着的一个不可分割的整体。平常我们把这三方面分开来研究或分开来叙述，那只是程序问题，并不意味着这三方面是截然分开的"。《汉语史稿》中，在绪论部分，王力先生举出"词"这种语言现象为例，指出"词"是意义、声音、形态结构组成的一个整体，"语音的关联往往意味着词义的关联""词尾的产生往往引起语音的轻化""我们如果不全面地研究这三方面的因素，我们就不能发现一个词的特征"；汉语语音史部分，第一节就是"语音和语法、词汇的关系"，举出联绵词和骈词等证据；汉语语法史部分，特地在开头举出汉语音变构词等证据；汉语词汇史部分，专门举出汉语同源词等证据探讨语音、词汇、语法相结合的研究，都贯彻了这种研究理念。后来出版的《同源字典》更是集中探讨汉语史上的同源词。这种研究理念，在今天都具有强烈的现实意义和针砭作用。

《先秦古韵拟测问题》谈到古音拟测的意义："所谓拟测或重建，仍旧只能建立一个语音系统，而不是重建古代的具体音值。如果拟测得比较合理，我们就能看清楚古今语音的对应关系以及上古语音和中古语音的对应关系，同时又能更好地了解古音的系统性。"《我的治学经验》说："'语言是一个系统'这个原理我一生受用不尽。我用这个原理指导我的语言研究，相信是有成效的。"

他认为，哪怕是一个词的微观研究，也必须注意系统性。他的脂微分部可以算微观研究，受到了章炳麟《文始》分出队部的启发，不仅根据《诗经》至南北朝的押韵，还充分运用"语言是一个系统"的原理，做到系统和材料的完美结合。一方面，王力先生仔细抽绎《诗经》为主的先秦韵文，明确清儒所分脂部应该分为脂微两部。另一方面，传统音韵学有阴声韵、阳声韵、入声韵的说法，阴声韵指韵尾是元音或没有韵尾的韵母，阳声韵指韵尾是鼻音 m、n、ng 的韵母，入声韵指韵尾是 p、t、k 的韵母。古音学家根据《诗经》押韵和其他相关材料，看出上古阴阳入三者之间存在一种互相搭配和互相转化的关系，在韵母主要元音相同的条件下，没有韵尾或以 u 结尾的阴声韵分别跟收 ng 尾的阳声韵、收 k 尾的入声韵搭配或互相转化，以 i 结尾的阴声韵分别跟收 n 尾的阳声韵、收 t 尾的入声韵搭配或互相转化，收 m 尾的阳声韵和收 p 尾的入声韵搭配或互相转化，阴声韵不跟收 m、p 尾的韵母搭配，也不跟收 m、p 尾的韵母形成互相转化的关系。王力先生自觉接受清儒所创阴阳入对转的科学理论，看出清儒的分部，质、真二部是阳入对转，物、文二部也是阳入对转，唯独阴声韵只有一个脂部，不能形成一阴、一阳、一入的相配格局。如果脂、微分部，那么就能形成"脂、质、真""微、物、文"这种整齐的搭配，阴阳入对转的系统性观念在他进行脂微分部时帮了大忙。由于论证极周密，因此脂微分部很快获得举世公认。再如中古的祭泰夬废四韵上古常常互相押韵，有人据此给上古单立一个阴声韵的祭部，这个祭部放到阴阳入相配的格局中显得孤零零的，破坏了上古韵部的系统性格局。王力先生注意到，这个祭部上古韵文中常常跟月部相押，其他各部也多有中古阴声韵的去声在上古跟入声韵相通的证据，于是他敏锐地抓住这种现象，将中古阴声韵的部分去声字归到上古入声，叫作长入，祭部不独立成部，它是月部长入。这样，既解决了祭部的上古归属，又维护了上古韵部的系统性。由此可见，王力先生不为创建理论而歪曲分析具体材料，不生搬硬套，力争观察正确，达到十分精审的地步。《中国现代语法·自序》谈到他在研究中国语法"疑的时期"发表了《中国文法学初探》："当时我的破坏力虽大，建设力却不足；批评人家的地方虽大致不错，而自己创立的理论却往往陷于观察不确"；到"悟的时期"，觉悟到"空谈无补于实际，语法的规律必须是从客观的语言归纳出来的"，要做到"能观其全"，强调观察语言事实必须正确、全面。

二、创立系统与占有材料

《我的治学经验》说："科学研究并不神秘，第一是要有时间，第二是要有科学头脑。有时间才能充分占有材料，有科学头脑才能对所占有的材料进行科学的分析。古今中外有成就的科学家都是具备这两个条件的。"这两条经验是王力先生学习和研究实践的总结，朴素表达了他所认定的从事中国语言学系统研究的基本条件。

从事系统研究，必须高度重视构建系统的各种材料，全面搜集、整理，寻求逻辑的自洽，这需要花费大量时间。王力先生28岁时出版《老子研究》，附记："今人喜言归纳，实则恒用演绎。凡利于己说者，则搜罗务尽；不利己说者，则绝口不提。舍其不利己说者而观之，诚确乎其不可拔矣；然自欺欺人，莫此为甚。余为是篇，于老子全书，几无一语未经道及，宜无片面观察之嫌。顾彼此相较，则吾术为拙；往往一语龃龉，全章改作。非不知弃全取偏之易为力，羞而不屑为也。"

《我的治学经验》："从事科学研究要有科学头脑。对语言研究来说，科学头脑也就是逻辑头脑。"任何一门学科的知识系统都由概念组成，系统化的概念是获得新知的必要前提。王力先生1934年出版《论理学》，即后来的"逻辑学"，说明他对形式逻辑下过大功夫。他重视逻辑和语言，逻辑和学术研究的关系，《逻辑与学术研究、语言、写作的关系》指出："没有思维就没有语言""思维，或者说思想，只有在语言材料的基础上才能产生"；"我们搞学术研究""只有在综合分析材料之后，才能引出结论""在学术研究上，我们对逻辑的应用非常重要"，要求运用概念有同一性，推理要严密等，重视它们在创建系统中的基础作用。

王力先生博览古今中外相关书籍，特别是打下了深厚的古文功底，亲炙中外名士，早有负弩前驱之志。他治学高度清醒，自觉储备多方面系统知识，包括西方语言学理论以及哲学、逻辑学等。《中国现代语法·自序》，"中国语法学者须有两种修养：第一是中国语史学；第二是普通语言学。缺一不可。"他以超常毅力，挤出点滴时间，占有极其丰富的第一手材料，充分运用逻辑思维，既有很多精细的微观考察，又精心研究建立学科体系的各种系统和非系统材料，抽丝剥茧，去伪存真，取精用宏，揭示了很多规律，搭起了汉语研究的多种学科框架，创建多学科体系。

三、创立系统与重视例外

研究语言系统，必然面临对非系统部分的例子的分析，也就是对例外的处理。语言是一种高度复杂的社会系统，非常便于人们观察系统中夹杂的非系统部分。这些例外，绝大部分直接关涉语言演化，有些跟语言演化无关。治汉语史学科，时空矛盾更加突出，面对的例外更多，必须钻研历代古书才能解决。古书是用古代汉语、古代汉字来记录的，异质成分多，诸如有讹脱误衍，有后人改动的情况，等等。这些例外大多都跟写书时的语言演化无关，治汉语史，必须剔除它们。传世文献和出土文献中都会存在文字错讹和后人改动的情况，如果没有校勘的功夫，以为凡是例外都是反映汉语演变的材料，就会导致差之毫厘，谬以千里。囫囵吞枣的治学方式，在汉语语音史研究中特别多，我们应引以为戒。

王力先生一直注重材料中的例外，提出利用"系统"的方法来克服"非系统"带来的干扰。《中国文法中的系词》说，"我们研究中国文法，与校勘学发生很大的关系。古书的传写……另有一种讹误的来源：有些依上古文法写下来的文章，后代的人看去不顺眼，就在传写的时候有意地或无意地添改了一两个字，使它适合于抄书人的时代的文法……我们研究文法史的人，对于这类事实却绝对不该轻易放过"；提出了解决问题的办法："严守着'例不十，法不立'的原则，凡遇单文孤证，都把它归于存疑之列，以待将来再加深考""如果我们在某一时代的史料中，只在一个地方发现了一种特别的语句构造方式，那么就不能认为通例，同时也就不能成为那时代的文法。纵使不是传写上的错误，也只能认为偶然的事实罢了"。对于"单文孤证"的语言现象，他提出存在两种可能性，一是传写的讹误，二是偶然的事实。所谓"偶然的事实"，指的是还没有形成一条规律，是"非系统"的现象。

王力先生的研究实践有大量的用系统方法处理"非系统"的经典案例。古音研究方面，对例外谐声的处理是一个典型个案。瑞典高本汉常常据例外谐声反映出来的声母相通现象，给上古构拟一类声母，这就是复辅音声母。王力先生《汉语史稿》根据系统观批评高氏的这种"形式主义"做法："他不知道谐声偏旁在声母方面变化多端，这样去发现，复辅音就太多了。"这个批评很深刻，因为变化"多端"，所以存在多种可能的解释，复辅音的处理方案就显得草率。在语法史研究方面，王力先生对系词"是"产生时代的例证分析也是一个典型个案。他注意到上古有《史记·刺客列传》"此必是豫让也"一类极个别"是"作系词的例子，属于"非系统"，因此他不将这种例子作为系词"是"产生时代的例证。后来人们从马王堆出土汉墓发现有 5 例"是"作系词的例子，这些例子的"是"作系词不可能是"传写的讹误"，但没有排除他所谓"偶然的事实"这种可能，也就是还没有成为一条规律，所以他仍然持保留意见。后来人们找到先秦两汉更多古书有"是"作系词的例子，远在 10 例以上，才可以说彻底论证了战国以后系词"是"已经产生了。在词汇史研究方面，《"江、河"释义的通信》《说"江、河"》二文是利用系统方法克服"非系统"因素干扰而正确分析词义的典型案例。王力先生通过大量材料的分析，明确上古"江"专指长江和长江支流，"河"专指黄河和黄河支流，针对一些糊涂认识，指出《荀子·劝学》"假舟楫者，非能水也，而绝江河"的"江河"只能理解为长江、黄河。

语言的发展，常常带来对旧系统的破坏，这种破坏作用"其来有渐"，表现出某种临界状态，不一定反映新的语言现象的达成。对于例外中涉及语言系统演化的部分，要特别注意这些材料是否真正反映了跟系统的质的区别。王力先生重视例外材料的细致辨析，哪怕是一个不起眼的用例，他都放到成熟的理论系统中加以审视，彻底弄清其真谛。在他的著述中，这种微观的精细辨析成果比比皆是，往往凿破鸿蒙，令人大快朵颐，至今都是处理例外现象的最佳方案。碰到模棱两可的情况，他提出要根据一个时代的整体语言系统来加以决断，也就是建立历史和系统的观点。如果这些"例外"只有一例，那么，即使它们真正跟共时系统反映的事实有质的区别，但由于是个别用例，因此他就作为孤证对待，"孤证就是缺乏社会性的偶尔出现过一次的例证"，要考虑传世文献具有后人改动的可能，希望找到确凿不移的证据加以取舍，但这不能作为语言演变的确证。如果不属于"孤证"，就确认它属萌芽或残存状态。这样精微的研究，是使王力先生创建的系统血肉丰满的根本保障。

四、创立系统与吸收精华

王力先生能在中国语言学研究方面搭起多种学科框架，跟他充分吸取古今中外学术精华有极大关系。人们说王力先生"学贯中西"，这只是一个通俗说法。严格说来，科学研究不分古今中外，古今中外都有科学成果，也都有非科学成果。20世纪，不少人用"学贯中西"来判别一个学人成就的高下，至今还有一定影响，但这不准确。科学的认识应该是：充分吸收古今中外的已知知识或学术精华。

王力先生搭建不同学科的框架，都有中外比较的视野，框架总体和研究思路主要接受了西方的影响，具体内容采纳我国学术精华甚多。这样安排学科框架的研究理路符合清末新式学堂创办以来的学术取向，将学科内容分为若干部分，有条理地分篇、分章、分节加以叙述，理论色彩远超古代。中国古代语言学重实用，古代语言学家对相关学科做了很多微观和宏观研究，成果累累，足资后人吸，但他们大多不注重搭建各门学科的理论框架，理论创新常常湮没在材料分析之中。《中国语言学史》说："中国社会发展的历史，规定了中国古代语言学是为了实用的目的"。王力先生吸收西方语言学理论，主张理论不能脱离实际，要吸取西方科学有用的理论、方法和研究视角，弃其糟粕，物物而不物于物，反对亦步亦趋。清华研究院研究生毕业论文《中国古文法》（1927年）对此已有明确阐述，《中国现代语法·自序》回顾他研究中国语法"蔽的时期"的毛病："只知从英语语法里头找中国语法的根据，不知从世界各族语里头找语法的真诠。当时我尽管批评别人削足适履，'以英文法为楦'，其实我自己也只是以五十步笑百步而已。"

他创立不同学科框架，根据不同研究条件和需要灵活吸收，不同学科体系吸收学术精华的侧重点不完全一样，汉语诗律学、中国语言学史研究吸收我国古代相关成果尤多。中国语言学史对我国历代语言学的分析、评价都建立在细读原注的稳固基础之上，往往要言不烦，恰如其分。

王力先生很早就从演变的角度思考汉语史的问题，《中国古文法》已有这方面内容，提出"文法之为物，但赖习惯以成，例不十则法不立；所谓合法非法，当以合习惯非习惯为标准，不当以见于名人之文为标准"，竭力祛除崇古抑今之病，分"古文法"和"今文法"，探讨语言习惯的变迁。《中国文法学初探》（1936年）明确提出"至少该按时代分为若干期，成为文法史的研究"。汉语史学科框架的建立深受欧美语言学，特别是苏联的影响。19世纪后半叶以来，欧洲人就写出了英语史、德语史、法语史、俄语史等著作；苏联车尔内赫1954年出版《俄语历史语法》，见引于《汉语史稿》。王力先生仿照欧洲一些单一语言演变史，主要是苏联多部俄语史著作建立汉语史框架，《汉语史教学一年的经验和教训》一文详细阐述了《汉语史稿》的借鉴之处。《汉语史稿》《汉语语音史》《汉语词汇史》《汉语语法史》采取语音、词汇、语法史的叙述框架，借鉴了欧美，法国语言学家房德里耶斯《语言》就是采用这种框架叙述语言学的，《汉语史教学一年的经验和教训》讲按照语音、语法、词汇三部门叙述汉语史："这样做，是苏联俄语史的做法。"王力先生汉语史研究的一些视角、内容也对西方语言学多所吸收，《汉语史稿》和《汉语词汇史》，都有"词是怎样变了意义的"和"概念是怎样变了名称的"，吸收了房德里耶斯《语言》的观察视角和部分内容。

王力先生看出，中国古代语言学在汉语材料分析和组成系统的各部分及其关系的研究方面取得了成功，对创建学科体系作用巨大，一反旧时部分学者弃慎思而任情，执偏见为入流，毁万古以趋时的"逢古必反"的研究趋向，客观冷静地将这些优秀成果纳入各种学科框架，这是他开创多种学科的制胜法宝之一。《汉语诗律学》将"汉语诗律的一般常识"和"前人研究"得出的"比较高深的知识"，加上王力先生"自己的研究成果"，主要是"句式和语法"，以及韵律方面的意见整合在一起，构建汉语诗律学系统。《汉语史稿》叙述"中国历代学者对汉语史的贡献"，指出："中国历代学者对汉语史的贡献是很大的。我们必须利用古人语言研究的成果，在原有的基础上提高"。《同源字论》总结既往汉语同源词研究得失，提出"将要谨慎从事，把同源字的范围缩小些，宁缺毋滥，主要以古代训诂为根据，避免臆测"。

五、王力先生为什么善于创立系统

王力先生的《中国古文法》已体现出致力于立足汉语材料，构建古代语法系统的追求。他区分"世界文法"和"中国文法"，主张治世界文法要"观其会通，不当限于西文也"，治中国文法"当自其本身求之，不必以西文律之也"；明确指出语法研究要揭示客观存在的语言结构规律，"夫文法者，叙述之事也，非创作之事也；习惯之事也，非论理之事也；客观之事也，非主观之事也"。王力先生毕生创建中国语言学多种学科体系，都谨守探寻"客观之事"这个治学的根本原则。无论对既往研究成果的取舍，还是自己得出的新结论，都以是否揭示客观规律为准绳。

科研不等于写文章，只有系统反映自然、社会、思维等客观规律的分科的知识体系才是科研。有些感悟式、碎片化的治学成品，可以归到科研成果一类，但常常缺乏全局观、系统观，难以达到深广的境界。面对当今有人滞于感悟式、碎片化的治学方式，追溯一下王力先生为什么善于构建中国语言学的学科系统，是饶有兴味的话题。

我们可从他的求学历程和学术抱负方面去探讨，但学术抱负又根源于他的求学。王力先生的系统构建，一个重要的来源就是，他很早就系统阅读中西语言学及相关学科中那些建立系统框架的著作。据《我是怎样走上语言学的道路的》，他20岁时就开始阅读语言学方面的著作。倘若王力先生没有仔细阅读这些建构系统的著作，他毕生致力于创建中国语言学不同学科体系的事就无从做起。

中国古代不乏建构学术框架的语言学著作，音韵学方面尤其显著。例如上古音研究，顾炎武《音学五书》、江永《古韵标准》、段玉裁《六书音均表》、孔广森《诗声类》，等等，都建构了各自的上古韵部框架。王力先生之前，章炳麟《文始》《国故论衡》、黄侃《音略》等，都建立了他们的上古声韵系统框架，这得益于他们阅读清代这些上古音著作。王力先生也是深受这些著作的启发，建立自己的上古音系统的。据《汉语音韵学》（原名《中国音韵学》）和《清代古音学》等著作，王力先生对顾炎武以讫章、黄的著作都做过非常细致的系统阅读。清末海禁大开，中国人仿照西方模式，写出一些建立中国语言学分科框架的著作，例如马建忠《马氏文通》，王力先生26岁时就详细地阅读了此书，《谈谈怎样读书》："昨天我看从前我念过的那本《马氏文通》，看到上边都写有眉批。那时我才二十六岁，也是在清华当研究生。"他的导师梁启超、赵元任等，都是善于建构系统的学者。

《我的治学经验》："我到二十四岁才学英语。二十七岁我开始学法语……五十岁学俄语……我还凭这点外语知识读了一些外国出版的语言学书籍和杂志。"留学法国以后，他不但师从当时法国的行家里手，更阅读了大量的西方学者的语言学著作。西方学者比较擅长系统建构，阅读这些书籍，无疑有助于他构建中国语言学的学科系统。他的博士论文《博白方音实验录》，征引了鲁斯洛《法语发音概要》、高本汉《中国音韵学研究》；后来的《汉语音韵学》，附录部分《汉语音韵学参考书》更征引了多部英法文写的关涉系统框架的著作。方光焘《王力〈中国语法理论·造句法〉导读》谈到"王力的书所依据的理论"，明确指出，王力的汉语语法研究"受到房德里耶斯《语言论》一书的理论的影响。同时，他又采纳了美国语言学家布龙菲尔德的某些学说。他所受到的最大的影响是丹麦语言学家奥托·叶斯伯森的'三品说'"，此说有根据。王力先生《我的治学经验》："有人说我做了许多开创性的汉语研究工作，其实并不是什么开创性，只是普通语言学原理在汉语研究中的应用。"

唯有真正系统地吸收，才有可能真正系统地构建。为了将中国语言学研究导向深入，我们必须系统地构建，因此零敲碎打的阅读是不可取的，必须真正系统地阅读中外科学有用的语言学著作。

六、王力先生系统研究的现实意义

学术史告诉我们，学科的整合和分支是学术发展的两条主线，贯穿整个学术史。王力先生创立各种学科体系的实践，深深地体现了这样的主线。他在长达近六十年的学术人生中，以构建多种学科体系为己任，珍惜光阴，笔耕不辍，死而后已，留下近千万字的学术著作，不断提出真知灼见，光照学林。

中国语言学的真诠远远没有穷尽，我们需要在王力先生等先贤研究的基础上，不断整合中国语言学的不同学科，分支、裂化原有学科，扎实推进，不断逼近中国语言学的真诠，这是我们的时代使命。从这个角度说，王力先生构建中国语言学不同学科体系的实践会带给我们多方面的启示。

（原载《光明日报》2021 年 10 月 4 日，由孙玉文，刘翔宇合写。）

古音研究走向科学——清代古音学研究

汉代学者阅读先秦古书，从训诂的角度认识到先秦古音跟汉代有差别，提出"古音"概念。南北朝时期的学者，在阅读《诗经》等韵文的过程中，意识到按当时语音去读这些韵文，有时候押不上韵，提出"叶音说"等主张。"叶音说"最大的问题是缺乏科学的历史观和系统观，但在南北朝至唐宋，一直都很风靡。宋代吴棫、郑庠等人尝试进行古韵分部，但他们对古韵的认识不太明确。他们以《广韵》《集韵》为研究古韵的框架，不合《广韵》《集韵》分韵的，就是"古韵"与今韵的不同；合乎《广韵》《集韵》分韵的，就是"古韵"与今韵相同，然后进行分部工作。这显然缺乏明确的历史观和系统观，不是就古音以求古音。立足点不对，是其理论上的基本失误。

这种局面，到明朝，就有人明确地打破了。陈第在《毛诗古音考》中认识到，先秦古音的系统跟后代不一样，破除"叶音说"，提出"盖时有古今，地有南北，字有更革，音有转移，亦势所必至"的思想，振聋发聩。陈第由此成为清代古音学的开路先锋。

清代古音学的研究是从顾炎武开始的，他积三十年功力，开始进行科学的古音分韵部工作。他看出，原则上，汉语韵母的主要元音和韵尾（如果有韵尾的话）相同的字就可以互相押韵，可以据此将同一个时代中互相押韵的字，除去个别用韵宽缓的字，串联成一个一个的集合，这就是韵部。顾炎武据《诗经》等先秦韵文进行串联，注意与中古《广韵》的分合关系，将先秦古韵串成十部，撰成《音学五书》，成为清代古音学的奠基人。

顾炎武的串联工作筚路蓝缕，虽还很粗疏，但"前修未密，后出转精"，他开创的古韵分部道路为后人所继承。

此后，经过清代学者近三百年的不断研究，附以制作图表的方法，人们对上古音的认识逐步精深邃密，蔚成大国，那时古韵分部基本成为定局。其中，江永有《古韵标准》，段玉裁有《六书音均表》，戴震有《声类表》《答段若膺论韵》，孔广森有《诗声类》，王念孙有《与李方伯书》《诗经群经楚辞韵谱》，江有诰有《音学十书》，严可均有《说文声类》，章炳麟有《文始》《国故论衡》，黄侃有《音略》等，都对分部有贡献。终清一世，古韵分部的大格局基本成熟。

民国以后，王力脂微分部，是古韵分部的重要补苴。经过多方面验证，古韵分部的格局已经确定下来，韵部和韵部之间音值的远近也有趋于一致的结论。

根据入声是否独立，可以将清代古韵分部分为考古派和审音派。考古派入声不独立，审音派入声独立。戴震是审音派的代表，其他学者多属考古派。民国以后，黄侃沿着戴震的路子走，阴阳入三分。经过现代古音学家的研究，现在可以说，考古派和审音派对于上古韵部的认识有高下之分。考古派的分部有严重缺陷，不能周全地解释各种反映上古音的材料，已落后于时代；审音派阴阳入三分的格局经受多方检验，解释力很强，得到广泛采用。总而言之，清代古音学，韵部研究成就巨大，但是对于韵母的研究却严重忽视。

上古声调研究方面，清儒也很有贡献。清代有成就的古音学家，都注意到先秦两汉韵文一组一组的韵脚字，绝大多数是本调相押，少数是异调相押。他们研究古韵分部，无不涉及对上古声调的看法，无不认为上古有声调。起先，江有诰以为古无声调，后来坚定认为古有四声。

在古有声调的前提下，清代对于上古声调的看法可以归结为两大派：一派认为上古也有平上去入四声，只是具体的一些字上古跟中古的归部不同。持这种看法的在清代古音学家中占绝大多数，如顾炎武、江永、江有诰、王念孙、夏燮等都是这样。一派以为上古的调类跟中古不同，上古到中古不仅仅是个别字调类发生了变化，整个调类系统也有区别。例如，段玉裁认为《诗经》以前，汉语只有平入二声；《诗经》时代，有平上入三声，没有去声。孔广森认为《诗经》时代只有平上去三声，没有入声。

相较于上古韵部、声调研究，清儒对上古声母的研究要薄弱一些。研究上古声母，韵文这一大宗材料派不上用场，内证材料较为匮乏，但清儒仍有人作出不懈努力，成就斐然。钱大昕的"古无轻唇音""古无舌头舌上之分""知彻澄三母……求之古音，则与端透定无异"等，迄今仍是不刊之论。鸦片战争以来，海禁大开，西方也有学者对上古声母发表过看法，英国传教士艾约瑟、德国汉学家甲柏连孜等都提出过上古可能存在复辅音，现在看来，他们的意见有一定启发性，但难以成立。

回溯清代古音学研究，我们可以看到，清儒取得的成就是巨大的，足以彪炳世界语言学史册，是我们今后研究古音学必须继承的宝贵财富。二十世纪初以来，高本汉、李方桂、王力、陆志韦、董同龢等学者自觉继承了清代古音学的精华，接受了西方历史比较语言学的原则，非常重视上古内证材料以及这些内证材料在研究古音上的特性，在音类研究的基础上进行古音构拟，步履坚实，在上古声母、韵母、声调研究方面作出了新贡献。他们研究方向正确，走的是一条坚实的研究道路，必须继承。

近几十年以来，汉语古音研究曾有极少数学者偏离了正确方向，不乏蹈空者。现在学者们深刻反思，这种学风得到纠正。因此，精读清儒研究论著、批判继承清代古音学的优良传统，应更加受到后学重视。

（原载《光明日报》2019 年 11 月 23 日）

古代语音和文言诗文阅读

　　阅读文言诗文时需要了解古代语音的一些基本知识。这个问题很重要，但是大家或重视不够，或缺少这方面的知识积累，出现一些莫名其妙的看法或举措，因此很有必要做出一些弥补。为了便于讨论，本文从汉字的形、音、义说起。

一、每个汉字都有形、音、义，形、音、义古今可以不同

　　阅读文言诗文，首先得识字。须知：先有汉语，然后有汉字。汉字是视觉符号，每个汉字都有字形。汉字记录汉语，它记录汉语单音词（例如"人、水"）、词素（例如"皎"）、多音节单纯词（例如"踟蹰"）的不同音节。就汉字所记录的音节长度说，一个汉字记录一个音节。作为一种符号系统，汉语除少数多音节单纯词外，一个词、词素一般都是一个音节配合若干意义，因此汉字也有字音和字义，每个汉字都是一个形、音、义的统一体。

　　东汉许慎编写的《说文解字》，其中有些字许慎不知道字音是什么，字义是什么，这种字加起来有 53 个。从《说文解字》一直看到《康熙字典》《汉语大字典》，就会发现，这种不知字音和字义的汉字越来越多。这是因为它们的字音和字义在后代失传了，它们原来一定是有音、有义的。字形指汉字的形体结构。谈到汉字字形的变化，一般人往往画出"甲骨文—金文—小篆—楷书"等类似的演化图。虽然谈不上非常精确，但也没什么大毛病。原因是甲骨文和金文的使用场合有限，很难完全代表当时的通用字形。商周时期的通用字形是写在简牍上的，简牍很难保存，我们今天没有办法见到商周时期的简牍，只见到保留下来的甲骨文和金文，只好以甲骨文、金文作为商周文字的代表。商周的甲骨文、金文，跟当时简牍上的字形不会相差太远。从早期的甲骨文、金文一直往后看，就会发现那时候的一些字跟今天的字形有不同。这也就是说，汉字字形在不同时代会有变化，事实摆在眼前，这一点大家都是承认的。字义不等于词

义，但字义反映词义。汉字的字义古今也会有变化，如"走"古代是"跑"的意义，今天是"行走"的意义。由于字义反映词义，词义直接跟人们使用汉语所要传达的内容相关，在阅读文言诗文时，最容易感受到词义、字义的古今演变。汉字是形、音、义的统一体，字形、字义古今会有变化，字音怎么可能没有变化？世界上没有不会发生变化的事物，字音会变化，这应该成为常识。明代陈第的《毛诗古音考》，该书《自序》采取系统的观念，通过类比的办法论证了汉字字形、字音都会发生变化："盖时有古今，地有南北，字有更革，音有转移，亦势所必至。"尤其是"势所必至"四个字，点明了音变的必然性，反映了陈第清醒的历史演变观。字形是视觉符号，它的变化能够直观看出来。字音反映语音，语音一发即逝，不易留存，不容易使人翻来覆去思考背后的规律，于是出现了一些胡思乱想。语言符号是音义结合体，后人读文言诗文，必须借助后代的语音，这是一方面。另一方面，还要摆脱对后代语音的严重依赖，由现代读音进入古代读音。这是正确阅读文言诗文的辩证法。一般人阅读文言诗文，最容易犯的错误，就是不能摆脱对后代语音（特别是各地方音）的过度依赖，不但缺乏古代语音的必要知识储备，而且总在幻想做"无米之炊"，挖空心思在现代音里找古音的证据，结果往往事与愿违。须知：一个汉字的字音包括声、韵、调三部分，韵母还可分成韵头、韵腹、韵尾三种，从前一时代的语音到后一时代的语音变化是声韵调及其结合方面的系统变迁，个别字的变化都受系统变化的制约。没有古代语音的系统知识，只是采取取巧的办法，解决不了文言诗文阅读问题。目前，中小学文言诗文教学重视得最不够的是古代的语音问题，造成同学们步入社会或进入高校读书时，碰到文言诗文的理解，涉及古音问题，往往出现很多不应有的音韵方面的误解，严重影响阅读质量，将文言诗文读错。因此，笔者要专门谈谈古代语音问题，以期引起重视。

二、从哪些方面可以知道古今读音有不同

下面举声母、韵母、声调等方面的例子来说明古今语音会发生变化。我们通过诗歌的押韵最容易感受到古今语音的变化。例如，南北朝时期北朝民歌《敕勒歌》："敕勒川，阴山下。天似穹庐，笼盖四野。天苍苍，野茫茫。风吹草低见牛羊。""苍、茫、羊"直到今天，用所有的方言去读，都是押韵的。可是前面"下、野"处在非押韵不可的位置上，难道它们不押韵吗？不是的，"下、野"直到宋代以前，人们读起来都会感觉到押韵，北宋时朝廷编了一部按韵编排的字书《广韵》，"下、野"都是《广韵》马韵字，既然同属马韵，也就说明它们是互相押韵的字。今天的南昌、梅州、厦门、潮州、福州、建瓯等地方言，

"下、野"读起来也还是押韵的。为什么全国大部分方言都读得押不上韵？结论只有一个："下、野"的读音古今发生了变化。"波、颇、坡、被"这些字很明显可以拆成两个部分，"波"拆成"水"和"皮"，"颇"拆成"页"和"皮"，"坡"拆成"土"和"皮"。"波"用"水"做偏旁、"颇"用"页"（xié）做偏旁、"坡"用"土"做偏旁、"被"用"衣"做偏旁都容易理解。"波"指水波，水波由水构成；"颇"本义是头偏，"页"本义指人头；"坡"指斜坡，斜坡上有土；"被"是小被子，盖在人身上，"衣"是穿在人身上的。可是"皮"本义指兽皮，这个字义跟"波、颇、坡、被"的字义毫无关系，得假定为声旁。古音学家研究周秦时期的语音，"皮"和"波、颇、坡、被"在当时果然能押韵，说明它们的韵腹和韵尾是相同的。"皮"和"波、颇、坡、被"的语音，声母相同、相近，为什么韵母相差这样远呢？结论只有一个："皮"和"波、颇、坡、被"的韵母古今发生了大变化，其实声母、声调的变化也不小，不过需要做严密的研究才可以看得出来。很多人都知道魏晋南北朝到隋唐，汉语共同语有平、上、去、入四个声调，可到了现代普通话，汉语却是阴平、阳平、上声、去声四个声调。普通话的这四个声调不是自古就如此，而是中古的四声到了后来演化成了普通话的四声。唐宋之际，汉语声母有所谓"三十六字母"一说。古人没有音标符号，只好用一个汉字代表一个声母，叫字母。三十六字母，表明唐宋之际共同语的声母有三十六个，但普通话只有二十二个声母，这二十二个声母跟三十六字母代表的三十六个声母有继承关系，为什么不同？因为声母发生了变化。汉语语音的发展，不但声韵调的语音类别会变化，而且具体读音也会变化。"莒"字，今天北方方言是撮口呼的字，来自早先的合口呼，发音时嘴巴是撮圆的；但有材料表明，它在春秋时期是读开口字，嘴巴张得大开，韵腹可能是个 a。《吕氏春秋·重言》记载，春秋时齐国旁边的小国莒国不太听齐国的话，齐桓公很生气，跟谋臣管仲密谋进攻它，但是另一个大臣东郭牙善于察言观色，判断齐桓公和管仲是密谋进攻莒国，于是将齐国的计划捅了出来。东郭牙得出结论的一个理由是，他尽管不知密谋详情，但是他远远看见齐桓公手指头指向齐国东南方的莒国，说到某一个重要的字时嘴巴"呿（qū）而不唫（jìn）"。这是对"莒"字实际读音的描述，"呿而不唫"意思是口张开而不闭住，东郭牙由此断定是"莒"字。另一部古书《韩诗外传》卷四叙述得更好懂，说到东郭牙的话是："君东南面而指，口张而不掩，舌举而不下，是以知其莒也。"可见自春秋至秦、西汉，"莒"的韵母是个开口字，后来才变成合口、撮口。稍微比较一下各地的方言就可以知道："一、儿"各地读得五花八门。为什么会这样？如果我们承认今天汉语各地方言都由原始汉语变来的话，那么只能承认：原始汉语在历史长河中变到各地方言，语音一定发生了变化，所以才有各地不同的方音。语音要借助自然界的声音，声音具有物理、生理基础，但是语音要受社会节制，本质上是社会现象，凡是社会现象都必然随着社会的变化而变化，因此语音必然会随着社会的变化而发生改变，这是不以人的意志为转移的事实。

三、阅读文言诗文必须懂得古今字音具有系统性的差别

阅读文言诗文，必须紧绷古今音异这根弦。如同汉语各方言都有各自的语音系统一样，历代汉语的语音都有系统性差别，是一种客观现实。这种差别表现在声韵调以及它们的配合关系上。因此，我们应该懂得：汉语历代的语音系统不可能通过现代汉语方言完整地类推出来，要了解历代语音，只能依靠反映各代语音的材料，采用正确的方法加以考订。考订历代语音及演变规律，早已成为一门学问，叫音韵学。三国时期曹魏有一位学者叫李登，写了一部书，叫《声类》，这是研究当时语音系统的著作，可以算作我国音韵学的发端，可惜这本书今天已经失传了。此后，历代都对汉语语音进行研究，有一些尖端性研究成果。经过一千七八百年的积淀，这门学科弄清楚了历代语音的许多问题，对历代语音基本有了大致的了解。学者们利用韵文、形声字、假借、异文、古代注音、联绵字、后代方音、汉语历代与其他语言的译音等反映历代语音信息的材料展开研究，有相当多的研究成果实际上是调查了当时、当地的语音而形成的，更加可信。魏晋以来的一些按韵编排的字书，以及一些连续性的声韵调配合的图表就是这样。隋代有一位叫陆法言的先生，写了一部《切韵》，完整反映了南北朝后期到隋唐的共同语语音。唐朝科举考试，分常科和制科两个科目，常科又分秀才、明经、进士等科目，明经、进士两科是最重要的科目，进士科最难，最为人看重。进士科考试时需要作一首诗，指定按照《切韵》分韵来押韵。如果"落韵"了，就不予录取。因此，《切韵》从唐代开始，就极受重视，是作近体诗的押韵标准，即使作古体诗，也会不同程度受它的影响。《切韵》在唐五代有很多增订本，以致《切韵》这本书都被这些增订本取代了，没有传下来。北宋时在《切韵》及唐五代增订本基础上重修的《广韵》《集韵》是最耀眼的增订本，阅读南北朝以后的文言诗文，特别是诗赋，必须参考它们。魏晋至明清，传统的汉语音韵学分为三个分支学科。有今音学，研究以《切韵》系统为代表的南北朝至隋唐的音系；有古音学，研究先秦两汉的音系；有等韵学，导源于解析《切韵》系韵书，包括等韵图，这本是为方便人们拼切古代反切注音而制作的一种连续性的声韵调配合表，由此引发对各种语音的发音和听觉方

面的探讨，这些都是等韵学的内容。传统音韵学的成果瑕瑜互见，今天一些严谨的学者，非常注重吸收当今其他相关学科科学、有用的知识，继续研究这门学问，使这门学问在科学性上跨越一大步。这些新成果，对文言诗文的阅读很有帮助，我们也应该认真继承。尽管汉语音韵学的成果丰富，阅读文言诗文时必须了解、要掌握，但由于有一定难度，近乎自然科学，远没有古代文学作品那样形象、有趣，因此一般的文言诗文阅读者舍不得花力气了解它；很多人即使有所涉猎，也往往蜻蜓点水，没有虚心涵泳，没有系统地掌握它。因此中小学语文教学中常常略过不讲，或者糊弄过去，以至于社会上对于文言诗文阅读中涉及古代语音的内容，不免有一些歪理、谬说。很多人在阅读文言诗文碰到古音问题，企图通过猜谜的方式去解释其中的古音；有时候我们见到书肆上有些文言诗文的注释，注释者并没有古代语音研究的根基，为了使自己猜测的某种解释被人相信，也会说到某字"古音某"，某字和某字在古音中是"一声之转"，但并没有严格的研究手续，常常信口开河，我们千万不能误以为是，必须保持警惕。既然从中小学语文开始，就有文言诗文的内容，而要学好文言诗文，必然需要音韵学知识，因此，语文老师除了应该具有一定的文字学、训诂学基础，还应该具有一定的音韵学基础。为了打好音韵学基础，可以系统阅读一些像王力先生《汉语音韵学》一类权威性的音韵学教材，学会使用《广韵》《集韵》《汉字古音手册（增订本）》一类的工具书，科学运用到解决文言诗文阅读中出现的语音问题上；同时，对学生讲授文言诗文时，碰到古代语音问题，应该给予他们科学引导，使学生知其然，又知其所以然。

四、知道汉字字音古今有变化的一些具体作用

下面举例谈谈知道汉字古今字音的变化，对于我们正确阅读文言诗文有些什么具体作用。主要谈以下几点。第一点，能帮助我们校勘一些文言诗文的错字，知道后人对一些文言诗文的改动。例如，贺知章的《回乡偶书》其一："少小离家老大回，乡音无改鬓毛衰。儿童相见不相识，笑问客从何处来。"这是一首七绝，按要求，"回、衰、来"处在押韵的位置上。"衰"是异读字，如果"衰"作"衰老，衰白"和"衰减"讲，在唐朝就不能跟"回、来"押韵，但这首诗只能作"衰老，衰白"讲；"衰"还指古代的一种丧服，这个字义相配的读音能跟"回、来"押韵，但"一种丧服"的字义在上下文中讲不通。所以按照"衰"古代的音义配合关系去理解这首诗，都无法将它讲清楚。其实，贺知章这首诗经过了宋代以来的很大改动，我们只谈"衰"字，这个字原来写作"腮、鬡"，记录的是同一个词，指胡须很多的样子。宋孔延之（1013—1074）

《会稽掇英总集》载贺知章《回乡偶书》其二前两句作："幼小离家老大回，乡音难改面毛腮。"赵令畤（1051—1134）《侯鲭录》卷二："四明狂客贺知章《回乡偶书二首》……又云：'幼小离家老大回，乡音难改面毛腮。'"作"腮、鬓"，不仅见于北宋人所引，而且在上下文中文从字顺，跟"回、来"能押韵，所以《回乡偶书》原文作"腮、鬓"，不可能作"衰"。第二点，能帮助我们对版本的异文加以科学取舍。例如，白居易的《琵琶行》，开头有"浔阳江头夜送客，枫叶荻花秋瑟瑟"，"客、瑟"处在押韵的位置上。宋代以来，《琵琶行》的"瑟瑟"，又有"索索（槭槭、摵摵）"的异文，"索索"和"槭槭、摵摵"记录的是同一个词。这说明《琵琶行》早期的本子并没有定作"瑟瑟"，理论上，白居易原诗可能作"瑟瑟"，也可能作"索索（槭槭、摵摵）"，不可能既作"瑟瑟"，又作"索索（槭槭、摵摵）"。我们不能不加论证，武断地选择"瑟瑟"，那种做法没有根据，是不科学的。经过研究，"瑟"和"客"在唐代韵腹和韵尾都相差很远，不能押韵；"索索（槭槭、摵摵）"跟"客"韵腹和韵尾相同，可以押韵。可见，白居易原诗一定作"索索（槭槭、摵摵）"，不可能是"瑟瑟"，作"瑟瑟"是后人改的。没有唐代语音方面的知识，就无法对异文做出正确而必要的选择，只能"想当然耳"。第三点，能帮助我们了解古诗的押韵和平仄以及语音方面的技巧安排。例如，杜甫《八阵图》："功盖三分国，名成八阵图。江流石不转，遗恨失吞吴。"这是一首五绝，"图、吴"今天都读阳平，但唐代不分阴平、阳平，都是平声；按五绝的要求，"国、失"是仄声，今天分别读阳平、阴平，其实这首诗"国、八、石、失"都是古代入声字，当然是仄声，完全符合五绝的平仄要求。杜甫前面两句还安排了语音技巧，"功盖"声母相同，"名成"韵母和声调相同，直到今天也是这样。如果对古代语音不了解，就不能正确了解《八阵图》的这些语音现象。第四点，能帮助我们加深对古书假借的认识。读文言诗文，经常碰到假借字问题。有些假借字跟它的本义今天读音相差很远。遇到这种情况，喜欢刨根问底的同学可能会纳闷：读音这么远，怎么会假借呢？不是说假借字跟它的本义之间要音同、音近吗？有这种疑惑是可以理解的，但产生疑惑的立足点有问题，是站在我们今天读音的立场上去谈音同、音近的，古人假借某字时，不可能知道我们今天是否音同、音近，只能根据古代的读音状况使用假借字。例如，《诗经·豳风·七月》："八月剥枣，十月获稻。""剥"不能讲成剥皮的"剥"。书上说，"剥"假借为"攴"，意义是"击打"。今天"剥、攴"声母相近，韵母可不近，但说"剥"通"攴"，是指《诗经》时代的相近，不是指今天读音相近。一查《汉字古音手册（增订本）》就知道，上古"剥"是帮母屋部，"攴"是滂母屋部，能说读音不近吗？第五点，能帮助我们正确释读文言诗文用字、用词和字义。苏轼《赤壁赋》有："西望夏口，东望武昌，山川相缪，郁乎苍苍，此非孟德之困于周郎者乎。"其中的"缪"，有人注音为liáo，注释说："同'缭'，盘绕、围绕。"这个注释缺乏有力的事实支撑。"缪"字《集韵》有一读是居虬切，折合成今音是jiū，不是liáo。这个"缪"也写作"纠"，指"纠结，纠缠"，跟"缭"的词义相近。"缭"和"纠"是两个不同的词，我们不能将不同的用词搞混了，《赤壁赋》原是取"纠"这个词来组织文章的，"山川相缪"指山川纠结、缠绕在一起。理由是：《赤壁赋》从宋代开始就有很大影响，后人多化用它的一些句子，包括"山川相缪"，"山川相缪"的"缪"还多押韵，不是按"缭"这个音押韵，而是按"纠"这个音来押。例证很多，这里只举一例，宋朝刘将孙《沁园春》："壬戌之秋，七夕既望，苏子泛舟。正赤壁风清，举杯属客，东山月上，遗世乘流。桂棹叩舷，洞箫倚和，何事呜呜怨泣幽。悄危坐，抚苍苍东望，渺渺荆州。客云天地蜉蝣。记千里舳舻旌帜浮。叹孟德周郎，英雄安在，武昌夏口，山水相缪。客亦知夫，盈虚如彼，山月江风有尽不。喜更酌，任东方既白，与子遨游。"这首词上、下片分别是"秋、舟、流、幽、州"和"蝣、浮、缪、不、游"，可见"缪"读jiū，不读liáo。《赤壁赋》的"缪"不当解为"缠绕"的"缭"，当解为"纠缠，纠结"的"纠"。不明白"缪"的异读，不研究"山川相缪"的押韵，就会将苏轼用"缪"所记录的是哪个词误会了。第六点，能帮助我们通过字音认识字义。在古代，有些字不同读音是区别字义的，今天的口语，有的异读消失了。知道古代某字的这个已经消失的读音，不仅是了解它的读音，保留旧读的问题，而且知道它在古代该取什么字义。有人将这种异读误会为只是个注音问题，按照这种认识来正音，片面追求跟《现代汉语词典》读音相同，是很偏狭的。例如，唐王昌龄《出塞》是一首七绝，其中有"但使龙城飞将在，不教胡马度阴山"，按七绝的格律要求，"将"读仄声，"将"的仄声读法是去声，字义是"将军，将帅"，是名词；"教"读平声，这个读音古代字义是"使，令"，是动词。因此，《出塞》"将、教"的字义就通过读音显示出来了。

五、纠正一般人读文言诗文时对于古音的一些糊涂认识

很多人对古音很陌生，读文言诗文时对古音产生一些糊涂认识，这必须纠正。教师不能将这些糊涂认识作为一种知识传递给学生，学生们不能将这种糊涂认识作为一种阅读文言诗文的理念深入脑髓。其中一种是自我作古。例如，明郎瑛注意到今传《回乡偶书》的"衰"跟"回、来"押不上韵，他的《七修

类稿》卷二十七《辩证类》说贺知章是按先秦古音押韵的，"'少小离家老大回，乡音无改鬓毛衰。儿童相见不相识，笑问客从何处来。'……注曰：'衰'字出四支韵。殊不知此诗乃用古韵。"郎瑛对先秦古韵没有什么研究，他的这个说法缺乏有力的证据，是猜测，当然靠不住。刘禹锡的《乌衣巷》："朱雀桥边野草花，乌衣巷口夕阳斜。旧时王谢堂前燕，飞入寻常百姓家。"在唐代，"花、斜、家"押韵，《广韵》中都是麻韵。普通话中，"斜"跟"花、家"押不上韵。有人将"斜"改读为 xiá，找理由说："斜"读 xiá 是古音。可是没有拿出证据。你怎么知道"斜"的这种读音是古音？你不能因为"斜"跟"花、家"押韵，就自我作古地断定："斜"读 xiá 是古音。我们知道，唐代近体诗押韵比较保守，那时候平声还没有分化为阴平和阳平，你怎么知道"斜"唐代读阳平呢？再一查唐宋时的三十六字母，"斜"是邪母，邪母跟"从"字的声母发音部位相同，变成普通话的 x，不会早于明末，因此说"斜"读 xiá 是古音，这是徒腾口说。

自我作古者得出的结论不能接受事实的检验，于是又找托词：古人用的是古代方音。但是你怎么知道是用了古代方音呢？这不是狡辩能解决问题的，说它用的是古代方音，这仍然是需要有事实根据的。例如，明朝焦周《焦氏说楛》卷七："衰亦音鬌。贺监诗：'乡音无改鬓毛鬌'，今吴语尚谓衰为鬌。"他说"今吴语尚谓衰为鬌"，怎么能证明唐代也是这样呢？科举考试以后，文人押韵，往往不用方音组织诗文的押韵，尽量用通语或按韵书分韵来押韵，所以很难从唐代诗歌中考证出唐代方音。焦周说贺知章"衰"是按唐代吴语来押韵，完全是一种猜测，失于考证。还有一种做法是说某方言某个字整个字音读的是上古音或中古音。我们说，后代的方言不可能原封不动地保留古代某时的语音。只是古代语音在不同地域发展不平衡，有的变得快一点，有的慢一点；有的或声母或韵母、或声调更多地保留古代的某些音素，很难将原来的声韵调都完整地保留下来。例如，上举《乌衣巷》的"斜"，有人看到成都、温州、长沙、南昌、梅州、厦门、潮州、福州、建瓯等地能够跟"花、家"押韵，就说这些地方"斜"读的是唐代的音。这是毫无根据的说法，你怎么知道这些方言"斜"整个字音都保留了唐代的音？如果说韵母的主元音跟"花、家"能押上韵，就是这个字音保留唐代读音的话，那么你怎么知道这些方言声母、介音、声调从唐代到现在没有发生变化？根据何在？从实际音值角度说，即使某些诗歌今天读起来也能押韵，也不能证明语音没有发生变化。有些音素的确发生变化了，但都变成同一个音值，这就能导致音值发生很大变化，而按新产生的音值来读，也能押上韵。例如，柳宗元《江雪》："千山鸟飞绝，万径人踪灭。孤舟蓑笠翁，独钓寒江雪。"按普通话来读，"绝、灭、雪"能押韵，都是无韵尾的韵，只是"绝"阳平，"灭"去声，"雪"上声，声调不同。可是稍微一查《广韵》就知道，这三个字都是入声薛韵字，按音韵学家们的共识，它们是有入声韵尾 t 的，跟今天的韵母读音差别很大。由此可见，我们不能因为某一个诗歌的韵脚字能按你的方音读起来和谐，就说你的方音保留了某个时代的读音。猜测是没有用的，你还得关注历代的客观语音事实，还得亲自实践，任何取巧的办法都不行，再不济也得考察一下《广韵》一类的书。有人知道将"斜"改读为 xiá 没有什么科学依据，但他们坚持采用南北朝以至宋元盛行的"叶音说"，以为临时改读能照顾到押韵的和谐。这是一种值得讨论的做法。叶音说不科学，但它从南北朝到元明时期都比较流行，成为一种传统。到明朝，陈第等人根据有力的证据证明叶音说是错误的。如果接受陈第等人的理论，读古诗时就不能采用叶音的办法，这又是一种新传统。这就是《乌衣巷》的"斜"是应该读为 xié 还是要改读为 xiá 会引起争论的历史原因。主张读 xié 或 xiá 的都大有人在，都头头是道地举出一大堆理由，事实上是两种传统在起作用。笔者赞成读为 xié，是倾向于陈第等人以来的新传统，但同时认为改读为 xiá 的，是继承了"叶音说"的传统，因此也有他们的历史源头。还有一点，就是：古人对古书所作的注音有些是实际语言中根本不存在的读音。有人没有看出这一点，将它们误会为古音。"叶音说"的信奉者所注的"叶音"实际上多是假想的音，"南"从上古到今天，本来都是没有 i 韵头的音，但南北朝时有人为了解释《诗·邶风·燕燕》"燕燕于飞，下上其音。之子于归，远送于南。瞻望弗及，实劳我心"中"音、心"和"南"押韵和谐，将"南"注音为"乃林反"，也就是相当于今天读成 nín 之类的音，这是汉语实际语音中不存在的音。明代以后，人们批判了叶音说，认为"叶音即古音"，这当然是进步，但古音学家注古音时，往往只注意一个字跟上下文押韵的部分的考证，忽视声母和韵头的科学研究。注古音必须给整个字注音，于是有时候对声母、韵头在没有可靠证据的情况下，做不合音变规律的改动，这也会产生实际语言中不存在的读音。例如，清代顾炎武《唐韵正》说"江"字"古音工"，"江"字在古音中不可能跟"工"同音，否则为什么同一个音后来变成不同的音呢？再说，语音一发即逝，顾炎武怎么知道"江"字"古音工"呢？在韵部考察方面有上古材料为证，在声母、韵头方面也得要有上古材料做证明，不能仅凭猜测；如果说，"江"是拿"工"作声旁，所以要读成"工"的音，那么这理由站不住：因为读音相近的字也可以用作某个字的声旁，形声字不要求跟作声旁的那个字同音。《康熙字典》的注音，在一般情况下都会将这种人造读音剔除，但有时候却做得不好，将这种人造读音作为一

个音项写进字典中，例如，《艸部》"芼"有一个注音："又音莫。《诗·周南》
'左右芼之'，叶下'乐'韵。"这个音项立得不正确，"芼"没有读"莫"的那
种音，《康熙字典》实际上注的是人造的"叶音"或"古音"。清沈德潜《唐诗
别裁》将贺知章《回乡偶书》"乡音无改鬓毛衰"的"衰"改成"摧"，注释
说："原本'鬓毛衰'。衰入四支，音司；十灰中衰音缞，恐是摧字之误，因改
正。"他说平水韵四支韵的"衰"是"音司"，是实际上不存在的音，注成"音
司"有些随意，可能受到一点清代吴地方音的影响；四支韵的这个"衰"，折合
成今普通话，应该是 shuāi，不是 sī，沈氏是受后代读音影响而注的音。如果将
沈德潜的这个注音误会为实际存在的音，去胡乱推阐，那就强不知以为知，犯
了知识性错误。

（原载《小学语文》2021 年第 6 期，转载于《小学语文教与学》2021 年第
11 期）

古代汉语与现代汉语

【本文提要】古代汉语，跟现代汉语相对，是古代汉民族的语言，包括文言和白话。虽然文言的正统地位已被现代白话文取代了，但是我们仍然需要学习和研究古代汉语。本文结合语音、词汇、语法等方面的具体例证，讨论古代汉语在现代汉语的学习、研究以及运用中的作用。文章指出：要想学好古代汉语，我们必须把感性认识和理性认识有机地结合起来，多念古文，做到字、词、句落实，逐步升华到理性上去理解，把握其言外之意。

　　古代汉语，跟现代汉语相对，是古代汉民族的语言。我们今天接触到的，是它的三千多年来的书面语，包括文言和白话。所谓文言，是以先秦口语为基础形成的上古书面语，以及用这种书面语写成的作品中的语言；也指用文言写成的作品。可以把用文言写成的作品称为文言文。所谓古白话，是六朝以后在北方话基础上形成的一种书面语，这是现代汉语的直接源头；也指用古白话写成的作品。可以把用古白话写成的作品称为古白话文。现代汉语，这里指现代汉民族共同语——普通话。它以北京语音为标准音，以北方话为基础方言，以典范的现代白话文著作为语法规范。

　　现在，古代汉语已被现代汉语取代了，文言的正统地位已被现代白话文取代了。但是我们仍然需要学习和研究古代汉语。专门和古籍打交道的人自不必说，因为他们需要借助古代汉语写出的典籍来研究中国古代的文化。

　　我们现在是说作为非专业人员也要学习古代汉语。一方面，在某些场合，我们还很有读写古文的必要，例如游览名胜古迹，常常接触到文言；写对联，常常用到古代汉语。另一方面，人们对客观世界的认识是无止境的，我们需要借鉴人类已有的认识成果，包括中国古代人的研究成就，这就需要我们现代人学习、研究古代典籍，这也就是说需要学习、研究古代汉语。再说，语言是发展的，现代汉语对古代汉语有继承，有发展。要想高效率地学习和运用好现代汉语，必须学习、研究古代汉语；很难想象，一个人，他对汉语的历史缺乏了解，却能对汉语的现状有透彻的了解。

下面结合具体例证，谈谈古代汉语在现代汉语的学习、研究以及运用中的作用。

一、语音方面

现代汉语语音是由古代汉语发展来的。当我们对汉语语音发展的历史有清晰的了解时，才谈得上对它的现状有较深刻的认识。

汉语音节一般由声母、韵母、声调三个部分构成。韵母又可分为韵头（又叫介音）、韵腹（又叫主元音）、韵尾三个部分。并不是每个汉语音节都由这几个部分组成，其中韵腹和声调是每个音节必须具有的，声母、韵头、韵尾可以缺一、缺二，甚或缺三。现代汉语普通话的音节结构方式可以从下面的表中看出来：

例字 \ 结构方式	声母	韵母		韵尾		声调
		韵头（介音）	韵腹（主要元音）	元音	辅音	
鹅 é			e			阳平
蛙 wā		u	ɑ			阴平
哀 āi			ɑ	i		阴平
歪 wāi		u	ɑ	i		阴平
烟 yān		i	ɑ		n	阴平
孤 gū	g		u			阴平
寡 guǎ	g	u	ɑ			上声
看 kàn	k		ɑ		n	去声
窗 chuāng	ch	u	ɑ		ng	阴平

没有韵尾或以元音收尾的音节，叫开音节；以辅音收尾的音节，叫闭音节。现代汉语普通话中，开音节占多数。这一特点，跟古代汉语相比就可以看出来。中古有一部韵书，叫《广韵》。这部韵书按平、上、去、入四声分韵，共分成

206 个韵。同韵的字，除了声调相同外，主要元音和韵尾（如果有韵尾的话）相同，不同声调、主要元音和韵尾的字，就归不同的韵。《广韵》代表了隋唐时期的读书音系统。206 韵中，入声韵占 34 个。中古的入声韵，以［-p］、［-t］、［-k］这三个塞音尾收尾，今天的广州话还保留这三种韵尾。例如广州话"劫"读［kip］，"缺"读［kʻyt］，"觉"读［kɔk］。中古的入声韵变到北京音系中，全部派入了阴声韵中，有的没有韵尾，有的有元音韵尾。事实上，跟中古比起来，北京音系中鼻音韵尾也在减少。《广韵》中有三种鼻音收尾的韵：［-m］尾，共 27 韵；［-n］尾，共 40 韵；［-ŋ］尾，共 35 韵。普通话中，［-m］尾都归并到了［-n］尾。今天的广州话中，中古的［-m］尾基本上还保留着，而在普通话中都读成了［-n］尾。例如"喊"，广州话读［hamˀ］，而普通话读［ˁxan］；"店"，广州话读［timˀ］，而普通话读［tiɛnˀ］；"检"，广州话读［ˁkim］，而普通话读［ˁtɕiɛn］。由此可见，了解了古代语音，对于我们认识现代汉语的音系及其特点是很有帮助的。

历史上有一种通过音节中声调的变化构造意义有联系的新词的现象。这种构词现象构出的新词，有些还成对地保留到现代汉语普通话中。例如：

好 hǎo　美好：好 hào　爱好

空 kōng　空虚：空 kòng　腾出来，使……空

处 chǔ　居住：处 chù　地方

铺 pū　铺设：铺 pù　床铺

这些成对的词，直到今天仍然只是声调有差别。但是有些成对的词在现代汉语普通话中差别很大。例如：

恶 è　凶恶，不善：恶 wù　厌恶

宿 sù　住宿：宿 xiù　星宿

塞 sè　堵塞：塞 sài　边塞

度 duó　推测，估计：度 dù　限度

一个词滋生新词时，新词跟旧词之间语音不可能相差太远。可是现代汉语中，这些成对的词语音相隔太远。这种现象怎么解释？需要有古代语音的知识。在上古音中，这些词声母和韵母是相同的，只是声调有差别：

恶 ［ǎ］凶恶，不善：恶 ［ā］厌恶

宿 ［sĭəuk］住宿：宿 ［sĭəuk］星宿

塞 ［sək］堵塞：塞 ［sək］边塞

度 ［dāk］推测，估计：度 ［dák］限度

中古以后，这些成对的词的读音因为韵尾、声调的影响，变得相差甚远。

现代汉语的词大都以双音节构成，这是历史形成的。有一些双音词，两个音节之间在语音上有关系。由于这部分双音词是在汉语史上的各阶段逐步形成的，因此应联系各阶段的音韵特点进行分析，不能以今律古。我们先谈联绵词。所谓联绵词，是由两个音节构成的不能拆开来解释的一种单纯词，例如"辗转""徘徊""蜘蛛"等都是。联绵词先秦已产生，此后，历代都产生了新的联绵词。许多联绵词一直沿用到现代汉语。要想了解现代汉语仍在使用的联绵词，就应该了解各联绵词产生时代的语音状况。例如"匍匐"今天是叠韵，都是[-u]，但是这两个音节古代却是双声，都是[p-]，至于韵母则相差甚远。普通把联绵词两音节在语音上的联系分为四种：

1. 双声兼叠韵。例如：辗转、契阔。
2. 双声。例如：参差、忐忑。
3. 叠韵。例如：从容、烂漫。
4. 非双声叠韵。例如：蟋蟀、鹦鹉。

由于上古汉语有声调，因此上古汉语的声调对联绵词的两个音节也有一定的制约作用，表现得最明显的是有叠韵关系的联绵词。其中双声兼叠韵关系的联绵词都同声调，例如"辗转""缱绻"都是上声，"契阔"是入声；叠韵联绵词同声调的情况估计达到97%以上，例如"逍遥、婆娑"都是平声，"龃龉、宛转"都是上声，"烂漫、睥睨"都是去声，"蹩躠、苜蓿"都是入声。

先秦时期已经出现了联合式的复合词。汉语史上，各时代都产生了一些联合式的复合词。这些词，有的沿用至今，例如"朋友、荒芜"等。从意义上讲，有的是两个语素义同或义近，例如"身体、语言"；有的是两个语素反义，例如"动静、横竖"；有的是两个语素意义相类，例如"饮食、歌舞"。从语音上说，联合式的复合词有的两个语素属于同声调的，有的属于不同声调的。要检验两个语素之间的声调状况，应从这个词产生时代的声调系统来做研究。当构成联合式复合词的两音节不同声调时，常常是按平上去入的顺序排列。例如：

平上：乡里、光景、深广、朋友。

平去：依附、空旷、丞相、灾害。

平入：风格、功德、危急、人物。

上去：宠爱、感悟、缓慢、巧妙。

上入：饮食、闪烁、养育、堵塞。

去入：跳跃、咎啬、教育、爱惜。

知道了古代的声调，我们对古代出现、现代汉语仍在沿用的联合式复合词的语音结构就会了解得更加真切。

先秦开始的汉语双音词，根据每一个双音词是否叠音词，可以分成两种：一是叠音词，前后两个音节同音，例如"关关、青青、猩猩"等，反映到汉字上，记录叠音词的前后两个字是用同一个汉字。二是非叠音词，既有单纯词，也有合成词，例如"盘桓、正直、地震、桌子"等。汉语的非叠音词，每一个词的前后两个音节几乎不同音，像上面所举的四个例子，前后两个音节都不同音。就现代汉语的这个共时系统看，有个别例外，例如"逝世"，"逝"和"世"同音；"世事"，"世"和"事"同音。但是这些两音节同音的非叠音词，在它们产生的时候，前后两音节是不同音的。因此，我们要看非叠音词前后两个音节是否同音，得从这个词产生时候的语音系统来观察，这就需要我们具有古代音韵的知识。知道古代非叠音词的这种语音构成特点，对于汉语语音、词汇、语法的研究意义重大，对于语言符号的特点的认识也很有意义，详细的分析可参孙玉文《汉语双音词两音节之间语音异同研究》（载《语文研究》2013年第2期），这里不做具体分析。

语音不但对双音节词有一定的制约作用，对一些四音节的词也有制约的作用。请看下面一些例子：

滴里嘟噜 dī·lidūlū

嘀里嘟噜 dī·lidūlū

噼里啪啦 pī·lipālā

我们以每个词前后两个音节各为一组，可以看出这种构词方式有如下语音特点：1. 各组内部都叠韵；2. 第一个音节和第三个音节双声，第二个音节和第四个音节双声。但是下面的例子有例外：

叽里咕噜 jī·ligūlū

叽里呱啦 jī·liguālā

叽里旮旯 jī·ligālā

稀里糊涂 xī·lihútú

稀里哗啦 xī·lihuālā

例外在于第一个音节和第三个音节不是双声。其实这本不是例外，联系古代的语音很好解释。原来，古代"叽"不读 j [tɕ-]，读 g [k-]；"稀"不读 x [ɕ-]，读 h [x-]。"叽"和"咕""呱""旮"，"稀"和"糊""哗"都是双声。后来 g [k-]、k [k'-]、h [x-] 跟 i [-i] [-y] 相拼时，才分别变成 j [tɕ-] q [tɕ'-] x [ɕ-]，于是这几个词中第一个音节和第三个音节声母就不同了。

汉语联合式成语构成，声调也起了很大作用。这种类型的成语，一般是四字格，前两个音节是一个节拍，后两个音节是一个节拍。古代汉语有平上去入四声，古人又归入平仄两大类，平声归平，是平直的调子；上去入归仄，是不平直的调子。联合式成语的构成，很多都符合这样的平仄规律：

平平仄仄：平心静气、深谋远虑、山珍海味、眉开眼笑

仄平仄仄：巧言令色、正颜厉色、日新月异、水深火热

了解古代的语音，对于追溯现代汉语词的来源和研究现代汉语的词义和词素义都有作用。

关于追溯现代汉语中词的来源，例如"喂"，词义是"给动物东西吃，饲养""把食物送到人嘴里"。这个词是怎么来的？这需要古代语音的知识。上古汉语有一个词"委"，其词义是"积贮，聚集"，这是动词用法，读上声。由这个词生出一个新词，义为"聚集起来的粮食和柴火，喂牲口用的草料等物，用来供养人或周济供养人或喂牲口等"，是名词用法，读去声。由"委"的这个名词用法又生出一个新词，义为把"聚集起来的粮食和供炊饭用的柴火、喂牲口用的草料等物，用来供养周济供养人或喂牲口"，是动词用法，仍读去声。由此引申为"喂养动物，饲养"；再引申为"把食物送到人嘴里"。喂养的"委"又作"萎、餧、餵、喂"等形。作"萎、餧"等容易理解，因为它们都是以"委"作声旁的形声字；至于"餵、喂"，都是从"畏"得声，跟"委"在古代是否音同或音近？是的，"畏"在中古和近代跟"委"是音值相同或相近的。

古代的假借字有些沿用到现代汉语。对这种假借用法不能望文生义，应联系古音读出本字。例如"雕虫小技"的"雕"，从字形结构来分析，它从"隹"，周声，是个形声字。从"隹"，说明它跟"鸟"有关。雕是一种猛禽，嘴呈钩状，视力很强，腿部有羽毛。但"雕虫小技"的"雕"不能按这个词义来理解。《汉语成语小词典》："雕：雕刻。虫：指鸟虫书，我国古代篆字的一种，笔画形状像虫鸟。雕虫：雕刻鸟虫。比喻小技或微不足道的技能（多指文字技巧）。""雕"为什么会有"雕刻"义？原来它是"彫"字的假借。据《说文》："彫，琢文也。从彡，周声。"可见"彫"是为雕刻的"雕"造的专字。"雕""彫"古代已是同音字，所以可以借"雕"字来书写。

古代语音研究不但对现代汉语语音、词汇研究有很大价值，而且对汉语规范化的理论和实践都有意义。这里就普通话正音工作来谈。古代有些字，今天已经不用了，但是偶尔还用得着，我们应该知道它的读音。要知道这些字的读音，唯一的办法，就是依音变规律把它们折合成现代读音。例如"鶗鴂"这两个字该怎么念？中古的韵书《广韵》，"鶗"注为杜奚切，跟"蹄"同音；"鴂"注为古穴切，跟"决"同音。《现代汉语词典》将"鶗鴂"注为 tíjué，就是根

据古书注音对应来的。有时候，某个字有两个不区别意义的异读，其中一读是从古代规则性地变来的，我们就取此读作为标准音。例如北京土话中"波"有bo、po两读，按审音原则，应取其中一读作为标准音。《广韵》"波"为博禾切，折合成今音，该读bo，全国绝大多数都是读成不送气的b［p-］，就采bo为标准音。这样的例子还可以举出很多。可以肯定地说，汉语普通话的正音工作离不开古代语音的研究。

二、词汇方面

现代汉语词汇系统是由古代汉语发展来的。当我们对汉语词汇发展的历史有清晰的了解时，才可以说对它的现状有较深刻的认识。

拿古今汉语词汇系统做比较，可以看出，有一些词古今都在使用，例如"风""雨""星""水""山""心""手""东""西"等。另外有些词，古代曾经使用，现代不用。例如"馘"（guó），指割下敌人的左耳；"骐"（qí），一种青黑色的马；"仓庚"，今天叫黄莺；"紘"（hóng），系在冠冕两侧的带子；"屦"，鞋子。这些词现在已不使用了。还有一些词，古代没有出现，是现代新产生的，例如"电视""飞机""议会""火车"等。古代也有"电视"，指瞪视、怒视，跟今天的电视只是同形关系；古代还有"火车"，指：（一）有火攻装备的战车，（二）运载罪人入地狱的能发烈火的车，为佛家语，这两个词义跟今天的"火车"也只是同形关系。

古今都在使用的那些词，有的古今词义相同，例如"风""雷""霜""雪""云"等。有的词古今词义不同，其中有的是古今词义迥然有别，例如"斋"古指在祭祀或举行典礼前清心洁身（如不喝酒、不吃葱蒜、不与妻妾同住），以示虔敬；魏晋时期，发展出房舍、屋子的意思；今天，"斋"常用作书房、商店的名称，学校宿舍也有叫斋的，这个词义距离先秦时的常用义太远了。有的是古今词义只有微殊，例如"睡"，先秦两汉时只指打盹儿、打瞌睡。《说文》："睡，坐寐也。从目垂。"所谓坐寐，就是坐着打瞌睡。这个"睡"是由"垂"生出的一个词儿，"垂"和"睡"古代声韵完全相同，只是声调有区别。人坐着打瞌睡，眼皮往下垂，所以由"垂"滋生出"睡"这个词。应该注意："垂"指眼皮往下垂，不指头下垂。古人通过"目"的各种表现来判断人是睡着了还是睡醒了，所以很多跟睡眠有关的字都从"目"，不从"首"或"页"。分析古今词义的异同，尤其应该注意古今的人们对事物的不同认识方式。现代汉语中，"睡"的词义扩大了，泛指睡眠。对于古今词义相同的那部分词，由现代汉语往前追溯，我们可以了解现代汉语对古代汉语继承的一面；对于古今词义不同的那部分词，比较古今的异同，我们既可以了解现代汉语对古代汉语的继承，又可以看出其发展。通过古今汉语的对比，可以加深我们对现代汉语词义的认识。

　　同样的客观世界，同样的事物、动作、性状，不同民族的语言可以有不同的分类，形成不同的词义。例如，同样表示同父母所生的男子，英语都叫brother，如果要表达同父母所生的比自己年长的男子，就用词组 elder brother；表达同父母所生的比自己年幼的男子，就用词组 younger brother。《韦氏英语大辞典》《美国传统词典》等英美人编的词典中，brother 不把哥哥和弟弟分成两个义项，只有"同父母所生的男子"这一个义项。但是汉语分成两类，同父母所生的比自己年长的男子叫"哥哥"，古代叫"兄"；同父母所生的比自己年幼的男子叫"弟弟"，古代叫"弟"。不仅如此，同样的客观世界，同样的事物、动作、性状，同一语言的不同历史时期可以有不同的分类，形成不同的词义。比较古今词义的异同，可以加深我们对现代汉族人对于客观世界分类的认识。例如，现代汉语中，"舅"的意思是"母亲的兄弟"。但是古人的"舅"范围要大，《诗·秦风·渭阳》："我送舅氏，曰至渭阳。"这是指母亲的兄弟。《礼记·檀弓下》："吾舅死于虎。"这是指丈夫的父亲。《礼记·坊记》："昏礼，婿亲迎，见于舅姑。"这是指妻的父亲。概括地说，"舅"最初的词义，是指父母同辈的有血缘关系的异姓男子。现代汉语中，"舅"只指母亲的兄弟，词义范围缩小了，丈夫的父亲称为公公，妻的父亲称为岳父。通过"舅"古今词义的对比，我们对现代汉语中"舅"的词义把握得更深入了。对比古今汉语相同的词形解释古今各自的词义时，特别应该注意古今对事物所作的分类的不同，从而准确释义，避免所作的解释失真。

　　掌握古汉语的词义对现代汉语的语法分析也有作用。有这样一些例子（加 * 号表示不能这样用）：

一丈高　高一丈　*一丈矮

三米宽　宽三米　*三米矮

一尺厚　厚一尺　*一尺矮

一米深　深一米　*一米矮

一丈长　长一丈　*一丈短

　　这里的"高、宽、厚、深、长"是不是形容词呢？不是的，它们是名词，是由形容词滋生出来的名词。试比较英语：

high：height（高：高度）

wide：width，broad：breadth（宽：宽度）

thick：thickness（厚：厚度）

deep：depth（深：深度）

long：length（长：长度）

所以汉语中上面的几个词也有可能是其形容词滋生出来的名词。事实上的确如此。在古代汉语中，"高、广、厚、深、长"作形容词时，分别读平声、上声、上声、平声、平声；当它们作"高度、宽度、厚度、深度、长度"讲时，都变成了去声。后来去声读法消失了，但名词用法继承了下来。《现代汉语词典》分别给"高、广、厚、深、长"立有"高度、宽度、厚度、深度、长度"等义项，实际上是不承认上面几个词的那几种用法是形容词用法，而认为是名词用法。这种分析于古有征。

古代汉语以单音词为主，现代汉语以双音词为主。这一点，通过古今汉语的对比可以看出。最明显的，是把一段古文译成现代白话文，字数增多了，古代许多单音词，今天要用双音词来替换。下面是《论语·里人》中一段话的原文和杨伯峻《论语译注》中的译文：

［原文］子曰："君子怀德，小人怀土；君子怀刑，小人怀惠。"

［译文］孔子说："君子怀念道德，小人怀念乡土；君子关心法度，小人关心恩惠。"

原文共用 14 个词，其中 10 个是单音词，只有"君子、小人"（各用 2 次）是双音词。译文也用了 14 个词，只有"说"是单音词，其余 13 个词全是双音节的：

子＝孔子　　　　　小人＝小人

曰＝说　　　　　　怀＝关心

君子＝君子　　　　土＝乡土

怀＝怀念　　　　　刑＝法度

德＝道德　　　　　惠＝恩惠

比较古今汉语词语长度，可以使我们看出古汉语以单音词为主，现代汉语以双音词为主的规律，把握现代汉语词语构成的特点。

古代很多单音词，现代都被双音词替换了。有三种主要情形：

1. 古代的单音词，加上词头或词尾，成为现代的双音词。例如，鼠：老鼠；虎：老虎；舌：舌头；骨：骨头；后：后头。

2. 用古代同义的单音词构成现代的双音词。例如，友：朋友；道：道路；悲：悲伤；赠：赠送；显：明显；集：汇集。

3. 古代的单音词为现代不同的双音词所代替，古代单音词与现代双音词之间没有相同的词素。例如，师：军队；股：大腿；目：眼睛；伐：攻打；乖：

违背。

相应地，古代不少词在现代汉语中常常降到词素的地位。我们知道，词是最小的能够独立运用的语言单位，双音词的词义不等于其中词素义的简单相加，例如"火车"不等于"火+车"，"马路"不等于"马+路"，"肉麻"不等于"肉+麻"，"开关"不等于"开+关"，等等。但是，双音词中词素的意义常起提示词义的作用。知道了现代汉语双音词的词素的意义，将大大有助于对该双音词词义的理解。现代汉语中，有的词素不能独立成词，但它们在古代汉语中却是一个单独的词。要想确切地了解这个词素的意思，就得到古代汉语中寻求答案。

例如，"金"，现代汉语中指金子。但是还有别的字义，作为词素出现在"五金""合金""金属""金汤"等词中。这些"金"不是"金子"的意思，而是"金属"的意思，"五金"就是指金、银、铜、铁、锡这五种金属，泛指金属或金属制品。现代汉语中，"金"作"金属"讲不能独立成词，只能用作词素；但是在古代汉语中，"金"作"金属"讲却可以独立成词。《周易·系辞上》："二人同心，其利断金。"《史记·平准书》："金有三等，黄金为上，白金为中，赤金为下。"均可以为证。"肤"，现代汉语中不能独立成词，但可以用在"皮肤""肤色""肤泛""肤觉""肤廓"等词中。"肤"是什么意思？古代汉语中，"肤"和"皮"是同义词。"肤"指人的皮，"皮"指动物的皮。"皮肤"连用，泛指人和动物的皮肤。

了解现代双音词中词素的意义，对于了解这些双音词的构词特点很有帮助，这需要有古代汉语词义的知识。例如"衣著"，今天作名词用，它的内部结构应该怎样分析？应该是一个动词性的联合结构。"衣"古代有动词用法，义为穿衣服，读 yì。"衣著"（今写作"着"）的"衣"原来读去声，后来才变为平声读法。在古书中，"衣著"本来是一个动词，后来才变为名词。《陈书·姚察传》："吾所衣著，止是麻布蒲练，此物于吾无用。"可以为证。

古代一些词，还保留在某些固定词组中。要想理解这些固定词组的意思和结构，也离不开古汉语词义的知识。例如"箪食壶浆"的"食"，一般成语词典都注为 sì。"食"读 sì 是什么意思？原来"食"读 shí 时，意思是食物；特指构词，义为饭，读为 sì。"箪食壶浆"意思是一箪食，一壶浆，意指百姓犒劳军队。《孟子·梁惠王下》："箪食壶浆，以迎王师。""箪食壶浆"是由"箪食"和"壶浆"这两个偏正结构构成的并列结构。再如"党同伐异"，其中"党"，动词，偏袒；"同"，这里作宾语，跟自己意见相同的人；"伐"，打击，攻击；"异"作"伐"的宾语，指跟自己意见不同的人。"党""伐"的两种用法今天已经不能独立运用了。"党同伐异"是由两个动宾结构组成的并列结构，指结帮分派，偏向同伙，打击不同意见的人。

下面谈谈古代汉语词汇在现代汉语标准语形成和发展中的作用。现代汉语标准语以北京话为基础，但北京话不等于标准语。词汇方面，普通话的词汇以北方话词汇为基础；为了丰富词汇，普通话要从方言、古代汉语和外来语中吸收一些所需要的词。现在，文言文虽然退出了历史舞台，但是文言词汇和典故后面还有一些有生命的东西。吸收进普通话，可以丰富词汇，还可以打破方言的隔阂而为全民所了解。适当地吸收古代的词语，可以使现代汉语的表达简洁匀称，还可以表达庄重严肃的感情色彩，表达幽默、讽刺等意义。事实上，现代汉语标准语中已经吸收了不少古代的词语，例如"上帝、大臣、酋长、公爵、仪仗、矍铄、拜谒、吊唁"等。表达一种概念，现代汉语已经有了某个词语，就不必再用古代的词语来表示它。

要想正确地吸收古语词，就应该对古汉语词汇的知识有所了解。有时候，古代某一个词所表达的概念今天已经不存在了，现在又新起了一种事物跟古代的那个词的词义有些相关之处，我们可以借用来表达这个新概念。例如今天有学位"学士""硕士""博士"。学士，学位中最低的一级，大学毕业时由学校授予；硕士，也是学位的一级，大学毕业生在研究机关或高等学校学习一二年以上，成绩合格者，即可授予；博士，学位的最高一级。其实，"学士""硕士""博士"这几个词并不新，都是从古代取来而赋予新的词义。学士，见于《周礼》等书，指在国学读书的学生。硕士，见于中古，指品节高尚、学问渊博的人。博士，也见于上古文献，本指博通古今的人，后来又发展出一种学官名，六国时开始设置，一直沿用到清代，是古代一种传授经学的官员。不难看出，今天的学士、硕士、博士跟古代的词义完全不同，但是有一定的联系。这种情况，有不少词是尽量利用日本译名。这种吸收旧词的方式，跟词义引申有关，但跟一般的词义引申仍然有不同，是值得注意的。

掌握古代汉语词汇的知识，对于学习、研究、运用现代汉语，作用显然是很大的。

三、语法方面

现代汉语语法是由古代汉语语法发展来的。当我们对古代汉语语法发展的历史有了清晰的了解时，才能说对汉语的现状有较深刻的认识。

跟语音、词汇相比，语法的变化是缓慢的。例如主语在谓语之前，宾语一般在动词之后，从三千年前的甲骨文时代到今天，都是如此。但语法也在变化，古今语法依然有若干差异。比较古今语法的差异，可以使我们更好地把握现代汉语语法上的一些特点，更好地掌握现代汉语语法，并正确地运用它们。吕叔湘先生在《通过对比研究语法》（载《吕叔湘语文论集》，商务印书馆，1983年）中说：

一种事物的特点，要跟别的事物比较才显出来。比如人类的特点——直立行走，制造工具，使用语言，等等，都是跟别的动物比较才认出来的。语言也是这样。要认识汉语的特点，就要跟非汉语比较；要认识现代汉语的特点，就要跟古代汉语比较；要认识普通话的特点，就要跟方言比较。无论语音、词汇、语法，都可以通过对比来研究。

这说法极有道理。我们要知道符号的特点，就要跟其他事物比较；要知道语言符号的特点，就要跟其他符号比较。单纯比较不同的语言，还难以看出语言符号的特点。有人强调，要知道人类语言的特点，就要比较不同的语言，这种认识是有偏颇的。比较当然不是囫囵的比较，它必然是建立在分析和综合的基础之上的。因此，语言共性和个性的研究是紧密相连的，没有离开共性的个性，也没有离开个性的共性，它们是对立统一的关系，不可割裂，不可厚此薄彼。当前我们特别要强调具体语言语法规律的研究。

我们从构词法谈起。上文谈到，古代汉语以单音词为主，现代汉语以双音词为主。三千年前的甲骨文，据有人研究，它的词的构成全是单音节的。这说明，殷商时代的语言中，词的构成都是单音节的。此后，历代都产生了一些双音词，从而形成现代汉语以双音词为主体的格局。在单音词为主的时代（特别是上古），要构造新词，常通过两种方式：一种是通过词义引申分化出新词，可以叫词义构词。例如"田"在甲骨文中有"田猎"和"农田"这两个意义。推测起来，"田"本来是表示田猎的，后来才由"田猎"义引申出"农田"义。因为人类社会是由采集时代到渔猎时代，再经过畜牧时代到农耕时代。到了农耕时代，人们在先前田猎的区域进行种植，"田"引申出"农田"义，分化出一个新词。另一种是通过音节中音素的变化构造出意义有联系的新词，可以叫音变构词。例如"朝"本来是"早晨"的意义，今读 zhāo；古人拜见尊长一般是在早晨进行的，所以引申出"拜见尊长"一义，今读 cháo。"好"本来是"美好"的意义，今读 hǎo；引申出"爱好"一义，今读 hào。"食"本来是"吃东西"的意义，今读 shí；引申出"使吃东西，供养"一义，今读 sì。

单音词的词义构词和音变构词后来不能满足社会的需求，于是从周代起，汉语走上了复音化的道路。复音化的方式有二：一是双音节的音变构词法，形成叠音词，例如"夭夭、灼灼、祁祁"等；又形成联绵词，例如"缱绻、参差、婆娑、滂沱"等。二是结构构词法，采用语词组合方式把两个或两个以上的词素组合起来，代表一个概念。这种构词方式，直到现代汉语中都是最能产的，例如"贫穷、地震、先生"等都是。

现代汉语中，利用结构构词法构造的复合词，当然会采用现代汉语的语法结构方式。例如主谓关系"脑溢血""国有""兵变"等，可以称为表述式；动宾关系"领队""吃香""吹牛"等，可以称为支配式；并列关系"阅读""干净""解剖"等，可以称为联合式；偏正关系"钢笔""文化宫""春耕""晚会"等，可以称为偏正式；动补关系"抓紧""看透""推广"等，可以称为补充式。由于汉语构词的多语素组合的影响巨大，因此有一些词，本来不构成句法结构关系，但由于是不同的词经常在一起连用，也套叠成了词，例如"虽然""所以""从而""至于"等，数量不少。还有些词，是截取古书的一些本不组成结构关系词语，成为一个双音词，例如"弱冠"截取《礼记·曲礼上》"二十曰弱，冠"，借指男子二十岁左右；"而立"截取《论语·为政》"三十而立"，借指三十岁；"旧雨、今雨"截取杜甫《秋述》"秋，杜子卧病长安旅次，多雨生鱼，青苔及榻。常时车马之客，旧，雨来；今，雨不来"，分别借指老朋友、新朋友等。要想真正了解现代汉语双音词的构成及其源流，必须深入古书，求真辨伪，在大量微观研究的基础上才能有所突破。

现代汉语的新创词，不但可以利用现代汉语的语法手段，而且还可以利用古代汉语特有的语法手段。对于这些词结构关系的认识，应结合古代汉语的语法关系来进行。例如，现代汉语中，名词一般不作状语，只有时间名词、处所名词和方位名词可以作状语。这是就词组和句子说的。但是，现代汉语的新创词中，普通名词性的词素可以作另一个词素的状语，这个名词素可以表示工具或凭借（"笔谈""电视""枪毙"），表示比喻（"冰凉""鬼混""雪白"）等。这种构词方式实际上是继承了古代汉语的语法结构关系。古代汉语中，普通名词是可以在词组和句子中作状语的，表示工具或凭借（"箕畚运于渤海之尾""失期，法皆斩"）、对人的态度（"吾得兄事之""齐将田忌善而客待之"）、比喻（"嫂蛇行匍匐""老人儿啼"）等。现代汉语中，普通名词在大于词的语言单位中不能作状语，但这些普通名词作为现代的词素，却可以在谓词性的词素前作状语性的成分，丰富了现代汉语偏正式构词法的内容。

现在说到词法。词法包括词的语法类别和特征等内容。比较古今词法的异同，可以使我们更清楚地了解现代汉语词法上的特点。例如，跟古代（特别是上古）汉语相比，现代汉语的量词十分丰富。量词可以分为两大类：一类是名量词，放在数词之后组成数量词，常常充任名词的修饰语，表示事物的数量；

一类是动量词，也是放在数词之后组成数量词，常常放在动词之后，表示动作的次数（"洗一下""睡一觉""跑三趟"等）。上古汉语没有动量词，动量词是中古产生的。上古汉语中，表示动作的次数，有三种主要形式：一是把数目字直接放到动词前作状语，现代说"擂三次鼓"，古人要说"三鼓"；现代说"为难我三次"，古人要说"三困我"，等等。二是让数目字直接作谓语（"举所佩玉玦以示之者三"）。三是让数目字直接作复句的一个分句（"孔子不应，三，孔子泫然流涕"）。至于名量词，上古汉语还没有从名词中分化出来，只是名词中的一个小类，可称为单位名词。因为上古的单位名词还没有从名词当中分出来的形式特征，它跟名词一样，都可以和数词直接结合，中间无需加一个单位词。上古汉语中，事物数量的表示可以有三种方式：一种是"数词+名词"，现代说"五件事"，古人说"五事"；现代说"三个人"，古人说"三人"。第二种是"名词+数词"，这在上古较为少见，现代说"一头牛，一只羊，一头猪"，古人可说"牛一，羊一，豕一"。第三种是"名词+数词+单位名词"，这在上古也较为少见，现代说"三匹马"，古人说"马三匹"；现代说"六百斛米"，古人说"米六百斛"。在第三种情况下，"数词+单位词"不放在名词之前，而是放在名词之后，这里的单位词还是名词，不是量词。到了汉魏以后，名词逐步变得不能直接同数词结合了，中间必须加上一个单位词，而单位词却往往总是直接同数词结合成数量词，用作句子的一个成分，"名词+数词+单位名词"语序调整为"数词+单位名词+名词"。这时单位词和一般名词的语法功能、语法作用有了明显的区别，也就是说，它从名词中分化了出来，发展成为量词。通过古今对比，我们就可以明白，量词的丰富是逐步形成的。现代汉语量词十分丰富，从而也成为现代汉语语法方面的一个重要特点。

以上是说实词，我们再来谈一谈虚词。把古今虚词进行比较，可以看出现代汉语虚词使用上的特点。例如古代的"自"和现代的"自己"使用上不同。古代汉语的"自"只能用在状语的位置上；现代的"自己"则可以作主语、宾语、定语和同位语。再如古代的"相"和现代的"互相"相当，但使用很不相同。古代的"相"所修饰的动词多是单音节的，但也不一定都是单音节的动词，"相长""相望""相生"，动词是单音节的，"相往来""相为君臣""相迎将"，后面都是动词性的复音结构。现代汉语的"互相"可以修饰动词或动词性结构，但修饰动词时，该动词一般只能是双音节的，不能是单音节的，可以说"互相学习""互相凝视""互相帮助"，不能说"互相学""互相看""互相帮"。这说明汉语词的双音化的趋势对语法结构造成了很大影响，同义词在使用中有时也要受单双音节的限制。

　　通过古今句式的比较，可以加深我们对现代汉语句式的特点的认识。例如，现代汉语有这样的句子：

　　我们把敌人打退了。

　　他把日记本拿出来。

　　大家把他鼓励了一番。

　　爸爸把他送到学校里。

　　带有这种"把"字的句式，我们叫它处置式。这种句式中古已经出现了。但古代的处置式跟现代汉语不大一样。古人可以说"莫把杭州刺史欺"，今天不能说"不要把杭州刺史欺骗"；古人可以说"欲把青天摸"，今天不能说"想把青天摸"；古人可以说"把书读"，今天只能说"读书"；古人可以说"秋时又把甚收"，今天不能说"秋季又把什么收割"。由此可见，古代处置式中，"把"后面可以只出现一个单个的动词，现代汉语则不行。通过对比，我们可以说：早期的处置式是表示主语对"把"后面的宾语施加某种动作，至于是否使"把"的宾语产生某种变化，并无限制；而现代的处置式则要求主语对"把"的宾语施加某种动作，使宾语所指的对象产生某种变化。

　　现代汉语固定结构中，还保留着业已消失的古代语法现象。要把这些固定结构分析清楚，需要古代语法的知识。例如，"衣（yì，穿衣）锦还乡""情不自禁（jīn）"等都反映出古代音变构词的事实；"三顾茅庐""三心二意""四分五裂""四海为家"等都反映出古代汉语（特别是上古汉语）量词缺乏的事实；"土崩瓦解""星罗棋布""势不两立"等反映出古代汉语普通名词作状语的事实；"夜以继日""马首是瞻""人莫予毒"反映出古代汉语某些宾语前置的事实。只有具备古代汉语语法知识，才能把它们的字面意思弄清楚。

　　古代汉语语法知识对于现代汉语的规范化也是很有作用的。例如"救火"这个词。我们不能把它排除到现代汉语标准音的门外。因为这个词早已在汉语中生根开花了，不仅使用频率较高、使用地域广泛，而且有悠久的历史。让我们看一看古代汉语中的部分用例：

　　陈不救火，许不吊灾，君子是以知陈、许之先亡也。（《左传·昭公十八年》）

　　救火者皆曰顾府。（《哀公三年》）

　　如诸侯皆在而日食，则从天子救日，各以其方色与其兵；大庙火，则从天子救火，不以方色与兵。（《礼记·曾子问》）

　　今之为仁者，犹以一杯水救一车薪之火也。（《孟子·告子上》）

　　譬如拯溺锤之以石，救火投之以薪。（《邓析子·无厚》）

士大夫闻者，皆趋车驰马救火。（《韩诗外传》卷十）

当是之时，吏治若救火扬沸。（《史记·酷吏列传·序》）

如以汤止沸，抱薪救火，愈其亡益也。（《汉书·董仲舒传》）

救火拯溺，义不得好；辩论是非，言不得巧。（《论衡·自纪》）

"救火"吸收进现代汉语普通话中，应该没有问题。《现代汉语词典》已收入"救火"一词。

　　总起来说，要想学习、研究、运用好现代汉语，离不开古代汉语语法的知识。要想学好古代汉语，我们必须把感性认识和理性认识有机地结合起来，多念古文，做到字、词、句落实，逐步升华到理性上去理解，把握其言外之意。在理解的基础上，掌握古代汉语的规律，记在脑子中；特别是要记住古代汉语常用词的常用义。最好是在理解的基础上多背诵一些古文的名篇；通过背诵，把自己所掌握的古代汉语的规律融会到古文的理解中，加深理解，加深记忆。经过磨炼，日积月累，我们就能提高阅读古文的能力，掌握更多的古代汉语的语言规律。

参考文献

北京大学中文系现代汉语教研室．现代汉语［M］．北京：商务印书馆，1993.

北京大学中文系1955级语言班．汉语成语小词典：大字本［M］．北京：商务印书馆，2000.

北京大学中文系语言学教研室．汉语方音字汇：第二版［M］．北京：文字改革出版社，1989.

郭锡良．汉语史论集［M］．北京：商务印书馆，1997.

郭锡良．汉字古音手册［M］．北京：北京大学出版社，1986.

郭锡良．古代汉语：修订本［M］．北京：商务印书馆，2000.

汉语大词典编辑委员会，汉语大词典编纂处．汉语大词典：缩印本［M］．上海：上海辞书出版社，1997.

汉语大字典编辑委员会．汉语大字典［M］．武汉：湖北辞书出版社，成都：四川辞书出版社，1986.

黄伯荣，廖序东．现代汉语［M］．北京：高等教育出版社，1991.

何乐士．古汉语语法研究论文集［M］．北京：商务印书馆，2000.

蒋绍愚．汉语词汇语法史论文集［M］．北京：商务印书馆，2001.

李思敬．音韵［M］．北京：商务印书馆，1985.

陆俭明，马真．现代汉语虚词散论［M］．北京：北京大学出版社，1985.

何乐士．《左传》《史记》名词作状语的比较［J］．湖北大学学报（哲学社会科学版），1997（04）．

蒋绍愚．两次分类——再谈词汇系统及其变化［J］．中国语文，1999（05）．

吕叔湘．吕叔湘语文论集［M］．北京：商务印书馆，1983.

吕叔湘，朱德熙．语法修辞讲话（修订版）［M］．北京：中国青年出版社，1979.

孙玉文．语言学论丛：第二十一辑［M］．北京：商务印书馆，1998.

孙玉文．"喂"这个词儿是怎么来的？［J］．文史知识，1999（11）．

孙玉文．汉语变调构词研究［M］．北京：北京大学出版社，2000.

孙玉文．语言学论丛：第二十六辑［M］．北京：商务印书馆，2002.

王力．王力语言学论文集［M］．北京：商务印书馆，1954.

王力．汉语史稿（修订本）［M］．北京：中华书局，1980.

王力．古代汉语（挖改本）［M］．北京：中华书局，1995.

杨平．汉语史论文集［M］．武汉：武汉出版社，2003.

殷焕先．王力先生纪念论文集［M］．北京：商务印书馆，1990.

中国社会科学院语言研究所词典编辑室．现代汉语词典（修订本）［M］．北京：商务印书馆，1996.

周祖谟．周祖谟语言学论文集［M］．北京：商务印书馆，2001.

朱德熙．从方言和历史看状态形容词的名词化兼论汉语同位性偏正结构［M］．北京：商务印书馆，1993.

朱德熙．朱德熙文集［M］．北京：商务印书馆，1999.

（原载《汉语口语与书面语教学—2002 年国际汉语教学学术研讨会论文集》，北京大学出版社，2004 年；这里略做增改。）

浅谈《故训汇纂》的价值

宗福邦、陈世铙、萧海波先生主编、武汉大学古籍研究同仁历十八年之久集体编纂的大型工具书《故训汇纂》今年由商务印书馆出版了。我个人认为，这是中外汉学界的一大盛事。

一、故训的价值

（一）故训的传统价值

研究中国的传统学问，离不开故训。清代以前，人们强调治学宗经明道。传统的"小学"，包括文字、音韵、训诂三个分支学科，宋代晁公武《郡斋读书志》卷一分别称为体制、音韵、训诂。"小学"是为经学服务的，学人通过小学以达到宗经明道。顾炎武《答李子德书》曾经强调小学在治经中的作用。戴震《与是仲明论学书》：

经之至者道也，所以明道者其词也，所以成词者字也。由字以通其词，由词以通其道，必有渐。

又《与姚孝廉姬传书》：

凡仆所以寻求于遗经，惧圣人之绪言暗汶于后世也。然寻求而获，有十分之见，有未至十分之见。所谓十分之见，必征之古而靡不条贯，合诸道而不留余议，巨细毕究，本末兼察。若夫依于传闻，以拟其是，择于众说，以裁其优，出于空言，以定其论，据于孤证，以信其通，虽溯流可以知源，不目睹渊泉所导；循根可以达杪，不手披枝肄所歧，皆未至十分之见也。以此治经，失"不知为不知"之意，而徒增一惑，以滋识者之辨之也。

段玉裁《广雅疏证序》：

圣人之制字，有义而后有音，有音而后有形。学者之考字，因形以得其音，因音以得其义。治经莫重于得义，得义莫切于得音。

段玉裁的观点与戴震是一脉相承的，他们都重视小学在宗经明道中的作用，把小学看作宗经明道的途径。

段玉裁《广雅疏证序》是乾隆辛亥年（公元1791年）作的，当时段已56岁，学术上已相当成熟。他在《广雅疏证序》中对传统的小学方法作了极为简括但又极为系统精辟的概括：

小学有形，有音，有义，三者互相求，举一可得其二。有古形、有今形，有古音、有今音，有古义、有今义，六者互相求，举一可得其五。

我们仅就前面一句话来讨论。所谓"举一可得其二"，可以看出，段氏认为小学的互求方法至少有六种：

1. 因形求义

2. 因形求声

3. 因声求形

4. 因声求义

5. 因义求形

6. 因义求声

这几种方法绝不是段氏自我作古而搞的机械组合，而是对传统小学方法的科学总结，他评价王念孙《广雅疏证》："怀祖氏能以三者互求，以六者互求，尤能以古音得经义，盖天下一人而已矣。"

因形求义，《说文解字》是楷模。因形求声，段玉裁《六书音均表一》"古谐声说"，提出"一字可谐万字，万字而必同部。同声必同部"，这不正是因形求声吗？因声求形，《说文解字注》中用大量的语音材料来分析小篆等古文字的形体结构，或印证许说，或补充许说，或纠正许说，或证今传《说文解字》之讹字。因声求义，例如系同源、破假借，都贯彻了因声求义的方法。因义求形，例如《说文解字注》多从字义方面分析合体字的字形结构，正是使用因义求形的方法。因义求声，例如《六书音均表一》"古假借必同部说"：

自《尔雅》而下，诂训之学不外假借转说二嵩，如《缁衣》传"适之""馆舍""粢餐"也。适之、馆舍为转注，粢餐为假借也。《七月》传"壶瓠""叔拾"，叔拾为转注，壶瓠为假借也。粢、壶自有本义，假借必取诸同部。故如真文与之蒸侵，寒删之与覃谈，支佳之与之哈，断无彼此互相假借者。

段的"古假借必同部说"正是使用了因义求声的方法。

由段玉裁总结的上述六种方法，可以看出形音义中义的重要性；故训是探求字义的，因而可以看出故训在小学中的重要作用，因形求义、因声求义、因义求形、因义求声，都很明显地跟故训密切地联系着；而因形求声、因声求形，实际上也离不开故训，因为形音义三者是紧密地联系在一起的。

（二）故训的现代价值

故训的现代价值，可以从两个方面来谈。一是研究古代典籍的需要，二是治汉语史的需要。为了这两个方面的需要，我们必须充分利用故训。

先从研究古代典籍的需要来谈。传统的小学固然是为宗经明道服务的，"经"和"道"带有封建时代的特色，跟现代生活已不相适应了。但我们不能割断历史，也不应该数典忘祖，为了建设社会主义的新文化，我们需要从古代汲取营养，这就需要钻研古书。要钻研古书，离不开故训。有时候，某一个词在古书中只使用一次或寥寥数次，通过别的途径不能得到该词的词义，只有通过故训我们才能懂得它。有时候，某一个字可以有多种字义，在具体上下文中，好像这个字义或那个字义都能讲通，在这种情况下，我们应重视故训，王力先生《训诂学上的一些问题》对后人古籍注释中的一些不当之处提出了批评，他特别强调要"重视故训"：

古代的经生们抱残守缺，墨守故训，这是一个缺点。但是我们只是不要墨守故训，却不可以一般地否定故训。训诂学的主要价值，正是在于把故训传授下来。汉儒去古未远，经生们所说的故训往往是口口相传的，可信的程度较高。汉儒读先秦古籍，就时间距离说，略等于我们读宋代的古文。我们现代的人读宋文容易懂呢？还是千年后的人读宋文容易懂呢？大家都会肯定是前者。因此，我们应该相信汉代的人对先秦古籍的语言比我们懂得多些，至少不会把后代产生的意义加在先秦的词汇上。甚至唐宋人的注疏，一般地说，也是比较可靠的，最好是不要轻易去做翻案文章。

我们看到，清代乾嘉巨子都非常重视故训。他们一般不轻易推翻故训，而是从新的角度，运用多种方法印证故训；或者以故训为基础，把字义理解得更细致，更透彻。我们也看到，现今有的古籍注释或词义训释的论著，不重视故训，轻易推翻故训，得出的结论往往是靠不住的，至少不那么令人信服。正反两方面的经验告诉我们，研究古代的典籍，离不开故训。我们这样说，并不是迷信故训，因为故训毕竟是人做出的，不免也会有错。只要有坚强的理由，我们还是可以做翻案文章的。

汉语史这一门学问主要是在传统小学的基础上发展起来的：王力先生《汉语史稿》第一章"绪论"第二节"中国历代学者对汉语史的贡献"中说："中国历代学者对汉语史作出了辉煌的贡献。"这其中包括历代训诂学家们的贡献。王力先生说："我们必须利用古人的语言研究的成果，在原有的基础上提高。"在第四节"汉语史的根据"中说："历代的字书（字典）对于汉语史也有很大的贡献，因为它们能把古代的词义记载下来。古人所作的经史子集的注解，对于汉语史也都是有用的材料。"据此，我们可以体会到，故训材料是研究汉语史的重要根据之一。

就治汉语史来说，故训材料对于语音史、词汇史、语法史都有重要作用。语音史方面，研究古代（特别是上古）的声韵调系统，需要利用故训。故训中对字形的分析，对异体字的分析，声训、通假、同源词的研究成果，以及借注音以释义的方式注出的音读，都是治汉语语音史者必须加以批判继承的。一个治汉语语音史的学者，如果他对故训缺乏了解，将会大大影响他的研究视野。词汇史方面，同源词的研究，同义词、反义词、上下位词的确定和辨析，固定结构的研究，语义场的确定，词义变迁的研究，等等，都应重视故训，汉语词汇史的研究跟故训材料的利用的密切关系，是一望可知的。语法史方面，词义构词和音变构词的研究，复音词的研究，词类的划分，虚词的研究，需要利用故训；古代没有系统的语法学，句法的分析，附丽于训诂材料中，分析古代句法现象，需要利用故训。总之，故训材料的科学利用，大大有助于汉语史研究水平的提高。

二、《故训汇纂》的价值

（一）关于《经籍籑诂》

《经籍籑诂》的出现是历史促成的。从《原本玉篇残卷》来看，顾野王编写《玉篇》，已大量使用故训。隋唐时代，可能已有不少学者注意搜罗故训，使他们编写的字典更加血肉丰满。王引之《经籍籑诂序》：

训诂之学，发端于《尔雅》，旁通于《方言》，六经奥义，五方殊语，既略备于此矣。嗣则叔重《说文》，稚让《广雅》，探赜索隐，厥谊可传。可及《玉篇》《广韵》《集韵》，亦颇蒐罗遗训。而所据之书，或不可考；且旧书雅记，经史传注未录者犹多。至于网罗前训，征引群书，考之著述家，罕见有此。唯《旧唐志》载天圣太后《字海》一百卷，诸葛颖《桂苑珠丛》一百卷；《新唐志》载颜真卿《韵海镜源》三百六十卷。自古字书韵书未有若此之多者。意其详载先儒训释，是以卷帙浩繁，而惜乎其书之已逸也。

王引之的推测非常有道理，《字海》《桂苑珠丛》《韵海镜源》"详载先儒训释"，可能是受了《玉篇》的影响。这种工作，正说明了故训的重要价值。

清代，戴震、朱筠等学者都曾想到应该编纂一部汇集故训的工具书。嘉庆三年（公元1798年），阮元主编《经籍籑诂》。这部著作的重要性，咱们可以从两个方面来认识。第一，该书恐怕是以工具书的形式有意识地汇集故训的开创性著作，功不可没。第二，该书流传至今已有二百多年，培养了一批又一批的学术人才，例如郝懿行、朱骏声等即是。郝有《尔雅义疏》，朱有《说文通训定声》，这两部著作都注意从《经籍籑诂》中取材。可以说，《尔雅义疏》《说文通训定声》之成为一流的学术专著，郝、朱二人之成为一流的学者，离不开《经籍籑诂》的滋养。

《经籍籑诂》的缺陷很明显。黄侃先生说："清世阮元有《经籍籑诂》，为小学家常用之书。惜其以《佩文》韵分编，又载字先后毫无意义，至其蒐辑亦有不备者。今若能通校一过，暂用字典编制法编之，次为补其遗阙，此业若成，则材料几于全备矣。"这里评价了《经籍籑诂》的得失，提出了新编汇集故训的字典的设想。"为小学家常用之书"，肯定了《经籍籑诂》的价值和作用。"蒐辑亦有不备者"，指出《经籍籑诂》资料搜集不完备；"以《佩文》韵分编，又载字先后毫无意义"，指出《经籍籑诂》编排体例不妥当；"今若能通校一过"，指出了《经籍籑诂》讹误甚多，需要校勘。

从时代需要的角度讲，《经籍籑诂》也不惬人意。《故训汇纂·前言》说：

乾嘉诸儒大多祖述汉唐，标榜许郑，诋斥宋以后的小学成果，以为空疏不经。《经籍籑诂》承此理念，所列书目绝大部分为先秦两汉典籍，汉以后的著作寥寥可数，注疏也只收到唐代为止，宋以后的训诂成果几成空白，其列目书中的资料也时有遗漏。这是《经籍籑诂》最大的缺陷。更令人惋惜的是，它来不及总结和收录有清一代的训诂成果，清代小学鼎盛，名家辈出，在经籍传注、字书注疏、虚词研究、字义考辨、校勘辑佚等方面都有许多重要的发现和发明，纠正了前人不少误说，考释精核，胜义迭见，训诂成就远逾汉唐。这极其丰富宝贵的训诂成果，亟待我们汇辑和整理。

清人留下了一大批故训财富，散见各处，不易裒辑，严重地影响了后人的利用，从而也影响了科研质量。《经籍籑诂》虽然厥功甚伟，但是已远远不能满足时代的需要了。

（二）《故训汇纂》的价值

《故训汇纂》是一部全面系统地汇辑先秦至晚清古籍中故训资料的大型语文工具书。内容上，突破《经籍籑诂》编纂思想的局限，拓展了资料辑录的范围。在编排方式上，按部首归字编次，同一个字先本义，次引申义，古义在前，后起义在后，实词义在前，虚词义在后，表示通假、异体或异文的注项列在其他注项之后，复音词的故训列在首字的单字义后，字有别义的异读，也分列音项。在校勘上，努力避免讹误。《故训汇纂》为贯彻形、音、义三者互相求的方法做了很大努力，极大方便了读者从总体上把握字、词义系统。这是值得称道的。例如，《说文通训定声》把《说文解字》所收字分别归入上古各部，予人方便；

但是注中古音却注平水韵，尽管可能对使用平水韵有好处，但却极不便利探讨汉字的形音义系统。事实上，顾炎武早在《音学五书·音论》部分论证了清楚使用《广韵》（他所谓《唐韵》）探求古音的科学性。现在《故训汇纂》既注上古韵部，又列出《广韵》反切，标注声调、韵目、声母，这比《说文通训定声》的做法强多了。

通过上文的简短叙述，可以看出《故训汇纂》的价值来。

1. 该书较为全面地收录了先秦至晚清经史子集中重要典籍的训诂资料，保存了故训。我们知道，先秦至晚清经史子集中的训诂资料出现在浩如烟海的典籍中，由于分散，很难有效地加以利用。更有些材料，由于没有引起学者的关注，有湮没无闻之虞，事实上相当于亡佚了。不以故训汇纂的形式加以搜集，就不能得到利用。《故训汇纂》编著者的辛勤工作，使先秦至晚清经史子集中绝大多数故训得以保存。可以预期，这些故训由于《故训汇纂》的搜集整理将会得到有效的利用。

2. 该书对先秦至晚清经史子集中重要的训诂资料做了较为全面系统的整理。编著者不满足于罗列材料，而是"力图把传统小学的优良传统与现代语言学理论及汉语工具书的编纂实践结合起来"（《前言》），在求实的基础上创新。句读上，采用新式标点，眉目清楚；注音上，标注现代音、中古音和上古音，音项之下再列统属的注项，一字不同音义分项排列；故训的排列，本义在前，引申义在后，古义在前，后起义在后，实词义在前，虚词义在后，表示通假、异体或异文的注项列在其他注项之后，最后列复音词。具体字的处理，不乏编著者的新见。这些整理工作，将会为《故训汇纂》的使用者带来极大的便利。

3. 该书的问世，将会为中外汉学人才的培养作出重要贡献。上面说过，《经籍籑诂》沾溉了一代又一代的学者，培养了一代又一代的人才，其中不乏一流的学术人才。作为体制和规模远胜《经籍籑诂》的一部大型工具书，可以预期，《故训汇纂》将在学术人才的培养上作出重要贡献。

4. 该书的问世将会为端正学风、提高中外汉学研究质量作出贡献。实事求是是一种良好的学风，是前人留给后人的一项宝贵遗产。在二十一世纪之初，提倡实事求是的学风显得尤其必要。《故训汇纂》追求的正是实事求是的好学风。在漫长的十八年中，编著人员甘坐冷板凳，"与平淡相伴，与寂寞同行"，取得扎扎实实的研究成果。这种良好的学风必将为21世纪的学风建设起到积极作用；而学人们对《故训汇纂》中汇辑的先秦至晚清一大批故训材料的科学利用，必将提高其科研质量。这是可以断言的。

　　我想，《故训汇纂》如果在出版纸质版的同时，能再出一个电子版，这不是更方便学人对故训材料的利用吗？

（原载《〈古训汇纂〉研究论文集》，商务印书馆，2006 年）

附录：汉语审音，科学性不是唯一的准绳

记者丨王睿临

编辑丨张卓辉

C=此间记者

S=孙玉文教授

C：作为一个普通的新闻浏览者，您在看到前些时候热议的"汉字读音修改"新闻时，第一感受是什么？

S：主要是围绕几个字到底该怎么读展开讨论，网友有些说得对，有些说得不大对。任何一个语言，它的语音一定会发生变化，这是必然的，这一点是常识。不过这次讨论的几个字的字音，好像跟这个自然演变的关系不是太大，也不是太直接。比方说，读古代诗歌时，将某个字临时改读为某个音，这临时改读的音，用的是"古音"。这个所谓的"古音"，实际上就是一个叶音（"叶音"在后文有具体说明），并不是古音。古音早已经消失了，你怎么证明你临时改读的音是古音？这个临时改读的音，跟语音变化关系不是太大。如果说某个本来押韵的字今天读起来不押韵，这才是折射出语音的变化；至于说这个变得不押韵的字，古音是什么，是需要做精密的研究的，非三言两语可以说清楚。这次对审音工作中几个字音如何处理，涉及押韵字的处理和异读字的音义匹配，不直接涉及这个自然的语音变化，或者说跟语音的自然变化没有直接关系。

C：对于有异读的汉字来说，正音工作中通常有两种情况，一种是多个读音中采取一个读音，另一种是保留多音，也就是我们现在所说的多音字。您可以简单介绍一下具体的处理机制吗？

S：远的不说，就说我们普通话的正音工作，实际上现在已经有 60 来年的历史了，有相当多的经验和教训。如果是不区别意义的异读，比如北京话里，"波浪"的"波"有时候又读成"pō"，在普通话里我们是只取一音，去掉另一

个读音，做到"字有定音"，减少异读。如果是区别意义的异读，那么我们就要考虑如何处理这些异读音的问题。这个问题很复杂，可以分几个方面谈：一，有不少别义的几个异读都传下来了，例如"好"，普通话审音必须收录它的上、去两读。二，有些别义的字，其中的一读，它的音义今天完全不用了。例如"栖"字，作为"鸡窝，鸡栖息的处所"，这个意义读去声，今天普通话不用了，古代诗歌中也没有用去声，审音时可以不注"旧读"。再如"骑"，它有"一人一马"的意义，古代读去声，这个意义的"骑"，单独作为词已经没有使用了，只是作为词素，用在"铁骑、轻骑"等词中，但是由于这个"骑"的去声读法在阅读古诗文中常常可以见到，是作为一个单词存在的，跟今天只作为一个词素存在是不同，历来的做法是保留旧读，形成一种强大的传统。这种处理是很有道理的，涉及古今字音音义匹配关系的改变，因为它能够起到分辨作用：利用不同的语音形式，把不同的词区分开。保留旧读的处理是完全应该的，这种异读也是不能轻易拿掉的。

C：网络上很多网友认为这次的字音调整是一种牺牲汉字知识性、科学性的一种"从俗""将错就错"，您如何看待这种说法？我们读古诗时，碰到个别不押韵的地方，是否可以改一下读音，让它读起来能押韵？

S：前一个问题，我要说，这种评价是不太全面的。比方说"shuō 服"，原来是"shuì 服"，它不仅仅是个读音问题，它还涉及区别字义的问题。古汉语里面有一个 shuō，也有一个 shuì。shuō 就是"说话"，shuì 就是"游说、说服"，这个字音的不同是区别意义的。这种情况，不是一个语音变化的问题，而是一个如何对待古代的一些区别字义的异读，在今天的保留问题。现代汉语中，读 shuō 的时候，"说"字本身作为单字词使用。读 shuì 的时候，它取的仍然是"说服，游说"的意义，但是不单独成词，而是仅用作词素。也就是说，shuì 这个词今天消失了，但是在读古书的时候，它大量出现。实际上人们争论的就是我们该不该保留它的旧读的问题。

有的网友认为应该去掉 shuì 的旧读，这是因为"很多人都读错"。不过这是网友个人的看法，并没有告诉我们，你所说的"很多人"是怎么样研究出来的。你怎么知道这个全国都读错了呢？我想这并没有经过一个严格的科学调查，这种判断也没有遵循一个严格的科学方法。实际上在我们现代汉语里，你说"shuō 服"可以，我不反对，也应该鼓励，但是我们在读古书的时候，应该要保留 shuì。我们是读古代作品，shuì 这个词古代大量使用，现代消失了，这是古今的不同。

后一个问题，我是这样分析的：读古书时的读音，从历史上看，我们有三个传统。第一个，比方说两汉人读先秦的《诗经》，或者南北朝的人读《诗经》、唐宋的人读《诗经》，他们是怎么读的？汉代人不可能知道先秦人发音是什么样子的，一定是根据汉代当时的音来读。我们今天读《诗经》、读古书也是按照这个传统。

我们之所以有这个传统，是因为我们有汉字。汉字是一种非拼音文字系统，同样一个字，不同时期、不同地域的人，都可以根据他们的时代和地域来念。这也使得汉字这种书写符号是人类文字系统中，最具有时空穿透力的一种文字。如果是拼音文字，读音的问题肯定就不是现在这种情况了。汉字是一脉相承的，这个传统就一直保留下来了。这是一个至少有两千年的传统，想改变很难，也改变不了。我想再过两千年，如果中国人继续使用这种书写符号，人们读古书，依旧不可能按照我们今天的读音来读，他得按照两千年以后的音来读。

第二个传统，南北朝时期的人读《诗经》、读先秦两汉韵文的时候，他们感到有些地方读起来不顺口，于是就有一个"叶（协）音说"。这个"叶"，要读作"协"的音，不能读成姓叶的"叶"。"叶音说"实际上就是一种临时改读。这个临时改读，假定是从南北朝中期开始的，已经有一千几百年的传统了，影响深远。"叶音说"一直到今天都有影响，比方说很多网友争论"远上寒山石径斜"，斜是读 xié 还是读 xiá。

还有一个传统是"反叶音说"的传统。如果仔细推敲，"叶音说"当然是有问题的，不符合科学原理，也不符合实际，违背了科学的历史观和系统观。宋代开始有人反对，到了明朝的时候，有一个福建人叫陈第，他写了《毛诗古音考》，以大约五百个的例证，以及非常严密的逻辑推理，论证"叶音说"不可信，是个错误的说法。清朝以来，大多数有成就的大学问家，都接受了陈第的说法。陈第的研究，对"叶音说"造成了致命的冲击，影响巨大，而这又是一个传统。

我们今天对于读古诗的和谐问题的不同处理，实际上是怎么个情况呢？无论是主张改读，还是主张不改读，第一个传统大家都继承了下来，都是按照今音来读。只是碰到个别字读起来不顺口的时候，有的主张要采取"叶音说"，不能按照今天普通话读音来读；有的就相反，认为应该遵循普通话发音。前者实际上是"叶音说"的传统在起作用，后者实际上就是坚持反"叶音说"的传统。这两个传统，"叶音说"有一千多年，反"叶音说"也有几百年的历史。一千多年的传统一下子改变，这是很难的。但是反"叶音说"的传统呢，很有道理，是符合科学的，所以它能不断地对"叶音说"构成攻击。谁要搞这个"叶音说"，它就会反对。由于这两种传统都影响深远，所以，这种斗争、这种矛盾的局面，我想以后再过一百年恐怕还会存在。在这个问题上，不管我们汉字的读音怎么调整，大家都会有不同的意见。我在外面讲学时，经常碰到有人问我这个问题，问问题的人也有不同的看法。我认为，这是很能让人理解的一种现象，不必急于定于一尊。

C：有网友称，应在古诗词、成语这样的特定语境中保留汉字异读，例如网友们热烈讨论的"一骑红尘妃子笑""箪食壶浆"等，您认为呢？

S：就网友们的具体讨论来说，这个实际上涉及我刚才提及的两种情况，一个是读诗、读韵文不押韵的时候。这也就是"叶音说"和"反叶音说"的两个传统的延续。有一些传统并不合理，但是做不到一下子把它抛弃。我们主张既科学又有用，但是，在对待科学传统的时候，我们也要注意，有时候科学的东西不一定马上就要采用，就能起作用，不科学的也不一定能够马上去掉，这有一个过程。所以不押韵的个别字的读音，我主张要宽容。

还有一个则是我们前面提到的古代有别义的异读的问题。咱们说的这两个方面的问题其实都是我的研究范围。下面谈到别义的异读问题。首先，如果别义的异读字的那种"破读"（为区别意义而改变读音）在古代是作为单音词出现，比方说骑（qí）和骑（jì），qí 是"骑马"，是动词，jì 是"一人一马"。可是 jì 这个单音词，我们现代汉语没有保留。那我们一直以来就有一种倾向，就是在注释和阅读古书的情况下，保留破读。比如大家也都知道作"衣服"和"穿衣服"讲的"衣"，在古书中有 yī 和 yì。但也不是每个需要读 yì 的时候，我们现代都会破读为 yì。比如"衣锦还乡"，大家都读 yī，不会读 yì。这个是允许的。古人注古书时，遇到破读的情况，有时候在这个地方注破读音，有时候在别的地方不注，甚至同一个地方，破读音和非破读音兼注。这表明古人在处理这样的问题时有弹性，我认为这是一条经验。就我个人研究四声别义的变化情况的经验来看，有一些四声别义的变化，并不是这个词义消失了，所有出现在其他结构中的破读音就都跟着消失，而是有的消失，有的不消失。

再比如说骑（qí），我们今天说"骑兵"，实际上是做了一个重新分析。"骑兵"大家一般理解是什么？"骑"是动词，是吧？但是在古代不是。古代大概是要读"jì 兵"，相当于士兵中拥有一人一马者。这是要注意的。所以我们读书的时候不强求跟口语一致。我们读古书的目的是什么？我们首先把古书读懂，而这种破读、四声别义，它不仅仅是个读音问题，牵扯到的是词义理解问题。苏轼的"千骑（jì）卷平冈"，我们读 jì，虽然这也是词里面有平仄的要求，但还有就是，如果读成"千 jì"的意思，这种读法就告诉你，这个地方不能做动词讲，只能是名词。这种情况还是相当多的。再比如说"一骑红尘妃子笑"，jì 就相当于一个名词，做中心语，指一个骑士。

因此这种异读有分词的作用。读一个字，你不读平声，你读去声，那就是表明词义理解的不同。所以它不仅仅是个读音问题，更是一个字义问题，这便于阅读古书，因此我们在读书的时候要尽量保留。

其次，这种读法是历史形成的，历朝历代都保留的。就我的研究来说，南北朝的中后期，他们口语当中消失了的字音，在读书的时候仍然有相当多的保留，这也是一个传统。最有力的证据就是南北朝后期陆德明的《经典释文》，里面有时候反映新读，有时候反映旧读，而且他有时候是说读新、读旧都可以。这也是古人给我们留下来的一个经验，今天想改这个是很难的。

保留旧读，第一，对古书的理解是有好处的；第二，这也是一个老传统；第三，它不违背推广普通话，qí读成jì后，也是符合普通话声母韵母组合规则的；第四，新中国成立后编的一些现代语文工具书，它们都要注旧读。所谓旧读，它本身就有含有这样的意思：今天我们有些人没有按旧读来读了，它是要有意识地保留旧读。为什么"好"字大家不说旧读"好"（去声）？因为我们今天两个音都保留下来了。从民国编字典到现在，编写者明明知道这个口语当中有些人没有读旧读了，他们在该读"铁jì"的时候读成了"铁qí"，但字典还要注旧读，为什么不是直接删掉这个读音呢？因为这个跟推广普通话是不矛盾的。

这种读法有分词的作用，对于理解古书有好处。我们推广普通话和阅读古书是有关系的，但是是两回事。阅读古书最重要的目的是要把书读懂，但是要推广普通话，是另外一个事情。我们要把推广普通话的工作做好，并不意味着抛弃旧读。保留一些破读，不仅仅跟推广普通话不矛盾，而且相得益彰。你想想看，你保留些破读以后，大家还是用普通话来念，又照顾到传统，这样他对推广普通话的认识更加全面和正面，也更加热心了。当时的人编字典时也知道口语当中有一些旧读消失了，他需要保留。如果我们编字典时简简单单把这些旧读删除掉，是不是因为我们比丁声树、吕叔湘等前辈编纂的时候掌握了更多的证据？是不是调查了以后发现大家都读错了所以需要删掉？如果都不是，那就不应该简简单单删除旧读。所以，我在担任《辞源（第三版）》的审音通审时，就有意识地保留了不少旧读，可见我是很重视这种语文传统的。

C：对于汉字审音工作，您认为应该注意些什么呢？

S：如果搞这个审音工作，我们要做两个调查：第一，如果一字多音区别意义，要把古代的音义配合搞清楚。如果这个东西不搞清楚，就不具备审音的基本功。例如，"箪食壶浆"的"食"，它是一个异读字。很多人都知道，它读sì时，有"使吃，供给食物"的意义，但是不知道"食"的这个读音，还有一个意义，就是"饭"的意义，"箪食壶浆"的"食"是"饭"的意义。如果你审音时，不知道"箪食壶浆"的"食"作"饭"讲，那么你的审音工作一定是不细致的。这样的问题出现多了，会严重影响到审音的科学性。知道了这个"食"作"饭"讲，你也许会考虑到保留旧读是有好处的，因为它能使你知道，"箪食壶浆"的"食"不是"食物"的意义。我在九十年代后期，曾经在《古汉语研究》中发表过一篇《论"食"字的音变构词》的文章，也在《语言学论丛》中讨论过"箪食壶浆"这个成语的理解问题，有兴趣的朋友可以参考。

第二个是所谓"从俗"，所谓"从俗"，这是个模糊概念，要做好审音，必须化模糊为精确：究竟有多少人读错，怎么调查的，调查的对象都是谁，至少要明确地告诉大家结论是怎么得出的。还有一点，你提出的审音原则与王力等先生得出的原则相比，有什么进步，如果没有改进，要注明是继承的，不是你个人的创见，以免引起误会。有一些所谓的审音原则，恐怕不是审音原则，而是细则。审音原则应该具有概括性、科学性和可使用性，具体的审音细则是应该有一定弹性的，当你没有十足把握的时候，不要轻易改变一个字的规范读音。在这个方面，我的一个基本的意思就是一定要谨慎，要使普通话的审音工作健康稳定地向前发展。

C：以您的正音经验来看，正音中是学理经验占据更大决定权还是社会习俗占据更大决定权呢？

S：一般读音规范是这样的：如果是一些不别义的异读，大家倾向于采取一种读音，这个是没什么问题。那么要保留哪一个呢？我们要从语言学来说。语言本身是一个交际工具，哪个读音能够使语言的交际功能更大，我们就保留哪个。比方说这个"波浪"的 bō 和北京话的 pō，我们到底应该选哪个？现代汉语的各个方言都是由古代而来的，全国各地流通范围比较大的方言，一定是由古而来。"波"原来是"帮"母字，传下来也是"帮"母，如果读 pō 那就不是古音自然演变而来的了。"古今通用"，这个是一个好的标准。合于古的往往也是合于今的。

关键问题是区别意义的异读。读古书，有它特殊的要求，这个不应该随便改，改了以后对正确理解古书、对传承中华文明都不是有利的事情。而且也改不了，只会引起规范上的混乱。口语当中某个词消失了以后，人们还是应该保留破读，这至少是一千多年的传统。

对于人名、地名等的读音，实际上要允许一些非常规的、出于意义表达需要的读音。这也是我们的一个老传统，孔子就开始说"名从主人"。有些读音特殊的地名、人名，要遵守本身的读音。比如说我在审《辞源（第三版）》读音的时候，有一个历史课本里有名的地方，北伐时经过的、湖北咸宁和武昌交界处的"汀（dīng）泗桥"。如果你按字来读，按照我们后来标记的"tīng泗桥"来读，湖北当地人是听不懂的，至少是很别扭的。为什么会读"tīng泗桥"？古音中"汀"只有一种读法，人们便认为应该读"tīng"。其实不是的。原来这座桥是纪念一位姓丁的人的，他一个人赚钱后为家乡做好事，修了一座桥，那个人大概叫丁四。后来人们纪念他，就把这座桥叫"丁四桥"。桥下有水，人们就加了三点水。但这个"汀"和"丁"是两码事。所以我毫不犹豫地在这个词里修改了读音。

C：我们可不可以理解为，审音的本质目的是汉语的规范稳定，因此不能仅仅为了科学而科学，还要考虑到短时间内语言稳定性的问题？

S：是的。比如古书里的表示道路的"行（xíng）"，我们现在都读"háng"，比如"遵彼微行"，其实这是一个误读，可是所有的辞书都误读了，那就不必改了。我在审读《辞源（第三版）》的读音时，常常遇到这样的问题，某一个字今天不怎么用，原来的编纂者反切折合有差误，于是我去查阅《王力古汉语字典》《汉语大字典》《汉语大词典》等权威语文辞书，如果它们都沿用这个有差误的音，那我们今天也就习非成是，形成了一个读音传统，那不必再做更改了。因为辞书有一个规范作用，各阶段的教学都会以它为标准。改正误注也许是对的，但是会造成很大的麻烦，那就不要改了，但是最好要注明。像"绿（lù）林好汉"的"绿"，也许绿林当地，普通话读"lù"的，他们那里都读成了"卢""路"之类，跟北京话的声母韵母的对应关系也很整齐，似乎只采用北京话的"绿"（lù）音也是可以的。不过，多少年都是读lù，已经形成了习惯，就不要再改了。

至于像"远上寒山石径斜"，读xié还是读xiá？因为我本人是搞科学研究的，我当然更认同读xié，但是读书的时候也尊重大家的习惯。有时候不合理的东西因为是一个传统，我们不能一下子抛弃。存在的不一定是科学的。

有时候搞研究的人，往往把科学看成是评判一切事物的准绳，这是有片面性的。你如果把科学看成是一切事物的准绳，那就别搞文学了，也别搞宗教，因为文学不是科学，宗教甚至可能反科学。世界上并不仅仅是由科学构成，还有文化传统。汉语也好，汉字也好，都是一种文化传统。这种文化传统既然是传统的，就是历史的一种积淀。历史的积淀是多方面因素决定的。我们一定要把科学研究和文化传承区分开来，尽管这两者是有关系的。面对科学研究我们一定要坚持求真务实。但是对于传统，更多的是历史的东西。正月十五是元宵节，为什么不是正月十四呢？难道正月十四就不科学吗？这个事情讲不出什么科学道理，恐怕只能从文化传统方面去考虑，它也不是能用科学来衡量的。

我们搞科学研究的人一定要以求真务实为最根本的追求，但是对于汉语和汉字的审音，语音这种东西更多的是一种文化传统，那么我们要采取尊重传统的方式进行。既然是传统就要有继承，无疑也有发展。那么如何处理二者的关系？语言文字工作要做好"两千"：千家万户，千秋万代。因此审音者必须带着高度历史责任感和社会责任感来看这个问题，要替千家万户负责，替千秋万代负责。我想应该是在继承的基础上发展。但是具体问题处理一定要健康稳定，不能完全以科学性作为唯一的标准来规范审音工作，一些具体字的审音工作，它的科学性往往就在于如何真正处理好读音的沿革，处理好读音的传承和创新二者之间的关系，以服务于语言的交际功能。

（2019 年 3 月 11 日发表于北大《此间 INSIDEPEPKU》网络平台）

卷四 **04**

| 中国古典学 |

中国古典学之我见

为适应时代的需要，北京大学中文系即将创刊《中国古典学》杂志。这里我谈谈自己对中国古典学研究的一些看法，祝贺刊物创刊，以与学界各位同道交流。不妥之处，敬请指正。

一、我所理解的中国古典学

我所理解的中国古典，是指 1912 年清帝退位或 1919 年五四运动以前的中国古代典籍，涵盖经、史、子、集等各个部分。从前有人将儒家经典和中国古典等同起来，或者将中国古典中讨论思想、道德的部分和中国古典等同起来。这是片面的，名不副实，也不利于全面地认识中国古典，更不利于发展新文化。

"古典"一词的词义有好几种，我取"古代典籍"一义。所谓"典籍"，泛指古代书籍。这些书籍，既有一直流传下来的，也有历代出土的。尤其是商代到西周的出土文献，尽管受表达需要和存储条件的影响，内容比较有限，但它对弥补传世文献的缺陷有不可替代的作用；东周以后的出土文献，对传世文献仍然有若干补充作用。毫无疑问，对传世文献的研究是研究中国古典的大道。

中国古典的研究范围和对象是确定的。因此，如果对它采取有效的科学方法，进行科学研究，就能进入"学"的范畴。中国古典学，就是对 1912 年清帝退位或 1919 年五四运动以前的中国古代典籍进行研究的一门学问。当今流传"国学"这一术语，对"国学"的定义可谓五花八门，我所理解的"国学"，跟这里"中国古典学"的内涵和外延一致。因此，我所谓的中国古典学，就是我所理解的国学。

三千多年以来，古人留下了浩如烟海、从不间断的古代文献，内容涉及方方面面，不仅仅局限于文学、思想、政治等领域。由于中华文明的历史延续性，古典文献在中国历史上发挥着重要作用，影响至今。就此而言，对中国古典跟西方古典的研究无疑有所区分。各个时代的文献，对前代既有继承，也有发展。

我们可以对它们做断代的研究，这样可以形成先秦古典学、汉代古典学……清代古典学，等等。其中，先秦的古籍是后代古籍的源头，最值得研究，需要有大量的投入。不将先秦古典学研究清楚，两汉以后的历代古典学研究就成为无源之水、无本之木。但是我们不能将先秦古典学代替中国古典学。

我们特别应该研究中国古代典籍中的那些经典的内容。有些古代典籍不属于经典，但是它们仍然不乏真知灼见，对后人发展文化事业很有帮助，因此也值得重视。比如，明清时期出现了不少记录各地方言词汇的著作，有些著作因袭前人方言词汇研究的成果较多，更没有成为经典，但偶尔也会记录一些前人没有记录的方言词语，尽管是吉光片羽，但是很珍贵，有时能帮助解决大问题。

二、古代的经典

说到古代的经典，不能不涉及什么是经典的问题。各种知识领域都可以有经典。例如，宗教有《金刚经》《圣经》《古兰经》等，文学有文学的经典，科学有科学的经典，等等。甚至启蒙教育也有自己的经典，如《急就篇》《三字经》《百家姓》等。由于各知识领域都会形成经典，因此关于经典的理解，就不能以著作的内容是否科学作为评判标准，那样的话，宗教著作、文学著作，还有其他一些领域的著作范围内就不可能有经典。当然，科学著作是否属于经典，这是要以是否科学作为评判的标准的。科学著作，只有符合科学标准，才能够具有权威性，才有可能流传久远。我们对于何为经典，还必须有更为概括的理解。

经典是一个客观存在，对于何为经典，中外学者有相当多的研究。但是如何区分经典和非经典，目前为止，还没有找到一个具有可操作性的方案。经典的核心区域是清楚的，例如，《十三经》是大家公认的儒家经典，《老子》《庄子》是大家公认的道家经典。但是经典和非经典，在边缘地带颇难划分清楚。在我看来，它们的边缘地带是不可能划分清楚的。

为什么这样说呢？我们从"经典"的定义入手。《现代汉语词典》给"经典"一词分了四个义项，头两个直接涉及对经典的认定。一个是"指传统的具有权威性的著作"，一个是"泛指各宗教宣扬教义的根本性著作"。这样下的定义，比较概括。

这里的两个义项，第一个直接点出"传统""权威"二词。这里所谓传统，指的是文化、道德、思想、制度、风俗、艺术、行为方式等人类创造的世代相传的具有特点的社会因素；所谓权威，指的是某些著作中，其言论中有令人信服的说服力和使人敬畏的重要内容。就这个定义看，经典需要由历史和社会来认定，某种著作是不是权威性的著作，需要由时间来检验、由社会共同体来检验。从这个角度看，一部著作，能否成为经典，绝不是由任何个人能确定的。个人能在推动一部著作成为经典中起到一定作用，但他无法决定某著作是否经典。还有一点，如何鉴别一部著作是否具有权威性，这也缺乏具有可操作性的科学手段。从这个意义上说，经典的认定，如果碰到边缘性的情况，有时候也会见仁见智。

第二个是用在宗教领域，其实也要求是传统的，像《金刚经》《圣经》《古兰经》等宗教著作，都是经过了千百年的持续影响形成的经典。相反，洪秀全创立拜上帝会，所撰写的《原道救世歌》就不能称作经典。

这里"权威性著作""根本性著作"，尽管涵盖了著作内容本身和社会评价两方面，但它们都是模糊性很强的概念，操作性不强，很多时候难以把握，这就决定了，在边缘地带，人们很难将经典和非经典彻底划分清楚。由于没有十全十美的经典，由于经典有缺陷，这就决定了，不同的人对一部书是不是经典的看法有时会产生分歧。好在对于一部著作是不是经典，不是由个人说了算，而是一种社会共识。

中国古代文献，由于历史的筛选，也许确认何者为经典、何者为非经典，相对要容易一些。当然，古代已经亡佚的不少著作，都有成为经典的条件，只是由于遭受天灾人祸，没有发挥其应该有的影响，它们不都是人们主动抛弃的。这些书中，有的不乏真知灼见，是很有可能成为经典的。因此，我们不能说，凡是亡佚的古书，就一定不是经典，它们在历史上有可能就是经典。例如，汉末孙炎的《尔雅音义》、曹魏时期李登的《声类》、东晋吕忱撰写的《字林》、隋代陆法言的《切韵》，它们在古代无疑都是经典。另一方面，我们可以相信，历代都出土了古书，尤其是近三十年来，出土古书更为频繁，其中有些古书是传世经典的异本，有的是原来未曾寓目的失传古书，有一部分有成为经典的可能。但是，由于经典的形成需要历史积淀，因此这些古书能否成为经典，是要经过时间的考验的。

古代的著作，有一些是整个社会的经典，例如，儒家的《十三经》《老子》《庄子》等先秦诸子、《说文解字》《经典释文》等小学著作、《楚辞》《文选》等文学著作、《山海经》《水经注》等地理著作、《史记》《汉书》等二十五史，它们的数量不小，是服务于整个社会的经典著作；有些是行业性较强、阅读面较小的经典著作，例如《九章算术》《伤寒论》《肘后备急方》《千金方》《韵镜》《七音略》《切韵指掌图》《弹棋经》等著作。行业性的经典著作，尽管影响比服务于整个社会的经典著作小，但它们往往凝聚了先民的重要认识成果，丝毫不妨碍它们成为经典，它们在促进社会进步中同样能起到丝毫不亚于通行于整个社会的经典著作所起的作用。

有人将国学限制在儒学的范围内，这对全面继承我国优秀文化遗产，发展新文化是没有好处的。我们必须重视经史子集等各方面的经典。还有的人认为儒学是中国文化的核心，这也是值得商榷的。所谓核心，指的是事物的主要部分，其他部分都是围绕着该事物的。我们认为，尽管儒学文化在两千五百多年的历史长河中多居首要地位，但是中国古代文化丰富多彩，远非儒学文化所能囊括。它是否是中国传统文化的主要部分，其他方面的内容是否都围绕着它，这是需要进行严格的科学论证的。至少我见到的不少著作，它们并没有围绕着儒学，例如古代医学著作、切韵系韵书、等韵学著作、农学著作，等等，它们很难说是围绕儒学撰写的。在一个拥有三千多年古典传统的国度，如何判定某一部分著作的内容是主要部分、中心部分，其他著作的内容是次要部分、外围部分，应该拿出切实可行的明确标准，否则其结论难以令人信服。可是我没有看到这种严格的论证。即使认为儒学是中国古代思想、政治领域的主要部分，也还是需要严密论证。

古代有不少伪书，辨伪学很重要。但是，我要强调：伪书并不都是非经典。古人写作伪书，原因复杂。有些伪书，只要它属于传统的权威性的著作，它也可以属于经典。这些伪书，在经史子集中都有。例如，《列子》现在大家公认是伪书，但是它有不少独到的见解，无疑属于经典。

所谓著作，是指用文字形式所表达的意见、知识、思想、感情等的成品，它包括单篇文章和装订成册的作品。因此，经典既可以是成本的书，也可以是单篇文章。例如，《庄子》是经典，其中的《逍遥游》《齐物论》《德充符》等篇更是经典之经典；《荀子》是经典，其中的《劝学》《天论》《正名》等更是经典之经典；《切韵》这本书早已亡佚了，但这不妨碍它成为经典，其中的《切韵序》更是经典之经典。

三、为什么要研究中国古典学

为什么要研究中国古典学，可以从古代文献的文本本身和当今社会的需要两个方面来谈。

首先，我们要说，中国古代典籍文本本身有相当丰富的知识营养，足资后人汲取。我们今天还能见到三千多年来从不间断的古代典籍。历代的典籍可谓汗牛充栋，但有不少惨遭厄运，流传下来的是九牛一毛。它们保留了中华民族祖先三千多年来，面对各种自然和社会环境的挑战所取得的认识成果，也记载了不少自然、社会现象，以及人们的改造活动，展现了先民百折不挠的奋斗精神、生生不息的生活体验。三千多年在人类文明史上，不能算是短短一瞬。古今中外一切认识活动和社会实践反复告诉我们，中国古代典籍是后人取之不尽、用之不竭的知识宝藏，值得花大力气去研究。

这些超乎我们想象的丰富成果，如同世界上任何既有的知识成果一样，不免有缺陷，甚至有严重的缺陷或错谬，但是它记载着智慧，有着足资后人借鉴、参考的内容，是后人必须批判继承的东西，也是发展新文化的一个光辉起点。

因此，出色完成中国古典和当代的对接，是后人义不容辞的责任。我们不能数典忘祖，不能因为它有缺陷而因噎废食，在没有全面深入阅读、经过严格科学论证的情况下，采取封堵的办法，将本该为现代文化建设提供养分的活水源头人为截断。在传统与现代之间建立一堵隔离墙，在完全没有古书阅读能力的情况下，肆意贬斥传统，挑起传统与现代之间的矛盾，体现了某些人士缺乏现代科学意识。那样做不但无法达到目的，而且得不偿失，受损的是当今的人们、当今的社会。

其次，从当今社会的需要来说，我们应该研究中国古典学。

理由之一：中国古典是中华民族共同的精神依归。一个人、一个社会都必须有自己的精神依归。相对于苍茫时空，任何个人、任何社会，他们太渺小了，得寻求一种精神依归、一种寄托，才能使自己变得强大起来，克服种种困难，向更高的目标迈进。如果没有这种依归，那就只能"念天地之悠悠，独怆然而涕下"。未来是未知，无法作为他们的依归，因此祖先传下来的东西无疑会是他们极好的精神依归。如同在茫茫大海中航行的一叶孤帆，它必须有一个出发地，而且随时要面对各种风浪，设计好泊船地。没有出发地和泊船地，就不能知道自己在大海上漂行了多少天、漂行了多远、孤舟的方位，等等，只能任其在茫茫大海中飘摇，只能随时准备葬身海底。

中国古代对于祖先的祭祀之礼，世界上不同民族传下来的祭奠祖先的风俗，有些民族对于祖先留下来的宗教经典的膜拜，都折射了这种依归的心态。有的民族崇拜天神，认为人是天神创造出来的，因此崇拜天神，跟崇拜祖先有共同之处。对于祖先留下来的书籍的重视，也折射出人们寻找精神依归的心态。正常状态下，一个民族，从祖宗流传下来的古代典籍中安顿自己的心灵，寻找生活的勇气和经验，避免消沉和盲目，奋发图强，是再自然不过的事情。人们常说的"发思古之幽情"，就是这种心态的一种折射。

尽管20世纪有些激进的知识分子因形势所需，对中国古典进行了最为激烈的批判，但是他们无法斩断人们对于中国古典的情怀。我相信，20世纪对中国古典采取过激批判的学人中，有些人骨子眼儿里对中国典籍还是重视的。由于他们的言论过于偏激，因此也引起了不少学人的强烈反弹。其结果是，20世纪，中华民族的族群分裂在中国历史上是最为严重的时期，整个民族，甚至在很多方面连基本的共识也无法达成。事实上完全以西方的价值观为准绳，逢中必反，逢古必反，是不可能取得共识的。这种族群分裂的现象，影响深远，许多人没有起码的仁义礼智信，缺乏理想和理性。至今我们还不时可以在互联网上见到，有人化名对业已达成的社会共识展开批判，为邪恶摆歪理，为正义唱反调，试图颠覆人们的共识，最大限度打击中国传统文化。不过，这种现象的出现，说明少数人在缺乏精神依归的情况下存在着数典忘祖的病态心理，也说明我们需要重建社会共识、社会互信。

经过几十年的积淀，重建国学、建设中国古典学的追求越来越强烈，这是不可阻挡的历史潮流。其实，重视传统，不仅仅是中华民族，世界许多民族也无不如此。这种重视本民族古典的情怀，这种文化寻根的强烈愿望，本属人之常情，在文化多元化的时代，这种情怀和愿望更容易变得强大起来。

理由之二：上述的这种情怀，非常有助于形成中华民族的巨大凝聚力。民族的凝聚力是一个民族战胜任何困难，保卫人民群众正当权益，昂首挺立于世界，发展文化的重要保证。我国疆域辽阔，各地自然条件不同，"十里不同风，五里不同俗"，传统保留的程度不同，社会发展速度不一，"众口难调"，很难形成凝聚力。要凝聚中华民族，需要有在不同地域、不同时代都能达成共识的东西。中华传统文化历史悠久，很多古老的文化现象已经扎根于中华大地，易于为众人接受；它的历史穿透力，也就意味着它在广袤的中华大地的空间辐射力，从而形成巨大凝聚力。中华传统文化最重要的表现形式，就是中国的语言和文字。

20世纪以来，有一些激进的人士，想尽各种办法，作了不少舆论铺垫，甚至利用各种政治手段，试图让中华文化在中国社会完全消失，由西方文化全面取而代之，虽然取得了一定的效果，但终究有限。一个重要的原因就是，中华传统文化在中国大地上有强大的时空穿透力和民族凝聚力，因此无论你承认不承认，它依然是人们最熟悉的东西。中华民族需要凝聚起来，而中国的古典具有这种凝聚力。从这个意义上说，中国古典学的研究意义重大。

如果我们想用大家不熟悉的东西将一群人凝聚起来，那多半是没有效果的。勉强将几个人凝聚起来，那只能是让人盲从，因为人们对那种东西无法知根知底，有几个人说那东西好，更多的人最多只能是将信将疑。近百年来，一些人士想对中华传统文化进行毁灭性打击，试图西学为体、中学为用，影响到了部分人士。由于这部分人士对中华传统文化缺乏真正的、全面深入的了解，对西方文化盲从；加之中西语言文化的隔阂，他们对西方也缺乏真正的了解，因此他们的思想是漂浮的。由于极端的自私在作祟，这种人有时在互联网上扬言，中国的古典都是垃圾，他们根本不看中国的古典，最多只看五四以来一些学问家对中国古典进行研究的著作。他们不仅不以凭二手货下巨大结论为耻，反而还以此作为炫耀的资本。这当然不是一种健康的、科学的思想：你没有全面、仔细阅读中国古典，怎么知道它们都是垃圾呢，学问恐怕不能这样做吧。在我看来，这些先生是受到了 20 世纪以来某些激进人士的蛊惑，缺乏应有的治学态度，对传统没有敬畏之心，老子天下第一，对传统缺乏真正全面深入的科学分析；更重要的是，他们先入为主地对中华传统文化产生离心力，先入为主地对西方文化产生亲和力，逢中国古典必反。解铃还须系铃人，这从反面告诉我们，凝聚中华民族，透彻了解中国的古典是何等重要！经过这么多年的拨乱反正，一些幡然醒悟的人士逐步感受到了中国古典的凝聚作用，因此中国古典学研究大有用武之地。

理由之三：中国古典不仅是中华民族的精神依归和形成民族凝聚力的核心要素，它还是后人创造新文化的重要的活水源头。任何一个民族，特别是有文明史的民族，它的后人，必须通过自己熟知的东西去认识自然、认识社会，中国的古典是中华民族发展新文化，走向世界的方便法门。古代汉语和现代汉语一脉相承，汉字是我们最大的文化遗产，中国古典绝大多数是借助汉字传承下来的。这是人们熟知的东西。

中国的古典文献凝聚各个不同时期、相当多优秀人才的集体智慧，涉及很多方面的内容，博大精深。建设我们的新文化，离开了它，会失去很多有利条件，使我们多走很多弯路。不同时期的中外人士，曾经从中汲取了很多营养，尤其是汉字文化圈的一些国家和民族，都接受了中国古典文献的深刻影响；欧美一些国家和民族也都受到了它的影响。不但人文社会科学如此，自然科学同样如此；不但科学研究如此，在文学创作、军事等方面同样如此。这有力地证明，中国古典文献的确有值得人们吸收的内容。西方学者研究西方古典学，主要是通过传扬古典精神救治时弊，这跟西方古典文献的内容丰富程度密切相关；中国古典学研究，我们特别要强调中国古典对于创造新文化的重要作用。

多少年来，我们对于中国古典文献成果的吸收还是有限的，以前人们大多吸收其中讲思想、道德、政治等方面的知识，其他方面重视得不够。就是讲思想、道德、政治方面的知识，也大多采取大而化之的办法，一好百好，一坏百坏，细致的分析做得很不够。有一些自然科学工作者，如梁思成在建筑研究和设计方面的贡献，得益于他对中国古建筑史的研究；茅以升在桥梁建筑研究、设计方面的贡献，得益于他对古代有关桥梁的著作的研究；竺可桢在气象学方面的成就，得益于他对中国历史气象学和中国历史地震学的研究；吴文俊的数学机械化研究，得益于他的中国数学史研究；屠呦呦等人从传统中医中寻找科研突破口，取得不俗成绩。他们比其他一些研究人员更多地吸收古书的智慧，由此取得了举世瞩目的成就。我们相信，自然科学研究的发展，如果能有更多的研究人员从古书中吸取养分，将会大大促进他们的研究；在其他方面，还有很多没有过时的东西，还有相当多的好内容值得人们吸收，为创造新文化服务。

由于语言的障碍，不同的国家对于中国古典文献成果的吸收程度不一。要创造新文化，中国古书将会源源不断地提供新的研究课题、思路、方法、灵感。由于中国学者自身的优势，我们更应该为此做出更多努力。因此，中国古典学的研究大有可为。由于近百年来，有些激进人士对中国古书持续不断地抨击，多多少少影响了人们的判断，也许有的朋友对古书有没有现代价值持审慎的观望态度，但是与其坐而论道，不如起而行之？与其受人摆布，何如亲自去试试水呢？

跟所有民族的古代文化遗产一样，中国古代文化中既有优秀传统，也有劣质传统。在新的历史条件下，认真阅读古书，全面深入研究中国古典学，经过充分论证，将优秀传统剔发出来，对劣质传统进行批判，对于克服个人局限和时代局限、创造新文化将有着极为重要的意义。

四、应该如何研究中国古典学

要研究中国古典学，需要做多方面的努力。这里主要就当今研究过程中容易被忽略的地方，提出个人一些不成熟的意见。大多是老生常谈，但这些基本的东西还是值得提出来讨论讨论的。

（一）必须具备坚实的古汉语基础

古书的释读是研究中国古典学的基础工作，离开了这项基础工作而建立中国古典学，必然是在沙滩上建七层宝塔，不可能有稳固的根基。

古汉语和汉字发展到今天，既有古今相承的一面，也有古今不一致的一面。一般人不经过一定的训练，就不可能读懂古书，即使勉强释读下来，也必然错误百出、大量失真。因此要创造新文化，避免研究工作出现误解，特别需要对古书作正确释读，必须字词句落到实处，避免粗枝大叶，还要准确把握古人的言外之意。这要求中国古典学的研究者具有扎实的古汉语基础。必须强调，如果一个学者要从事中国古典学的研究，古汉语的基础是非打不可的，绝不是可有可无的，它是一个学者进入中国古典学之门的钥匙。

多少年来，文史哲分家，古汉语学科一般设在中文系或文学院，而历史和哲学专业里，古汉语学科所占分量难免有限，这对学生古文阅读能力的培养有阻碍，因此学生在古代文献的释读方面对比以前明显处于下滑趋势。这种现象必须得到遏止。有一些大学的国学院没有设置相应的古汉语学科，有的有相应的学科，但从事古汉语教学的老师很少。这都是亟待解决的问题。历史上，治中国古典学者，有人就轻视语言文字。戴震曾经在写给段玉裁的信中批评这种恶习："宋儒讥训诂之学，轻语言文字。是欲渡江河而弃舟楫，欲登高而无阶梯也。"这是值得我们警醒的议论。

总结一下近一个世纪以来对于中国古代文献研究的成败得失，我们就可以看到，治中国古典学，强调要有扎实的古汉语基础，这是怎么也不过分的。如果一个从事中国古典学研究的学者，满足于当一个马虎先生，以为有一点古汉语基础就可以从事中国古典学的研究，忽视文字、音韵、训诂学方面的基本素养的培育，那么肯定会影响到自己研究成果的科学性和深度，也就是难以将中国古典学真正研究好。

利用中国古代典籍创造新文化，避免陈陈相因，我们特别要加强对古书的细微之处作正确释读。大而空的研究，常常不能发现创新文化的真课题，以至于跟真理失之交臂。对古代典籍细微之处的分析，往往能够带来灵感和新的研究视角，解决重大科学难题，从而揭示出真理，服务于社会。例如，吴文俊解决数学难题，屠呦呦解决青蒿素的提炼，毫无例外都是来自对古书细微之处的正确释读。吴文俊数学上取得的一些成就，得益于他对《九章算术》及刘徽注的精细释读；屠呦呦正确提取青蒿素，就来自她对葛洪《肘后备急方》中"青蒿一握，以水二升渍，绞取之，尽服之"的正确释读。由此我们可以看到，对古书的精细释读是何等重要。无论你研究中国古典学的哪一个分支，古汉语的基础必须打牢。

（二）必须打好古文献学的基础

古代文献汗牛充栋，没有版本、目录、校勘、辨伪诸学的帮助，我们就无从知道各种古书讲些什么内容，也就无从知道资料的真伪，如何找资料，如何利用资料，如何选择可靠的版本，等等。单凭个人的有限涉猎，必然会沧海遗珠，甚或以讹传讹。因此，研究中国古典学，就必须打好古文献学的基础。

在互联网如此发达的今天，更应该加以重视。一方面，互联网给人们吸收古人的知识带来方便；但另一方面，互联网上，有些古书严重失真。这时候，版本、目录、校勘、辨伪学的基础显得格外重要。我们必须选择可信的版本作为研究的依据，尽可能全面占有可信的材料。清代王鸣盛在《十七史商榷·序》中说："好著书不如多读书，欲读书必先精校书。校之未精而遽读，恐读亦多误矣；读之不勤而轻著，恐著且多妄矣。"要做到这一点，就必须打好古文献学的基础。当然，光借助目录学查找资料，也有一定的局限性，因为目录中的分类和著作介绍，只能是粗线条的；如果辅之以平时尽可能多的浏览，应该会有更多的收获。

以上我们强调：准确释读古书，有两项特别基础的工作必须加以重视，一个是要打好古汉语文字学、音韵学、训诂学的基础；一个是要打好版本学、目录学、校勘学、辨伪学，也就是古文献学的基础。在我看来，文字、音韵、训诂尤其是基础之基础。这是由古书的性质所决定的。因为书籍是由语言文字记录的，中国的古书主要是由古汉语记录下来的，没有古汉语，没有汉字，就不能产生中国的古书；古汉语、汉字是形成古书的先决条件。一切古书，以及同一古书的不同版本，都以汉语、汉字来记录，文本的分析、比较以文本的释读为基础，所以版本、目录、校勘、辨伪学的进展，又以古汉语研究为基础。

如果我们认同中国古代经典对未来的治国理政、文学创作、社会公益，以及人文社会科学、自然科学，包括军事、医学、气象、地质、地震、交通等都有重要价值，对发展中国乃至世界文化都极具意义的话，那么，为了有效地利用这份遗产，我建议：可以在一些大学不同的学科门类和专业，有针对性地设置古汉语和古文献的教研机构，或开设相关课程。

（三）必须充分重视出土文献，处理好出土文献和传世文献的关系

尽管出土文献的价值远远比不上传世文献，但其中也有相当丰富的内容。拿今天的学科体系来说，其中既有涉及社会问题、人文问题的，也有涉及自然问题的内容；既可以印证、补充传世文献的不足，也可以纠正传世文献的一些错讹，对发展新文化有不可替代的作用。例如，甲骨文、金文、两汉以前简帛文献的出土，对于深入了解汉字的流变；敦煌文献的发现，对于深入了解切韵系韵书的源流，都有不可替代的作用。再如，出土的西汉辞赋，可以深化我们对于西汉文学的认识；清华简的发现，对促进人们对于古史和古代科技成就的了解有积极作用。因此，出土文献的价值不能忽视，我们必须重视出土文献。

近些年来，多地出土了一些传世古书的不同简帛本子，有些简帛本子跟传世古书有相当大的差异，形成异文的关系。这些异文，能否证明出土文献优于传世文献？或者传世文献优于出土文献？或者传世文献和出土文献各有来历，我们难以定其优劣？这对认识古书的原意提供了新的契机，也给古文献学提出了新的研究课题。先秦古书，即使是传世著作的不同本子、出土的同一部著作

的不同抄本，也都会有异文，有时候让人很难断定孰优孰劣。出土的本子究竟是原作，还是当时的传本之一，这些都是需要研究的问题。至少在目前阶段，鉴于某种著作下距出土的本子有一段时间，我们还很难说完全可以利用出土的本子确定今天传世本子的异文均为后人改动。

当出土文献跟传世文献出现异文，而我们可以证明出土文献的文字就是文献原作者的原文时，这应该可以认为传世文献的异文经过了后来的改动。例如，最近在蒙古国发现的班固《封燕然山铭》，显然是班固的原作。它跟《后汉书》《文选》所收文字不完全相同，因此可以断定：《后汉书》《文选》记载《封燕然山铭》是可信的；两书所收，一定经过了后来的改动。问题是，这种改动，是班固自己后来改的，还是后人改动的呢？如果是班固自己改的，恐怕就不能根据"出土"的《封燕然山铭》改动《后汉书》《文选》。即使是后人的改动，也很难说这种改动是错的，有的可能是改错了，有的可能改得不好，有的可能改得比原文更好。究竟怎样，需要论证清楚。我们有时只能说，这种改动不合原文。由此可见，传世文献和出土文献的关系是复杂的，不能轻易据出土文献改动传世文献。

无论如何，我们必须关注、重视出土文献，将传世文献和出土文献有机结合起来，真正解决好求真的问题。

（四）必须分清读进去和读出来的关系

所谓读进去，就是要设身处地，读懂古书的原意；所谓读出来，就是不被古书牵着鼻子走，要有破有立。读古书时，客观上存在着这两个方面的不同，带有规律性。但是要读进去，深入理解古书原意，谈何容易，即使是通人有时也会有误解。例如，《史记·张仪列传》："弊邑恐惧慑伏，缮甲厉兵，饰车骑，习驰射，力田积粟，守四封之内，愁居慑处，不敢动摇，唯大王有意督过之也。"索隐："督者，正其事而责之。督过，是深责其过也。"王念孙《读书杂志》卷三之四《史记》以为"督过"是同义连用，都是"责备"的意思。他批评司马贞的解释，是将"过"理解为"过错"，"若以'过'为过失之过，则当言'督过'，不当言'督过之'矣"。其实司马贞和王念孙都是将"过"理解为"指责"，司马贞没有错。作为研究《史记》的权威学者，司马贞不可能不知道"督过"后面有一个"之"字，从而将"过"理解为"过错"，以致出现这种低级错误。他将"督过"解释为"深责其过"，是解释这个双音词的意义。这个解释是对的，并不能证明他将"过"理解为"过错"，被释词的"过"和注释中的"过"是两个不同的字义。由此可见，读进去和读出来是不同的。

充分读懂古书原意是读出来的前提，如果不下一番读进去的功夫，就极有可能误解古书。在我们既有的中国古典学研究中，误解古书、胡乱批评古人的情况时有所见。例如，对于古人所说的"礼""法"的关系，我们不能不加分析，拿今人对"礼""法"的理解去评判古人，以为古人只重视礼，而轻视法。要想了解古人对于"礼""法"的认识，必须全面掌握古书的相关材料，细致分析他们对这两个词的具体含义的理解。《史记》中，司马迁对"礼"的理解跟今天就有很大的出入，他继承了《荀子·礼论》的很多内容。《礼书》中的"礼"，包含的内容远大于我们今天对"礼"的理解。唐张守节《正义》说："天地位，四时序，阴阳和，风雨节，群品滋茂，万物宰制，君臣朝廷尊卑贵贱有序，咸谓之礼。"张氏对《礼书》的"礼"的含义的理解，是体会司马迁对"礼"的理解而来的。根据这个理解，"礼"中包括了不少今人所说的"法"的内容。如果不虚心涵泳，不对古人对"礼"的含义做一番细致的分辨，只拿今人对"礼""法"的理解以为古人重视"礼"、轻视"法"，结论不是由大量的材料严密地推导出来的，未免厚诬古人。

再如，段玉裁在《广雅疏证序》中提出传统小学形音义互求的见解，但是段氏关于因形求义、因形求声、因声求形、因声求义、因义求形、因义求声的具体含义是什么，即使是肯定段氏此说的学者，专门研究传统小学形音义互求的论著，都没有去做系统的爬梳，因此说不出所以然。舍弃了读进去的这一步，大谈段玉裁理论在中国学术史上的地位，就显得底气不足。

对于古书缺少虚心涵泳的功夫，没有真正读进去，没有充分理解古书、古人，就跳跃到评价古书、古人，这在相当多的中国古典学研究中都不同程度地存在着，因此不少评价、不少断言，都难免有隔。今后中国古典学的研究，这是必须克服的研究局限。

（五）必须理顺分析和综合、具体考证和理论探讨的关系

有人强调，为了跟中国哲学、中国历史、中国文学等研究区隔开，从事中国古典学的研究，应该注重做整体研究，从而体现中国古典学的学科特色。这种追求有其合理之处，但是要避免大而空的研究，注意分析和综合的关系。离开微观性的基础研究，片面追求综合研究，其结果必然是流于空疏、平庸；片面追求微观的分析研究，不跟综合研究结合，往往只见树木，不见森林。因此，分析和综合研究相结合，才是最佳选择。

在中国古典研究史上，很多人一直没有处理好考证和理论研究的关系。有的学者重考证，排斥理论研究。王鸣盛在《十七史商榷》的《序》中说："盖学问之道，求于虚不如求于实，议论褒贬皆虚文耳，作史者之所记录，读史者之所考核，总期于能得其实焉而已矣，外此又何多求邪？"这段议论，有不少可

取之处，如提出治学要求实。但是他贬斥"议论褒贬"，目之为"虚文"，不免片面。其实，考证和议论褒贬都可以有实有虚，而且治学很难避免"议论褒贬"，像王鸣盛这段话，就很有这种色彩。20世纪90年代中后期，我就听到有学人说，现阶段，资料的考证工作已经做完了，往后就要全力进行理论研究。这种将文史考证和理论研究对立起来的做法，在中国古典学研究中还大有市场。这些做法失于偏颇，缺乏学理依据。

我们认为，在中国古典研究中，千万不能将考证误会为史料本身，考证是搜集材料、设计方法，从中得出具体结论，这里面有理论；即使是纯理论探讨，只要有真知灼见，也必然依靠扎实的考证。章学诚《章氏遗书》卷九《答沈枫墀论学》指出："夫考订、辞章、义理，虽曰三门，而大要有二，学与文也。理不虚立，则固行乎二者之中矣……夫文非学不立，学非文不行。二者相须，若左右手。"无论是重在考证，还是重在纯理论探讨，都不能根据其研究的侧重点确定谁重要、谁次要，因为这是说不清楚的问题。如同盖高楼，我们不能说地基不重要、地基之上的部分才重要。在这一点上，考证和纯理论研究都不应该分轩轾。应该根据选题的难度、论证是否充分、结论的创新度等方面，通过实践检验，确定成果的优劣。有人视考证为"小道"、理论研究为"大道"，未免未达一间。章学诚《章氏遗书》卷二十二《与族孙汝楠论学书》说得好："学问之途，有流有别。尚考证者薄词章，索义理者略征实。随其性之所近，而各标独得。则服、郑训诂，韩、欧文章，程、朱语录，固已角犄鼎峙而不能相下。必欲各分门户，交相讥议，则义理入于虚无，考证徒为糟粕，文章只为玩物。汉唐以来，楚失齐得，至今嚣嚣，有未易临决者。惟自通人论之则不然，考证即以实此义理，而文章乃所以达之之具。"

无论是基本考证还是纯理论探讨，我们都强调要坚持系统性，好的考证必然符合系统，劣等的纯理论研究有可能毫无系统性，更无法使这方面的研究成果成为人们研究的"终极目标"，终极目标只能是科学而有用。

我们看到，有人忽视具体材料的全面掌握和深入分析，片面追求所谓中国文化特点的整体把握，以此指导自己的研究取向。其研究结论，往往遇到大量的反例；他们对这些反例采取不管不顾的态度，因而结论的可信度大打折扣。例如，我们常常看到，有人说中国文化注重综合，西方文化注重分析。这个结论很大，会遇到很多反例。在阅读古书的过程中，我们经常看到有注重分析的例子，像《九章算术》《切韵》《韵镜》《七音略》等书，都非常注重分析；西方著作中，注重综合的例子同样很多。因此，这个结论很难得到证实。

但是，这种研究路向的负面影响不能忽视。最近有朋友给我转来一个帖子，作者没有任何论证，先提出一个观点，作为议论的基础：西方人以诚信为荣，中国人以聪明为荣。然后寻找形成有这种文化差异的"原因"，大加发挥：中国人缺乏契约精神，认同作假。由此认定，中国人意在输赢，而不是善恶。对此同样没有明确论证。作者进一步发挥说，这也许是中华文化始终处于蒙昧状态，徘徊在文明边缘的原因。言下之意：中华文化是蒙昧的文化，这是不需要论证的已知知识。整篇帖子没有作任何科学论证。这种没有任何科学论证的帖子，在互联网上时有所见。这种没有根据、胡乱发挥的帖子，缺乏起码的科学诚信和科学道德，以猜想代替实证，要小聪明，正是人类劣质文化的产物。表面上是做中西文化的宏观比较，实则空洞无物。这种做法，我们必须引以为戒。

近百年以来，对于中国古典学的研究，借鉴西方的研究模式，比较注重学术史和思想史的方面，尤其是儒家思想史的理论研究。五四运动后的一段时期，这些类型的研究成果层出不穷，涌现了不少优秀成果和优秀研究人才。改革开放以后，有的学人多在五四时期那些学者研究范式的基础上修修补补，尽管小有成就，但难以形成大的格局、大的气象。某些研究过于重视借鉴，容易削足适履，我们祖先一些独创的知识成果发掘得不够；近现代学科分工太细，有的学科对古汉语和古典文献学的重要性不够重视，对古代典籍的释读有所忽略；中国古典学的相关专业多设置在文科，文科对自然科学的知识有隔膜，而理工科又缺乏古汉语和古典文献学的基础训练，因此对于其中的相当于自然科学的文献关注得不够；有的研究片面追求理论创新，对于必要的微观研究做得不够，影响了研究的深度。今后研究中国古典学，必须重视这些方面。

中国古代对前代典籍的研究和利用，注重实用性，缺点是对理论重视不够。20世纪以来，人们试图对此有所矫正，但在重视理论研究的同时，大大忽略了实用性，为理论而理论，理论至上的治学心态严重左右着一些学人。正确的做法是：既要重视理论，同时必须继承我们祖先重视实用的传统，让它们相得益彰。很多人注意到，传统的古书中，有很多谈到思想、道德修养方面的内容，这大概是古人的研究优势之一。近现代以来，一些学人常常采取一刀切的办法，笼统地加以肯定或否定。这不是科学的做法，对发展新文化也不利。应该具体研究：古人对于道德修养，有哪些见解，哪些地方讲对了，哪些地方讲错了；哪些内容今天用得着，哪些用不上。这样具体而微的研究，无疑更有科学性，也更有实用性。

（六）必须解决好述和作的关系问题

要重点发掘、利用前人没有发掘出来的问题、没有有效利用的文化成果，服务于当今的新文化建设。我在上面提到的几点研究中国古典学的建议，重在阐发对古书研究要求真求实，这里我要强调，我们研究中国古典学，要在此基础上花大力气发掘、利用古书中科学有用的部分，为当今的新文化建设服务。

三千多年从不间断的浩如烟海的中国古书，是在面对各种复杂的自然现象、社会现象的情况下产生的，各个时期的精英人物，他们必然会从他们的独特视角提出一般人忽视的问题，有自己独特的分析角度和独到的思想，有很多足资后人汲取的知识成果。可惜我们发掘、利用得很不够，这主要是因为一个世纪以来，我们太重视模仿西方甚至照搬西方，形成惯性和惯性思维。有时候，为了能有点新意，有的学人并不是先在古书的精细释读上下功夫，而是寄希望于西方学者新的研究成果，从新的视角将原有的研究审视一遍，以求创新。这种研究无疑是有价值的。为了拔高这种研究路向，有人甚至拿中国古典学的国际化替自己寻找其合理之处。这是可以理解的，但该研究路向最根本的缺陷在于，对于研究对象的本体自身下的功夫仍然很不够，而对本体深入细致的研究是最重要的。

由于过分倚重西方，因此一些从事中国古典学研究的人，西方学者注意到的地方，容易引起他们的兴趣；中国古代独有而西方人忽视的地方，则很少受到关注。由于西方的研究模式跟中国传统很不一样，在中国古代很缺乏这种研究模式，因此将它们移植到对于中国古代典籍的研究上面来，这在国内比较新颖；但如果放眼全球，其新颖度就要打折扣。从这个角度说，仍然是述多于作，述的是西方模式，缺的是超出西方模式的新课题、新视角、新问题、新方法、更高层次的原创性质的成果。而且，由于盲目崇拜西方，有时候，这种移植性的研究难免出现一些削足适履的地方。

也有的学人因为研究的需要，发掘出现今研究中忽略的内容，如屠呦呦关注《肘后备急方》中谈到提取青蒿素的内容；再如，吴文俊的数学研究，从古代数学著作中发现了一些重要线索，然后结合现阶段中外研究人员获得的已知知识，进一步深化古人的认识，从而促进了他们的研究，服务了当今的社会。但是，总体来说，这种有述有作的成果还太少。我们相信，中国古书中一定有不少现代文化建设中忽略的部分。这么好的可以利用的条件，我们为什么不好好利用起来，将古人认识到，而今人忽视的那些部分发掘出来服务于当今社会呢？

要想今后从古书中发掘出更多的科学有用的知识，有更多的有述有作的研究，甚至作大于述的研究，就要解放思想，牢固建立自主意识、独创意识，既吸收西方，又不为西方既有的成果和框架所囿，多多利用我们的优势，可以从古书中寻求突破口。从这个意义上说，中国古典学研究可谓任重道远，我们没有必要将对中国古书的利用局限在从事中国古典学研究的人士身上。

（原载《江苏师范大学学报》2018 年第 5 期，转载于《新华文摘》2019 年第 5 期，又以《略谈中国古典学》的题目摘要发表于《中国古典学》第一卷，中华书局 2020 年）

亟待加强我国反映自然博物和医学等古籍的
整理、研究

尊敬的各位先生、各位女士：

很高兴迎来了中国人民大学国学院成立十五周年的院庆活动。因为正好赶上我下午 1-3 点有课，不能前来表达我的祝贺之意，特委托李建强老师代我宣读一下我的书面发言。首先，我对人民大学国学院成立十五周年表示最热烈的祝贺！

我今天书面发言的题目是《亟待加强我国反映自然博物和医学等古籍的整理、研究》，这也是我发言的主题。进入主题之前，请允许我表达对人民大学国学院的敬意。十五年前，人民大学率先在全国成立了自 1949 年以来第一家以"国学"为名的实体性的教育科研机构，适应了中国建设事业的需要。国学院成立十五年来，结合自身优势，不断总结经验，在新的历史条件下开拓前进，在科研、教学等方面都取得了很大成绩，课程体系不断完善，人才培养取得成功，为中国培养了一批批国学研究和应用人才，形成欣欣向荣的发展态势，我本人就是国学院人才培养的一位受益者，我的博士生向筱路同学就是人民大学国学院培养出来的优秀本科生。因此，我要对国学院诸位同道在培养我国国学研究人才方面的兢兢业业的工作表示深深的敬意。

现在我回到主题上来。我国浩如烟海的古籍，在当今不仅仅能在凝聚中华民族中起到极大作用，也不仅仅具有学术史的价值，还是我们认识自然、社会的重要的活水源头。二十世纪初，有人主张将中国的古书全部抛弃、全盘西化，因此，国学研究遭到了空前的批判，造成了极其恶劣的影响。三千年的古书，反映了三千年来的众多学人对自然、社会的认识成果。在没有进行充分研究的情况下，就主张一股脑儿抛弃，这不符合"科学"和"民主"的精神，得不偿失。在这些古书中，有一些属于反映自然博物和医学的古籍，多属于今天自然科学的内容。近百年来，由于受不大可靠的观念和一些论证得不太严密结论的误导，让那些明明对认识自然博物现象有启迪、借鉴意义的古书闲置在那里，不能发挥它们应有的作用，为民众服务，这是令人扼腕痛惜的事。我在平时阅读时，就注意到这些类型的古书，有时候匆匆浏览一遍，感觉到其中不乏真知灼见。自然博物方面，我国从先秦开始，就对动物、植物、矿物等名物在宏观和微观方面进行观察、描述、分类，像《诗经》《楚辞》《山海经》多有这方面的内容。《大戴礼记》中的《夏小正》，是我国现存最早的一部记录传统农事的历书。三国吴陆玑《毛诗草木鸟兽虫鱼疏》、张华《博物志》、郭璞《尔雅注》《方言注》《山海经注》等涉及大量博物学的内容，旧题晋李石《续博物志》、宋吴淑《事类赋》、高承《事物纪原》、罗愿《尔雅翼》、吴仁杰《离骚草木疏》、陈景沂《全芳备祖前集》、明穆希文《蟫史集》、傅岩《事物考》、徐炬《古今事物原始》、刘侗《名物考》、陈懋仁《庶物异名疏》、董斯张《广博物志》、清陈元龙《格致镜原》、吴宝芝《花木鸟兽集类》等都研究了名物。古人的观察结果，有一些跟今人相同，也有跟今人不完全一致的地方，古人的有些观察今人似乎没有怎么提及。有时候，前人对名物的认识有误，后人加以改正。例如，大家熟知《诗经·小雅·小宛》中记载，"螟蛉有子，蜾蠃负之"，这是误认为蜾蠃自己不产子，取螟蛉为己子。这个认识不正确，宋代罗愿《尔雅翼·释虫三》"蜾蠃"条、明李时珍《本草纲目·虫部一》"蠮螉"条引南朝梁陶弘景《名医别录》："今一种蜂，黑色，腰甚小，衔泥于人屋及器物边作房，如并竹管者是也。其生子如粟米大，置中，乃捕取草上青蜘蛛十余枚，满中，仍塞口，以待其子大，为粮也。其一种入芦管中者，一名蜾蠃，亦取草上青虫。《诗》云'螟蛉有子，蜾蠃负之'，言细腰之物无雌，皆取青虫教祝，便变成己子，斯为谬矣。"两处所引文字小异，我这里采用《本草纲目》所引，只有"一名蜾蠃"《本草纲目》没有，这里据《尔雅翼》补上。陶弘景经过悉心研究，发现蜾蠃有雄雌，它把螟蛉衔回蜂巢中，作为它所产幼蜂的食物。现在，大家都知道陶弘景的说法是对的。我国古代的博物书是有一些很科学的观察的，值得我们批判继承。

中医方面，这次新冠肺炎疫情防控期间，很多人又注意到中医问题，部分有识之士在网上谈到古代一些研究瘟疫的书籍，会对扼制新冠肺炎疫情蔓延、治疗新冠肺炎有启迪作用。我的家乡湖北黄冈是疫情的重灾区，我也检索、粗读了这方面的古书，感到古人讲到如何判断是否染上瘟疫，各种瘟疫的症状、定名，发病的情况，对人生命的危害程度，治疗的方式，开列的药方，还讲一些具体案例，确实有独到之处。例如，"瘟"来自"温"，表明战国以前人们就认识到瘟疫的症状是发热。而且今天扼制新冠肺炎疫情蔓延、治疗新冠肺炎的一些做法跟古代医学书籍所谈是一脉相承的，古代很早就对染上瘟疫者采取隔离措施，《汉书·平帝纪》载，元始二年规定，"民疾疫者，舍空邸第，为置医药"。这里"舍"是"舍止"的意义，"舍空邸第"是说，让患者舍置在腾空的宅第里面。染上瘟疫而无法治疗者，他们从发病到自然痊愈或者死亡的时间，明张景岳《景岳全书》卷十三《性集》谈道："若太虚者，则全然不可治邪，而单顾其本，顾本则专以保命。命得不死，则元气必渐复，或于七日之后，或十四日，甚者二十日之后。元气一胜，邪将不攻自溃，大汗至而解矣。"这是说，有的是七天就可以痊愈，有的是十四天以后，最多的达到二十天。清余霖《疫疹一得》卷下多处讲到从发病到死亡的时间，如《附一紫黑相间治验》："令郎之症最险，不畏予药过峻，死中求活，不然，变在十四日。"《附一昏愦呃逆治验》："此疫毒内伏，症亦危矣。如斑不透，毒无所泄，终成闷症，毙在十四日。"所以这些认识很值得今天参考。

这些有关博物学、医学等自然科学的古书对于人们今天认识自然现象无疑会有启迪作用。可是要想将这些古书读懂，单纯依靠专门从事古代汉语研究的学者，或者单纯依靠从事自然科学研究的学者，都很难做到。自从 20 世纪初以来，人们受制于一些错误观念和一些误导，对于我国古书中有关博物学、医学等自然科学的内容普遍存在隔膜；又由于大学教育和中小学教育的分工，青年学生进入大学阶段，才算是正式进入研究性质的学习，而人文科学、社会科学和自然科学各科在大学分工明显，因此，从事自然科学学习、研究的学生对于古文阅读能力培养的工作，从事人文科学、社会科学学习、研究的青年学生对于自然科学的进一步学习、研究工作基本上废弃了，造成我国古代有关博物学的著作往往处于两不管的地带。尽管一些中医药大学还在强调中医著作的阅读，但是青年学生往往只学有关中医的一些概论性的东西，很少直接阅读原文；即使开一些中医经典选读方面的课程，也常常蜻蜓点水，缺乏必要的语言文字学功底，实际上中医药大学的学生一般也缺乏阅读中医著作的基本能力。要读懂古代这些博物学和中医等涉及自然科学的著作，为今天的建设事业服务，光有相关自然科学方面的知识储备是远远不够的，必须要有语言文字学的知识储备。这是非常严酷的一个现实，必须正视。

我之所以这么说，是因为注意到，近 20 年来，我国博物学、医学等古书很少出现校释方面的著作，我认为，这反映了我国目前对于博物学、医学等古书的研究水平在下降，读不懂古代的博物书、中医书，因此很少有人有能力做出质量较高的校释。

要解决这种问题，目前比较有效的办法，一是从事古汉语研究和从事某些自然科学的学者进行合作形成互补局面，共同克服自身弱点，推进有关博物学和中医等涉及自然科学的古代著作的释读。二是在一些理工科学校和研究机构，如医科大学，特别是中医药大学等涉及博物学和中医等涉及自然科学的古代著作释读的单位，加强文字音韵训诂课程建设，引导学生字词句落实，在培养学生阅读博物学、医学等古书上下功夫。尤其是中医药大学和中医药研究机构，如果不能读懂中医药的古籍而侈谈中医，那是很不应该的。

还有一种办法是在实体性的国学院培养从事博物学、医学等涉及自然科学的古书研究人才。因为文史哲的院系，有它们自身的功能和培养目标，实体性的国学院则不同，它面对的是整个国学，包括博物学和中医等涉及自然科学的古代著作都应该是它们的研究对象，不能局限于文史哲等研究方向，因此古代涉及自然科学内容的古书释读应该可以纳入实体性国学院的学科方向当中。从这个角度说，我对人民大学国学院的教学和研究工作既表示由衷的赞佩，也充满了新的期待，期待国学院为传承中国优秀文化、发展中国新文化再立新功。

衷心祝愿中国人民大学国学院教学、科研事业不断创造辉煌！

（本文是在中国人民大学国学院成立十五周年座谈会上的书面发言稿，原载《国学学刊》2020年第4期。）

典籍里的黄鹤楼

主持人、线上线下的各位先生和女士：

大家上午好！

非常高兴地在 2021 年最后一个月回到故乡湖北，用四五十年前的一句时髦的话来说，是"又喝到家乡的水了"，既感到无比亲切，又感到轻松愉快。现在很荣幸地来到长江讲坛跟大家一起交流、互动，跟各位旧雨新知欢聚在线上线下，共同商略学术问题。湖北省图书馆的徐力文、谢宁女士知道我对省图书馆的镇馆之宝《黄鹤楼集》下了一点功夫，黄鹤楼又是湖北人民的最爱，她们代表省图，希望我讲讲黄鹤楼、讲讲《黄鹤楼集》。所以我今天给大家汇报的题目是《典籍里的黄鹤楼——谈谈〈黄鹤楼集〉在文化建设方面的价值》。现在分成几个部分来谈。

一、黄鹤楼的历史和《黄鹤楼集》

要谈《黄鹤楼集》的价值，首先要说说黄鹤楼。黄鹤楼，是武汉市乃至湖北省最有历史穿透性和延续性、最家喻户晓的标志性建筑，坐落在武昌蛇山一带，濒临长江。远古时期，武汉一带处于彭蠡泽和云梦泽两大水泽衔接的区域。从武汉溯江而上，江北的汉口、汉阳那边属于云梦泽，整个江汉平原的湖泽大约都属于古代的云梦泽，主体在长江以北、汉江以南，云梦泽是由汉江和长江交汇的三角地区汇聚而成的。从武汉往下游走，不远处鄂东的黄梅、武穴，是彭蠡泽的一部分。跟云梦泽一样，古彭蠡泽原来也是很大的一个水泽，水网密布。据《尚书·禹贡》记载，汉水流到大别山，向南流到长江。长江继续东流，在武穴那里开始分叉，形成"九江"，九江流域折向江西九江市，汇聚形成了湖泽，这就是彭蠡泽。长江北岸黄梅的大源湖，皖西和黄梅共有的龙感湖，安徽宿松的大官湖及安徽宿松、望江、太湖三县交界处的泊湖等滨江湖区，都在彭蠡泽的范围之内，彭蠡泽还向南，到达江西鄱阳湖一带。长江过了三峡，江面骤然开阔。进入武汉段以后，由于龟、蛇两座山的夹峙，江面又突然变窄，这种地貌对形成云梦泽和彭蠡泽有极为关键的作用。汉阳的龟山属于大别山的余脉，龟山和蛇山被长江一分为二。

不难看出，黄鹤楼所处的地理位置十分重要。新石器时代以来，人们在云梦泽和彭蠡泽一带创造了极为灿烂的文化，多地的考古发掘都可以证明这一点。在尧舜时代，这一带是所谓"三苗"活动的腹心区域，后来"三苗"跟尧舜争夺势力范围失败，它的主体被舜帝强制迁徙到三危，也就是今天甘肃敦煌一带。

武昌原来跟鄂州在行政区划上属于一体，在商代属于鄂国的范围。西周时，楚国灭了鄂国，鄂国纳入了楚国版图。春秋时期，楚共王封他的第三个儿子子皙做鄂君，著名的《越人歌》就是子皙跟鄂地越人在长江泛舟时，越人创作的歌谣。武昌原来是鄂国的辖地，《越人歌》是在这一带出现的，流传了 2000 多年，这也可见，直到春秋时期，这一带还杂居着少数民族的居民——越人。我们千万不要误会，以为《越人歌》是在后人所理解的越地创作的。

离黄鹤楼只有几千米的距离，还有一件事，更是影响了中国的现代化进程，那就是 1911 年 10 月 10 日在红楼那里爆发的辛亥革命、武昌起义，它不但推翻了清王朝，而且结束了统治我国几千年的君主专制制度，建立共和政体。

我举出这三件事，都可以说明围绕着黄鹤楼，出现了相当多可歌可泣的历史故事，影响了中国的历史进程，黄鹤楼是荆楚人民的骄傲。

三国时孙权建立吴国以后，鉴于今天武昌城一带地理位置的重要性，开始于黄武二年（223 年）在蛇山一带筑城，这座城斜对着江对面的汉水，叫夏口城。筑城必筑望楼，三国吴在夏口城西南角黄鹄矶上面建了一座望楼，基址就在今天武汉长江大桥的桥墩那里，用于瞭望守戍，这是黄鹤楼的雏形，沿袭到唐朝。在黄鹤楼还处于望楼的阶段，就留下了美好的诗篇，唐玄宗开元十一年（723 年），崔颢在这里写下千古绝唱《黄鹤楼》，后来李白多次登楼，《送孟浩然之广陵》《与史郎中钦听黄鹤楼上吹笛》等都是登临这个望楼留下的佳作。我们可以想到，既然崔颢、李白等都登临黄鹤楼，那么当时的黄鹤楼肯定不只是军事上的一座望楼。它的功用到隋唐时期已经在发生转变。隋唐都是大一统的时期，原来用来对付南北分治局面的望楼的作用就不会凸显，景观楼的作用逐步凸显出来了。

东汉出现了道教，至晚到三国吴，天师道就在武昌一带流行开了。20 世纪 50 年代，在江夏区任家湾出土的东吴郑丑墓，是我国现存最早的一座道士墓，完全可以证实这一点。黄鹤楼处在黄鹄矶上，在东汉至南北朝时期，这里江面比今天宽多了，烟波浩渺，很适合营造道家得道成仙的气氛，所以蛇山那里很早就有道家的活动，留下传说。《南齐书·州郡志下》"郢州"："夏口城据黄鹄矶，世传仙人子安乘黄鹄过此上也。边江峻险，楼橹高危，瞰临沔、汉，应接司部，宋孝武置州于此，以分荆楚之势。"《黄鹤楼集》卷中阎伯理《黄鹤楼记》引《图经》："费祎登仙，尝驾黄鹤返憩于此，遂以名楼。"黄鹤楼的得名，应该跟这两个传说有关。阎伯理《黄鹤楼记》，他自己已说明，写于"永泰元年"，也就是公元766年，他没有列出"黄鹤楼"得名的其他说法并加以驳正，可能反映了唐代人普遍认为《图经》的说法是黄鹤楼得名缘由的可靠说法。崔颢写《黄鹤楼》应该比阎伯理《黄鹤楼记》早一点，因为崔颢卒年是公元754年，他死了10多年后，阎伯理才写《黄鹤楼记》。如果是这样的话，《黄鹤楼》的"昔人已乘黄鹤去"的"昔人"，指的就是费祎，费氏是三国蜀汉的名臣，是江夏郡鄳县（今河南省罗山县）人，黄鹤楼也在江夏郡，费祎是江夏郡的名流。

唐朝时，黄鹤楼跟武昌的城墙分开，变成了观赏楼，黄鹤楼第一次毁坏是在唐朝。北宋重建黄鹤楼，南宋初年第二次毁坏。明洪武年间，重修黄鹤楼，成化年间第三次毁坏。不久重修，但嘉靖年间第四次毁坏，是毁于大火。隆庆年间重建，但崇祯年间毁于战火，这是第五次毁坏。清顺治年间重修，康熙年间第六次毁坏。接着又重修、增修、毁坏，反反复复多次。据文献记载来估计，历史上黄鹤楼被毁达九次，重建达十次。现存建筑以清代"同治楼"为原型设计重建，重建时我还在武汉读大学，1983年还在蛇山脚下的三十三中（今文华中学）实习一个月，多次见到重建的热烈场面，新黄鹤楼于1985年建成。

通过黄鹤楼的变迁史，我们可以知道荆楚人民对于黄鹤楼是何等喜爱，也反映了荆楚人民追求、保持湖北特色的矢志不渝的精神风貌。

现在说到《黄鹤楼集》。湖北省图书馆藏有明武昌府知府孙承荣编、任家相补编，于明万历年间刊行的《黄鹤楼集》。此书记载了南朝宋到明万历年间二百余人专门吟咏、赞美黄鹤楼的诗文400多篇，按五言古诗、七言古诗、五言律诗、七言律诗、五言排律、七言排律、五言绝句、七言绝句、杂体诗、赋、记、序、杂记次序排列，每一体裁作品依时代先后编排，收集了上至南朝、下迄明代万历年间的作品，其中明代作品最多；其他一些古书中也有涉及黄鹤楼的内容，但因为不是专门写黄鹤楼的，所以就没有收录或摘录进来。因此，这部著作是我国历史上第一部专门辑录黄鹤楼诗文的书籍。《黄鹤楼集》收录的对象最早是南朝宋鲍照的《登黄鹄矶》，鲍照登的是楼下的黄鹄矶，但他应该也会登矶上的黄鹤楼。这也从一个侧面反映了黄鹤楼的变迁历史。在汉代，黄鹤楼还没有出现；到三国吴，才有了军事用途的黄鹤楼，因此，到南北朝就开始出现讴歌黄鹤楼的作品。

可能当时主要用来宣传地方名胜，刻印数量有限，流传未广，湖北省图书馆现藏的这本古籍曾被鉴定为"孤本"。现在我们知道，国家图书馆也有一个藏本，由于仅见这两个藏本，因此它们都很珍贵。

这本书由湖北武昌的徐恕先生捐赠给湖北省图书馆。近代以来，湖北文化事业颇为发达，湖北藏书家们与有功焉。除了宜城人杨守敬（1839—1915）早已誉满学林，还有一批杰出的藏书家广搜海内外图书，服务于荆楚大地乃至中华各地。这其中，不能不提到湖北先贤徐恕（1890—1959）先生。徐恕，字行可，武昌（今武汉市武昌区）人，是湖北著名藏书家，穷一生之力，收藏近千箱古书及其异本，总计10万册，多学术价值极高者。徐氏十分慷慨，坚持"不为一家之蓄，俟诸三代之英""愿孤传种子化作千百万身，惠及天下学人"的藏书理念，以其藏书惠及天下学人。湖北省内外，像杨守敬、张元济、蔡元培、章炳麟、徐森玉、马一浮、沈祖荣、余嘉锡、熊十力、杨树达、黄侃、胡适、梁漱溟、袁同礼等，无不从徐氏收藏中获益。徐恕于1956年将其所藏500箱6万册古书捐赠给中科院武汉分院；1959年去世以后，其家属遵其遗愿，将收藏的其余4万册古籍捐赠给湖北省图书馆。现在这两批捐赠都收藏在湖北省图书馆，其中就有这本《黄鹤楼集》。

我在湖北大学工作时，很早就听说省图藏有《黄鹤楼集》。1993年，为了解湖北省音韵学书籍的馆藏，我曾在湖北省图书馆、武汉市图书馆、湖北大学图书馆等处核查音韵学古籍，阅读、浏览了不少音韵学书籍。尤其是在湖北省图书馆读了大约一个月的书，多属音韵学古籍，其中一大部分来自徐恕先生及其家人所捐，这些书籍对我一生的治学帮助甚巨。当时省图在阅马场一带，我几乎每天坐公交，从武昌车辆厂出发，辗转汉阳门，在胭脂路或民主路下车，穿过蛇山下的古楼洞，到省图观书，风雨无阻。回想起来，往事如昨；可惜当时着迷于阅读音韵学古籍，跟《黄鹤楼集》擦肩而过。

我想到：《黄鹤楼集》可能是孤本，或者是收藏不多的善本，但"孤本"或"善本"是很抽象的概念，我们应利用它，发掘它在文化建设上的具体价值，于是拜读了《黄鹤楼集》，产生一点不成熟的想法，期待跟各位朋友交流。

有了上面的铺垫，我在下面就要跟大家分享一下我从《黄鹤楼集》中发掘出来的文化建设的价值。难免挂一漏万，也难免有讲得不对的地方，敬请大家赐教。

二、从《黄鹤楼集》看武昌鹦鹉洲

大家都知道，今天汉阳的鹦鹉洲跟崔颢《黄鹤楼》诗中所提及"芳草萋萋鹦鹉洲"的"鹦鹉洲"完全是两个不同的沙洲。崔颢诗中的"鹦鹉洲"在武昌这一边，我们可以称作"武昌鹦鹉洲"。武昌鹦鹉洲之所以叫"鹦鹉洲"，是因为汉末祢衡在当时江夏太守黄祖的长子黄射的要挟下，登上鹦鹉洲参加酒会，有一位与会的人士给宴会献了一只鹦鹉凑趣，邀请祢衡为这只鹦鹉写一篇赋，于是祢衡写了《鹦鹉赋》，借此发泄心中的不平之气。后来祢衡因为冒犯黄祖被杀害了，葬在鹦鹉洲上。后人为了纪念他，就将这片沙洲叫"鹦鹉洲"。这个故事说明，最晚汉末，鹦鹉洲上已经开始有人在那里欣赏风景了。所以唐代崔颢站在黄鹤楼上眺望，"晴川历历汉阳树，芳草萋萋鹦鹉洲"，前面一句是向北远眺，后一句是向西南远眺，方位不同。有人将今天汉阳的鹦鹉洲误会为唐代的鹦鹉洲，结果错误理解这两句为都是崔颢朝同一个方向远眺，忽视了崔颢在诗内空间安排上的位移技巧。

鹦鹉洲的形成距今至少有8000多年，在历史长河中一直有变化。据湖北报刊等新闻媒体报道，鹦鹉洲长江大桥在江中进行桥墩围堰施工时，从江底淤泥中挖出来一棵树长约14.5米，根部直径约1.2米，重约8吨的枫杨残骸。经鉴定，这棵古木存活了100多年。又经过多次鉴定后，确认埋藏了约8000年，体表已炭化，内部坚硬如石，形成乌木，这是旧时鹦鹉洲的实物佐证。鹦鹉洲长江大桥一共有三个桥墩，中间一个桥墩位于江心，建在江底的一个潜洲之上。如果在8000年以前长江还是穿越龟、蛇二山而过，并且这些报道属实的话，那么鹦鹉洲至少在长江中存留了8000多年。既然古木是在江心发现的，而且就生长在江心，没有大的位移，而后来的鹦鹉洲在武昌一侧，那么可以推定，古木是生长在鹦鹉洲的北岸，靠近汉阳一侧。这棵古树不是明代以前武昌鹦鹉洲的遗留物，而是8000年以前鹦鹉洲的遗留物。说明在8000年以前，鹦鹉洲的范围更大，离汉阳、武昌都近，当然，它的主体部分是偏在武昌这边的。

当古树长在鹦鹉洲洲心时，它不可能在8000年之前沉入江底，应该是生长在鹦鹉洲靠近汉阳的那一边的边缘才可能沉入江底。那时候汉水还没有改道，在黄鹄矶的正对面。由于江水和汉水对鹦鹉洲靠近汉阳那一侧的巨大冲刷力起了作用，让这棵参天大树沉入长江江心。这样，鹦鹉洲离汉阳越来越远，跟武昌显得更近了。《水经注·江水》说："江之右岸，当鹦鹉洲南，有江水右迤，谓之驿渚。"这是说，从上游往下游走，鹦鹉洲在长江右岸，也就是武昌这边。"江水右迤"是说，长江在鹦鹉洲那里向右弯弯曲曲地延伸；驿渚的"渚"，本是水中小块陆地，也就是一个小沙洲，"驿渚"，是指在这个小沙洲上建有一个传递公文的驿站，"谓之驿渚"表明这个"驿渚"已经成了一个专名。看来，这个小沙洲在鹦鹉洲旁边，可能在今天的鲇鱼套那里；至晚南北朝时就已经利用长江来传递公文，所以才在这块小沙洲上建立驿站。《水经注·江水》有："至于夏水襄陵，沿溯阻绝。或王命急宣，有时朝发白帝，暮到江陵，其间千二百里，虽乘奔御风，不以疾也。"正说明当时利用长江"急宣"王命，与此可以互证。我引《江水》的话是想证明，鹦鹉洲是在武昌这一边。

武昌鹦鹉洲到哪里去了？这是人们想弄清楚的问题。很多人以为武昌鹦鹉洲湮灭于江中，这是根据部分史料做出的推测，对了解鹦鹉洲的历史变迁具有一定作用。我在网上和一些纸质作品中看了对鹦鹉洲的介绍，似乎现在都认定鹦鹉洲沉没在长江中了。在我看来，这是未经充分论证的一种观点，论证有缺环，说服力不强。这么大的一片沙洲，就只因为汉水改道，被冲走了、沉没了，实在令人难以想象。汉水改道，水流对武昌鹦鹉洲的冲刷力应该会减弱，这时候鹦鹉洲反而被水流冲走了，说不过去。我们知道，我国从元朝到清末都处于小冰河时期。明朝中叶后，气温骤然下降。有人认为气温最低的阶段就是明朝末期的 1600 年至 1644 年的那段时间，有人认为明亡后的 1660 年至 1680 年、1850 年至 1880 年是我国北方及中部最冷的两个时期。总之，学术界根据多方面的文献记载断定明朝处于小冰河期，这是没有问题的。长江流域在这一段时间处于小冰河时期，必然是枯水季节长，冲刷力减弱。从这个角度，说此时鹦鹉洲被水流冲走，也有问题。

我先摆出自己的结论：根据《黄鹤楼集》作品的提示，结合其他材料，可以这样假设，武昌鹦鹉洲的主体部分并没有沉没，而是随着唐宋元明清以来武昌城的商业开发，跟武昌这边的江岸连岸了。其实，这也不是我个人的全新看法，清马征麟《长江津要十三则·长江图说》说："江夏鹦鹉洲，旧在江中，洪武时连属北岸。"他已先于我提出这个看法了。

长江进入武汉段，地形很复杂：不仅有丘陵，尤其是龟山、蛇山两岸对峙；而且除了长江，还有两条河流汇入长江，汉阳、汉口那边是汉水，由北向南入江，武昌这边有巡司河，经武泰闸在鲇鱼套，由西向东汇入长江。龟、蛇二山的夹峙作用，使得江面变得狭窄，在上游和下游必然会形成沙洲。

我们知道，地球自转时一定会引起一种地球偏转力，地球偏转力又叫地球自转偏向力，或地转偏向力，造成北半球右偏、南半球左偏。我们中国处在北半球，地球偏转力向右，往往造成河流的右岸比左岸陡峭，水流向右偏。河流向东流，河水向南偏，南岸容易被侵蚀，北岸容易造成堆积，因此河口处的沙洲最终会和北岸相连，在北岸形成沙洲。但是武汉段却不完全是这样。由于武汉段特殊的地理环境，长江南岸形成了不少沙洲，不仅原来的鹦鹉洲在武昌这边，而且白沙洲也都在武昌这边，这是武昌一带抑制地球偏转力形成沙洲的鲜活证据。

长江水域武汉段，江水是西南到东北的流向，当时西南和东北的江面要比今天宽得多。西南方向的上游区域、东北方向的下游区域，在都府堤那里有司湖（武昌公园所在地），司湖西北是筷子湖，东侧是西川湖（今省实验中学和新华村社区所在地），在武昌人民电影院后面，也就是武昌实验小学和四十五中校园所在地，是原来的菱湖，花堤街本是菱湖的拦水堤，堤外是长江，这已经是在长江西南方向的上游区域。在此区域，还有武汉音乐学院校内的都司湖、省人民医院门诊大楼那里是原来的西湖，人民医院南侧是原来的歌笛湖，歌笛湖东侧是紫阳湖，紫阳湖往北是原来的长湖。这些湖都是原来的南湖（比今天的南湖范围大多了）淤填而由一湖分成多湖的，直到南宋，还连成一湖。陆游《入蜀记》卷三记载，他登上黄鹄山顶的南楼眺望："下阚南湖，荷叶弥望。中为桥，曰广平。其上皆列肆，两旁有水阁极佳，但以卖酒，不可往。山谷云'凭栏十里芰荷香'，谓南湖也。"可见当时这一带还是大片水域，但建有一座桥。还有距离长江江岸稍微远一点的东湖、沙湖等，这些湖泊显然是原来长江淤塞形成的，可以推定远古时期，原来长江在龟、蛇二山的上游和下游的武昌一侧，长江江面非常宽阔，是长江中游的一个重要的泄洪区，这一带原来是一片类似湖泊的河床。远古时期，长江上中游一带植被丰茂、雨量充沛，长江的水流量可能比今天大得多，由于龟、蛇二山夹峙，水流受阻，在武昌一带泄洪，形成强大的长江泄洪区、宽阔的江面，当然也会形成一些沙洲。

武昌一带西南方向早期的江堤不知在今何处，今天武昌的花堤街，据说是宋代武昌一带的江堤，始建于北宋政和年间，位于今平湖门和彭刘杨路一线，在蛇山下，北近平湖门和武汉生物制品研究所，南临解放路和彭刘杨路，西北濒临武汉音乐学院，西边为紫阳路和武昌造船厂，东边为大成路。也就是说，花堤街以北，原来就是长江武昌一带的西南岸。南宋人指出，原来的南湖湖堤之外，是长江。王象之成书于 1227 年的《舆地纪胜》卷六六《鄂州上·景物上》："南湖，在望泽门外，周二十里，外与江通，长堤为限，长街贯其中，四旁居民蚁附。"长街，在今天解放路一带，南起解放桥，北至中山路大堤口段，全长约 3.1 千米，宽约 20 米。据此，宋代南湖湖堤以外是长江，江堤就在长堤（也就是解放路）一带，跟花堤街的来历大致吻合，花堤可能是原来长堤向江面扩展形成的。西南岸不远处，原是鹦鹉洲，鹦鹉洲不可能距离花堤、长街很远，如果太远了，鹦鹉洲就不在武昌这一侧，如今鹦鹉洲所在的这一片区域，已经是陆地了，所以鹦鹉洲主体部分应该是连岸了。推测起来，在修建花堤之前更早的年代，甚至到鹦鹉洲形成的时候，武昌一带更会是向花堤西南岸凹进，形成急弯和比现在宽阔得多的江面，给形成沙洲留下了绝佳处所，也抑制了地球的偏转力。于是泥沙和石砾一方面向武昌一带江堤堆积，一方面形成鹦鹉洲。

台北故宫博物院藏有一幅据说是宋人绘制的《宋人黄鹤楼图轴》，作者不详，有人根据作品风格，断定是15世纪以后的作品。15世纪，那是在明代中叶。根据这幅绘画可以看出，黄鹤楼的西南边还是深凹进去，当时还满是长江水，江面比今天宽阔多了。不过，如果这幅图是15世纪以后作品的话，那么可能是绘画者根据自己的想象做了推定，当时武昌城的江堤可能已经向江面延伸，缩小了长江的水域。

现在我们知道，至晚从新石器时期开始，武昌这一带就有早期的居民。这里不说武昌对岸在黄陂发掘的距今3500年的商朝盘龙城遗址，只说武昌这一带。距离武昌江边不远处有东湖放鹰台遗址，距今5000~6000年，这是属屈家岭文化类型的一处新石器时代遗址，有力地证明了在距今5000~6000年前，武昌江边不远处就有人居住，种植水稻。在南湖一带，今狮子山化工涂料厂墙边发掘出老人桥遗址，这是处于屈家岭文化至湖北龙山文化时期中间的一处文化遗址。这些考古遗址的发现，都可以证明武昌江边一带在几千年以前就有从事农业生产的史前居民，当然，他们居住在水网交错的长江边，不可能不从事一些渔猎活动。有了人的活动，他们必然会逐步在江岸那里想方设法扩大陆地地盘，缩小江面。至晚汉代，由祢衡写《鹦鹉赋》的故事，我们可以知道，当时武昌蛇山一带的江边及鹦鹉洲上，就有人居住、活动，他们必然会向长江临岸处索取更多的陆地。

三国吴既然在黄鹄矶这里修筑城墙，那么武昌这边必然要修建码头。修建码头，就会带来开发。南北朝以后，情况更是如此。《水经注·江水注》说："江之右岸有船官浦，历黄鹄矶西而南矣，直鹦鹉洲之下尾。江水溠曰㳛浦，是曰黄军浦，昔吴将黄盖军师所屯，故浦得其名，亦商舟之所会矣。船官浦东即黄鹄山，林涧甚美，谯郡戴仲若野服居之。山下谓之黄鹄岸，岸下有湾，目之为黄鹄湾。"这一段话有相当丰富的内容。说明在南北朝时期，武昌黄鹄矶西边已经建有很大的码头，"历黄鹄矶西而南"，是"商舟之所会"；鹦鹉洲的"下尾"跟"船官浦"相衔接，那么鹦鹉洲距离武昌江岸不远，不处在长江江心，人们设想鹦鹉洲在长江江心沉没之说不可靠；黄鹄山（即蛇山）是文人雅士青睐之地，山水优美，是得道升天的好处所。这些必然带来大量居民和政府建筑，会使得长江在此段的江面逐步变窄。《黄鹤楼集》所收南朝宋到明万历年间专门吟咏、赞美黄鹤楼的诗文 400 多篇，这本身就说明了南北朝以后黄鹤楼一带人烟辐辏、人文鼎盛，所以鹦鹉洲和武昌城之间江面逐步变窄，是"良有以也"。

同时，鹦鹉洲是一片长洲，至晚汉末以来就得到开发，祢衡《鹦鹉赋》的出现就是汉代官方开发鹦鹉洲的证据。南北朝时期，鹦鹉洲应该布满了居民。鹦鹉洲靠近汉阳的那一边，长江和汉水的冲击力太强，而且距离陆地较远，水流蚕食鹦鹉洲这一边的洲土，所以这一边的洲土不便拓展；靠近武昌的这一边，离武昌城很近，武昌城的江边有很大的码头，所以人们开发鹦鹉洲，鹦鹉洲洲土会向武昌城的陆地逼近，直至和武昌城连岸。尤其是元明时期，我国处于小冰河时期，武汉段一带枯水季节长，便于陆地开发，所以这时鹦鹉洲跟武昌江边连岸是很自然的事。

原来的武昌城是建址在黄鹄矶北边，往汉阳门方向拓展。到公元 825 年唐鄂州节度使牛僧孺增建鄂州城时，已经开始向南拓展了，必然导致靠近鹦鹉洲一线的长江沿岸的开发，但城墙还是沿着蛇山山脊营建。《旧唐书·牛僧孺传》："江夏城风土散恶，难立垣堵，每年加板筑，赋菁茆以覆之。吏缘为奸，蠹弊绵岁。僧孺至，计茆苫板筑之费，岁十余万，即赋之以砖，以当苫筑之价。凡五年，堵皆甃葺，蠹弊永除。"据明薛纲《湖广图经志书》卷一《城池》，北宋皇祐三年，知州李尧俞增修武昌城，"周围二十四里，高二丈一尺，门有三，东曰清远，南曰望泽，西曰平湖。元因之"，可见宋元时平湖门一带已经向江面延展了。

1371 年，明江夏侯周德兴继续往南拓建武昌城，到达紫阳湖一带。这些拓展，都表明蛇山南脊下面的长江江面正在被岸基吞没。因此，唐宋以后，武昌鹦鹉洲一带的洲上和江岸上，商旅辐辏，陆游《入蜀记》卷三："食时至鄂州，泊税务亭。贾船客舫，不可胜计，衔尾不绝者数里。自京口以西，皆不及。李太白《赠江夏韦太守》诗云：'万舸此中来，连帆过扬州。'盖此郡自唐为冲要之地……市邑雄富，列肆繁错，城外南市亦数里，虽钱塘、建康不能过，隐然一大都会也。"于是武昌江岸一带出现一些人为的填塞，这必然会导致江岸外移，逐步侵蚀宽阔的江面。到明朝天启、崇祯年间，随着汉水改道，小冰河期带来江面的长时期的枯水季节，汉水对鹦鹉洲的冲刷力骤减，于是完全连岸。原来的鹦鹉洲并不是被江水冲走了，而是经过不断淤塞，明洪武年间跟武昌这边的江岸连成一片，原来的鹦鹉洲南岸应在今平湖门一带，是一片长洲，鹦鹉洲的北岸可能被江水冲走了一部分。很显然，鹦鹉洲并没有完全被江流冲走，而是逐步跟江岸淤积成一片。如果今平湖门和彭刘杨路一线宋时还在长江之中，如果设想鹦鹉洲被江水冲走了，那么鹦鹉洲就距离武昌江堤很远，这不符合鹦鹉洲在武昌一侧的前人记录。只有假定鹦鹉洲主体部分没有沉没，而是跟武昌江堤连岸，才是合理的推断。

明正德年间，鹦鹉洲没有连岸的北边那部分可能已经没有了，或者只是原来凸起处偶尔露出来，凹陷的部分被水淹没，明朱琉《登黄鹤楼识兴》："汉阳有树春仍绿，鹦鹉无洲水自流。"清胡渭《禹贡锥指》说："江夏鹦鹉洲，为东汉以来著名之古迹，而崇祯中荡决无存。"鹦鹉洲并非完全"荡决无存"，而是完全被泥沙和石砾淤塞了，跟原来的南岸连成一体，只有洲北边被冲走的一部分"荡决无存"。我们只要仔细比对一下宋元以来人们绘制的各种黄鹤楼的图画，就可以看出：原来黄鹤楼西南边，江岸就朝西南曲折形成急弯，原来的急弯处今天已是陆地，现在陆地过后才开始朝西南形成急弯，急弯处在武昌造船厂钟楼的西南方，跟以前的地理格局不同。这些图画可能含有根据一定事实进行合理想象的因素在内，但反映了黄鹤楼西边在早期还不是陆地，还是江面。这是由于汉水在武汉一带入江处非一，汉阳龟山南边的入江口被龟山北边的入江口取代，导致原来的夏口水流冲刷力骤减，以致淤塞，于是原来的鹦鹉洲逐步跟武昌这边的陆地连成一片。

《黄鹤楼集》卷上"七言律"收了贾岛《黄鹤楼》诗，这首诗在贾岛《长江集》中未见，《全唐诗续补遗》卷五据《古今图书集成·职方典》一一二五《武昌府部》收入此诗。《黄鹤楼集》编者注得很清楚，这是一首七律，原诗是：

"高槛危檐势若飞，孤云野水共依依。青山万古长如旧，黄鹤何年去不归。岸映西川城半出，烟生南浦树将微。定知羽客无因见，空使含情对落晖。"

《全唐诗续补遗》"西川"作"西山"，注："一作'州'。"这里"山"当为"川"形近而讹。"岸映西川城半出"是写作者贾岛傍晚时分从黄鹤楼向下、向西俯瞰。在唐代，蛇山在黄鹤楼之东，因此，贾岛傍晚在黄鹤楼上西瞰，只能看见长江，不可能看见蛇山。蛇山远高于江岸，如果原诗作"岸映西山"，则原文讲不通。"岸"无疑指江岸，江岸的倒影不可能"映"在西山上，所以原文不可能是"山"字。

在唐代，鹦鹉洲距武昌江岸有一定距离，江岸在这里拐了急弯，所以有"黄鹄湾"，只是鹦鹉洲迤逦至长江拐弯处的黄鹄矶那里，洲尾跟黄鹄矶相近。这时候，夕阳西下，贾岛从黄鹤楼上往西俯瞰，很难看见"岸映西州"的景致。只有按照《黄鹤楼集》作"岸映西川城半出"，此诗才能文从字顺，指武昌一带的江岸倒影映照在长江西边的水上。如果作"西州"，那么"州"只能理解为通"洲","西洲"只能指西边的沙洲，即鹦鹉洲。但是，作"州"应该是后人改的，唐代时鹦鹉洲距离武昌江岸有一定距离，很难出现"岸映西山"的景观。

上面说到，长江在武汉一带，江面宽阔，有的地方河道弯曲，至晚南北朝时已经形成的巡司河在鲇鱼套一带流入长江，水流平缓；江的北岸，汉水改道之前，多携带泥沙南流入江。这几条河流，都或多或少携带大量泥沙和石砾，需要冲向下游。但武汉长江大桥一带江面，龟山和蛇山夹岸，江面狭窄，是武汉段最狭窄处，只有1100多米。上下江面形成瓶颈状，势必导致水流受阻，泥沙和石砾淤积，在龟蛇二山一带江水上游或下游形成沙洲，因此武汉一带有沙洲是典型的自然现象，远在汉代之前。

鹦鹉洲是江中形成的一片长洲，鹦鹉洲在黄鹤楼的西南边，靠近武昌，在江南，不在江北。有人考证，鹦鹉洲首起鲇鱼套，尾直黄鹄矶，长约7里多，宽约2里，逶迤蜿蜒。鹦鹉洲宋时犹存，洲势不平坦，高低不一，所以陆游《入蜀记》卷三说："黎明离鄂州，便风挂颿，沿鹦鹉洲南行。洲上有茂林神祠，远望如小山。"游似《登黄鹤楼》："黄鹤楼高人不见，却随鹦鹉过汀洲。"

元朝末期、明朝早期，鹦鹉洲的南边可能开始接岸，随着江水涨落，原来洲北边的凸起部分有时突出江面、有时隐于江中，明方孝孺《黄鹤楼杂记》："鹦鹉洲以祢衡显，顾江水渺漫，往不恒见……今水落沙明，州蟺蜿如偃月。"徐中行《宴黄鹤楼赋得祢衡二首赠吴生虎臣》之一："每怀鹦鹉赋，千古气难平。江涨洲长没，春来草不生。"刘炜《黄鹤楼眺望》："鹦鹉根埋芳草绿，阑干醉倚夕阳红。"细观明代画师安正文所绘《黄鹤楼图》，画面中，黄鹤楼西南没有出现今天的陆地，还是长江水。晚明绘制的《江汉揽胜图》，描绘的可能是长江枯水季节的景色，左上画的是黄鹤楼与武昌城，右上远景是武昌鹦鹉洲，绿树成荫，右下偏中是汉江口的晴川阁。将这幅图中鹦鹉洲的画面跟历史上描述的鹦鹉洲联系起来看，可以知道，晚明的鹦鹉洲要小很多，完全看不出是一片长洲，也看不出《明一统志》卷五十九所言"鹦鹉洲在府城南，跨城西大江中，尾直黄鹄矶"的景观。

据清初顾景星（蕲春人）《白茅堂集》载，直到崇祯十二年，鹦鹉洲的残存部分有时还露出水面，"土圮（pǐ），露唐西川节度使韦皋妾墓志"，清初犹然，可能到雍正初年，鹦鹉洲北岸的残存部分完全冲刷掉了。正因为鹦鹉洲时隐时现，有些游客就没有办法见到它，因此产生误解，将汉阳一带的沙洲误认为鹦鹉洲，例如，元末明初叶子奇，浙江龙泉人，其《黄鹤楼眺望》之一："黄鹤楼前江水流，隔江遥见汉阳洲。洲边草色回鹦鹉，客里年华付白鸥。"

三、《黄鹤楼集》的版本校勘价值

上面的释读已经接触到《黄鹤楼集》的校勘价值，下面我专门谈谈这个问题。如果比较《黄鹤楼集》所收诗文跟今传其他古书的相同诗文，就可以知道，它所收历代诗文跟今传其他古书有不少不同之处，《黄鹤楼集》对古书校勘很有帮助。这一点，学术界重视得还不够，可能因为是一部地方文献，一般人不太重视。现在看来，我们很有必要利用本书在相关古籍的校勘方面做一些具体工作，也很有必要对《黄鹤楼集》做一些整理工作。

篇幅有限，本文只选取唐代以前的诗文做比较，希望通过异文比较，探讨如何利用异文材料研究历代语言和欣赏历代文学作品的一些原则问题。分三个部分来谈：第一，可据《黄鹤楼集》等古书校改今某些重要诗文传本之讹误、漏略；第二，可据今某些重要诗文传本校改《黄鹤楼集》之讹误；第三，《黄鹤楼集》跟今某些重要诗文传本文字或内容有异，无法从语言文字和内容上断定孰是孰非，它们各有来历，《黄鹤楼集》提供了跟其他传世文献不同的异文形式，很珍贵。

有时候，一篇诗文的异文涉及上面三部分中的两部分甚至三个部分，为避免重复、啰唆，我放到同一处来讨论。所以，本文对同一篇诗文各部分的校勘价值的划分只有侧重点的不同，里面有的异文涉及其他部分，我在相应部分加以说明。

（一）可据《黄鹤楼集》等古书校改今某些重要诗文传本之讹漏者

《黄鹤楼集》跟今传古籍所题诗文有异文，可据《黄鹤楼集》校今传本之非。这是非常重要的价值，有人执今传本之讹文以为正，校《黄鹤楼集》之非，这是不尽正确的认识，应具体问题具体分析。

1. 卷上"五言古"收鲍照诗，诗题作"登黄鹄矶"，今传作"登黄鹤矶"，当以《黄鹤楼集》为是。"黄鹤"和"黄鹄"古人多以为是同一种鸟，也就是黄鹤，黄色羽毛的鹤。这有充分的根据，可从。战国以前，可能有人将"黄鹤"读成"黄鹄"，《商君书》《楚辞》都有"黄鹄"。刘向《新序·杂事五》："黄鹄白鹤，一举千里。""黄鹄"应理解为黄鹤。"黄鹤"上古读 [ɣuaŋɣak]，连读音变时，读成 [ɣuaŋɣuk]，受"黄"合口介音同化，"鹤"声母和韵尾都是牙喉音，造成"鹤"主元音 [a] 后高化，变成 [u]。于是"黄鹤"变成"黄鹄"。所以，《齐谐记》说仙人王子安驾黄鹄经此地，《太平寰宇记》说费祎驾黄鹤憩此，都是乘坐黄鹤。明郭正域《仙枣亭记》："夫'鹄'之于'鹤'为一类，则楼当以矶得名，是'黄鹤'，'黄鹄'讹也。"

　　黄鹤矶，本作黄鹄矶，"黄鹄"二字，记录了"黄鹄矶"中"鹄"字的读音。就文献早晚看，先有"黄鹄矶"，后来可能受"鹤"字文读影响，又读作"黄鹤矶"。作"黄鹄矶"在前，作"黄鹤矶"在后，历史线索较清晰。《水经注·江水三》："江之右岸有船官浦，历黄鹄矶西而南矣，直鹦鹉洲之下尾……船官浦东即黄鹄山。林涧甚美，谯郡戴仲若野服居之。山下谓之黄鹄岸，岸下有湾，目之为黄鹄湾。"《南齐书·州郡志下》："夏口城据黄鹄矶，世传仙人子安乘黄鹄过此上也。"可能到南北朝后期，才将"黄鹄矶"叫"黄鹤矶"，唐李延寿《南史·鲍泉传》："后景攻王僧辩于巴陵，不克，败还，乃杀泉于江夏，沈其尸于黄鹤矶。"不过，《南史》也用"黄鹄矶"，《梁武帝本纪》："己未夜，郢城有数百毛人逾堞且泣，因投黄鹄矶，盖城之精也。"唐以后，作"黄鹤矶"者多起来了，李华《故中岳越禅师塔记》："乃沿汉至黄鹤矶，州长候途，四辈瞻绕，请主大云寺。"《资治通鉴·梁纪二十》："丁和以大石磕杀鲍泉及虞预，沈于黄鹤矶。"胡三省注："祝穆曰：黄鹤山，一名黄鹄山，在江夏县东九里，近县西北二里有黄鹤矶。"因"黄鹄矶"又叫"黄鹤矶"，所以后人引南北朝以前的古籍，不排除有改"黄鹄矶"为"黄鹤矶"者，《太平御览·地部三十四》："《荆州记》曰：江夏郡城西临江有黄鹤矶，又有鹦鹉洲。"《荆州记》是南朝宋盛弘之所撰，久佚，后人有辑佚本，然非《荆州记》之旧，所引《荆州记》作"鹤"，不排除后人改动的可能。

　　现在，《黄鹤楼集》既然收鲍照诗题作《登黄鹄矶》，这不太可能是《黄鹤楼集》的编者将明代时大家熟稔的"黄鹤矶"改成较生僻的"黄鹄矶"，应承认《黄鹤楼集》前有所承，保留了原题。

　　2.《黄鹤楼集》卷上"五言古"收孟浩然诗，诗题《江夏送客》，《唐百家诗选》《全唐诗》《孟浩然集》《永乐大典》均作"江上别流人"。"流人"，即被朝廷谪官流放的人。这个诗题跟《黄鹤楼集》不同，无法断定《黄鹤楼集》的诗题是后人所改。《黄鹤楼集》所录原诗作：

　　"以我越乡人，逢知谪官者。分飞黄鹤楼，流落苍梧野。驿使乘云去，征帆沿溜下。不知从此待，别袂何时把。"

　　开头两句"以我越乡人，逢知谪官者"，《唐百家诗选》《全唐诗》《孟浩然集》《永乐大典》都作"以我越乡客，逢君谪居者"，《黄鹤楼集》的"人"，其他几部书作"客"。有人将《黄鹤楼集》的"人"改为"客"，将"越"理解为越地，没有可靠依据。"越乡人"唐诗还有他例，都是指远离家乡的人。王勃《他乡叙兴》："边城琴酒处，具是越乡人。"曹松《客中立春》："梅花将柳色，偏思（sì）越乡人。"王勃是山西河津人，曹松是安徽潜山人，他们都不是越地人，但是他们都说自己是"越乡人"，可见"越乡人"的"越"不可能指越地，"越乡"是指远离故乡，"越"是"离开"的意义。

将"人"改为"客"，是否可以将"越"理解为"越地"呢？不可以。我们知道，孟浩然是襄阳人。无论作"越乡客"还是"越乡人"，都是指孟浩然自己。如果原文作"越乡人"，更可见得"越"不能作"越地"讲，因孟浩然非越人。人们之所以改"越乡人"为"越乡客"，应该是望文生义，以为"越乡客"指客居他乡而从越地归来的人。其实这种理解是不对的。"越乡客"只能指远离家乡、客居他乡的人，不能指外地客居越地的人，"越"是个动词，跟吴越的"越"没有关系。孟浩然此时在武昌，不在越地，我们也没有根据断定他此时是从越地往回走。

我先举几个例子证明："客"字如果用在地名之后做中心语，那么这个"客"在唐代或唐代以前是指来自这个地方而客居在外的人。贺知章自号"四明狂客"，那是因为他是古四明一带的人，只是客居他乡。李白《梦游天姥吟留别》："海客谈瀛洲，烟涛微茫信难求；越人语天姥，云霞明灭或可睹。"其中的"海客"，指航海者，不是指本居陆地而来自海上的人，而是指住在海边或海岛而客居陆地的人。高适《同李九士曹观壁画云作》："始知帝乡客，能画苍梧云。"其中，"帝乡客"指来自京城的客居外面的人，这里指本属京城而客居外地的画家。元陈高是温州平阳（今属浙江）人，他的《己丑岁元正二日发高邮》："朝为吴乡客，暮向淮楚游。""吴乡客"，指来自吴地而客居他乡的人。明何乔新《寄怀黄鹤楼》："我本芙蓉城里客，谪在尘寰归未得。""芙蓉城"，传说中的仙境，何氏是江西广昌人，所以"芙蓉城"不是指成都。这是说，我本来自仙居。何乔远是福建晋江人，他的《阳朔舟中怀张质卿太仆兼以所见述之短章》之二："谁知越乡客，轻桡从此出。""越乡客"正是指住在越地而客居他乡的人。

所以，孟浩然如果作"越乡客"，"越"指越地，那么他就是指自己是来自越地而客居他乡的人，这是不可能的，"越"一定不能作"越地"讲，只能作"离开"讲。所以，《黄鹤楼集》的这个异文对释读"以我越乡客"有大帮助。

《黄鹤楼集》的"知"，好几部古书作"君"，"官"作"居"。如果依《黄鹤楼集》"逢君"作"逢知"，则"逢知"是动词，指见赏，被人赏识，句谓见赏于谪官者。这在古书中有例证，南北朝周弘让《山兰赋》："独见识于琴台，窃逢知于绮季。""绮季"，即汉初商山四皓的绮里季。唐代韩偓《个侬》："老大逢知少，襟怀暗喜多。"前一句指一直到老都很少被人赏识。《余寓汀州沙县，病中闻前郑左丞璘随外镇举荐》："莫恨当年人用迟，通材何处不逢知。""不逢知"，不被人赏识。杜荀鹤《途中春》："一生看却老，五字未逢知。""五字"，形容好文章、有文采的文章，句谓自己的文章不被人赏识。晋郭颁《魏晋世语》（已佚）："司马景王命中书郎虞松作表，再呈，不可意，令松更定之，经时竭思不能改，心有形色。中书郎钟会察有忧色，问松，松以实对。会取草视，为定五字。松悦服，以呈景王。景王曰：'不当尔耶？'松曰：'钟会也。'王曰：'如此，可大用，真王佐才也。'"后因以"五字"指好的文章。"未逢知"，还是没有被人赏识。宋陆游用"逢知"较多，《独立思故山》："诗缘遇兴玲珑和（hè），酒为逢知烂熳倾。"《南窗》："流落逢知少，疏慵连俗多。"《驿舍海棠已过有感》："盛时不遇诚可伤，零落逢知更断肠。"

回到孟浩然这首诗上。孟浩然跟这位流放到苍梧的贬官者惺惺相惜，他自己是"越乡客"，带着乡愁；而遇到赏识自己的官吏是一个"谪官者"，都是失意之人。两句诗是说，我本人是一个离乡外出游历的读书人，被一位到苍梧去任职的贬官者赏识，最终还是在进入仕途方面没有什么用处。

总之，"逢知"有"被赏识"的词义，这是比较生僻的词，如果《黄鹤楼集》的编者将"逢君"改为"逢知"，就需要非常高的修养，改动难度大，不太可能。《黄鹤楼集》保留原文的可能性极大，《唐百家诗选》《全唐诗》《孟浩然集》《永乐大典》可能是后人改动过的表达，比较容易懂。由此看来，《黄鹤楼集》的校勘价值就很大了。

最后两句"不知从此待，别袂何时把"，"待"，有人根据《全唐诗》改为"分"，这样，该诗出现了两个"分"字，未安，古人一般是避免在一首短诗里面让同一个字出现两次。而且，写作"待"，取"等待"义，一样文从字顺，"不知从此待，别袂何时把"指不知道在这里盘桓、等待以后，何时可以再重逢。

《唐百家诗选》《全唐诗》《孟浩然集》《永乐大典》中"别"作"还"。古书中，"还袂、别袂、去袂"的用法都有，因此，孟浩然此诗原文作"还袂"还是"别袂"，难以断定。不过，"别袂"一词古书中远多于"还袂"，原文作"别袂"的可能性要大一些，《黄鹤楼集》就是作"别袂"。

3. 卷上"七言古"收刘禹锡《武昌老人说笛歌》：

"武昌老人七十余，手把庾令相闻书。自言少小学吹笛，早事曹王曾赏激。往年征镇戍蕲州，楚山萧萧笛竹秋。当时买林恣搜索，典却身上乌貂裘。古苔苍苍封老节，石上孤生饱风雪。商声五音随指发，水中龙应行云绝。曾将黄鹤楼上吹，一声占断秋江月。如今老去兴犹迟，音韵高低耳不知。气力已无心尚切，时时一曲梦中吹。"

"武昌老人七十余，手把庾令相闻书"，《全唐诗》同，注"人"："一作'将'。"《刘宾客文集》《文苑英华》以及宋何汶《竹庄诗话》作"将"。原文是"人"还是"将"，无法论定。

最值得注意的是《黄鹤楼集》如下的异文。"闻"，《刘宾客文集》《全唐诗》《石仓历代诗选》作"问"，《唐文粹》《方舆胜览》同于《黄鹤楼集》。"相问"和"相闻"都可以使用，指互通信息，"闻、问"是同义词，《三国志·吴书·孙辅传》："遣使与曹公相闻，事觉，权幽系之。"唐代杨凭《送别》："相闻不必因来雁，云里飞軿落素书。"张怀瓘《书断》："觊子瓘，为晋太保，采芝法，以觊法参之，更为草稿，稿是相闻书也。""相闻书"，也叫"相问书"，宋王庭珪《夜郎归日答葛令惠诗》："七载投荒万里余，交游半作晓星疏。门前梅柳换新叶，忽得故人相问书。"古人还可以"闻问"连用，指沟通信息，唐韩愈《故江南西道观察使赠左散骑常侍太原王公墓志铭》："日日语人，丞相闻问，语验，即除江南西道观察使，兼御史中丞。"因此无法断定原文作"相问"还是"相闻"。不过，将"相闻"改为"相问"的可能性更大，因为拿"相问"一语指互通信息的用法多一些。

"往来征镇戍蕲州"，《全唐诗》作"往年镇戍到蕲州"，注："一作'征镇戍'。"《黄鹤楼集》作"征镇"，有根据。魏晋以来，称将军、大将军有征东、镇东、征西、镇西之类的名号，他们监临军事，守卫地方，称征镇；后来引申指征镇统领的地方。因此，《黄鹤楼集》是很有来历的异文。

"当时买林恣搜索，典却身上乌貂裘"，《方舆胜览》《唐文粹》《竹庄诗话》跟《黄鹤楼集》相同，《文苑英华》《全唐诗》"林"作"材"。依《文苑英华》《全唐诗》，"买材"指采买做笛子的好竹材。依《黄鹤楼集》等，"买林"指买下竹林，好从中选取做笛子的好竹材。宋代韩维《答公懿以屡游薛园见诮》："买林接婆娑，凿涧分潋滟。"苏籀《与可墨竹二十韵》："买林自亏蔽，折槛萦丛攒。"苏洞《奉谢唐子耆及两冯君载酒宠临借屋》："食饮所不忘，归焉买林丘。"元代王恽《野春亭》："韦杜城南尺五天，千金不惜买林泉。""恣搜索"指任凭搜索竹材。如果采用《黄鹤楼集》的异文，更能表现武昌老人爱笛的情状，而且"买林"比较生僻，改成"买材"的可能性很大。

"如今老去兴犹迟，音韵高低耳不知"，《文苑英华》《诗话总龟》《竹庄诗话》中"兴"作"语"。《全唐诗》中"犹"作"尤"，"兴"作"语"，注："一作'兴犹'。"《古今事文类聚》《方舆胜览》《唐诗品汇》《山堂肆考》《刘宾客文集》《唐文粹》跟《黄鹤楼集》相同。"兴犹迟"，指兴趣仍然长久保留，"迟"指长久。如果作"语尤迟"，则是指说话更加迟缓，暗含武昌老人原来说话就不太利索。作"兴犹迟"好一些，这首诗本来是谈武昌老人酷爱竹笛，"语尤迟"与此关系不大。当然是《黄鹤楼集》更好，保留原文的可能性很大。

"气力已无心尚切，时时一曲梦中吹"，《文苑英华》《诗话总龟前集》《竹庄诗话》《刘宾客文集》《方舆胜览》《唐诗品汇》《全唐诗》中"无"作"微"，"切"作"在"。按照《黄鹤楼集》异文，"气力已无"有夸饰色彩，用以衬托武昌老人酷爱吹笛；"心尚切"的"切"指急迫，比"心尚在"更能表现武昌老人酷爱吹笛之老而弥笃。因此，无论是从异文的来源还是从内容表达方面讲，我们不能据其他古籍所引多相同，跟《黄鹤楼集》有不同，就说《黄鹤楼集》是编者的改动，《黄鹤楼集》有它的来源，其异文值得重视，可能更符合原诗。

4. 卷上"五言律"收王贞白诗《晓泊汉阳渡》，"贞"作"真"。"贞、祯"同音，这是避宋仁宗赵祯讳而改，说明编者收录王贞白的诗，用的是宋代的本子。

"云向苍梧去，水从嶓冢来"，《文苑英华》《全唐诗》《唐诗品汇》《石仓历代诗选》中"向"作"自"；《方舆胜览》作"向"，同于《黄鹤楼集》。苍梧郡在南，汉阳渡在北。如果原文是"云向苍梧去"，那么"向"指朝着；作"云自苍梧去"，"自"也当指朝着，或类似的字义。"自"没有"朝着"之类的意义，原作应作"向"。

《全唐诗》《全宋词》中，"介词'自'+地名或方位名+'去'"者，"自"后面的地名或方位名都是起点，不是终点。唐刘长卿《上湖田馆南楼忆朱宴》："风波自此去，桂水空离忧。"李华《仙游寺》："灵溪自兹去，纡直互纷纠。"崔曙《早发交崖山还太室作》："吾亦自兹去，北山归草堂。"李白《送友人》："挥手自兹去，萧萧班马鸣。"杜甫《晓发公安》："舟楫眇然自此去，江湖远适无前期。"灵澈《奉和郎中题仙岩瀑布十四韵》："轩皇自兹去，乔木空依然。"周贺《旅怀》："何年自此去，旧国复为邻。"李群玉《湘阴江亭却寄友人》："烟波自此扁舟去，小酌文园杳未期。"贾岛《夕思》："会自东浮去，将何欲致君。"杜荀鹤《乱后旅中遇友人》："不如自此同归去，帆挂秋风一信程。"许裳《送省玄上人归江东》："瓶盂自此去，应不更还秦。"宋代黄裳《神宗皇帝挽辞》之五："忽自明庭去，风高帝所寒。"周紫芝《次韵次卿林下行歌》之七："扁（piān）舟定自桃源去，斜日红飞两岸花。"李曾伯《摸鱼儿·送窦制干赴漕趁班》："看精淬龙泉，厚培鹏背，自此要津去。"

因此，王贞白此诗原文应作"向"，不是"自"。"向"大概是字形跟"自"相近；而且后文"水从嶓冢来"，与"云向苍梧去"对仗，"自、从"之间有同义关系，因此讹作"自"。《黄鹤楼集》可能采用了早期"向"没有讹误的本子，保留了原文"向"字，可校多个传本之讹。

5. 卷上"七言律"收了南唐卢郢诗《黄鹤楼》，《全唐诗续补遗》卷五据清陈梦雷辑、蒋廷锡重编的《古今图书集成·职方典》一一二五《武昌府部》，也收了此诗，但《全唐诗续补遗》抄录时有错讹。《黄鹤楼集》的"黄鹤何年去杳冥，高楼千载倚江城"，《全唐诗续补遗》"楼"作"城"，《古今图书集成》"高城"也跟《黄鹤楼集》一样，作"高楼"。这里"城"当系误抄，应写作"楼"，不仅有更早的《黄鹤楼集》可证，而且"高楼"作"高城"，跟"江城"之"城"重复，整句话意思不通。黄鹤楼非"城"，《全唐诗续补遗》作"城"，显为抄写之讹。

6. 卷中"七言绝"收吕岩诗，原缺诗题，但《全唐诗》作《题黄鹤楼石照》。我们不知道《全唐诗》的这个诗题是后人加上的，还是原来就有的，而且还不能确定此诗是否吕岩所作。《黄鹤楼集》没有诗题，应该反映了原作没有诗题，《全唐诗》诗题是后人所加。

宋代张栻《南轩集》卷十八《黄鹤楼说》："楼旁有石照亭，不知何妄男子题诗窗间，遽相传曰：'此唐仙人吕洞宾所书也。'文人才士又为之夸大其事……嗟乎！宁有是理哉？甚矣，世俗之好怪也！"吴曾《能改斋漫录》卷十八《神仙鬼怪》"吕先生字元圭"条："世所传吕先生诗：'黄鹤楼边吹笛时，白苹红蓼对江湄。衷情欲诉谁能会，惟有清风明月知。'此吕先生非洞宾，乃名元圭者也。其诗元题于石照亭窗上，仍记岁月云：'乙丑七月二十六日'，当元丰间。喻陟为湖北提刑，题诗其后云：'黄鹤楼边横笛吹，石亭窗上更题诗。人世不识还归去，江水云山空渺弥。'或曰：'元圭，乃先生之别字也。'"石照亭北宋见诸记录，在黄鹤楼下的西边山崖处，此处有一块石头，朝江的一面像镜子，阳光照在上面，闪闪发光。宋代王巩《闻见近录》："鄂州黄鹤楼下有石，光彻，名曰石照。其右巨石，世传以为仙人洞也。"所以，《题黄鹤楼石照》的作者早先有人说是宋代吕元圭，题目很可能是后人拟的。《黄鹤楼集》没有诗题，但冠以作者名"吕岩"，反映了过渡阶段的处理意见。《全唐诗》将此诗收进去，是有疑问的。

《黄鹤楼集》的原文跟这里面文字不一样，《全唐诗》"无人"作"谁能"，"只有"作"惟有"。现在难以断定原文作什么。

7. 卷中"记"收唐阎伯理《黄鹤楼记》："洲城西南隅，有黄鹤楼者。《图经》云：'费祎登仙，尝驾黄鹤返憩于此，遂以名楼。'事列《神仙》之传，迹存《述异》之志。观其耸构巍峨，高标巃嵸，上倚河汉，下临江流；重檐翼舒，四闼霞敞；坐窥井邑，俯拍云烟，亦荆吴形胜之最也。何必瀨乡九柱、东阳八咏，乃可赏观时物、会集灵仙者哉。刺史兼侍御史、淮西租庸使、荆岳沔等州都团练使，河南穆公，下车而乱绳皆理，发号而庶政其凝。或逶迤退公，或登车送远，游必于是，宴必于是。极长沙之浩，见众山之累。王室载怀，思仲宣之能赋；仙踪可揖，嘉叔伟之芳尘。乃喟然曰：'黄鹤来时，歌城郭之并是；浮云一去，惜人世之具非。'有命抽毫，纪兹贞石。时皇唐永泰元年，岁次大荒落，月孟夏，日庚寅也。"

此文骈散相间，多有骈偶，可以算一篇骈文。《全唐文》与《黄鹤楼集》所收有不小差别：

（1）卷中"记"收唐阎伯理《黄鹤楼记》，《全唐文》"理"作"瑾"。"理"和"瑾"字形比较相近，原文应以《黄鹤楼集》的"阎伯理"为是。宋代祝穆《方舆胜览》卷二十八、李廷忠《橘山四六》卷十五、明陈耀文《天中记》卷五十八、清黄宗羲《明文海》卷三百六十二、王琦《李太白诗集注》注李白《醉后答丁十八以诗讥予捶碎黄鹤楼》均作"阎伯理"。误作"瑾"，可能始于宋赵明诚《金石录》卷七，清倪涛《六艺之一录》承之。

（2）《方舆胜览》《全唐文》"洲"作"州"。这是用字的区别，指唐朝的鄂州城，后来的武昌城。作"州"符合习惯。

（3）"舒"，《全唐文》作"馆"。有人以为应据《全唐文》作"馆"，并释"翼馆"为黄鹤楼左右的房舍，则"翼馆"只能是一个名词性成分，不是写黄鹤楼本身。这是不正确的。"重檐翼舒，四闼霞敞"前后都是四字骈偶，"重檐"和"四闼"对仗，作四字格的大主语；"霞敞"和"翼馆"对仗，"霞敞"只能是主谓结构，指云霞很开朗，不能做别的解释，那么应作"翼舒"，"翼舒"也是主谓结构，指屋檐那里的飞檐很舒展。"霞、翼"相对，都是名词；"舒、敞"相对，是同义词，都是谓词。"舒"如果写作"馆"，不但上下文意思讲不通，而且不符合上下文的对仗要求。"舒"可能跟"馆"写得比较相近，于是讹作"馆"。只有按照《黄鹤楼集》所录作"舒"，才能使上下文文从字顺。《方舆胜览》卷二十八也写作"舒"，不作"馆"。因此，《黄鹤楼集》必有能校《全唐文》讹文之效。

（4）"荆岳沔等州"，《全唐文》《方舆胜览》"荆"作"鄂"，很难断定孰是孰非。如果是写作"荆"，那就是作者有意将"鄂"改作"荆"，一般是说"鄂岳沔"。

（5）"河南穆公"，《方舆胜览》《全唐文》作"河南穆公名宁"，多出"名宁"二字，"名宁"二字可能是后人加上去的注释性的话，指穆宁，穆宁《旧唐书》《新唐书》均有传。

（6）"或登车送远，游必于是，宴必于是"，《全唐文》作"或登车远游，必于是"，则"必于是"是一个散句。"或逶迤退公，或登车送远，游必于是，宴必于是"，如果依《全唐文》，"退公"动宾结构，"远游"状中结构，对起来不严整，而且"必于是"成了散句。虽说在这篇《记》中，用一个散句也可以，但是按照《黄鹤楼集》的文字，"或逶迤退公，或登车送远"相骈偶，"游必于是，宴必于是"相骈偶。再看这几句的前后文，也都是讲究骈偶的。因此，《黄鹤楼集》所收的《黄鹤楼记》更符合上下文的都用骈句的语脉。考虑到《黄鹤楼集》所收《黄鹤楼记》能在多处纠正《全唐文》，更接近原作，而且《方舆胜览》所引同于《黄鹤楼集》，因此可以说《黄鹤楼集》更好地保留了原文，《全唐文》实有脱文。

（7）"极长沙之浩，见众山之累"，《方舆胜览》《全唐文》作"极长川之浩浩，见众山之累累"。这里很难断言孰是孰非，可能作重言更符合一般用词习惯。

（8）"乃喟然曰"，《方舆胜览》《全唐文》作"乃喟然叹曰"。这里也很难断言孰是孰非，但原文有"叹"的可能性大一些。

8. 卷下《黄鹤楼集补》"七言绝"收杜牧诗《寄牛相公》，其中，"六年仁政讴歌去，柳遝春堤处处闻"《全唐诗》同，《樊川诗集》"遝"作"远"。应该作"遝"，"遝"形近而讹为"远"。如果作"远"，那么"柳远春堤"不是指柳树在春堤之上，而是指远离春堤。"远+表示处所的词语"不能理解为在某地延伸得很远。这样看来，作"远"是不确的，"远"应作"遝"。

这些材料，应能体现出《黄鹤楼集》在校勘上的重要价值：能帮助校勘古书。由于《黄鹤楼集》原封不动地保留了明朝万历以前部分古诗文原貌，其中一些诗文在今天其他传世古书中或多或少跟它的文字和语句，有时候是诗题、作者等其他方面的信息不同。这些不同的地方，有一些是《黄鹤楼集》保留了诗文原作的面貌，有些不是。只要有效利用《黄鹤楼集》，就能帮助我们恢复某些古诗文的原貌。

（二）可据今某些重要诗文传本校改《黄鹤楼集》之讹误者

毋庸讳言，《黄鹤楼集》也有一些错讹。《黄鹤楼集》跟今传古籍所题诗文有异文，他书可以改正《黄鹤楼集》的一些错讹，弥补《黄鹤楼集》之不足。

1. 卷上"五言古"收李白诗，诗题《望黄鹤楼》，《李太白集》同；《李太白全集》"楼"作"山"，注："萧本作'楼'，误。"明代郎瑛《七修类稿》卷二十八《辩证类》"黄鹤楼"条："尝言李白因崔灏题黄鹤楼诗既工，遂有恨不捶碎之说，故不再题而去，遂题凤凰台以拟之。今集中以有《望黄鹤楼》古诗一首，意前闻讹矣。然细读之，乃是题黄鹤山者，楼固因山而得名，不应无一句到楼字上，此必刊题之讹。不然，何有'崔灏题诗在上头'之句耶？"就诗的内容看，当作"山"，整首诗是望黄鹤山。因为黄鹤楼名气远大于黄鹤山，于是后人误写为"楼"字，不合李白原意。

2. 卷上"七言古"收李白《江夏赠韦南陵冰》，"君为张掖近酒泉，我窜二巴九千里"，《锦绣万花谷》《李太白全集》《全唐诗》扬州诗局本作"三巴"，《黄鹤楼集》"三"讹作"二"，这可能是刻印时的失误。《全唐诗》中华书局点校本"巴"讹作"色"，当由形近而讹。"三巴"，是古地名，不可能写作"二巴"。

"玉箫金管喧四筵，苦心不得申一句"，《全唐诗》《古今图书集成》《李太白诗集注》《李太白集注》"一"作"长"，《李太白集注》注："一作'一'。"《李太白文集》作"一"，注："一作'长'。"《黄鹤楼集》正是作"一"。当以作"长"为是。"长句"，七言古诗。

"昨日绣衣倾渌尊"，"渌"《全唐诗》《李太白集》作"绿"。当以"绿尊"为是，这由其他一些近体诗的对仗可以看出来。唐杜甫《九日五首》之四："为客裁乌帽，从儿具绿尊。"《奉陪郑驸马韦曲二首》之一："绿尊虽尽日，白髪好禁春。"唐扶《使南海道长沙，题道林岳麓寺》："迟回虽得上白舫，羁泄不敢言绿尊。"裴夷直《席上夜别张主簿》："红烛剪还明，绿尊添又满。"宋陆游《对酒》："绿尊有味能消日，白髪无情不贷人。"《和范待制秋兴》："名姓已甘黄纸外，光阴全付绿尊中。"元释了慧《春日田园杂兴》："倦眠芳草闲黄犊，静对幽花倒绿尊。"丁复《送周士德还北》："绿尊空尽客当发，白门惜别花无言。"可见"绿尊"成词，"渌"应是"绿"形近而讹。

"赖遇南平豁方寸，复兼王子持清论"，《全唐诗》《李太白集》等"王"均作"夫"。这首诗是写给好友韦冰的，韦冰担任南陵县令，他不是王子。"王"应是"夫"形近而讹。

"不然鸣箛按鼓戏沧流，呼取江南儿女歌棹讴"，《全唐诗》《李太白集》等"儿女"均作"女儿"。原文可能作"女儿"，金李汾《古月一篇为裕之赋》："忆昔放逐江南州，金陵女儿歌棹讴。"这是化用李白诗，作"女儿"。

3. 卷上"五言律"收李白诗，诗题《送元公归鄂渚》，《全唐诗》《孟浩然集》《石仓历代诗选》作"送元公之鄂渚，寻观主张骖鸾"，以为是孟浩然诗作，当以《全唐诗》等为是，《黄鹤楼集》作李白诗，有误。

"桃花春水涨，之子思乘流"，《全唐诗》《石仓历代诗选》《孟浩然集》

"思"作"忽"。这是一首五言律诗,"思"应作"忽",不然就成了三平调,不合律。

"岘首临蛟浦,江边问鹤楼","临"《孟浩然集》《全唐诗》作"辞",《全唐诗》原注:"一作'下离'。"《石仓历代诗选》正是作"岘下离蛟浦";"边"《孟浩然集》《全唐诗》作"中",《全唐诗》注:"一作'边'。"《黄鹤楼集》提供了新的异文。"蛟浦",指潜藏着传说中蛟龙的江海边人烟辐辏之处,这里指岘山下汉水的渡口。唐杨炯《大唐益州大都督府新都县学先圣庙堂碑文》:"龟城蔼蔼,焕繁霞于百尺之楼;蛟浦澄澄,洗明月于千秋之水。"崔湜(shí)《襄阳作》:"蛟浦菱荷净,渔舟橘柚香。"沈佺期《少游荆湘因有是题》:"岘北焚蛟浦,巴东射雉田。"段公路《祷孟公祝词》:"对蛟浦而烹牢,当鹿床而命爵。"宋释惠崇《送迁客》:"浪经蛟浦阔,出入鬼门寒。"因此,原文作"临、辞、离",都能讲通上下文。

"应是神仙辈,相期汗漫游",《全唐诗》"辈"作"子",注:"一作'辈'。"《孟浩然集》同于《黄鹤楼集》。作"辈、子"都有来历。

4. 卷上"七言律"收白居易诗,诗题《赴黄鹤楼崔侍御宴》,《全唐诗》作"卢侍御与崔评事为予于黄鹤楼置宴,宴罢同望",《白香山集》同,只是"置"作"致"。《黄鹤楼集》当为后人所改。两处所作诗题内容不一样,据《黄鹤楼集》,是崔侍御设宴;据其他几部书,姓崔的是评事,姓卢的是侍御,是两人一起设宴。诗中内容没有涉及是谁设宴,因此其他几本书诗题的信息不可能是后人根据此诗内容修改出来的,而是保留了白居易诗的原貌;《黄鹤楼集》应是后人抄录时做的改动,不是原貌,所改不符合白居易原意。

"江边黄鹤古时楼,劳致华筵待我游。"《全唐诗》"致"作"置",古书"置宴"和"致宴"都有用例,因此无法断定白居易原作为何。"尽是平生未行处,醉来堪赏醒堪愁",《全唐诗》《白居易集》"尽"作"总",也都有来历,无法取舍。

5. 卷中"七言绝"收李白诗,诗题作《听黄鹤楼吹笛》,《文苑英华》《李白诗全集》《李太白集》《万首唐人绝句》《山堂肆考》《古今诗删》《古诗镜》《唐诗品汇》《湖广通志》《石仓历代诗选》《全唐诗》等作"与史郎中钦(一作'饮')听黄鹤楼上吹笛"。《全唐诗》多"与史郎中钦"诸字,这是《黄鹤楼集》的诗题没有的信息,很难说是后人添加的,当是保留了原貌。

6. 卷中"杂体"收顾况诗《黄鹤楼歌送独孤助》:"故人西去黄鹤楼,西江之水上天流,黄鹤杳杳江悠悠。黄鹤徘徊故人离,别壶酒尽清弦绝。绿屿没余烟,白沙连夜月。"连同诗题的四个"鹤",《华阳集》《文苑英华》《全唐诗》

均作"鹄"。"黄鹤楼"的叫名后代常见,"黄鹄楼"不常见。因此,后人改"黄鹄楼"为"黄鹤楼"的可能性是有的,改"黄鹤楼"为"黄鹄楼"的可能性几乎是没有的。因此,《全唐诗》当保存原文,《黄鹤楼集》反映了后人有改动。

"黄鹤徘徊故人离,别壶酒尽清弦绝","离"《华阳集》《全唐诗》作"别",《文苑英华》跟《黄鹤楼集》相同。《黄鹤楼集》的"离"和"别"应互易位置。如果这样,那么这首诗除了"绿屿没余烟",其他各句都是句句用韵,"别、绝、月"相押,而且"黄鹤徘徊故人别,别壶酒尽清弦绝"用了两个"别",采用了顶真的修辞手法;写作"离","黄鹤徘徊故人离"就不能跟后面押韵,顶真的修辞手法也没有了。因此,《黄鹤楼集》可能是因为"离、别"同义而作的改动。

"弦"《华阳集》《文苑英华》《全唐诗》作"丝",整句作"离壶酒尽清丝绝",可能应以这几部书为准,《黄鹤楼集》是后人的改动,不过很难定论。

"夜",《华阳集》《文苑英华》《全唐诗》作"晓"。当作"晓",是指顾况一大早为独孤助送别。"离壶酒尽清弦绝"是说,头天晚上喝分别的酒时将酒都喝完了,因为天色晚,黄鹤楼上的音乐活动早已停止。"绿屿没余烟"是指鹦鹉洲笼罩在夜雾当中了;"白沙连夜月"是说,送行时,天色尚早,江边的白沙和残留的月光连成一片。如果作"夜",那就是深夜送独孤助乘船远行,这种可能性不大,不太符合常情。

7. 卷中"杂体"收孟郊诗《送王九游江左》,据《孟浩然集》《全唐诗》,作者是孟浩然,可能是《黄鹤楼集》编者临时误置。诗题《古诗镜》《全唐诗》作"鹦鹉洲送王九之江左",《全唐诗》注"之":"一作'游'。"《孟浩然集》作"鹦鹉洲送王九游江左"。《古诗镜》《全唐诗》多"鹦鹉洲"诸字,当以《古诗镜》《全唐诗》为是。

"昔登江上黄鹤楼,遥爱江边鹦武洲。洲势逶迤绕碧流,鸳鸯?鸊满沙头。沙头日落沙碛长,金沙耀耀动飙光。舟中牵锦缆,儿女结罗裳。月明全见芦花白,风起遥闻杜若香。君行采采莫相忘。"其中,"边"《全唐诗》作"中";"洲势逶迤绕碧流,鸳鸯?鸊满沙头",《全唐诗》"沙"作"滩",注:"一作'沙'";"沙头日落沙碛长,金沙耀耀动飙光",《全唐诗》"沙"作"滩",注:"一作'沙'","耀耀"作"熠熠",注:"一作'耀耀'。"这些目前无法断定孰为原作,孰为后人所改,孰优孰劣。

"舟中牵锦缆,儿女结罗裳",《全唐诗》"中"作"人","儿女"作"浣女"。这两句有意对仗,"中"当作"人","儿女"当作"浣女"。

可见《黄鹤楼集》有一些错讹,可以利用其他的别集、总集等,根据语言文字学、文献学的知识校订出来。假定我们要校订《黄鹤楼集》中的这些错讹，最好是在校订的文字中加以说明，不要径直改动《黄鹤楼集》正文。

（三）《黄鹤楼集》与其他传本有异文而难定孰为原本之旧者

《黄鹤楼集》跟今传古籍所题诗文有异文，但很多异文我们今天无法确定孰是孰非，《黄鹤楼集》提供了古书的异文，显得可贵。有的异文只是古人同一个词的用字之异，对此不能根据今人的用字规范说古代某个异文是讹字，例如《黄鹤楼集》卷上"五言律"收王贞白诗《晓泊汉阳渡》，有"芳洲号鹦鹉，用记祢生才"，《全唐诗》"武"作"鹉"，有人说，将"鹦鹉"写作"鹦武"，是错误的。但古书中，将"鹦鹉"写作"鹦武"者甚多，因此，《黄鹤楼集》也可以写作"鹦武"，这没有错讹。

有的异文不是用字的不同，而是用了不同的词，这不同的用词，除了个别地方有可能是诗文原作者做的修改，因此有不同外，按道理，一般不会是原作者的修改，更多的是后人所做的改动。由于时代久远，今天没有办法断定哪一个用词是原作、哪一个是后人改动。也许有人会各持一端，找出一大堆理由表明原文应作什么，但其实无法坐实。对此，除非我们有绝对把握做出取舍，否则不能强作定论。有人试图按照某种异文在不同古籍中出现的多寡来定取舍，以为出现多的就保留了原文，这种做法并非处处管用。碰到这种情况，应该不要随意改动各书原文，只是客观注明有某某异文就可以了。

1. 卷上"五言古"收鲍照诗《登黄鹄矶》，"木落江渡寒，雁横风送秋"，"横"今传各书皆作"还"。"雁还"和"雁横"都有根据。例如"雁横"，唐顾况《小孤山》："古庙枫林江水边，寒鸦接饭雁横天。"释栖一《武昌怀古》："蝉响夕阳风满树，雁横秋岛雨漫天。"赵嘏《长安晚秋》："残星几点雁横塞，长笛一声人倚楼。"宋陆游《横塘》："农事渐兴人满野，霜寒初重雁横空。"吴锡畴《秋来》："斜日半溪人唤渡，断云千里雁横空。"《黄鹤楼集》保留了这个异文，很珍贵。

2. 卷上"五言古"收李白诗，诗题"江上送友人"，《李太白全集》《全唐诗》《李太白集注》等"上"作"夏"。就诗的内容看，无法论定。"江上"可以指江边，不一定都是指江水之上。唐于良史也有"江上送友人"诗，张乔有"江上送友人南游"诗，都是在江边为友人送行。"上"有"侧畔"义，上古已然，《论语·子罕》："子在川上曰：'逝者如斯夫！不舍昼夜。'"其中"川上"即水流边。唐代钱起《省试湘灵鼓瑟》："曲终人不见，江上数峰青。"宋司马槱《黄金缕》："家在钱塘江上住。花落花开，不管年华度。"因此，《黄鹤楼集》作"江上"，有它的来历。如果《黄鹤楼集》编者所见作"江上送友人"，那么他就不会将此诗收进《黄鹤楼集》。

3. 卷上"五言古"收王维诗《送康太守》，"城下沧江水，高高黄鹤楼"，《王右丞集》《全唐诗》《古今图书集成》"高高"均作"江边"，"江边"跟"城下"可以对仗。但五言古诗不一定要对仗，因此《黄鹤楼集》作"高高"，也有它的来历，我们无法断定原文应该是"江边"还是"高高"。

4. 卷上"五言古"收沈如筠诗，诗题作《望黄鹤山张君》，《文苑英华》《唐诗品汇》《全唐诗》均作"寄张征古"，两处提供的信息不一致。原诗《黄鹤楼集》作："寂历远山意，微杳半空碧。绿萝无春冬，彩烟照朝夕。张子海内奇，文为岩廊客。圣君多梦想，安得老松石。"从诗的内容看，无法知道是写黄鹤山。《黄鹤楼集》的编者之所以收入集子中，一定是他们所见的诗题作"望黄鹤山张君"，而根据今所见《文苑英华》《唐诗品汇》《全唐诗》诸古籍，则没有黄鹤楼的信息；但是它们将《黄鹤楼集》的"张君"坐实为"张征古"，这又是《黄鹤楼集》所没有的信息。根据这些材料，无法断定沈如筠诗原题为何。

此诗异文不少，表明多经后人改动，非沈诗之旧。开头两句"寂历远山意，微杳半空碧"，"杳"《全唐诗》作"冥"；"绿萝无春冬，彩烟照朝夕"，"春冬"《全唐诗》作"冬春"，"彩烟照"《全唐诗》作"彩云竟"；"文为岩廊客"《全唐诗》作"久为岩中客"；"圣君多梦想"《全唐诗》作"圣君当梦想"，注："一作'劳'。"都各有所据，难以判断哪种异文是沈诗之旧。即如"文为岩廊客"，"岩廊"借指朝廷，句意是说，张君的文在经世济用的文字中都是上乘的，足以跻身朝廷贤达。难以断定"文为岩廊客"是"久为岩中客"之改动，或者相反。

5. 卷上"七言古"收李白《江夏赠韦南陵冰》，跟《全唐诗》所收有些不同。"天地再造法令宽，夜郎迁客带霜寒"，《全唐诗》《李太白集》"造"作"新"，《锦绣万花谷》《方舆胜览》跟《黄鹤楼集》同。作"造"字唐代已有例子，释德宣《隋司徒陈公舍宅造寺碑》："洎我大唐之有天下也，日月悬而天地再造，历数在而车书一统。"所以原诗作"造"还是"新"，无法断定。

"赤壁争雄如梦里，且须歌舞宽离愁"，《全唐诗》《李太白集》《古今图书集成》《唐诗品汇》等"愁"均作"忧"。"离愁"和"离忧"古书中都多次出现，"愁、忧"都能押韵，无法断定原来是作"愁"还是"忧"。

6. 卷上"五言律"收宋之问诗，诗题《汉口宴别》，《文苑英华》《全唐诗》《古诗镜》《石仓历代诗选》《古俪府》均作"汉江宴别"。如果《黄鹤楼集》编者所见作"汉江宴别"，那么他将此诗收入《黄鹤楼集》，就很勉强。他在编写时，所见的古籍一定是作"汉口宴别"。南北朝已有"汉口"的说法，

《北史·陆法和传》："及魏举兵，法和自郢入汉口，将赴江陵。"李白《赠汉阳辅录事二首》之二："汉口双鱼白锦鳞，令传尺素报情人。"因此，原题作"汉口宴别"的可能性很大。

"水广不分天，舟移杳若仙"，《文苑英华》《初学记》《识小录》《全唐诗》《古诗镜》《石仓历代诗选》《古俪府》《宋之问集》"水"均作"汉"。但是这都不能证明《黄鹤楼集》作"水"是后人改动的。周履靖《锦笺记》第二十一出《泛月》："水广不分天，舟行杳若仙。游纵不可极，遗恨此山川。"显然是化用宋之问诗而来，作"水广"。

"清江浮暖日，黄鹤弄晴烟"，《初学记》《文苑英华》《全唐诗》《古诗镜》《石仓历代诗选》《古俪府》作"秋虹映晚日，江鹤弄晴烟"，"黄"《全唐诗》作"江"，注"秋"："一作'林'。"就对仗看，可能《黄鹤楼集》为优，"清"谐音"青"，跟"黄"对仗，是颜色对。有人从诗作意境上说"江鹤弄晴烟"比"秋虹映晚日"好，清贺裳《载酒园诗话》卷一《一联工力不均》："宋延清初唐名家，然如'秋虹映晚日'，固不及下句'江鹤弄晴烟'之妙。"但《黄鹤楼集》保留了另外的异文，跟其他古籍展现的意境不一样。

"积水移冠盖，摇风逐管弦"，"移"《全唐诗》作"浮"；"摇"，《古俪府》同，《全唐诗》《古诗镜》《石仓历代诗选》作"遥"。《黄鹤楼集》用"移"不用"浮"，前面已出现"浮"字，所以不可能再用"浮"。"摇风"和"遥风"古籍都有，无法断定原诗是作"摇"还是"摇"。

"嬉游不知极，留恨此长川"，《文苑英华》《初学记》《全唐诗》《古俪府》《古诗镜》《石仓历代诗选》"知"都作"可"，"长"都作"山"。"知"改作"可"也符合五言律诗的格律。这也无法判断原诗为何，但是《黄鹤楼集》提供了异文。

7. 卷上"五言律"收孟浩然诗，诗题《溯江过》，《全唐诗》作"溯江至武昌"，无法断定其原文为何。原诗是：

"家本洞湖上，岁时归思催。客心徒欲速，江路共邅回。残冻因风解，新芳度腊开。行看武昌柳，仿佛映楼台。"

"家本洞庭上，岁时归思催"，《孟浩然集》同于《黄鹤楼集》。《全唐诗》"庭"作"湖"，注："一作'庭'。"作"洞庭"，意思是广阔的庭院。《庄子·天运》："帝张《咸池》之乐于洞庭之野。"成玄英疏："洞庭之野，天池之间，非太湖之洞庭也。"三国魏曹植《七启》："尔乃御文轩，临洞庭。"宋苏轼《坤成节集英殿教坊词·教坊致语》："洞庭九奏，始识《咸池》之音；灵嶽三呼，共献后天之祝。"孟浩然是湖北襄阳人，他说"家本洞庭上"是指自己四处漂泊，以四海为家，所以后文说"岁时归思催"。因此，原文作"洞庭"没有任何问题。有人以为"洞庭"只能做"洞庭湖"讲，从而断定"庭"是"湖"之讹，这是有问题的，是将"洞庭"理解为洞庭湖，这就有偏狭了。事实上，作"洞庭"和作"洞湖"都有根据，考虑到"洞庭"作"广阔的庭院"讲比较生，可能原作为"洞庭"，后人改为"洞湖"的可能性更大。

"客心徒欲速，江路共遒回"，《孟浩然集》《石仓历代诗选》《全唐诗》"共"作"苦"，都有来历。

"残冻因风解，新芳度腊开"，《全唐诗》"芳"作"正"，"度"下注："一作'梅变'。"《孟浩然集》作"新梅变腊开"。这里"正"是平声，不同的异文都符合唐代语言、诗歌格律以及作品思想内容，无法判断原诗为何。

8. 卷上"七言律"收白居易《上江夏主人》诗，《白居易集》《白氏长庆集》《白香山诗集》《全唐诗》诗题均作"行次夏口，先寄李大夫"。《黄鹤楼集》和后面几部书所录诗题都有不同的信息，当各有来历。

"连山断处大江流，红旆逶迤镇上游。幕下翱翔秦御史，军前奔走汉诸侯。曾陪剑履升鸾殿，每谒旌幢入鹤楼。假着绯袍君莫笑，恩深方得向忠州"，《全唐诗》"每"作"欲"，《白居易集》《全唐诗》"方"作"始"。这些也都各有来历，无法断定原作为何。

9. 卷上"七言律"收罗隐诗，诗题《黄鹤驿寓题》，《全唐诗》、四部丛刊《甲乙集》同，《全唐诗》注"寓"："一作'偶'。"中华书局1983年版《罗隐集》据清张瓒瑞榴堂本《罗昭谏集》改为"偶"。原诗题为何，很难断定。

"驿云芳草绕篱边，勿向东流倚少年"，《罗隐集》《全唐诗》作"野云芳草绕离鞭，敢对青楼倚少年"，"驿"作"野"，难定孰为诗作原文。张本《罗昭谏集》"离鞭"作"篱边"。《佩文韵府》下平声一先韵"鞭"字下，收有"离鞭"一词，举例正好是罗隐此诗。"篱边"，比较好懂。"离鞭"，则是用典，字面指离别上马时所持皮鞭，借指仕途失意而又即将离开故人的士子。据说春秋时甯戚曾用牛鞭击挝牛角，希望引起齐桓公注意，得到重用。《淮南子·道应训》："甯越欲干齐桓公，困穷无以自达，于是为商旅，将任车，以商于齐，暮宿于郭门之外。桓公郊迎客，夜开门，辟任车，爝火甚盛，从者甚众，甯越饭牛车下，望见桓公而悲，击牛角而疾商歌。桓公闻之，抚其仆之手曰：'异哉！歌者非常人也。'……当是举也，桓公得之矣。"南唐汤悦《咏卧牛》："曾遭甯戚鞭敲角，又被田单火燎身。"将"离鞭"改为"篱边"容易解释，反过来就不好解释，"离鞭"之典比较生，所以《罗隐集》《全唐诗》可能保留了原貌。"勿向东流"《罗隐集》《全唐诗》作"敢对青楼"，相差甚远。"倚少年"指仰仗着年轻，作"敢对青楼倚少年"意思是面对着豪华的楼房，我岂敢自恃年轻而不想去出仕呢；作"勿向东流倚少年"意思是面对着豪华的楼房，我不要自恃年轻而向东漂泊。罗隐是浙江富阳人，所以这样说。无法断定原诗是作"勿向东流"还是作"敢对青楼"。

"秋色未催榆塞雁，客心先下洞庭船"，《全唐诗》"未"下注："一作'来'"，《甲乙集》作"来催"，按：作"未"是，跟"先"对仗。"客"《全唐诗》《罗隐集》作"人"，难定原诗为何。"高歌酒市非狂者，大爵屠门亦偶然"，《罗隐集》《全唐诗》"爵"作"嚼"，当为"嚼"。"车马同归莫同恨，昔人头白尽林泉"，《罗昭谏集》《全唐诗》"昔"作"古"，都有来历。

10. 卷中"五言排律"收李白诗《送储邕之武昌》："黄鹤西楼月，长江万里情。春风三十度，空忆武昌城。送尔难为别，衔杯惜未倾。湖连张乐地，山逐泛舟行。诺谓楚人重，诗传谢朓清。沧浪吾有意，寄入棹歌声"，"意"《诗人玉屑》《巩溪诗话》《诗话总龟》《李太白诗集》《李太白文集》《全唐诗》《唐宋诗醇》等均作"曲"，"寄入"《诗人玉屑》《巩溪诗话》《诗话总龟》作"相子"。金代李汾《云溪晓泛图》有"沧浪吾有约，寄谢同盟鸥"，显然化用了李白的诗，"意"或"曲"的位置上作"约"。这些不同之处难定孰为原作，孰为后人所改。

11. 卷中"七言绝"收李白诗，诗题可能在刻印时漏掉了作者"李白"二字。诗题作《送孟浩然之广陵》，《唐人万首绝句选》《方舆胜览》《唐文粹》同之。《李太白集》《湖广通志》《古今诗删》《古诗镜》《石仓历代诗选》《古今图书集成》《全唐诗》《唐宋诗醇》《唐诗品汇》等作"黄鹤楼送孟浩然之广陵"。由于诗中有"故人西辞黄鹤楼"之句，因此诗题中即使不出现"黄鹤楼"三字，也可知道是在黄鹤楼那里饯行，原诗题有无"黄鹤楼"三字，很难断定。

12. 卷中"七言绝"收李群玉诗，诗题作《黄鹤楼》，《文苑英华》《唐人万首绝句选》《李群玉诗集》《湖广通志》《全唐诗》作"汉阳太白楼"。据诗作内容"江上花楼灏气间，满帘春景见群山。青岚绿水将愁去，深入吴云遂不还"，这是写长江，但是黄鹤楼在长江边，如果当时汉阳有太白楼，也一定在长江边，可惜无可考。所以原诗题作什么，很难断定，《黄鹤楼集》既然作"黄鹤楼"，收入《黄鹤楼集》，应该有编者的依据。

"江上花楼灏气间，满帘春景见群山"，《全唐诗》"花楼"作"层楼"，"层"下注："一作'晴'"，"灏气"作"翠霭"，"春景"作"春水"，"满群山"作"满窗山"，这大多很难断定原文是什么。不过，"灏气"在唐宋时期应该指秋天弥漫于天地间之气，跟后面的"春水"不协调，作"翠霭"更符合原文。作"灏气",应是后人所改。

"青岚绿水将愁去,深入吴云遂不还",《全唐诗》"青岚"作"青枫","绿水"作"绿草","深入"作"远入","遂"作"暝"。这也很难断定原文为何。

13. 卷下《黄鹤楼集补》"五言古"收李白《江夏寄汉阳辅录事》诗,"谁道此水广,复如一匹练",《全唐诗》《李白集》《李太白文集》《唐宋诗醇》等"复"均作"狭"。作"复"作"狭"都能讲通,古书中"复如"之类的说法甚多,唐张说《新都南亭送郭元振卢崇道》:"长怀赏心爱,如玉复如珪。"王涯《闺人赠远五首》之五:"洞房今夜月,如练复如霜。"谢偃《乐府新歌应教》:"青楼绮阁已含春,凝妆艳粉复如神。"苏颋《夜发三泉》:"宛若银碛横,复如瑶台结。"因此,我们无法将《黄鹤楼集》中的"复"坐实为后人所改。"长吁结浮云,埋没顾荣扇","吁"《全唐诗》作"呼",都有来历。

"他日观军容,投壶接高晏"的"晏",当为"宴"之讹。"晏",《全唐诗》《李太白全集》《李白诗集注》《白孔六帖》《石仓历代诗选》等作"宴"。按:作"宴"是,可能是刻印时形近、音近而讹。此诗"练、县、见、箭、眷、填、战、遍、扇、宴"全是霰线二韵的字押韵,"晏"是谏韵字,唐诗先仙(举平以赅上去。下同)二韵是一组,删山二韵是一组,二组很少押韵。"投壶接高晏"作"高晏"讲不通,"高晏"指乐曲的激越与舒缓;只有作"高宴",取"盛大的宴会"义,才能讲通。

14. 卷下《黄鹤楼集补》"七言律"收武元衡诗《送田端公还鄂渚使府》,《石仓历代诗选》《全唐诗》作"送田三端公还鄂州",二者可互补。《全唐诗》的"三"显然不可能是随便能加上去的,一定有根据。

颈联"清油幕里人皆玉,黄鹤楼中月并钩","清油",《石仓历代诗选》《全唐诗》作"青油"。有人以为应校为"青油",作"清油"误,可商。这两句是对仗,如果是写作"清",就可以借对来解释,"清"音同"青",借为"青",跟"黄"对仗。严羽《沧浪诗话》有"借对":"孟浩然'厨人具鸡黍,稚子摘杨梅',太白'水春云母碓,风扫石楠花',少陵'竹叶于人既无分,菊花从此不须开'是也。""杨"借为"羊",跟"鸡"对仗;"楠"借为"男",跟"母"对仗,这是借音兼借义。"竹叶"指竹叶青,酒名,借为竹子叶,跟"菊花"对仗,这是借义。"清油幕、青油幕"唐代都可以用,意思是一样的。"青油幕",青油涂饰的帐幕,《南史·萧韶传》:"韶接信甚薄,坐青油幕下,引信入宴,坐信别榻,有自矜色。"唐裴度《窦七中丞见示初至夏口献元戎诗,辄戏和之》:"出佐青油幕,来吟白雪篇。"也写作"清油幕",唐李端《送王副使还并州》："想到清油幕，长谋出左车。"元郑元祐《寿春官达郎中》："清油幕下紫薇开，身总群纲拟上台。"因此，"清油幕"不必看作"青油幕"之讹。

"皆"《全唐诗》作"如"，各有根据，很难判断孰是孰非，都符合对仗要求。《全唐诗》作"青油幕里人如玉，黄鹤楼中月并钩"，按《全唐诗》，"如、并"同义，都是动词，因为"如"只能是动词，作"如同"讲，"并"跟"如"同义，也有动词用法，指如同。宋苏轼《次韵参寥同前》："总是烂银并白玉，不知奇货有谁居。"明梁辰鱼《摊破金字令·遇张月容于虎丘殿阶》曲："芳容并月，皎洁如明镜。"可见原诗写作"如"，文从字顺。依《黄鹤楼集》，原诗作"清油幕里人皆玉，黄鹤楼中月并钩"，也文从字顺，"皆、并"都是副词，指都。"并"指都，《汉书·赵充国传》："虏并出绝转道，卬以闻。"颜师古注："并犹具也。"晋陶潜《桃花源记》："黄发垂髫，并怡然自乐。"

尾联作"君去庾公应独在，驰心千里大江流"，《全唐诗》作"君去庾公应借问，驰心千里大江流"，"独在"作"借问"，这也很难定其是非。

15. 卷下《黄鹤楼集补》"七言绝"收杜牧诗，诗题《夏口》，《樊川诗集》《全唐诗》均作"汉江"。原诗："溶溶漾漾白鸥飞，绿净春深好染衣。南去北来人自老，夕阳长送钓船归。"从诗作内容看，无法断定原作诗题是"夏口"还是"汉江"。《黄鹤楼集》既然为"夏口"，并且收入本集，则编者所见诗题一定是"夏口"，而且诗作所写的是长江和汉水交汇处的江景；如果是作"汉江"，那么该诗一定不是写长江的景色，而是写汉江一带的景色。现在无法对原作诗题是"夏口"还是"汉江"做出选择。

这些材料，都有力表明，《黄鹤楼集》和其他古籍相关语句都经过改动。《黄鹤楼集》给我们提供了跟今天其他载有这些诗文的传世古籍不一样的异文形式，很珍贵。从理论上说，可能有个别异文是原诗文作者自己的改动，但是大部分应是后人的改动。

由于这些诗文经过了后人改动，我们无法断定这些异文哪一个符合诗文原作，因此在利用它们研究历代语言时，一定不能在没有充分论证的前提下，匆忙将其中的一种异文形式当作原文去探讨当时的语言现象。

前人在研究一篇诗文时，常常从谋篇布局和措辞好不好的角度去做评价，进行鉴赏。如果他们感到一篇诗文遣词用句采用另外一种表达可能更好，有时候就会改原文，例如贺知章《回乡偶书》、李白《将进酒》，都经过了后人改动。后人改动前人诗文，这似乎成为一个传统，唐宋以后成为风气。这些改动，有不少比原诗文更有趣味，这是导致有些古诗文有不同异文的一个重要原因，决不可忽视。因此，碰到某诗文有异文而又无法确定何种异文形式是作品原文时，如果我们从诗文赏析的角度选择其中一种做出分析，说某处用某字、某词怎么好，这应该是无可厚非的。但是，如果我们是要分析原诗文作者用某字、某词怎么好，某诗文反映了原诗文作者什么样的思想感情及艺术表现手法，这就有问题了，因为这个"某字、某词"不一定是诗文作者的原文。不少研究者常常以改动之后的作品代替原作，采取这样的研究策略，去分析当时的语言现象，或者对原作进行文学欣赏，我认为这是不太合适的。从这个角度说，《黄鹤楼集》提供的一些诗文的异文形式，对我们正确认识某些遣词造句是否为作品原文，从而真正理解诗文作者的思想感情和艺术表现手法，是很有用处的。

上面我选取了《黄鹤楼集》所收唐代及唐代以前的诗文，比照其他收录这些诗文的传本，得出这样的结论：今传古诗文，有相当多的异文。有些异文透露出不少后人改动之处；各书之间的异文相当复杂，有些就今天的知识来说，难定取舍，有些是可以恢复原作之貌的。我想，之所以出现这么多的异文，原因是多方面的，可能跟科举考试和古人对文章做法的探讨、雕版印刷的出现等都有关系，详情还可继续讨论。

由于有些古诗文经过了后人的改动，因此，我们在研究历代语言和文本时，必须充分注意异文。在古诗文的注释中，除了字词句的释读，如何处理异文现象，值得今后从理论和实践上继续研究。随着时间推移，学术界对《黄鹤楼集》所收明代以前诗文的校注有新的进展，知识有新的积淀，对《黄鹤楼集》所收诗文的认识取得了一些重要突破。因此，充分吸收既有的研究，特别是近三十年来的研究成果，给《黄鹤楼集》做出新校注，以适应时代需要，这应该提到日程上来。从这个角度说，徐恕先生捐赠给湖北省图书馆的这部善本《黄鹤楼集》对于我们传承文化、发展湖北的文化建设事业，具有积极意义，必须引起重视。正因如此，我们更加深切地缅怀徐恕等湖北先贤为湖北、为中国文化事业立下的功德，希望《黄鹤楼集》在传承文化过程中发挥更大作用。

我今天的讲座就讲到这里，还要强调我前面所说的话：讲座难免挂一漏万，也难免有讲得不对的地方，敬请大家赐教。我想，既然《黄鹤楼集》有这么重要的价值，那么吸收既往《黄鹤楼集》校注的经验，做出新校注，是非常值得开展的工作。

谢谢大家。

（这是作者于 2021 年 12 月 11 日在湖北省图书馆长江报告厅"长江讲坛"所作讲座的讲稿，部分内容以《从〈黄鹤楼集〉谈古籍的校勘与整理》为题目收入国家图书馆出版社 2022 年出版的《徐行可研究论集》一书。）

谈谈完善传统文化教育应该研究的若干基本问题

各位老师、各位学员：

今天，我非常荣幸接受长江教育研究院的邀请，有机会回湖北武汉，跟大家交流有关完善传统文化教育的一点体会。我汇报的题目是《谈谈完善传统文化教育应该研究的若干基本问题》，主旨是秉承科学无禁区的理念，弘扬科学和民主的精神，针对当前有关传统文化教育的一些观点，特别是针对五四运动以来，一直没有解决好的传统文化和当代中国的关系问题，阐明个人的一些思考，希望能澄清若干理论和实践问题，使我们的传统文化教育、我们的文化建设能向纵深发展。

我先来一个释名。文化是人类在社会历史发展过程中所创造的物质财富和精神财富的总和，这里特指精神财富的总和。中国传统文化，指中国世代相传、具有特点的精神财富的总和。传统文化教育，就是要在全球一体化和文化多元化的背景下，针对现实问题，传授中国传统文化中的精华部分，培养能以中华文化为根，取世界优秀文化加以融通，具有家国情怀、历史担当和创新能力的人才。

完善传统文化教育，不仅仅是教学问题。要搞好传统文化教育，首先必须科学地研究有关它的一些理论和实践问题，廓清迷雾，扫除障碍，以利于人们减少执着，轻装上阵，为发展中国乃至世界文化奋力打拼。这是事关中国乃至世界未来文化走向的大是大非问题，必须认真对待。我将分六个方面阐述自己的一点想法。

一、20 世纪以来传统文化的存废论战之一瞥；

二、对传统文化进行估价的两个不同视角；

三、研究传统文化价值应取的最基本的立场；

四、发展中国文化必须以传统文化为根；

五、精读原典问题；

六、批判继承问题。

下面依次阐述。

一、20世纪以来传统文化的存废论战之一瞥

（一）鸦片战争之前的儒学和西学

说到中国传统文化，人们首先想到的是孔子。这是有道理的，自从汉武帝"罢黜百家，独尊儒术"以来，孔子的思想一直受到人们的推崇，但是也不是没有受到批评和批判。将孔子的思想当作传统文化的一种代表思想是可以的，但决不能将孔子的思想等同于中国传统文化。这是必须明确的。

先秦时期，百家争鸣，孔子的学说当然是显学之一，但各家对孔子学说有褒有贬，墨家、道家、法家，都对孔子思想有所抨击。既有所抨击，也就意味着接受儒家思想的影响。汉代，孔子被尊为"圣人"，其学说备受官方推崇，但王充《论衡》批评了后人迷信孔子的一面。魏晋南北朝时期，对孔子的思想有所批判，玄学的兴起，兼容儒释道，说明当时没有定格于儒家。但一直到鸦片战争以前，以孔子为代表的儒家思想不断加强，广受重视，儒家思想本身也有发展。

估计西方传教士很早就来过中国，但是对中国文化没有什么实质性的影响。明朝，西方来华传教士如利玛窦、金尼阁等人扩大了西方文化的影响，中国学术界开始明确地接受西方的影响。徐光启、黄宗羲、顾炎武、江永、钱大昕、阮元等明清时学术通人都看出了西学的价值，自觉接受了西方的一些科学技术。

这里以钱大昕为例。他曾比较欧洲和中国自然科学研究的优劣，主张学习欧洲的科学技术。他在《潜研堂文集》卷二十三《赠谈阶平序》中说："天有度乎？地有周乎？吾不得而知也，而唯数有以知之。数起于一之端，引而长之，折而方之，规而圆之，千变万化，莫可控抟。古之达者，设为勾股径隅以穷其变，而天之高，地之大，皆可以心计而指画焉。祖冲之《缀术》，中土失其传，而契丹得之。大石林牙之西，其法流转天方，欧逻巴最后得之，因以其术夸中土而踞乎其上……欧逻巴之巧，非能胜乎中土，特以父子师弟世世相授，故久而转精。而中土之善于数者，儒家辄訾为小技，舍《九章》而演先天，支离傅会，无益实用。畴人子弟，世其官不世其巧。问以立法之原，漫不能置对，乌得不为所胜乎？宣尼有言：'推十合一为士。'自古未有不知数而为儒者。中法之绌于欧逻巴也，由于儒者之不知数也……（予）有愿焉，则以为欧逻巴之俗，能遵其古学；而中土之儒，往往轻议古人也。盖天之说，当时以为疏，今转觉其密；七曜盈缩损益之率，古法与欧逻巴原不相远也。其为彼之所创者，不过数端，而其说亦已屡易，吾乌知他日不又有一说以易之乎？其不可易者，可知

者也；其可易者，不可知者也。知其所可知，而不逆亿其所不可知，庶几儒者知数之学。"

钱大昕的这篇文章中还有很多很精辟的话语，为节省时间，我都略去了。这些议论都是很通达、很有针对性的，继承了徐光启的一些卓越见解。在当时的历史条件下，能有这样的见解，已属空谷足音，今天仍有重要价值。他的见识，为今天许多人所不及，可惜未引起清廷足够的重视。值得一提的是，钱大昕并没有将中国科技落后的原因作为否定整个中国传统文化的理由，他只是批评后世儒家"辄訾"数学为"小技"，批评畴人子弟"世其官不世其巧"，他从正面总结欧洲自然科学发达的原因，实际上是批评中国人没有将先秦早已有之的科技成就"世世相授"，即没有继承好先秦的自然科学研究的传统而发扬光大，因此不能"久而转精"，实际上也批评了"官本位"，寻找了中国科技落后的原因。这是很平实的议论，比后人一些大而空的议论更符合实际。

（二）鸦片战争至五四运动之前中国社会的状况

清朝统治至道光、咸丰年间，暮气沉沉。当时中西矛盾、满汉矛盾、官民矛盾、阶级矛盾等非常尖锐，社会完全缺乏公平与正义，人才成长缺乏沃土和驱动力，各方面的人才严重匮乏，以至于龚自珍在1839年写的《己亥杂诗》之一中发出振聋发聩的呐喊："九州生气恃风雷，万马齐喑究可哀。我劝天公重抖擞，不拘一格降人才！"这表明有识之士已经敏锐地意识到当时人才奇缺的窘境，"万马齐喑"，因此龚自珍痛切地劝"天公重抖擞"，祈求上天帮助中国降下各类人才。这是颇为无奈的呐喊，反映了龚自珍的极度绝望。

人才极端的匮乏必然导致国家、民族竞争力的严重衰退。到了1840年之后，鸦片战争以来，欧美列强的坚船利炮敲开了清廷闭关锁国的大门，中国逐步沦为半封建半殖民地社会，是所谓"天崩地裂"的亘古巨变。中华传统文化遇到了前所未有的深刻变革，完全处于守势；欧美文明连同近代科技给中国带来的实惠，全面吞噬着中华传统文化。清末以来，冯桂芬于1861年提出过类似"中学为体，西学为用"的主张，南溪赘叟于1895年、孙家鼐于1896年、张之洞于1898年更明确概括为"中学为体，西学为用"，其间于1894年爆发中日甲午战争，中国军队失败，被迫于1895年签订丧权辱国的《马关条约》，同年孙中山成立兴中会。1898年戊戌变法，康有为、梁启超等人提倡学习西方，但实行103天而失败。1900年，八国联军入侵中国，占领北京，清政府逃往西安，被迫签订《辛丑条约》，中国赔偿白银四亿五千万两。1901年9月，清廷实行"新政"，但无法有效推行，新式学堂教育受阻，1905年清朝废科举。这是影响深远的一件大事，说明儒家经典对士子的约束已经降到最低，也启发学者们更自觉地在中西对比中思考传统文化的问题。

1911 年爆发辛亥革命，1912 年袁世凯就任中华民国总统。即位后，袁世凯步步为营，实行尊孔复古。本来尊孔复古跟实现民主、自由并不决然对立，要实现民主、自由，你可以批判儒学中有违的言论，采取相合的言论，但是袁世凯将尊孔复古跟打压民主、自由绑在一起。1914 年爆发第一次世界大战。1915 年，袁世凯被迫与日本签订《二十一条》，引起群情激愤。1916 年，袁世凯称帝，遭到全国反对，以失败而告终，袁世凯也因此一命呜呼。1918 年第一次世界大战结束，德国战败。1919 年 1 月 18 日，战胜国在巴黎召开"和平会议"，中国以战胜国身份参加和会，提出取消包括日本在内的列强在华的各项特权，遭到拒绝，而且规定把德国在山东的特权全部转让给日本。北洋政府准备签字，激起了中国人民的强烈反对，激进的青年学生于 1919 年爆发五四运动。五四运动的影响直接而深远。1919 年 10 月 10 日，孙中山改组中国国民党。

（三）五四运动时期的中西学之争

清末，尤其是五四运动前后，当时国内的当权派是袁世凯的继承者北洋军阀，他们丧权辱国，是人们要推翻的对象。这些当权者有一个共同的特点，就是尊孔，认同"中学为体，西学为用"。

那时的知识分子阵营可以分为两大对立的势力。

一派是所谓的守旧派，在尊孔方面，跟袁世凯和北洋军阀的政策有一致性。鲁迅《在现代中国的孔夫子》说："从二十世纪的开始以来，孔夫子的运气是很坏的，但到袁世凯时代，却又被重新记得，不但恢复了祭典，还新做了古怪的祭服，使奉祀的人们穿来。跟着这事而出现的便是帝制。然而那一道门终于没有敲开，袁氏在门外死掉了。余剩的是北洋军阀，当觉得渐近末路时，也用它来敲过另外的幸福之门。盘踞着江苏和浙江，在路上随便砍杀百姓的孙传芳将军，一面复兴了投壶之礼；钻进山东，连自己也数不清金钱和兵丁和姨太太的数目了的张宗昌将军，则重刻了《十三经》，而且把圣道看作可以由肉体关系来传染的花柳病一样的东西，拿一个孔子后裔的谁来做了自己的女婿。然而幸福之门，却仍然对谁也没有开。这三个人，都把孔夫子当作砖头用，但是时代不同了，所以都明明白白的失败了。岂但自己失败而已呢，还带累孔子也更加陷入了悲境。他们都是连字也不大认识的人物，然而偏要大谈什么《十三经》之类，所以使人们觉得滑稽；言行也太不一致了，就更加令人讨厌。既已厌恶和尚，恨及袈裟，而孔夫子之被利用为或一目的的器具，也重新看得格外清楚起来，于是要打倒他的欲望，也就越加旺盛。"可见袁世凯和北洋军阀都将儒家思想跟自己的复辟联系在一起，当然会使得人们在推翻这些当权者的同时，连带从文化上批判传统文化；当权者的失败，也就意味着传统文化的厄运。

一派则是革新派，其中的激进者主张全盘抛弃中国传统文化，全盘西化。1915年9月，陈独秀在上海创办《青年杂志》，1916年改名《新青年》，1917年编辑部迁到北京。从第4卷第1号（1918年1月）起实行改版，改为白话文，使用新式标点，带动其他刊物形成了一个提倡白话文的运动。1918年1月，陈独秀召集《新青年》编辑部会议，邀请李大钊、鲁迅、钱玄同、刘半农、周作人、胡适、沈尹默参加编辑部。从7月开始，编辑部改组扩大，陈独秀继续邀请李大钊、鲁迅、钱玄同、刘半农、胡适、沈尹默、高一涵、周作人等人参加编辑部。十月革命后，《新青年》吹响了五四运动的号角，成为宣传马列主义、宣传反帝反封建思想的阵地。1920年，北京大学成立了中国共产党的第一个支部，1921年，中国共产党召开了第一次全国党代会。《新青年》发起新文化运动，倡导民主与科学，在哲学、文学、教育、法律、伦理等领域向封建意识形态发起了猛烈的进攻，影响甚巨。

有些革新派则不主张全盘西化，并用自己的实际行动借鉴西方理论、方法，研究中国文化，真正取得了实绩，在某种程度上发展了中国的文化事业。五四时期可谓掀起了文化批判的高潮，也掀起了文化建设的高潮。人们仿照欧美的学术体系创造了不少新的学科，缺点是欧美学科体系之外的学科，他们很少建立起来。试想：人们对于自然、社会的认识，怎么可能只是欧美人建立的学科体系所能囊括殆尽的？造成这种局面，无疑跟鸦片战争以来中国文化遭受的毁灭性打击有关，使得一些仁人志士来不及做出调整，因而一味照搬西方、忽视咱们自己的传统。五四以来一直没有解决好继承传统和学习欧美的关系问题，因此此期是中华民族的人群撕裂在历史上最为严重的时期，整个民族成为一盘散沙。人们的思想、信念没有归属感，汉唐时代的那种豪迈洒脱、奋发向上的气概遭到无情抑制，道德沦丧，人气低迷。这样的境况，使中国难以形成凝聚力，在国际上难以形成强大的竞争力，在国内必然会使公平和正义不能得到伸张，邪恶横行。这无疑会影响到人们的文化创新能力，使得民族的创造力大受限制，处于中华民族文化原始创新的低谷，甚至以照搬西方为荣。这是国人必须警醒的现实。

（四）中西之争简评

从严格的逻辑上推导不出传统文化是"阻碍20世纪初中国现代化的巨大障碍"的结论。当时的部分知识精英对传统文化的抨击不免有矫枉过正之处，但由上面的简单叙述可知，这是时代使然，而且影响极大。在欧美学术思潮的激荡下，当时的知识精英总结中国落后的原因，有相当多学者有意无意间将儒家思想作为中国传统文化的全部，将主要矛头对准了以孔子为代表的儒家思想。当时的一些知识精英，都是一些血性男儿，又大都饱读诗书；他们渴望找到济世良方，又看出古书中许多内容跟时代格格不入，鉴于当时的统治者将自己的统治跟孔孟之道绑在一起，于是认为传统文化是阻碍社会进步的障碍。因此，他们将炮口对准传统文化，这是可以理解的。不这样，就不能在理论上打倒腐朽的当权者。但发展到后来，由于五四运动一直受到捧抬，缺乏真正的反思，其负面效应就充分显现出来。到了"文化大革命"，则搞得更过头，造成的恶劣影响也是巨大的，影响至今。现今还不乏"文革"式的谩骂。例如，有人谩骂孔子是"政治流氓"，说什么"在关于提升人类智慧的意义上，孔丘其实就是一个最渺小、最邪恶、最无耻的恶鬼，一个世界上百分之百十足的说谎者、欺骗者、杀人者"，并且带着辱骂的口气反问，世界上还有比这三者集于一身的坏蛋更邪恶的坏蛋吗？作者以为，流氓最大的特征是不讲理，还要耍横，动粗，甚至杀人。他希望借自己对流氓特征的界定，彻底击垮孔子。

我看这样刻薄的谩骂语言，与其用来骂孔子，不如说是自己的这种卑劣行径的写照。因为这样的骂詈，难脱"不讲理"、耍横、动粗之实，如果出自一个学人之口，那无疑是学者之耻。五四时期对于孔子多所批判，但还没有到这种谩骂的地步，例如钱玄同在 1924 年 5 月 6 日《晨报副刊》发表的《孔家店里的老伙计》中只是说："孔家店真是千该打，万该打的东西；因为它是中国混乱思想的大本营。它若不被打倒，则中国人的思想永无清明之日……换言之，便是不能'全盘受西方化'；如此这般得下去，中国不但一时遭亡国之惨祸，而且还要永远被驱逐于人类之外！"

平心静气地讲，将儒家文化等同于中国传统文化，这是有偏颇的。认为中国在欧美列强下的屈辱求和的局面是传统文化导致的，也是缺乏严密的科学论证的。清朝的全面溃败，其主要原因要从当时的现实中去寻找，从统治者内部去找。如同长江中下游流域的水灾，不从水灾流域沿线去寻找灾害发生的原因，商量对策，一味地说长江源头是导致水灾发生的主因，这是难以服人的，也不能真正解决中国的现代化问题，更不能解决中国文化引领世界的战略问题。我们今天既要吸取五四运动的合理部分，更要吸收中国传统文化中有益的成分，发展我们的文化。

二、对传统文化进行估价的两个不同视角

（一）百年来估价传统文化的两个视角

中国传统文化是一个海洋。即如中国的古书，数量可谓多如牛毛。三千多

年以来，古代学者，代有创作，其著述也代有遗失，但仍逐渐积累；而且地不爱宝，不断有古书出土，令人耳目一新。中国流传下来的古书数量为全世界之最。这些古书，反映了历代学者对于自然、社会的方方面面的认识。穷其一生，任何个人都无法将它们都读完。因此任何人都无法在穷尽古书材料的基础上对它们作出优劣判断，人们只能就其所涉猎的部分作出评价。

迄今为止，谈论中国传统文化的优劣，有两种视角：一种是科学的视角，一种是情感或情绪的视角。从情感或情绪的视角来估价传统文化的价值，许多讨论并没有完全离开科学，或者说夹杂一些具体材料的论证，只是这种估价，不完全从逻辑推理推论出其结论，而是在特定的历史条件下，人们更多地根据自己的情感倾向作出取舍。20世纪初，对待传统文化，有两种截然不同的取舍。有人认为中国传统文化一无是处，应该完全抛弃；有人认为传统文化是华夏正统，不容侵犯，不容改变。单纯从情感取舍的视角说，这两种估计无法判断其优劣。20世纪初，前一种意见占主导地位；21世纪以来，显然后一种意见更容易获得人们的认同。从情感、情绪方面全盘否定中国传统文化的当代价值，这是站不住脚的。

当今，否定者有两种人，一种是善意的，希望当今的中华民族不要背上传统的包袱，要轻装上阵走向现代化。这种人很多是欧美文化（主要是美国）的铁杆粉丝，甘愿做美国文化的马前卒，他们要在中华大地全面弘扬美国文化，主观上欲使中华民族繁荣富强。但是他们给中国开的现代化药方已经不合时宜了：因为我们无法斩断传统，无论中国怎样现代化，都是中国传统文化的现代化；继承传统和走向现代化并不矛盾，向西方学习是真理，继承传统也是真理。还有一种人，他们是美国豢养的代言人，他们骨子眼儿里痛恨中国传统文化，不问理由，凡中国传统必反，凡欧美必膜拜；他们希望中国是一盘散沙，这样能使中国在中美竞争中处于下风，以满足一己之私。这种人是要遭到有良知的中国人民唾弃或者谴责的。

（二）情感、情绪的视角

人是有情感、情绪的动物。从情感的视角估价传统文化的价值的争论，将来还会继续下去。但情感容易受情绪左右，难以达成共识。诉诸情绪来否定传统文化，这不是对待传统文化的正确态度。当然，对传统文化的价值提出负面看法，如果是善意的，这种看法对坚持传统文化有积极价值的学者是有警醒作用的，促使人们从多方面思考问题：如何在众说纷纭中作出正确取舍？因此相反的意见值得注意。只要是真正认真对待传统与现代关系的学者，就应该听取各方面的意见。

236

但是这些意见应该有新意。20世纪初以来，全盘否定传统文化价值的学者已经发表了相当多的意见。由于时代的隔阂，一般人对于这些意见缺乏了解。因此，我想到，应该有人从事这样的资料整理工作：将20世纪初以来人们对于传统文化价值有负面看法的学者的论据、论证、结论作出全面的搜集整理，看看人们是怎样否定传统文化价值的，免得今人重复前人已经做过的研究，提出并不具有创新性的意见，从而影响学术、社会的进步。无论是从互联网还是报章杂志发表的论著看，当今学术界否定传统文化价值的言论有很多有"炒现饭"之嫌。这是令人忧虑的现象。有的学者满腔热情，否定传统文化，提出相当多的看法，其实很多看法是重复前人的观点，了无新意。对此，我们应该保持高度警惕。

至于有的人在没有任何证据的情况下，在互联网上武断、粗暴地宣称中国传统文化是一堆垃圾，这恐怕跟多年以来空喊口号的新传统有关。这种做法在20世纪六七十年代是十分盛行的。事实证明，这种做法对发展中国文化是没有好处的。无论你认为传统文化有无当代价值，你不能老是空喊口号，空喊口号建设不了新文化；应该以理服人，你有责任为建设中国文化贡献力量。作为新时期培养出来的人，我们得讲道理。我相信，那些空喊口号，极力贬斥传统文化的意见，今后会越来越没有市场。

（三）科学的视角

从科学的视角研究中国传统文化的优劣，比较容易得出科学结论。因此，我赞成从科学的视角对古代文化的优劣作出估价。我在下面的演讲中就是从这个视角去估价古代文化的价值，主要是古书的价值。

赵元任先生曾经给王力先生的研究生论文《中国古文法》做了一个批语："言有易，言无难。"我现在就借用这六个字来谈传统文化到底有没有价值。按照赵先生的这个说法，如果我们要证明古书没有价值，你首先得将古书全部看完，经过充分论证，然后才可以说，流传下来的古书完全没有价值。我在上面已经说到，要将传世古书全部看完，任何人都不可能做到。因此，要得出结论说中国古书完全没有价值，这是很难很难的。我之所以说20世纪认为传统文化毫无价值的先生，他们主要是基于一种情感判断，就是考虑到这些学者的这种结论无法从科学的角度论证出来。如果要论证传统文化有价值，这样的结论就比较容易得出。这就是"言有易"：你只要从古书中找到今天仍有价值的论述，就可以说古书有价值。而要从古书中找到对当今仍有价值的论述，这一点事实上是不难做到的。

因此，从科学的视角看，中国传统文化一定是有价值的。所有国家，凡是古代传下来的著作，都会有糟粕，不可能十全十美，这是客观规律。毫无疑问，传统文化中既有精华，也有糟粕。我们不能因为它有大量的精华而忽视其糟粕，也不能因为它有不少糟粕而将精华一起丢弃。我们祖先留下来的古书，其影响不限于汉字文化圈，对全球范围内的哲学、文学、政治学、语言学、生物、医学、数学等诸多领域以及思想道德建设方面都产生过积极而深远的影响，为现代文明提供了丰富的营养，服务了世界各地的人们。西方学者承认，中国文化对欧洲启蒙思想产生过重要影响，西方的现代化进程受到过中国传统文化的影响。

我国已有一些自然科学家批判继承传统文化的精华而取得成功的案例。例如，数学家吴文俊先生，在拓扑学、自动推理、机器证明、代数几何、中国数学史、对策论等研究领域都取得了卓越成就，他自己明确指出，他取得的成就得益于他本人对于中国数学史的研究。去年十月份，屠呦呦女士因为发现青蒿素，挽救了无数人的生命，获得了诺贝尔奖。《诗经·小雅·鹿鸣》"呦呦鹿鸣，食野之蒿"的"蒿"促成了她对青蒿的关注；葛洪的《肘后备急方》的"青蒿一握，以水二升渍，绞取之，尽服之"给了她提取青蒿素的灵感。这是屠女士自己的肺腑之言，值得采信。这样的个案还有很多，都生动地阐释了中国传统文化具有多方面的当代价值。

当今中国自然科学界主要学习欧美的自然科学知识，这已经成为共识，似乎毋庸置疑。但是国内有一些专家闭口不谈中国古人的成果对发展当今自然科学有无作用的问题，这是很可惜的事。大家耳熟能详的所谓中国古代的四大发明，还是欧洲人总结出来的；提出祖冲之是最早将圆周率算到小数点后七位数的人的，据说是日本人三上义夫。这说明：海禁打开以后，中国人对于中国自然科学的传统还缺乏兴趣，中国古代自然科学的成就远不止四大发明。清代乾嘉时期，就有人将中国和西方的自然科学对立起来；而一些有识之士主张将二者会通起来，发展中国的自然科学。例如阮元，他不但写了中国历史上第一部科学家传记《畴人传》，而且明确主张会通中西自然科学，他在《研经室三集》卷五《里堂学算记序》中批评了只学西学、忽略中学的做法："（阮）元思天文算学，至今日而大备。而谈西学者辄诋古法为粗疏不足道，于是中西两家遂多异同之论。然元尝稽考算氏之遗闻，泛览欧逻之述作，而知夫中之于西，枝条虽分，而本干则一也……然则中之于西，不同者其名，而同者其实。乃强生畛域，安所习而毁所不见，何其陋欤？"他的这种主张今天仍有重要价值。

有些人，并没有很好地钻研古代原典，就以为中国古代缺乏科学传统，这种做法是很不科学的，跟他们自己标榜的科学精神也是背道而驰的。说到底，中国的自然科学传统并没有多少中国人真正做出细致总结，说中国古代没有自然科学传统，下这种断言还为时过早。吴文俊、屠呦呦等人的研究实践成功地证明，中国古代的自然科学成就对当今自然科学研究有重要作用，它的具体价值亟待发掘。我们期待新一代的自然科学家在糅合中外自然科学成果，进而在科学创新方面做出新的贡献。我相信，中国古代典籍中一定有对发展自然科学有营养的东西。

应该承认，中国有些涉及自然科学的古书遗失了不少，例如名著《九章算术》，今天见到的已有缺损，戴震《〈九章算术〉》："考鲍澣之《后序》称，唐以来所传旧图，至宋已亡。"神医华佗所撰医书，在他临死前，拿出他的医书稿本给狱吏，但狱吏害怕上司追究，不敢接受，华佗只好"索火烧之"。因此我们对古代自然科学的成就不可能得到完全确切的了解，只能从现有的古书中去发掘问题，寻找解决问题的一些线索。有人认为中国古代科学研究重实用、轻理论，这话是值得商榷的。但是就中西部分文化事实的对比来说，这话是有一定的根据的，能自圆其说。例如，王鸣盛在《十七史商榷序》中说："盖学问之道，求于虚不如求于实，议论褒贬皆虚文耳。作史者之所记录，读史者之所考核，总期于能得其实而已矣，外此又何多求邪？"这里将"议论褒贬"当作"虚文"，王氏显然不赞成"多求"。这说法有一定的缺陷，科学的"多求"没有什么不对。因此有人强调，我们要发展科技文化，就要重视理论研究。的确，我们要重视理论研究，不能就事论事，但是不能因为要重视理论研究，就将实用性抛在脑后；重视实用本身没有错，忽视理论研究就难以使认识向纵深发展，因此实用性的效果会大打折扣。重视实用性的传统还是要保持下来的，只是要弥补缺少理论研究的这个缺陷，我们应该将理论研究和实用研究有机地结合起来，道家"虚实相生"的理论还是要继承下来的。

（四）科学视角审视下的儒家文化

我想，有人否定传统文化的价值，主要是就儒家作品中的思想内容而言的。但是，仅仅根据儒家的思想内容而否定整个传统文化的价值，这是片面的、不科学的。其实，就是儒家作品中的思想内容，也有相当多可取的部分，今天仍然具有极大价值。只是有人无力做深入研究，凭个人的喜好断言整个儒家文化是一种劣质文化。例如，我最近在互联网上看到，有人先下结论：千百年来，中国历史有这样一个历史事实，那就是：它是由血腥暴力组成的，是一部所有人都失败、所有人都毁灭的历史，没有一个人在这样的历史里获得过真正的成功。然而作者没有做任何可信的论证，也没有告诉我们他所说的"真正成功"是什么意思，就将这个大概是作者认为无须论证的"结论"作为一个"规则"，并进一步追问：究竟是什么价值观念阻碍了中国人产生并且执行这样的规则呢？接着用"很显然"三个字来逃脱论证，进而断言：那就是儒家文化里的做人上人的价值观念。然后再胡乱发挥一通，借此打击儒家文化。这样的文章下结论十分轻率，毫无逻辑性可言。我想指出，学问能这样做吗？为什么不踏踏实实地真正做点研究呢？

至于断章取义，摘取儒家作品中一些明显错误或不合时宜的部分，作为否定整个儒家思想的锐利武器，这当然是不妥当的，也是不足为训的，客观上无法泯灭儒家文化的当代价值。你既然认定只有西方文化具有科学性，那就说明你是崇尚科学的。可是你的研究本身却将你所追求的科学性抛开，"严于律人，宽以待己"，这不是说话的巨人、行动的矮子吗？为什么不从自己做起，真正做出一点成绩呢？传统文化需要扬弃、需要研究，但是这种研究必须是科学的，不能浅尝辄止，更不能信口开河。

三、研究传统文化价值应取的最基本的立场

（一）必须科学研究传统文化

听了上面的叙述，大家对我主张如何去研究传统文化价值的想法可能有了初步的印象。下面我要更明确地阐述自己的看法。我不怀疑研究传统文化难以避免情感的影响。但是，既然我们要从科学的角度研究传统文化的价值，就必须脚踏实地，对传统文化做客观研究，因此我不赞成侈谈文化有无价值的问题，不赞成漫无边际地说空话。在当今的网络和一些报纸杂志上，对传统文化优劣说空话的文章还屡见不鲜。这是最应引起人们重视的一个问题。

（二）有中西文化比较中若干观点的简要析评

三千年的古书，留下来的信息是大量的。某些思想认识，各家的主张往往不一，甚至相左，难以用一两句简单的话就能概括殆尽。有人作了一些概括，但是往往只取对自己结论有利的证据，不利的证据则弃之不用，这样得出来的结论不大令人信服。

王力先生在1928年出版的《老子研究》一书的附记中说："今人喜用归纳，实则恒用演绎。凡利于己说者，则搜罗务尽；不利己说者，则绝口不提。舍其不利己说者而观之，诚确乎其不可拔矣；然自欺欺人，莫此为甚。"王力先生批评的这种做法，今天有人还在沿袭。例如，有人说，中国人的思维重综合，西方文化重分析。这种说法会遇到很多反例。《庄子·天下》："一尺之捶，日取其半，万世不竭。"这不是通过讲分析来阐明有限和无限的道理吗？再如，唐宋时代的等韵学，将汉字的字音分析得那么细，不是有分析工作吗？如果你硬要说

中国人思维重综合，总不能不管这些反例吧。即使古书中讲到的"天人合一"，恐怕也是既有综合，也有分析。

最近有朋友给我转来一篇文章。该文的作者是要批评中国人缺乏批判能力、盲目接受儒家"性本善"的观点。作者认为"性本善"的观点，是儒学大厦的"基石"，至今是"一个悬案"。可是"古往今来的儒学者"，对于这个观点"不是视而不见，就是不假思索地全盘接受"，作者将他的这一"重大发现"上传到互联网上，作为打击传统文化的一项力证，可惜他连最基本的事实都弄错了。他不知道，与孟子同时的告子提出了"性无善无不善"的观点，见于《孟子·告子》；孟子提出"性本善"之后不久，荀子就提出了相反的意见，专门写了《性恶》一篇，试图从多方面论证人性本是恶的；扬雄则认为人性善恶混。唐朝韩愈专门写了《原性》，清朝戴震写了《读孟子论性》《孟子字义疏证》卷中"性"字条等，阐明了自己的意见。作者读书未遍，信口雌黄，以古人只知"人性善"作为中国人缺乏批判能力的证据。这样的一些大而空的论证，在互联网上尚有很多。

从科研的角度来说，总体概括中国文化和西方文化的特点，这是难度甚大的课题。如同你要比较两个人各自具有什么不同的习性，你得跟他们接触接触，既要了解他们各自的习性，还得做些比较。要想对中西的各自特点研究得深入，避免在做中西文化比较时流于肤浅，必须充分占有材料、科学分析材料。这就需要精读、多读原典。通过有限的例子去谈中西文化的特点，其结论恐怕不大可靠，也难以说服人。有人说中国传统文化中缺乏科学的东西，我认为这样的言论有缺陷，我看中国古代的音韵学，特别是等韵学，就有很科学的内容，放到今天，也丝毫没有落后。

我看到不少比较中西文化优劣的文章，深感有的比较者率尔操觚，研究结论不是根据材料科学地论证出来的，而常常流于主观印象。他心目中先存有中国文化是落后的文化这样一个成见，然后拿中国传统文化的"劣"去比较西方文化的"优"，最后宣称中国传统文化应该抛弃。这种做学问的方式，是先入为主，完全缺乏科学性。例如，经常在报章上看到有人撰文说，清代后期之所以在甲午海战中失败，其深层原因之一是中国人有故步自封、夜郎自大、因循守旧的传统文化心理，但作者没有作出任何科学论证。要研究这样的课题，首先你得选择适当的方法证明中国传统文化确有这样的劣质的文化心理，这当然是一个很大的题目；其次还要证明甲午海战失败的深层原因主要是基于这种劣质的文化心理，而不是其他，这个选题的难度也不小。但是你不做科学论证，这能说服人吗？你总不能不做科学论证就要人们相信你的断言吧。而且将一场具体战争的失败归咎于整个民族心理，不是扯得太远了吗？"我不知道元、清朝入主中原是不是因为他们的民族文化心理没有这些故步自封、夜郎自大、因循守旧的传统文化心理，而当时的汉人有这些心理而招致汉民族的失败。"尽管比较者说得慷慨激昂，貌似言辞恳切，在社会上有一些影响，但结论经不起推敲，也在无形之中替腐朽的清政府和指战员们开脱罪责，不能真正地总结经验教训。其实，从传统文化的"劣"中寻找甲午海战失败的原因，也不是作者的首创，钱玄同于 1919 年 3 月 15 日在《新青年》第 6 卷第 3 号发表的《随感录》中，就针对有人极力为传统文化辩护、认为传统文化一切都好的做派，反问道，"请问如此好法，何以会有什么'甲午一败于东邻，庚子再创于八国'的把戏出现？"这明显是将甲午海战失败作为否定传统文化的一个理由。作者不提及钱氏的看法，容易使人误会，将甲午海战失利的原因跟传统文化挂钩是作者的独特见解，这种做法似乎也很不妥当。

（三）两个不成功的研究个案

我还看到，有人批评近年的传统文化教育，并没有以理服人，而是断章取义。这也是应该引起注意的事情。例如，2015 年 4 月 28 日中华书局在北京召开了"国学与当代教育"的学术研讨会，我有幸参加了这次研讨会。大会主题发言之后，有记者问我：现在关于《弟子规》能不能作为学校学习的内容，引起了热烈的讨论。对此，你有什么看法？我认为《弟子规》能不能作为学校学习的内容，是可以展开讨论的。但是这种讨论是建立在全面研读《弟子规》的基础之上的。应该研究：《弟子规》中哪些是讲对了，今天还用得上的；哪些是讲对了，但今天用不上的；哪些是既讲错了，也用不上的。即使是后者，即使是毒素，也还要研究，当代的青少年对哪些毒素有免疫力，哪些没有。有人不仔细地去研究，只是断章取义，抽出《弟子规》中明显错误的说法，作为全面否定《弟子规》的依据，这种片面化的处理问题的办法，我是很不赞成的。这也是一种率尔操觚的做法。这两种率尔操觚的做法，都是应该竭力避免的。《礼记·中庸》中说："博学之，审问之，慎思之，明辨之。"这些话对我们的研究有警示作用。

三千多年来，不同时代的知识精英不间断地写作，留下的古书汗牛充栋。你在没有全面、仔细地阅读的情况下，就说这些古书一无所取，全是垃圾，这样泛泛的结论，能让人信服吗？因此，我主张研究者深入原典，具体问题具体分析，将传统文化中的精华部分和糟粕部分都剥离出来，将精华部分发扬光大，建设新文化，以服务于国计民生。我更建议，那些对中国传统文化怀有敌意的人们，与其谩骂中国传统文化，不如摆正心态，采取客观的态度，在古书中巡游一番，找一找，就像有的数学家和医学家那样，看看其中有没有对发展人类当前文化有益的东西，如果有，就坚决地将它们撷取出来，在今天的历史条件下，进一步弘扬之，这对发展文化更有用处。文化建设宜多元，多元文化的竞争是发展文化的根本保障；文化一元化，就意味着文化发展的枯竭。这是得不偿失的事情。

另一方面，对于追求所谓的"正宗"或所谓"纯种"的中国传统文化的一些看法，我们不能盲目信从。一年前，有朋友从网上给我转来一个帖子，叫《崖山之后无中国》，据说这个帖子在网上很走红，这就匪夷所思了。作者发这个帖子的真实意图我不好妄加揣测，作者大概是想证明古典意义上的中华文明到了宋元鼎革之际的崖山海战而灭绝。本来，科学无禁区，这样的文章是可以作的，但是该文作者过甚其词，结论草率，很不客观。我查了一些史书，跟作者叙述的历史信息颇有不合之处，我怀疑作者是否认真地去钻研了史书。如果查阅了历史材料，就不应该出现那么多的硬伤；如果没有全面、细致地搜集、整理第一手材料，去粗取精，去伪存真，就匆忙得出这样的结论，恐怕不符合科研程序吧。日本作家田中芳树写过一本叫作《海啸》的历史小说，2012年黄山书社出了中文译本。《崖山之后无中国》的作者是不是根据这本小说提供的材料立论的呢？如果是，那么作者据此历史小说得出"崖山之后无中国"这样一个巨大而含糊的结论，不是太浅薄了吗？

像这样研究中国传统文化的方式、态度，万万要不得。在这个人心浮躁、人人操觚、家家立说的互联网时代，对于这种对于传统文化的一些无根之谈，我们必须保持一份清醒。

四、发展中国文化必须以传统文化为根

（一）"世界眼光"和"全球视野"

我曾经听到有人说要有世界眼光。事实上，没有抽象的世界眼光，眼光都是观察者站在具体的位置上、有具体的朝向和视角而发出的，观察者必然有一个立足点。没有立足点，就不能产生眼光。我们要吸取古今中外的一切精华，但是要有一个立足点。这个立足点必须是中国学术文化。这是中国现代化面临的一个核心问题，解决了这个核心问题，就有可能使我们解放思想，有条不紊地发展文化，不至于在世界的文化海洋中飘摇，没有依归。从某种程度上说，这无异于一次新的文化启蒙。经过百余年的积淀，许多有识之士已达成共识，那就是要吸收古今中外一切文化精华。这已经成为新的文化遗产了，但是还没有解决吸收文化精华的立足点问题。既往对此关注得很不够，有很多糊涂认识，

我们现在可以认真加以探讨了。

如何对待传统文化？有的国家是采取保护的措施，例如，法国、日本、希腊等国家，有的国家甚至为此制定了法律。中国传统文化是我们的精神家园，中国必定要以中国的面貌走向世界，中国的面貌必定伴随有中国的传统文化；我们应该借鉴这些国家的经验，守护我们的精神家园。人是属于社会的，在自然面前太渺小了，有太多的未知的东西，也有太多的无奈。他们的心灵需要不断得到慰藉，需要得到精神营养，减少盲目，以便与自然、社会和谐相处。因此，他们得从他们熟悉的传统文化中去寻找精神的依托，与自然、社会相处的经验，克服困难的历史依据，滋生出新的思想。像《论语》这样经过千百年传承下来的经典，里头有太多人们需要的东西，有一种时空的渗透力，因而历久弥新。如果贸然斩断这种传统，则必然斩断一个社会历史沉积下来的一切经验、道德、信仰等，使人们心灵严重受挫，处于真空状态，价值观垮塌，社会凝聚力失衡。因此，文化需要传承，需要在传承基础上的发展。

清末提出的"中体西用"早已被人抛弃了，这是历史的合理选择。有人希望，在当下的中国，应该将中国传统文化和西方文化放在同一条起跑线上供中国人抉择，去发展文化。这种想法貌似客观，不偏不倚，有全球意识，但是不能成立。任何人、任何社会要发展文化，都不可能站在真空中，都必须以已知探求未知，必须以自己熟悉的东西为出发点。既然抽象的立足点不可能存在，我们总不能丢弃自己熟悉的中国文化，以不可能太熟悉的西方文化为立足点去发展文化。以西方文化为立足点去发展文化，这是绝大多数中华儿女都不会认同的，我们不能割断历史，也无法割断历史。有人也看出了传统文化中有合理的东西，所以他们不主张完全抛开中国的传统。但是他们主张以西方文化为立足点，适当吸收一点儿中国传统的东西，也就是"西体中用"。在我看来，这是"想当然耳"，根本不可能做到。说这话的人，恐怕是有意无意间将一个国家的政治体制等同于一个国家的文化，这当然是失之偏颇的。

我们知道，语言、文字都是文化的组成部分，汉语、汉字本身就是中国文化的有机组成部分，我们总不能丢弃汉语、汉字这样的文化，实现语言、文字"转轨"，以西方语言文字为立足点去发展新文化吧。作为泱泱大国，中华民族拥有五千年的文明史，主张完全丧失民族主体性，那就不是发展中国文化，而是"转轨""换轨"，不是"接轨"，因为中国文化的"轨道"已经被拆除了，用别的文化取代中国文化，只有一个"轨道"，如何实现对接？不考虑现有的基础，不深入研究中国传统文化，盲目"换轨"，这是一种懒汉懦夫思想，不是真正的发扬民族文化。我也真诚地希望那些"转轨"的人，在文化建设方面做出实际成效来，"桃李不言，下自成蹊"。

相较而言，说"全球视野"比说"世界眼光"要合理，但"全球视野"和中国学术文化的立足点是不矛盾的。郭锡良、鲁国尧先生领着我们办了一个杂志，叫《中国语言学》，它的宗旨是："以中国语言学的优良传统为根，取世界语言学的精华而融通之，坚定地走自主创新之路，为繁荣中国语言学而奋斗。"这个宗旨就是基于这样的学理提出来的。

（二）传统文化和现代中国

传统文化跟现代中国并不是水火不容的。尽管 20 世纪以来，一些知识精英猛烈抨击中国传统文化，也有的试图割断传统之根，产生了一定的效果，但是那毋宁说是对传统的一种发展。传统具有顽强的遗传性，现代中国的发展，一定是在旧有传统基础上的发展。这是不以人的意志为转移的客观规律。任何独立的后代文化都是这个社会对它的古代文化的沿袭、发展。因此，传统文化跟现代中国具有一脉相承的关系。我们要发展新文化，只能是在中国传统文化的基础上，取其精华，弃其糟粕，摒弃那些不利于中国现代化的旧质文化，将传统文化改造成现代中国文化。有人将传统文化与现代中国对立起来，这是基本理论上的失误。有人希望完全消弭传统文化，照搬西方工业革命、城市化的经验，从而使中国现代化。这是不切实际的想法，学理依据不足。更有人希望照搬西方工业革命、城市化的经验，借此完全消弭传统文化，这就将消弭传统文化作为最终目的了。不但不切实际，而且本末倒置。如果将这种想法付诸实践，其结果不但不能使中国引领世界，而且会给中华民族造成深重灾难，历史教训是深刻的。王鸣盛在《十七史商榷》卷八十二中说："大约学问之道，当观其会通。知今不知古，俗儒之陋也；知古不知今，迂儒之癖也。心存稽古，用乃随时，并行而不相悖，是谓通儒。"这话在今天仍没有过时。

（三）继承中国传统文化和借鉴西方文化

继承传统文化和借鉴西方文化并不是互相矛盾的。毫无疑问，文化具有可发展性，发展的方式之一，就是吸纳别的文化的精华。当然，在文化发展过程中，也会吸纳其他文化的糟粕。既然一种文化在发展过程中可以吸纳其他文化，因此发展中国传统文化和借鉴吸收西方文化的精华并不产生根本矛盾。事实上，中国文化从来没有做传统文化的奴隶，一直注重吸纳其他文化的精华，这是千百年来中国文化克服自身缺陷的有力举措。当今，我们以中国传统文化为根，取其精华；吸收西方文化的精华，丰富完善我们的文化，这是最为稳妥的抉择。因此，有人将进行传统文化教育和借鉴西方文化根本对立起来，这是缺乏科学依据的。中国传统文化，特别是秦汉以前的文化，很多都是中国古人的原创，有自己的一套概念系统，跟西方文化不同。咱们对于世界的认识，多一个视角远比少一个视角来得全面。因此在当今西方话语系统占据主流地位、成为人们大力开采矿藏的今天，再丰富的矿藏也总有开采殆尽的一天，吸收中国人对世界认识的成果不但有益于发展中国文化，对于发展世界文化都是极为有益的。

有一些天真的知识分子，他们将中国的传统文化和基因相类比，因为中国要现代化，要在世界上领先，就要铲除传统文化，换成欧美文化。这是不切实际的。首先，将传统文化和基因作类比，就有些牵强。基因是生物学的概念，传统文化是社会文化概念，二者是不同的。用基因作类比，不但无法证明自己的观点，反而证明传统文化对人有着难以抗拒的传承性，因为基因具有顽强的遗传性。传统文化具有顽强的传承性，但是它的传承性远比遗传基因更容易改变。我们之所以要以传统文化为根，并不是因为文化不可以改变，而是因为中国文化是毫不间断地传承五千年的悠久文化，中国是具有十三亿人口的泱泱大国，传统文化具有顽强的传承性，不会因为有少数知识精英的呐喊而全面转轨。如同治理大江大河，采取封堵的办法不能有效制止洪水泛滥，必须采取疏导的办法才能治理水患。想通过铲除传统文化，原封不动地接纳欧美文化的办法，来实现中国的现代化，这既没有科学依据，也是一条行不通的道路。以传统文化为根，借鉴世界各地的优良文化，更利于我们发展文化，服务中国乃至世界的人民。这就需要我们认真钻研古代作品，取精用宏。

中国现代学术研究，尤其是人文、社会科学，经过百年洗礼，几乎所有的学科都深受欧美学术影响，有些学科甚至是仿照欧美的相应学科建立起来的，这是不争的事实。这也带来若干流弊。在人文、社会科学领域，表现出来的流弊甚多。究其原因，有人以为这是完全照搬西方所致，因此主张返璞归真，多重视咱们自己的传统；有人以为是百年来的研究还受中国传统影响、学习西方不够导致中国的学术研究出现诸多流弊，因此主张全盘抛弃传统的研究，全面地西方化。观点如此对立，说明对百年学术的总结缺乏足够的共识。就出现利弊的个案来看，有些流弊显然是唯西方理论马首是瞻，忽视中国传统、胶柱鼓瑟所致。有人不但主张全盘西化，而且还肆意贬低中国文化，这在当今的汉语研究中表现得尤其显著。有人公开宣称，中国传统的语言文字学研究是过时的东西，跟中国现代语言学是两个概念系统，二者之间不存在对话关系。他们希望借此将两千多年以来的汉语言文字学打入另册。这不是作茧自缚吗？其实，中国传统语言文字学有很多原创性的概念，跟西方学者是从不同的视角认识语言文字，如果用两套认识体系来了解语言文字现象，岂不更全面深入？从学术史的角度看，一直存在着学科整合化和学科分支化两种趋势。当今研究语言学，人们常常借鉴自然科学的一些成果来得出一些令人意想不到的成果，令人振奋；为什么要怀疑自己的整合能力，认为中国传统语言文字学和现代语言学不存在对话关系呢？也许这样说的人确实缺乏整合能力，但不要以为别人也缺乏这个能力。谁有这种整合能力，谁就有可能取得卓越成就。有人希望多依仗国外的语言学理论开展汉语研究，这是可以的，也能在学术史上放一些微弱的光芒，但是作为一个国家的语言学研究，只有立足传统，才能在学术史上光芒四射。这是可以断言的。

五、精读原典问题

（一）要读懂原典

进行传统文化教育，全面、深入研究传统文化的各个方面，作出实事求是的发掘，然后作出实事求是的评析，是重要的一环。因此，精读原典，是做好这项工作的基础。

古书是古代文化最重要的载体，都是用文字来记录的，离开语言文字，就不可能有古书。这是极为明显的道理。因此必须通过语言文字去理解古书，而不是先假定古书一定有某内容，再去曲解字义。有时候，我们强调理解字义要根据上下文的文意去索解一个字的上下文字义。这并不能证明先有思想，后解字义，因为这个思想不是天上掉下来的，而是通过语言文字表达出来的。舍弃古书中的语言文字，就不可能了解原典的内容，也就无法阐明中国传统文化的价值。有人为了证明孔子的思想完美无缺，挖空心思乱解、曲解《论语》，还倒打一耙，说古人误解孔子。此风不可长。

古代原典，特别是其中的精华部分，绝大多数是用文言文写就的。研读古代原典，有它特殊的规律。研读古代原典，不同于学习现代白话文，因为现代白话文所使用的语言是今天仍在使用的活语言，理解起来比学习文言文难度小多了；也不同于学习一门外语，因为学习外语，现代汉语帮不了多大的忙。学习文言文则不同：大家无一不是以现代汉语为桥梁走向古代汉语的，但如何避免以今律古，还原古人的原意，就显得特别重要。

我看到有的学者对古代文化的阐释，一是材料占有不全，二是对具体材料的理解不当。这对研究中国传统文化都是不利的。一个从事传统文化教育的学者，如果没有对古书中的语言文字倾注大的心力，那么他就不是一个合格的从事传统文化教育的学者。

什么叫作把一篇文章读懂？这是一个无底洞，也是一个循序渐进的过程；不仅仅要落实字词句，了解古人行文的起承转合，更重要的是读懂言外之意、文章的思想内容。要想把一篇文章读懂，你的知识不能局限于某一个方面，需要有比较全面的知识结构。除了大量阅读，有一些感性认识外，还要有一些文字、音韵、训诂、语法和版本、目录、校勘等知识。这需要较长时间的积累，不可能一蹴而就。

（二）字词句的落实问题

首先要认真地把握原文，尽可能多地占有材料，要刨根问底，真正弄懂古书的字词句章篇，做到心中有数。例如，《离骚》这篇课文，其中有"朝搴阰之木兰兮，夕揽洲之宿莽"。除了要落实这两句诗的字词句的意思，还要了解屈原为什么要"朝搴阰之木兰兮，夕揽洲之宿莽"？香草、香木很多，屈原特地选了这两种，是否有某些象征意味在里面？古代诗人写草木虫鱼鸟兽等，有时候是有某些象征意义、某些文化意蕴的。而这些象征意义、文化意蕴，今天一般的古书注释不大讲，其实影响了对古书原文意思的领会。根据东汉王逸给《楚辞·离骚》所作的注释，木兰去皮不死，屈原登上"阰"，"朝搴"象征着他"上事太阳，承天度"，培养自己坚韧不屈的品格；宿莽是一种冬生不枯的草，屈原入"洲"，"夕揽"象征着他"下奉太阴，顺地数"，培养自己百折不挠的品格。将这些言外之意揭示出来，对于了解屈原的心态，理解他面对"谗人虽欲困己，己受天性，终不可变易"的无私无畏精神，都是很有必要的；也从一个侧面说明，阅读古书，解决疑难问题，必须重视古训。

在当今，特别要强调尊重古训。要对古人的文章有很好的研究，一个是要准确清楚地理解已有的研究。这是一个很细的功夫，有的时候甚至只是一些细微之处。比方说，《诗经·豳风·七月》里面有"采蘩祁祁"，可以理解为采蘩的人很多，也可以说是采的蘩很多。两种理解在古今的注释中都有，但到底哪一种理解才是诗作者的原意呢？这时候需要参考历朝历代的注释，特别要尊重古训。唐代学者孔颖达作《诗经正义》，明确指出"采蘩祁祁"指采蘩的人很多。他的这种说法是很对的，这句话在《小雅·出车》也出现了，"仓庚喈喈，采蘩祁祁"，这里"采蘩祁祁"只能理解为采蘩的人很多。《出车》是写将士出征归来的，上下文中"春日""卉木""仓庚""采蘩"对举，则"采蘩"应该理解为"采蘩之人"。"仓庚喈喈，采蘩祁祁"是形容具有活动能力的人和动物，"仓庚喈喈"是归途所闻，"采蘩祁祁"是归途所见，作者所见的是采蘩者众多。如果只是叙述所采之蘩众多，而不及人，文章显然是很突兀的。结合这一例，可见《七月》中的"采蘩祁祁"是指采蘩者之多，不是指所采之蘩众多。今天有人将"采蘩祁祁"解释为"所采之蘩甚多"，这是不妥当的。

另一方面，虽然要尊重前人的东西才能理解得准确，却也不能盲从，自己要亲自实践，进行深入考察，所谓"记问之学不足以为人师"，就包含了这个道理。例如，我看到有人在文章里说，《古诗十九首》的《行行重行行》，"行行重行行"这五个字都是平声，这就很不准确了，"重"作"更加，又"讲，本来读去声，后来才读平声，怎么能仅仅根据现代汉语读平声，就说《行行重行行》的"重"在古代也是平声字呢？再如，《行行重行行》这首诗后面一部分，韵脚字是"远、缓、返、晚、饭"，在古代是上声自押，"饭"作"吃饭"讲古代是上声，作"饭食，米饭"的"饭"讲是去声，"努力加餐饭"字面意思是（您）尽量多吃饭吧，言外之意是（您）多保重吧。其中的"餐饭"是动词性语素连用，"吃饭"的意思，但是有人却说这里的"饭"是去声，整个韵脚字是上去通押，这也是不准确的。之所以出现这些不准确的说法，是因为对"重、饭"的古代音义配合缺乏研究，因此传授的是错误的知识。这是我们应该竭力避免的。

字词是非常基础的部分，要通过字词去把握背后的思想内核。学习古代文章，首先是进行字词句的落实，不仅要将字义、词义理解清楚，还要懂得上下文的具体含义，理解整个句义和所传达的内容。对字词句的分析其实很有趣，比方说，《诗经·豳风·七月》里面"八月剥枣，十月获稻。为此春酒，以介眉寿"，对这句话，有人理解说，是把红枣和稻一起来做酒。古人的注释说得很清楚，"此"指的是稻，不包括枣；当然古注是人作的，是人都会犯错误，因此对古注不能迷信。为了解决这个问题，我就翻看了一些古人讲酿酒的著述，看到古人不大说拿红枣来酿酒，可能是因为古代的枣不是用作酿酒原料的必需品。这也就说明要把一篇文章读懂，你的知识不能够只是局限在一个方面，还应该有比较全面的知识，要有广泛的阅读，否则有些问题就搞不清楚。

再比如说，《诗经·秦风·蒹葭》开头是"蒹葭苍苍，白露为霜"，但是仔细去分析的话，"苍苍"是茂盛的样子，意思是芦苇长得很茂盛，这显然不是秋天的事。但是后面紧接着就是"白露为霜"，秋天的露才叫白露，"白露"有特定含义，就是指秋露，不能简单理解为"白色的露水"。露和霜是有关系的，原来的时节是露，后来凝结成霜，节候不同了。到了"白露为霜"的时候，就不能"蒹葭苍苍"了。所以很显然，两句话的季节是不一样的，首先是"蒹葭苍苍"的时节，然后又到了"白露为霜"的季节，字面上是讲节候的变换。要理解这层意思，就必须将这两句诗联系在一起来体味。将这层意思体味出来后，才能真正理解原意，了解这两句属于"赋、比、兴"中的"兴"。

（三）理解言外之意

字词句是重要的，但是你不能够局限在对字词句的理解上。如《论语·学而》第一章的三句话，表面意思是：学习了，并且要按时温习，不是很高兴吗？有朋友从远方来，不是很快乐吗？别人不了解我，我不生气，这不是君子吗？但是这三句话是有内在关联的：第一句是说人学习了之后要按时温习，达到学业有成，能招致朋友慕名而来；朋友来了以后，对于自己还有不懂的东西，那就需要朋友之间的互相切磋，砥砺德行，所以"有朋自远方来，不亦乐乎"；在切磋的过程中思想发生碰撞，有的时候会争得面红耳赤，所以"人不知而不愠"，君子之德就算养成了。《学而》第一章就是讲通过学习、切磋，"劝人学为君子"的；荀子的《劝学》也是讲如何培养君子的，跟《学而》这一章的主旨一致。所以不仅仅是要把字词句落实，更重要的也是要读懂字词句背后传达的这种言外之意、思想内容。

六、批判继承问题

（一）批判继承传统文化和中小学传统文化教育

只有读懂了古书，才谈得上批判继承古代的优秀文化遗产，才谈得上发展中国的新文化。但是，读懂古书只是前提条件，批判继承古代优秀文化遗产，还需要做大量的工作。下面我想谈谈：解决批判继承问题，除了培养阅读古书的能力，还需要具备一些什么条件。

要培养真正热爱中国传统文化、批判继承中国传统文化的新一代学人，必须从中小学教育开始。从中小学开始进行传统文化教育，符合学理，也符合当今的形势需求。但是传统文化被痛批了上百年，积习所致，必然会引起部分人士的强烈反弹。对此，我们应该有清醒的认识。这也是好事。

从中小学开始进行传统文化教育，这是积极的举措。这对使广大少年儿童热爱中国传统文化、批判继承中国传统文化、发展新文化的影响一定是巨大的。我们知道，人们小时候受到的教育对一个人思想观念的形成具有决定性影响，因此教科书的作用不可低估。如何培养中小学学生在研读古书的基础上批判继承传统文化遗产，这是一个值得深入探讨的问题。

（二）为儒家经典辩诬

首先应该认真分析各种情况，反对对传统文化的价值做简单处理，采取一刀切的办法，一好百好，一丑百丑。上面说到，中国古书中有许多是对自然、社会的认识，有许多值得继承的地方。批判继承这方面的文化遗产，一般人大概是没有异议的。

人们对传统文化的批判，主要集中在儒家典籍上。这其实也是需要具体问题具体分析的。就拿《论语》等儒家经典来说。有人只注意到《论语》等书中的一些负面的东西，就要"打倒孔家店"，这显然不是可取的态度。《论语》等书中有些内容被证明是错误的；有些没有讲错，但今天不一定用得上；有些讲得既正确，又对当今文化建设有积极作用。后者是应该继承和发扬光大的部分。就《论语》一书，我想结合现实，从思想境界方面强调孔子的三点过人之处：第一，面对纷纭动荡的时代，孔子毫不畏惧退缩，勇敢地站出来，以振兴天下为己任，展现出博大的济世情怀。第二，面对社会的黑暗现实，孔子毫不计较个人得失，没有选择同流合污，也没有选择消极避世、明哲保身，而是痛下针砭，深切地加以揭露，展现出浓烈的现实批判精神和进取精神。第三，为了实现自己的崇高理想和抱负，孔子毫不懈怠，生命不息、奋斗不已，展现出百折不挠、至死不渝的执着精神。这三点，只要我们联系孔子所处的时代、他的经历、《论语》等著述，以及他们对历史中后起杰出人物的积极影响等方面，就不难得出。我深信：孔子这样的精神境界在全球范围内的杰出人物当中是具有广泛的代表性的，并且一直激励着后世的杰出之士。他们这样的境界，远非一般人所具有、所能理解的，因而也必将成为未来仁人志士的精神标杆。我们要建设和发展社会主义的文化事业，需要有孔子的精神境界作为创新成果的动力。

想想我们今天有些全盘否定孔子的学者，你有这样的境界和情怀吗？当今有些人，对孔子横加批判，完全忽视个人修为。对社会缺乏真正的批判精神，常常将批判的矛头对准弱势群体，不敢对准对自己获取利益有直接关系的腐败官员和奸商，甚至想方设法巴结讨好，相互利用，为社会的非公平、非正义唱赞歌，为利益集团充当代言人和帮凶，以图既获取个人的物质利益，又博得虚名。这种人是弱势群体的"白眼狼"，他们表面上似乎也有"批判精神"，而这正是任何社会所需要的，"白眼狼"抓住了这种社会心理以邀宠；但是他们的批判对象盯住的是没有生杀予夺之权的弱势群体，是任人宰割的对象，因此在这个官本位、崇洋媚美甚嚣尘上的时代，批判弱势群体不但没有风险，而且能投利益集团之所好，能使自己名利双收。这种人怎么有资格批判孔子呢？这种人表面上有批判精神，也经常批判老百姓愚昧，实际上他们的骨子里最缺乏的是真正的批判精神，也正希望老百姓愚昧，以便掩盖他们的真实意图，冀此获得名利双收。

20 世纪初，知识界的一些精英们，将中国传统文化等同于儒学，这是一叶障目不见泰山，其结果，老子的辩证法、铸刑鼎体现出的对法治的追求、秦的郡县制对封建分封制的打破，等等，这些极为优秀的东西都被遮蔽了。这是历史虚无主义的一种表现。另外一些糊涂人，根本不读古书，不知道传统文化为何物，却跟着起劲搞虚无，大肆宣扬传统文化如何如何劣质，大言不惭，正是

"墙上芦苇，头重脚轻根底浅；山间竹笋，嘴尖皮厚腹中空"，很是可悲。《汉书·艺文志》列举了儒家、道家、阴阳家、法家、名家、墨家、纵横家、杂家、农家、小说家的学派渊源及其特点、利弊，对前面九家的取舍，说出了这样的话："若能修六艺之术，而观此九家之言，舍短取长，则可以通万方之略矣。"可见，在古代正统文人那里，他们并没有将自己的思想禁锢在儒家思想里头。

我经常听到有人说，中国古书很多是封建时代的产物，不适合今天的需要，因此应该抛弃。这是皮相之谈。这种见解，隐含着这样的前提：凡是产生于奴隶、封建时代的书籍，今天都应该抛弃。这显然只是注意到了文化的变异性，忽略了文化的传承性，将不同时期的文化简单对立起来。按照这样推理，欧洲柏拉图、亚里士多德等人的论述，西方早就应该抛弃。可是西方社会极为珍视这些遗产。其实，《圣经》《古兰经》也是古代产生的著作，其中也有不少负面的东西，有不少与现代文明格格不入的内容，西方世界、伊斯兰世界并没有因为它们有这些负面的东西而将其打入另册。

人们看到了这些经典的当代价值，它们在凝聚社会方面的积极作用，凝聚社会需要文化的认同，因此经典的魅力是巨大的；也看到一个国家、一个社会的强盛，文化的发达，单凭科学是不行的，治国需要科学，但不仅仅依靠科学，更重要的是依靠公平与正义、法治与自由，依靠文化的凝聚力。五四时期有些人士提出"科学救国"，愿望是好的，但不切实际。一个国家的文化发展是一个系统工程，因此，西方世界、伊斯兰世界将《圣经》《古兰经》引入现代社会而发扬光大。对比起来，有些学者将儒家经典和现代文明对立起来，这是简单化的处理办法，实在不可取。

至于有人说，只有抛弃了儒家经典，中国才有可能进入现代化，这当然是一个伪命题，一个无法证实或证伪的问题，逻辑上存在着严重问题，不能获得广泛的认同。因为现实情况是，我们无法抛弃儒家经典，因此无法证明抛弃了儒家经典中国才可以进入现代化。

（三）如何批判继承

要考虑传统文化中的优秀部分有没有现代价值。古书成于众手，由于时代和认识的局限，其中既有精华，也有糟粕。传统文化中，既有优良传统，也有劣质传统。比如，"官本位"的思想、"红眼病"的病态心理、官场钩心斗角、为富不仁、官商勾结、欺上瞒下，这都是劣质传统，这种劣质传统不一定只是中国才有，五四时期批判得很不够；分析问题常常受情绪左右，不注重逻辑推演，凡事喜欢定于一尊，一好百好、一丑百丑，人云亦云，不懂装懂，等等，在今天已经成为一种糟粕、一种劣质传统，应该坚决抛弃。有人全盘否定中国传统文化，要将中医打入另册，学术界有人崇洋媚美，等等，实际上继承的就是这样的劣质传统。中国三千年从未间断的古书，举世无双且精华和糟粕恐怕都不少，需要我们披沙拣金。

即使是古书中的精华，也要看今天还有没有用。例如，《论语·里仁》中说："父母在，不远游，游必有方。"这在当时可能有它的道理，谈不上说错了，也谈不上是糟粕，"游必有方"恐怕今天还有价值，但"父母在，不远游"已经不适应今天的社会了。多部儒家经典都谈到孝子对已故父母要守孝三年，也有其理由，也不能说是糟粕，但今天也无法做到。再如儒家经典中发现了不少问题，诸如，法律有时和道德有矛盾，个人利益有时和集体利益有矛盾，这些今天还需要展开探讨。《论语》记载了孔子谈教学的内容，谈到做人要仁义礼智信，治国要以人为本；孟子、荀子探讨后天教育对人的修养的决定性影响；颜之推所言"观天下书未遍，不得妄下雌黄"（《颜氏家训·勉学》）；朱熹常常结合自己的经验和人们的普遍心理，研究读书、为学之法，这些今天恐怕还没有过时，仍有重要的启迪作用，仍然有批判继承的必要。

总起来说，我们要进行中国传统文化教育，还有很多问题需要研究。我们已经进入互联网时代，互联网的出现和普及化必将深刻地改变当今的中国和世界，使中国和世界走向了新时代，因此需要发展出新文化，以适应这种新的变局，以服务于中华文化建设。这需要我们结合当今的现实需要，摒弃一切不必要的成见、人为制造的障碍和隔阂。这就必然要求当今中国，必须以中国传统文化为根，吸取古今中外一切文化精华，创造当今的新文化。我认为，这是明智的选择，必将成为今后发展中国文化的努力方向，也必将成为文化建设的新潮流。这是不以人的意志为转移的趋势，但愿大家成为这一新潮的弄潮儿。

我的演讲只是抛砖引玉。讲得不对的地方，敬请大家批评指正。

（本文是作者于 2016 年 7 月 13 日在湖北省长江教育研究院主办的"国学经典骨干教师高级研修班"所作的演讲，原载《北斗语言学》第 2 辑，上海古籍出版社，2017 年。）